汉语史专书语法研究丛书
编辑委员会

主　编：刘　坚　江蓝生
副主编：董　琨　曹广顺

编　委：（以姓氏笔画为序）
　　　　刘　坚　江蓝生　何乐士
　　　　吴福祥　姚振武　曹广顺
　　　　董　琨

汉语史专书语法研究丛书

《聊斋俚曲》语法研究

⊙ 冯春田　著

河南大学出版社

国家哲学社会科学基金"九五"重点项目(AYY007)

《聊斋俚曲》语法研究

冯春田　著

河南大学出版社

图书在版编目(CIP)数据

《聊斋俚曲》语法研究/冯春田著. —开封:河南大学出版社,2003.5
(汉语史专书语法研究/刘坚主编)
ISBN 7-81091-059-0

Ⅰ.聊… Ⅱ.冯… Ⅲ.①汉语-语法-研究-清代②聊斋俚曲-研究
Ⅳ. H141

中国版本图书馆 CIP 数据核字(2003)第 033829 号

书　　名	《聊斋俚曲》语法研究	
作　　者	冯春田	
出版人	王刘纯	
责任编辑	余建国	
责任校对	余　粮	
责任印制	苗　卉	
装帧设计	张　胜·生生书房	
出　　版	河南大学出版社	
	地址:河南省开封市明伦街 85 号　邮编:475001	
	电话:0378—2864669(行管部)　0378—2825001(营销部)	
	网址:www.hupress.com　E-mail:bangong@hupress.com	
经　　销	河南省新华书店	
排　　版	河南大学出版社印务公司	
印　　刷	河南第一新华印刷厂	
版　　次	2003 年 8 月第 1 版	印　次　2003 年 8 月第 1 次印刷
开　　本	787mm×960mm　1/16	印　张　21.75
字　　数	310 千字	印　数　1—3000 册

ISBN 7-81091-059-0/H·110　　　　　定　价:28.00 元

(本书如有印装质量问题请与河南大学出版社营销部联系调换)

目　录

出版说明	1
《近代汉语专书语法研究》序	1
绪　论	1
一　聊斋俚曲与《聊斋俚曲集》	1
二　聊斋俚曲的语法特点	14

上　编：词　　法

壹　代词	27
一　人称代词	28
二　指示代词	44
三　疑问代词	60
贰　数词和量词	79
一　半数、不定数和序数	79
二　数量合音词"俩"和"仨"	84
三　量词	87
叁　副词	114
一　范围副词	114

二　时间副词 …………………………………… 125
　　三　程度副词 …………………………………… 135
　　四　事态和动态副词 …………………………… 147
　　五　否定和禁止副词 …………………………… 160
　　六　疑问副词 …………………………………… 169
　　七　语气副词 …………………………………… 171
　　八　关联副词 …………………………………… 185

肆　连词 …………………………………………… 195
　　一　并列连词 …………………………………… 195
　　二　选择连词 …………………………………… 197
　　三　承接连词 …………………………………… 198
　　四　让步连词 …………………………………… 200
　　五　递进连词 …………………………………… 202
　　六　条件连词 …………………………………… 204
　　七　转折连词 …………………………………… 207
　　八　假设连词 …………………………………… 209
　　九　因果连词 …………………………………… 211

伍　介词 …………………………………………… 213
　　一　时间・处所・范围 ………………………… 213
　　二　处所・方向・时间 ………………………… 217
　　三　对象 ………………………………………… 223
　　四　工具・处所 ………………………………… 228
　　五　原因・目的 ………………………………… 229
　　六　依凭・因乘 ………………………………… 230
　　七　包括・排除 ………………………………… 231

陆　助词 …………………………………………… 233
　　一　结构助词 …………………………………… 234

二　动态助词……………………………………… 238
　　三　事态助词……………………………………… 244
　　四　概数助词……………………………………… 250
　　五　语气助词……………………………………… 251

下编：句　法

壹　动补式 ……………………………………… 265
　　一　"动＋动(完/结)"式 ………………………… 265
　　二　"动＋形(结/状)"式 ………………………… 277
　　三　"动＋趋动(趋/结)"式 ……………………… 280

贰　处置式 ……………………………………… 292
　　一　"将"字句 …………………………………… 292
　　二　"把"字句 …………………………………… 294
　　三　"拿"字句 …………………………………… 303

叁　被动式 ……………………………………… 304
　　一　"为"字句 …………………………………… 304
　　二　"被"字句 …………………………………… 305
　　三　"着"字句 …………………………………… 306
　　四　"教"字句和"叫"字句 ……………………… 308

肆　差比句式和比拟句式 ……………………… 309
　　一　差比句式 …………………………………… 309
　　二　比拟句式 …………………………………… 312

伍　判断句 ……………………………………… 316
　　一　主＋名＋是 ………………………………… 317

二　（主）＋是＋名…………………………………… 317
　　三　（主）＋是＋{X＋的}………………………………… 321
　　四　（主）＋是＋动/形/小句………………………… 323
　　五　"X 是 X"之类用法…………………………………… 325
　　六　"是"的应答用法………………………………… 326
陆　疑问句……………………………………………………… 328
　　一　选择问句………………………………………… 328
　　二　反复问句………………………………………… 329
参考文献………………………………………………………… 332
后记……………………………………………………………… 334

【出 版 说 明】

　　专书语言研究是语言学本体研究的一项基础工程。20世纪90年代以来,随着汉语史研究的全面开展,尤其是近代汉语的研究日益引起重视,专书语言研究的课题在中国社会科学院语言研究所的学术规划中占有比较大的分量,较之60年代曾经筹划论证、后来由于客观条件而实际中辍的计划,这次的专书研究工作规模更大,包括古代和近代;参与的人员更多,包括所内和所外。由刘坚研究员主持,申报了"九五"的国家社科基金重点课题"近代汉语专书语法研究";由董琨研究员主持,申报了中国社会科学院重点课题"古代汉语专书语法研究",以上两个课题均在相关单位得以立项。经过较长期的艰苦努力,克服不少困难,这两个课题都已基本结项。在河南大学出版社的大力支持下,其相应成果编成《汉语史专书语法研究丛书》,分为古代和近代两辑,每辑10本。

　　针对学科不同分支的特点,北京大学郭锡良教授和蒋绍愚教授分别为丛书的第一、二辑撰写了精彩的序言。在此谨向两位教授、河南大学出版社的领导以及策划编辑王兴业先生表示衷心的感谢!

　　由于各种专书的语言特质与已有的研究状况不一,研究者的个人观点与志趣有异,故而相应的研究成果的内容,彼此有所差别,或偏重词法,或偏重句法,篇幅方面的参差也在所难免,我们在统稿时未曾作同一要求,多少也有"文责自负"的意思,特此说明。

我们尊敬的前所长刘坚先生是本套丛书的主编,但他不幸因病去世,未能目睹成果的出版,在此我们谨以本丛书寄托我们的哀思,告慰刘坚先生的在天之灵。

《汉语史专书语法研究丛书》编委会
2002年12月

《近代汉语专书语法研究》序

蒋绍愚

  1898年《马氏文通》的出版,标志着我国汉语语法研究的开端,这是一部文言文语法,研究的主要是先秦和西汉的语言。1924年黎锦熙《新著国语文法》是我国第一部较系统的白话文法,研究的是20世纪的汉语。这两部语法书很能说明我国早期汉语语法研究的趋向:重两头,轻中间。中间那一段的语法研究一直空缺,直到20世纪40年代吕叔湘先生的一些论文,才是"宣告了近代汉语研究的黎明"(太田辰夫语)。近代汉语语法的研究,在20世纪80年代以来发展得很快,有不少研究者做出了重要的贡献,这是有目共睹的。但是,也应该看到,近代汉语语法的研究还有许多基础工作要做。

  什么是近代汉语语法研究的基础工作?其中重要的一项,就是近代汉语专书的语法研究。这个看法,是老一辈语言学家提出来的。

  1983年,在太原召开了全国语言学学科规划会议,老一辈的语言学家王力、吕叔湘、朱德熙、李荣等都参加了。我作为一个年轻人,也有幸参加了这次会议,得以聆听各位学者的教诲。当时,中断已久的语言学研究工作刚刚开始恢复,摆在各位前辈学者面前的一个重要问题是:什么是我国语言学研究的基础工作?我国语言学研究首先应该从哪里做起?就汉语史的研究而言,各位前辈学者的意见非常一致:每个历史时期选几部有代表性的专书,从专书语言的研究做起。

从1983年到现在,已经20年了。但那次会上提出来的做专书语言研究的意见,至今看来仍然十分正确。汉语的历史那么长,可是我们对此究竟有多少了解呢?大致的印象也许会有,但是要清楚地说出各个历史时期的状况,恐怕不很容易。尤其是语法,研究工作本来就开始得很晚,到19世纪末才开始;如果不是通过各个历史时期的专书的研究,把各个历史时期的语法面貌弄得比较清楚,那么,汉语语法史的研究实在是无法深入下去。从1983年以后的研究情况来看,在汉语语法研究方面取得较大进展的,主要也是在专书语法研究方面取得的成果。比如,敦煌变文的语法研究,《祖堂集》的语法研究,不论是单篇论文也好,专著也好,都有不少突出的成果。实践也证明了做专书语言研究这一指导思想的正确。

不过,以往的专书语法研究,是全国各地的研究者分散进行的。尽管1983年的规划会上提出来了,但系统的专书语法研究还是没有做过。如果大家的兴趣都集中在某一个时期的某几部书上,而另一些时期的专书却无人研究,那么,"史"的线索还是贯穿不起来。这未免是一个缺憾。大概是看到了这个问题,中国社会科学院语言研究所的刘坚、江蓝生两位先生组织所内外的同仁承担了"近代汉语专书语法研究"这一课题。经过几年坚持不懈的努力,这个课题已经胜利完成,这是我们语言学界都应该感到高兴的事情。

"近代汉语专书语法研究"共10本:敦煌变文语法研究,《祖堂集》语法研究,《三朝北盟会编》语法研究,《碧岩录》语法研究,《朱子语类辑略》语法研究,《敦煌变文十二种》语法研究,《刘知远诸宫调》语法研究,《元刊全像评话五种》语法研究,《元典章·刑部》语法研究,《老乞大谚解》、《朴通事谚解》语法研究,《聊斋俚曲》语法研究。作者有江蓝生、曹广顺、吴福祥、白维国、李崇兴、冯春田、刁晏斌、杨永龙、马贝加、祖生利、顾之川、高育花等。

不难看出,所选的十本书是近代汉语各个时期有代表性的专书,撰写者是对近代汉语语法有深入研究的专家以及崭露头角的新秀。这些专书研究的质量和水平是有保证的。有了这10本专书语法研究,我们对近代汉语各个历史时期语法面貌的了解就会清楚得多了,这为近代汉语语法的研究做了一件重要的基础工作。

近年来,人们对"语法化"以及种种语法演变的规律,对语言接触以及语言类型学的研究等等谈得很多。这对汉语的研究(包括近代汉语语法的研究)是很有好处的。加强理论思考,把正确的理论、观点、方法用于汉语研究,这会大大推动我们的研究工作。但是,理论思考必须以语言事实为基础。如果对汉语的语言事实没有深入的研究和准确的把握而空谈理论,那是毫无意义的;如果强使汉语的语言事实来迁就某种理论框架,那就更不值得效法。而且,进一步说,任何正确的语言理论都是从语言事实中概括出来的。现在的一些语言学理论,主要是西方的语言学家在研究印欧语和其他语言的基础上总结出来的。摆在我们中国语言学家面前的任务,不仅仅是要运用这些理论,更重要的是还要发展这些理论,这就更需要我们加强对汉语的研究。我们的汉语有如此悠久的历史,有如此丰富的变化,在历史上又有多次民族语言的接触和交融,为什么我们就不能从自己的汉语发展史的研究中总结出一些理论,为人类的语言理论宝库作出自己的贡献呢?汉语是世界上一种很有特色的、使用人口十分众多的语言,为什么我们汉语的研究者不能对语言类型学的研究发表自己的意见呢?这是我们汉语研究者在 21 世纪应该完成的任务。要完成这个任务,还必须从基础做起。就汉语语法史的研究来说,就是要踏踏实实地做好汉语语法史研究的基础工作,深入进行汉语语法史的研究,然后从汉语发展的历史中总结出相关的规律,并上升为理论。从这个角度讲,我们也应该感谢近代汉语专书研究的作者,感谢他们提供了一个十分坚实的基础。

汉语语法研究经过了一个世纪的历程,在 21 世纪应该有较大的发展。怎样才能使汉语语法史的研究在新世纪中有更健康、更迅速的发展?这是每一个汉语语法史的研究者共同关心的问题。在这一套近代汉语专书语法研究丛书出版之际,几位编者要我写几句话,我借此机会谈了一点关于近代汉语语法研究的意见,和大家一起商讨。

2002 年 12 月

绪　论

一　聊斋俚曲与《聊斋俚曲集》

聊斋俚曲是《聊斋志异》作者蒲松龄（约 1640～1715，字留仙，一字剑臣，别号柳泉居士，山东淄川人）所作、为普通民众所喜闻乐见的谣曲，它不但是蒲松龄文学成就以及明清文学研究的重要文献，而且也是后期近代汉语、特别是明清山东方言研究的重要资料。

早在 20 世纪 20 年代，俚曲便引起了胡适等人的重视。到 1929 年，北平朴学社印行了马立勋编的《聊斋白话韵文》，由钱玄同校、周作人作序，但只收录了六篇较短的俚曲。迄今为止，收集蒲松龄俚曲比较全面的是路大荒整理的《聊斋俚曲集》，收入路氏所编《蒲松龄集》。蒲集初由中华书局上海编辑所 1962 年出版（上、下两册），上海古籍出版社新版于 1986 年（全四册），后者"出版说明"云："本书初版于 60 年代初，脱销已久"，为满足国内外研究者的迫切需要，"特据原中华书局上海编辑所 1962 年纸型，改正若干错讹，重印出版"。

聊斋俚曲突出的特点是口语性强，所以其中有许多的方言词语或方言句式。这些语言成分的存在，势必增加了校点的难度，这与 20 世纪二三十年代之交上海亚东图书馆校点排印《醒世姻缘传》时胡适所指出的困难是同样的性质（《醒》书与聊斋俚曲是同一较大方言背景）。[①] 因此，《聊斋俚曲集》也有不少的校点错误。又尽管上海古籍本说明重印时改正了中华书局初版本的"若干错讹"，实际上初

[①] 胡适.醒世姻缘传考证.见：上海.亚东图书馆版.醒世姻缘传.1933；亦可见：胡适文存第四集第三卷.胡适作品集.17.醒世姻缘传考证.台北：台湾远流出版公司荣誉印行. 1986

版的一些重要校点错误,却几乎都保留了下来。两本的另一个共同缺憾,是没有校勘记。但在目前而言,中华书局本与上海古籍本仍旧是研究者所当利用的最佳版本。①

(一)《聊斋俚曲集》的校点问题

1. 聊斋俚曲的标点问题

这里所涉及的,主要是因文字失校或对聊斋俚曲词语及句式缺乏理解而导致的标点失误。为便于参考或检核,问题以在《聊斋俚曲集》中出现的先后为序;有些属于一类问题、同类型失误的情形,就在首次出现时一并列出,以省繁冗。另外,文中引俚曲例均标明在集中的页码(中华书局初版简述为a某页,上海古籍本简述为b某页)。②

(1) 他虽是转了便宜,咱合他谁折过来?(《墙头记》2回,a827,b837)

"谁折"当为"准折"(利益相抵义)。上例是说张老由两个儿子按日子轮替养活,张二跟其妻因张大赶得"小尽"多,是占了便宜(本曲同回:"正寻思咱大哥,他占得便宜多,小尽到有六七个"),故到时锁门闭户,假装外出,使张大送张老来时不得其门而入,以此跟张大所占便宜相抵(准折)。显然,此句当作:"他虽是转(赚)了便宜,咱合他准折过来。"因"准折"之"准"讹误为"谁"(疑问词),又导致将末句误作疑问句处理。俚曲他处亦用"准折",且可省作"准"。如《翻魇殃》5回:"他每日把人唠,我也骗他这一遭,略略的准折也公道。"《寒森曲》6回:"已是一命抵一命,彼此准折也罢了,怎么还敢把官告?"又《增补幸云曲》21回:"你再赢了我,我总里称给你;我若赢了你,咱就准了。"均系明证。

(2) 沈大姨说:"你仔说,您二姨这杀才是也人么?真么一

---

① 上海古籍出版社新版本除了有误改方言词的问题外,又有排误,如《快曲》"第一联",应为"第三联",1133页。此外,引《金瓶梅》,据齐鲁书社1987年本;引《醒世姻缘传》,据亚东图书馆1933年本及参考齐鲁书社1980年本。现一并说明,以省繁冗。
② 聊斋俚曲异写俗字甚多,为便于排印,在不影响问题讨论的前提下,或改为通行字。

个媳妇,是模样不好呀,是脚手不好呢?是不孝顺这杀才是待死呀?"(《姑妇曲》2段,a860,b870)

上例"真么"("这么"的音变异写形式)以下应作:"真么一个媳妇,是模样不好呀?是脚手不好呢?是不孝顺?这杀才是待死呀!"其中前三个"是"字句组成多项选择问句,实际上是用重复问的形式说媳妇(陈珊瑚)模样又好,脚手又好,又孝顺。因此,曲中沈大姨才对虐待珊瑚的婆母于氏不满,说"您二姨这杀才是也(乜)人么!"或"这杀才是待死呀?"(参见下条)

(3) 常说你模样好,为人又孝敬,婆婆敬的是口也难学。他二姨这杀才,就真么无道数样的替你做,自在的痒难挠,打退了这么个贤惠媳妇,只怕你点着灯还没处去找。(《姑妇曲》2段,a860,b870)

"无道数样"不应连文,应作:"他二姨这杀才,就真(这)么无道。数样的替你做,自在的痒难挠。"或将"无道数样"误作一语解释。上例是说珊瑚漂亮、贤惠,而婆母竟虐待不容,迫儿休妻,因此沈大姨才对珊瑚说出这一番数落其妹(珊瑚婆母)的话来。"他二姨这杀才,就真么无道","无道"是就于氏对珊瑚的无理行为而言的。此外,于"无道"后断句,"道"在曲中与"好"、"学"(方音)、"挠"、"找"押韵,正合韵文常规。

(4) 九日里回来,实指望他达妈念诵,必然差些了。谁想越发利害了,一点儿不应心,就掘口边说:"俺娘说来,您婆婆宜量甚么好,不照着他,他就乍了毛。"(《姑妇曲》2段,a864,b874)

"就掘口边说……"不通。应在"掘"字后断句,作:"一点儿不应心就掘,口边说:'俺娘说来,您婆婆宜量甚么好?……'"。上例是说媳妇臧姑极不贤孝,本指望她娘家爹(达)妈劝说会好一些,不料更加利害,竟至于"一点儿不应心就掘"。"掘"乃咒骂义,本山东及北方方言词(现仍常用),俚曲多见。另如本曲3段:"这个恶人好不谬,惹着尽自勾(够)人受;汉子惹着他也掘,婆婆惹着他也咒。"他曲用例如《禳妒咒》1回:"发恨想着掘他娘,到了近前没了胆。"又9回:"以后惹恼了我这性,我只是狠掘他那亲。"又10回:"媳妇儿你在那里掘,俺在这里听,骂达也是一升,骂娘也是一升。"与聊斋俚曲属同一方言背景的文献也有其例,如《醒世姻缘传》64 回:"我就只说了这两句,没说完,他就秃淫秃歪的掘了我一顿好的。"

(5) 娘们吃了两个剩饼,就合他熬。臧姑等到晌午,没人给他饭吃,问了问,还没动锅。便道:"哦,这意思里待合我熬么罢?囃呀?"那屋里一把斧子,便说:"二成,你拿了去,换俩馍馍来我吃。"(《姑妇曲》2 段,a863,b873)

(6) 公子说:"这里隔内宅远,夜里来,夜里去,甚么相干!这是五钱银子,先给酬劳。"李婆说:"没哩我就拿著罢呀囃,我就破上这老性命!"(《禳妒咒》14 回,a1191,b1201)

以上两处都由于不懂方言词语而导致标点错误。例(5)"便道"后应作:"哦,这意思里待合我熬么?罢囃呀!"这是臧姑见婆母与其夫并不主动做饭给她吃,有和她等靠的意思,从而说的话:"这意思里待合我熬么?"是泼媳臧姑的揣度之辞,故应是问句;"罢囃呀!"是臧姑的决意之辞(下某种决心或决意进行某种行为),类似今语:"算了,又怎么着(咋的)!"("囃"即疑问词"咋","怎么"的合音)所以下文便有臧姑竟有喝令其夫二成拿家中斧头给她换馍馍吃的行为描述。例(6)"李婆说"后应作:"没哩我就拿著?罢呀囃!我就破上这老性命!"此例是说高公子独处,寂寞难耐,让李婆招妓解闷,李婆怕高妻江城的厉害不敢应承,但见高公子先付五钱银子的酬劳时,便即动心:"没哩我就拿著?"这是李婆的自问之辞;"罢呀囃!"即"算啦(或"就这样呀"),咋的!"是李婆的决意之辞,所以下句说"我就破上这老性命"!("破上"即"豁上"或"豁出"义)可见,例(5)的"罢囃呀!"和例(6)的"罢呀囃!"是同一口语,只是说法略有不同。同类的口语形式另如俚曲《慈悲曲》3 段:"李氏说:'小讷子在这里么?'赵大姑说:'在这里哩!你待看他怎么?'李氏说:'我待叫他家去。'赵大姑'唎'了一声,说:'罢囃哩!'"此例"罢"前无相关话语。

(7) 两口子抉嗤了半日,光见瓦石,并不见银,气把头兴全没了,撅着嘴去了。(《姑妇曲》3 段,a874,b884)

"气"字应属上句,作:"光见瓦石,并不见银气,把头兴全没了。""银气"为一词,"不见银气"是说并无一点银子的气息或影子。此例是说二成夫妇听到树下埋银之事,赶忙偷偷抢先刨挖以求独得。"谁想并不见银钱,满坑里都是一些瓦合砖"(本曲本段),所以"把头兴全没了"("头兴"疑即"兴头")。"并不见银气"是形象的说法,不应把"银气"割裂开来而以"气"字属下句。

(8) 一日,到珊瑚房里,珊瑚笑了笑说:"我合你做妯娌十年多,近来极象合你初会呀。是的,我知怎么说,见了你亲极,全不像寻常日。"(《姑妇曲》3段,a879,b889)

(9) 仇福说:"吃了一宿酒,合失了困,那是的。"(《翻魇殃》2回,a930,b940)

(10) 这长官初进院时,有些憨样;这一回我看他像精细了。是的,我把琵琶弹一套好的,他听过来,就是俏里装村;若是听不过来,就是村里装俏了。(《增补幸云曲》16回,a1609,b1619)

以上诸例均因不解比拟句式而导致标点错误。就句式而言,"像 X 似的"之类,是现代汉语常见的重要比拟句式之一;就其历史或产生时期而言,大约是在明末清初(因为在聊斋俚曲里就有许多用例)。从这一句式的构成来看,"像 X 似的"变换介词,就成为"合(和)X 似的"等;"似的"在口语里又发生词语音变成为"是的",则这类句式就有"像(合、和,跟)X 是的"之类形式。① 此式中的 X,可以是体词性或谓词性的两种,X 后又可以出现语气词"呀(啊)"、"那(哪)"之类,即成为"像(合、和,跟)X 呀(哪)似的(是的)"一类句式。上述俚曲编校者误点的 3 例,就均包含着这类比拟句式,正确的点法是:"我合你做妯娌十年多,近来极象合你初会呀是的";"吃了一宿酒,合失了困那是的";"这长官初进院时有些憨样,这一回我看他像精细了是的。他听过来,就是俏里装村……"。这里也举出俚曲中另外一些同类比拟句式的例子,以资参证。《墙头记》2 回:"每日穷的合那破八果那似的,他那里的钱?"《姑妇曲》3 段:"这里大家气也不敢喘,像没人似

---

① 江蓝生.助词"似的"的语法意义及其来源.中国语文,1992(6);又:江蓝生.近代汉语探源.北京:商务印书馆,2000.168~184

的。"《富贵神仙》13回:"年纪三十四五,只像二十四五呀是的。"《增补幸云曲》5回:"俺那冤家指著个帖子,合圣旨呀是的。"又16回:"好什么!不过是胡乱拨几点子,合狗跑门那是的。"又23回:"这二日懊愧的合什么呀似的。"可见,俚曲整理者是把这类比拟式割裂开来,把"是的"或"那是的"点断。

(11) 是奴才也该怜他,是牛马也该喂他,怎么那良心就没有点渣?又不曾弄坏了甚么,动不动,口咬把抓,他去了又找他雠?(《慈悲曲》2段,a891,b901)

例中"动不动"是表示动作行为极易或动辄发生的副词性短语(今北方方言常见),只能是用作谓词修饰语而不单独成句,因此"动不动"后不当逗断,应作"动不动口咬把抓"。另外,尽管明末清初时期"动不动"所表示的语法意义往往要由"行动"、"动起"之类短语表示,①但这一副词短语形式在北宋时期即已出现,例如《河南程氏遗书》卷十九《伊川先生语五》:"先生曰:'只为而今士大夫道得个"乞"字惯却,动不动又是乞也。'"②再看可反映明末清初山东方言的《醒世姻缘传》的例子,1回:"往时怕的是计氏行动上吊,动不动就抹颈。"又5回:"如今大狱频兴,司官倒也热闹,只是动不动就是为民削夺,差不多就廷杖。"俚曲也另有其例,如《寒森曲》5回:"从来鬼怕恶人,二相公没来时,动不动打骂;着二相公掘了一场,撅着嘴也没敢做声"。再者,上例基本上是七字句,末字押韵,由此而言"动不动"亦不当为句。

(12) 李氏说:"你看,我来做嗄来?"赵大姑说:"我这里和您家里一样们哩,我就没有那碗饭给他吃么?"(《慈悲曲》3段,a896,b906)

(13) 大姐说:"俺爹你放心。就难些也罢们哩,还待另嫁哩么?他在时,我还嫌他带累我哩。"(《翻魇殃》1回,a923,b933)

(14) 魏名说:"既不吃酒,咱每人一吊钱小顽顽,给春娇打二百头,也不负他的来意。"……仇福说:"我没有钱。"魏名说:

---

① 杨淑敏.元明白话某些新兴副词探析.东岳论丛,2000(3)
② 二程集.第一册.北京:中华书局,1981.259

"我借上们哩。你还不起我吊钱么?"(《翻魇殃》2回,a929,b939)

(15) 我剩下的,你吃些罢。你再来做的多着些,分开们哩,是为你来么?(《翻魇殃》3回,a937,b947)

由上例可知,俚曲整理者是把"们哩"看做句末语气词,因此于其后断句。其实,"们哩"是副词,它用于句子或句子谓语之前,表示揣测或反诘,相当于"莫非"或"难道"。从历史的角度看,"们哩"的前身应该是"每哩","每哩"的前身是"没(地、得)的"的变式"没哩(里)"(其间另有"没地里")。副词"没的"之类约形成于元代,明清时期常见。例如《元曲选·铁拐李》2折:"想着咱二十年儿女夫妇,你没的不送我到郊外?"《水浒传》23回:"休要胡说,没的不还你钱?"又28回:"看你怎地奈何我,没地里倒把我发回阳谷县去不成!"《金瓶梅》50回:"算帐?没的算怎一日?"又72回:"他不来我家来,我没的请他去?"《醒世姻缘传》6回:"没的这猫也着人哄了不成?"又11回:"这是为咱家老的们,没的为他哩?"又22回:"俺有是俺的,没的是奶奶分给俺的?"既与聊斋俚曲属同一方言背景、时代又大致相同的《醒世姻缘传》仅见"没的",但到聊斋俚曲里,除少数作"没的(得)"(如《禳妒咒》1回:"没得还该不怕么?"《增补幸云曲》6回:"没的长官就玩不起百十两银子么?"),多数变为了"没哩"以及"每哩"。"没哩(里)"的例子如《寒森曲》3回:"没哩是咱妹子?"《禳妒咒》14回:"没哩是劝他那娘子?"《增补幸云曲》20回:"寻寻思思的,没里他是'胡寻思'?""每哩"的例子如《墙头记》1回:"每哩俺该不吃饭么?"《磨难曲》23回:"新女婿抹着腰,每哩你疼我不疼哩?"《增补幸云曲》9回:"佛动心每哩是他?"又13回:"每哩既犯相与,就不问问么?"正是在俚曲出现"没的"变为"没哩"、"每哩"的基础上,在口语里由后者又音变为"们哩"。它们尽管有时代及文献的差异,但实际上是同一个副词。因此,前例依次应作:"我这里和您家里一样,们哩我就没有那碗饭给他吃么?""俺爹你放心,就难些也罢!们哩还待另嫁哩么?""魏名说:'我借上,们哩你还不起我吊钱么?'""你再来做的多着些,分开们哩是为你来么?"

(16)（李氏）那腿上去了一块皮,走着还瘤呀瘤呀的,呀的进了房门,也没管孩子哭,一头攮在床上……(《慈悲曲》3段,a899,b909)

"走着还瘤呀瘤呀的",两"瘤"字应系"瘸"字形近之讹误。因李氏"蹶着了一块石头,跌了个倒栽葱","那腿上去了一块皮",所以走着才"瘸呀瘸呀的"。另俚曲《禳妒咒》17回:"行步艰难带血痕,腰中酸楚腿瘤疼。"《富贵神仙》7回:"那老婆漏着腚光着脚,瘤呀点呀的家去了。"又9回:"大家做刚的做柔的,把李家的人放了,一个个瘤点呀的才去了。"其中的"瘤"字,均系"瘸"字之误。"瘸呀点呀的"至今仍在使用,与"瘸呀瘸(呀)的"意思相类。因此,下句"呀的进了房门"不通,其中"呀的"当是因上文"瘤(瘸)呀瘤(瘸)呀的"而衍误。

(17)姜娘子说:"仔怕嫖赌也是有的。"贼人胆子虚,仇福红了脸,说:"你问不的。你可休对咱娘说我没来家。"(《翻魇殃》2回,a930,b940)

仇福的话当点作:"你问不的?你可休对咱娘说我没来家。"上例是说姜娘子猜知仇福在外嫖赌,仇福心虚,对其妻姜娘子表示:"你问不得吗(意思是:你可以问我干了什么)?但不要告诉咱娘。"显然,两句间有意义上的转折关系:"你问不的?"是以反问的形式表示肯定("你可以问")的意思,所以当为问句;否则便成为陈述句而表示"你不能问"的意思,恰好与文意相反。"不的(得)"用在谓词之后构成疑问句的用法,在现代山东方言里仍属常见,而在聊斋俚曲中,其例已不鲜见。例如《姑妇曲》1段:"大成说:'罢呀!我对你说,珊瑚好了,你着他去罢。'何大娘说:'你来家当面说说不的么?'"《慈悲曲》1段:"张炳之说:'不必呀!我雇一个小厮给你支使不的么?'"《翻魇殃》6回:"慧娘说:'俺的屋呢?'大姐说:'您那有?有也待张口的屋哩!'慧娘说:'咱修理修理不的么?'"《寒森曲》6回:"你嫌走的慢,你住下不的么?"这些同一文献中用"不的(得)"例均为反问句,与上例同类。

(18)骂一声贼强人,杀白黑的不来家,你在外边做什么?(《俊夜叉》,a1102,b1112)

前两句当作:"骂一声贼强人杀,白黑的不来家"。"贼"和"强人杀"

（该让强人所杀，即该死的意思）都是咒骂人的话，所以"骂一声贼强人杀"，在语义上可看作"骂一声贼/强人杀"。"强人杀"语义类似"杀才"。俚曲《禳妒咒》24回："骂一声贼奴才，贼头贼脑真杀才！"可作为上例注脚。又俚曲《东郭外传》："这其间不知真来不知假，只怕强人杀的瞎拉撑。"①即用"强人杀"一语。再者，上例"杀、家、么"押韵，"杀"置下句句首也不合韵文常例。

(19) 叫王龙休笑话，无银子使什么？一匹好马卖了罢。两头见日走千里，不用鞭子腿不夹……王龙计算定了，上楼来叫道："长官，我才试了试的那马，说走一千是谎着了，极七八日也走不上一千。好歹买了来，给小厮们骑罢。……"（《增补幸云曲》20回，a1630, b1640）

"说走一千是谎着了"及"极七八日"云云不通，应作："说走一千是谎，着了极七八日也走不上一千"。上例是说万岁爷（假扮军家）的龙驹一日可行千里，要卖与王龙换银子使，王龙想得到此马，但又要故意贬低，才说"说走一千是谎，着了极七八日也走不上一千"。"着了极"应是与"着了紧"或"着紧"同样语法作用的副词短语，相当于现代汉语口语的副词短语"弄不好"或书面语副词"甚至"，它所在的句子与上句在意义上有递进的关系。因此上例即"说走一千是谎，弄不好（或甚至）七八日也走不上一千"。类似用法的"着紧"在同样以山东话为方言背景、但成书比聊斋俚曲早的《金瓶梅》（明代）里，就可以见到不少例子。② 如 12 回："除了俺家房下，家中这几个老婆丫头，但打起来也不善，着紧二三十马鞭子还打不下来。"64 回："一钱银子只称九分半，着紧只九分，俺每莫不赔出来？"又 67 回："定不的年岁，还到荆州买纸，川广贩香蜡，着紧一二年也不止。"显然，《金瓶梅》这类"着紧"在意义和用法上都与聊斋俚曲的"着了极"一致。除"着紧"外，在聊斋俚曲里与"着了极"用法和意义类似的又有"吃紧"。《禳妒

---

① 马立勋. 聊斋白话韵文. 北平朴学社，1929. 45。"拉撑"似当作"撑拉"。
② 冯春田. 近古汉语里"紧"、"打紧"、"紧着(自)"之类虚词的语法分析. 古汉语研究. 1996(1)

咒》7回:"想是江城他在那里见他来,吃紧了两个见了话也未可知。"

以上列举了《聊斋俚曲集》初版和新版中共同存在的一些涉及词语和句式的比较重要的标点问题。至于明显的标点失误,集中同样较多。例如《墙头记》1回:"我要地,只怕不肯,也是有的。每哩不要罢,性命要紧,斗斗胆就要一要。"(a825,b835)"每哩不要罢"是自问的话。本曲3回:"给你遮寒原是好,怎么着人把俺诮,拿来罢休被人家笑。""怎么"以下当作:"怎么着人把俺诮?拿来罢,休被人家笑。"《慈悲曲》4段:"兄弟去,再休来霑了衣裳塌拉了鞋,你虽殷勤我不爱。"(a904,b914)"再休来"后应断句,"来、鞋、爱"押韵。又《寒森曲》4回:"老王出了票子,叫那李蝎子、商臣、赵豹一干人犯,一齐到县堂上去点点着,便问起歪子:'你父亲着人杀了,你可甘心么?'"(a1029,b1039)"一齐"下应作:"一齐到县堂上去点,点着便问起歪子……"。《禳妒咒》13回:"媳妇来三月有零,…庆儿郎聪明,媳妇美和顺,不闻吵骂声,还有甚么忧心病?"(a1184,b1194)"庆儿郎"以下当作:"庆儿郎聪明媳妇美,和顺不闻吵骂声"。《增补幸云曲》10回:"我将好言哄他哄他,若信了,我上南楼上吊寻死……"。(a1586,b1596)"哄他哄他"不通,实应作:"我将好言哄他哄,他若信了……"。① 如此之类,不难辨别,但都是利用该集时应当注意的。

2. 聊斋俚曲的文字校勘问题

《聊斋俚曲集》属于纯粹文字校勘方面的问题也较多。但是,由于俚曲整理者对校勘没有较详细的说明,②又未出校勘记,所以其校勘情形如何,不得而知。这里只是根据俚曲集的情况,举出一些相关问题。俚曲中有一些因形近而致讹误的字,例如上文所涉及的"准折"讹作"谁折"、多处"瘆"字讹作"瘤"字等。以下再列出一些同类的例子。

(20) 他虽然大不通,到底是你的兄,怎使的按倒使捶挦?

---

① 或在"哄他哄他,若信了"后句前增"他"字,作"哄他哄他,他若信了"。实属妄增。
② 路大荒编《蒲松龄集》末"编订后记"里有"遍假藏本校订"的话,但语焉不详,无法让人看出其校订的实际情况。

(《墙头记》3回,a837)

(21) 赵举人这就发了怒,掀下驴来只顾捯,背到家送了残生命。(《寒森曲》2回,a1012)

以上"捯"字应作"挏"(与"兄、通、命"等字押韵,显系"亨"声,音[xəŋ],俗字),表示"击打、砸"义,此词现代山东方言习见。

(22) 我如今想了一个计策,这也是望空打彩,可也来必不中用。(《墙头记》4回,a842)

"来必"应作"未必","来"、"未"形近致讹。

(23) 新给他兄弟娶了一个娘,遇着太岁又遭殃。我的天!大杖烹,逐日烹大杖。(《姑妇曲》2段,a846)

例中两"烹"字,均当作"享";"享"乃"受"义,"享大杖"云云,是调侃的说法(实即"吃杖"、"挨杖")。另"享"与"娘、殃、杖"押韵,亦可为证。

(24) 刨燥子曝子,就呜呼尚飨了。(《寒森曲》7回,a1050)

例中前一"子"字,当为"了"之讹误。

(25) 我看你一点手巾也没有,吃了饭着便什么擦嘴?(《增补幸云曲》16回,a1608)

例中"便"当是"使"之讹误。这类情况也是在利用俚曲作为研究资料时应予注意的。

(二) 聊斋俚曲的记音字或俗字问题

聊斋俚曲的文体性质及由此而带有的语言(白话)特点,决定了其中有大量的异写俗字。这又有不同的情况。例如:

(1) 那行子扒起来,就拉京腔。(《翻魇殃》8回,a969)

(2) 只怕是嗔人挑戏,他何至就把头割下?(《寒森曲》3回,a1023)

(3) 运气低任勾怎么挣,就忽然拾了元宝,也着你灾患齐生。(《寒森曲》7回,a1063)

(4) 展开包甚喜欢,又包煞颠了颠,约摸也有二两半。(《寒森曲》7回,a1065)

(5) 为父亲竟把廉耻抆。(《寒森曲》8回,a1049)

(6) 带到堂上四十板,拥签就打不许迟。(《磨难曲》14回,a1424)

(7) 这一来甚莽壮,像有些不大妙。(《磨难曲》11回,a1407)

(8) 典儿卖女还不差,又打上为王作霸。(《俊夜叉》,a1099)

(9) 那信儿不知真假,已是叫人心酸,又打上母亲这等,益发叫人难堪。(《磨难曲》22回,a1471)

(10) 你自有结发的恩合爱,这露水夫妻煞相干?(《磨难曲》13回,a1415)

上例(1)至(4)、(7)至(10)均为借音字,例(5)、(6)则是记音俗字,它们原本或后来都有通行字或比较固定的字,两者在字音上无大区别:"扒"即"爬"、"挑(戏)"即"调(戏)"、"(任)勾"即"(任)拘"、"颠"即"掂"、"捒"即"撩"、"(莽)壮"即"(莽)撞"、"打(上)"即"搭(上)"、"煞"即"嘎(啥)"等。

另一种记音字不同,它所记录的是方言音变词(或词的方言变体)。例如:

(11) 极仔想你不得见,又说你去的不光滑。(《翻魇殃》9回,a983)

(12) 急自一个唯唯哼哼的,一个扭扭捏捏的,又添你哭哭啼啼的……(《寒森曲》5回,a1039)

(13) 那个鬼哈了那碗水。(《寒森曲》6回,a1046)

(14) 赏他一桌酒,合你二姐姐吃哈。(《增补幸云曲》18回,a1619)

(15) 我仔说了够一把,你就掘了一大拂。(《俊夜叉》,a1103)

(16) 老婆不要仔顾诈。(同上)

(17) 公子把两手比量着说:"那脚够真么大!"(《禳妒咒》5回,a1153)

(18) 叫一声我妹妹,泪下如浇,一句话得了真么个狠报!

绪 论

(《磨难曲》18回,a1444)

(19) 常时还好来,近因著他战战得塞的,越发厌恶人了。(《禳妒咒》16回,a1198)

(20) 娇儿一个最孤单,未从打他手先战。(《富贵神仙》8回,a1318)

(21) 昨夜晚他就把娘子来变,在怀中谈话儿百样的试单。(《磨难曲》13回,a1416)

(22) 穿搭上流水去罢,这早晚还只顾么仓。(《增补幸云曲》25回,a1651)

上例均为方言词记音字。就原词而言,它们都是当时汉语共同语或地区方言所本有的。但是,到聊斋俚曲所代表的时代及方言里,或因其方言音系、或因口语音变,这些词音都发生了变化,所以其书写形式(字)也就不同了:例(11)、(12)"极仔"和"急自",本即当时北方言的"紧着"(条件副词,"本来"义);例(15)、(16)的"仔",本即共同语里的"只";例(17)、(18)的"真么",本即共同语里的"这么";例(19)的"战战得塞",本即"战战多梭";例(20)"未从",本即共同语的"未曾";例(21)的"试单",本即共同语里的"试探";例(22)"么仓",本即"磨蹭"。例(13)、(14)的情况又有所不同:例中"哈"音[xa],即"喝";但"哈"不是"喝"的词语音变,而是由俚曲所代表的方言音系特点所决定的(现代淄博一带方言,"喝"仍音[xa];聊斋俚曲谐 a 韵)。正确认识这些方言口语音变词或方言词音的记音字,对俚曲的语言研究是有益的。为进一步说明问题,这里举出两个更特殊些的例子:

(23) 官司全不论青黄,不给你钱使大板抗。(《磨难曲》14回,a1423)

"抗"据文意,当与上文所说俚曲"拧"同义("击打"义,音[xaŋ],与上句"黄"及同段韵文"长赃账粮张丧状方场样"押韵),"抗"与"拧"可能是音变同源词(此词今山东方言也有这两个词音形式)。因此,"抗"乃聊斋俚曲所用方言词记音字,不存在文字讹误问题。

(24) 五更里起来,咉嗤咉嗤的穿把上,叫他在床前站着,待盼子中了饭,都吃停当了,才着他刮那冷跢块吃。(《慈悲曲》1

段,a885)

"盼"《广韵》有胡计、匹苋两切,此处当音[P'an],同"盼"。"盼子"为山东淄博等地方言词,为"会儿"、"会子"义(时间词,今仍常见)。又《醒世姻缘传》83回亦用此字:"小的们都是些滴了眼珠子的瞎子们,狄爷不盼的合小的们一般见识。"但此处"盼"为[ɕi]音,"不盼"即"不屑"义(今山东方言仍普遍使用),与俚曲不同词。这两种用法都音有所本,有人把俚曲此字改为"盼"字,尽管从异体字(同词)方面说不能算错,但是从文献学的角度说,这是极不合理的。

二 聊斋俚曲的语法特点

聊斋俚曲口语性强,语言材料比较丰富,既能在一定程度上体现汉语北方方言发展演变到当时的状况,又能反映出其背景方言的某些语言特点。以下仅就聊斋俚曲的语法问题作简略的叙述。

(一)聊斋俚曲的词法特点

聊斋俚曲的虚词比较丰富,而且具有明显的时代和地域特点。

1. 代词

俚曲有一套体现后期近代汉语特点、跟现代汉语相近而又包含方言成分的代词系统。

(1) 人称代词。俚曲既有"我"、"俺"、"咱(喒)"这类第一人称代词,而"自家"、"自己"、"咱家"又有第一人称用法,明显地保留着宋、金以来汉语第一人称的某些特点。[①] 从下表中组合关系(用法)统计来看,也值得注意:[②]

[①] 吕叔湘,江蓝生. 近代汉语指代词."三身代词"、"们和家",上海:学林出版社,1985.1~103

[②] 表中分析统计据《姑妇曲》、《翻魇殃》、《禳妒咒》三种俚曲(分别简称"姑"、"翻"、"禳",下或同此);组合形式(用法)未全部列出,"主/宾/定"含兼语;词形举"咱"包括喒。

绪　论

	出现频率				组合形式		
	姑	翻	襻	合计	主/宾/定	数量/群名	们
我	150	446	843	1439	1420	0	0
俺	15	31	261	307	276	10	0
咱	26	131	132	289	271	11	0

由表可见,俚曲三种"我"、"俺"、"咱"的出现频率与其处在主语、宾语(含兼语)、定语语法位置上的比例是相当的(分别为:1439:1420,307:276,289:271),并且都没有跟"们"组合的例子。但是,它们在跟数量词、群体名词组合时却显示出很大的差别:"我"1400余例无一例"我+数量/群名"的组合形式,而"俺"307例、"咱"289例,分别有10、11例相关组合形式的例子,表明"我"在俚曲的方言里不仅是排除式,而且是严格地用于个体自称。"俺"虽然也是排除式,但能够跟数量词、群体名词组合,这是它与"我"的显著区别。"俺"和包括式的"咱"都可以跟"数量/群名"组合,按说在意义上"人称+数量/群名"="人称+们",然而俚曲在组合形式上有前者而无后者,这似乎是比较奇怪的事情。不过,如果参照第二、第三人称"你"、"他"也仅有4例跟"们"组合的用例,也就看出:俚曲所代表的当时的山东内部方言的人称代词、特别是第一人称代词,是不习惯于跟"们"组合的;类似"人称+们"的意义,在俚曲所代表的当时的方言里,更倾向于用"X+数量/群名"的表达形式。

此外,"我"和"俺"除有在组合关系上的差异外,也不排除有"语用"的因素:从句义来看,"我"似乎倾向用于一般自称,而"俺"很像是自称的强调式。

俚曲的第二人称代词有"你"、"您"、"恁"3种形式。"您"和"恁"可以看做是"你"的变体,但跟"你"在组合关系上却有着明显的差别:"你"1300例,其中1290例分布在主语、宾语、兼语及定语的位置上,"您"和"恁"的相关语法分布情况如下:①

---

① 其他语法位置表中未显示,请参看本书第二人称代词"您"、"恁"。

	频率	主语	兼语	宾语	定语
您	94	15	2	2	49
恁	11	0	0	0	11

"您"94例,其中做主语15例及做兼语、宾语各2例,49例处在定语(名词修饰语)的位置;"恁"11例,一律处在定语的位置。因此,尽管"您"、"恁"可以看作是"你"的变体,但这不会仅仅是词形上的变化(包括词音形式),而很可能是由于用法不同而导致的词形变化。此外,"您"、"恁"的词音可能是[nin]之类,但它又不可能是"你们"的合音:因为前面已经说过,俚曲人称代词不太跟词尾"们"组合(俚曲三种"你+们"仅1例)。

(2) 指示代词。俚曲的指示代词在承继宋元以来指代词的基础上,更向现代汉语指代词的方向演进或发展了:不仅有跟现代汉语更为接近的近指、远指的指示代词及其多样化的复合形式,而且又有一些方言形式以及兼性指示代词。

例如,俚曲三种"真么"多达14例,是近指指示词"这么"的变体,但是在用法上两者并不完全相同:除了"这么"的称代用法是"真么"所没有的之外,只有"这么"在用于指示、带有强调或夸张的意思时才可以由"真么"替换。请看下例:

① 他二姨这杀才,就真么无道!(姑)
② 姐姐,你有造化,怎么媳妇就真么贤孝!(又)
③ 老天呀,怎么就真么有灵应!(又)
④ 夫人说:"这又奇哩!不丑罢呀,怎么不好?"公子把两手比量着说:"那脚够真么大!"(禳)
⑤ 你看看真么吵着,真么闹着,真么打着不怕!(又)
⑥ 真么一个媳妇,是模样不好呀?是脚手不好呢?是不孝顺?(姑)
⑦ 真么个贤惠人,休了是因何故?(又)
⑧ 沈大姨说:"我儿,你真么薄皮子,我就没有那顿饭你吃么?……"(又)

"真么"①至⑤例做形容词、动词修饰语,⑥至⑧做"数量/形+名"的修饰语,都具有指示程度或强调的意思。因此可以认为:在俚曲所代表的方言里,指示代词"这么"用于指示程度或强调时,它就可能发生[tʂə mə]→[tʂən mə]的音变,从而产生变体。

俚曲比较特殊的指示代词又有"恁么"、"恁"、"宁么"。"恁么"、"恁"从宋代开始到元明时期都比较常见,①但是俚曲这几个指示词有可能、但不一定是前者的遗留形式。例如:

⑨ 人人都说于氏有造化,就摊了恁么一个贤惠媳妇。(姑)

⑩ 是恁大官衔,怎肯来床头相见?(禳)

⑪ 他娘听说一把夺,你就宁么怕老婆!(姑)

"恁么"、"恁"都是用在"形+名"或"数量+{形+名}"之前,表示对性状的强调;"宁么"大概是"恁么"的音变形式,用在动词短语前,又是对动作程度的强调(俚曲的"恁么"、"恁"、"宁么"均不处在谓语位置上)。因此,它们似乎是同类用法的"那么"的口语变体。比较用于强调的"这么"音变为"真么",用于表示强调的"那么"音变为"恁么"(或"恁")也是可能的。

俚曲的指示代词又有兼指的"乜"及其复合形式"乜个"、"乜么(样)"有时是近指,相当于"这",有时是远指,相当于"那",但总体上看比较倾向于近指。"乜"的特点是纯粹用于指示,并且一律用在名词前(俚曲三种36例)。例如:

⑫ 我看不上你乜脏样!(姑)

⑬ 于氏说:"俺姐姐,你说起来我就不是乜人!"(又)

⑭ 留下乜两个孩子,我看着并无差迟。(翻)

⑮ 你乜女人家,出头露面的怎么告状?(又)

⑯ 虽有巴掌不能扬,从今汉子不受降,俺就许下杀乜羊;待要攥俺折了锥,待要扎俺折了针,俺就许下杀乜鸡。(又)

复合形式"乜个"、"乜么(样)"则不同,都用于称代:

⑰ 范梏说:"你乜个给我写上罢。"(翻)

---

① 吕叔湘,江蓝生.近代汉语指代词.上海:学林出版社,1985.267,295~300

⑱ 世上惟有禽合兽,生来只知自有娘,为人不该乜么样。
（又）

可见,在俚曲所代表的方言里,"乜"（尤其是单用时）跟近指的"这"、远指的"那"在功能上差异是较大的。

(3) 疑问代词。俚曲疑问代词最显著的特点,是出现了合音式"啥"和"咋"（前者通常写作"嗄",有复合形式"嗄子";后者通常写作"囋",也写作"咱"、"喈",这里一律写作"咋"），其出现频率及用法如下表:

	姑	翻	禳	合计	称代	指示
啥	13	24	26	63	47	16
咋	10	10	14	34	16	18

"啥"是"甚（什）么"的合音,"咋"是"怎么"的合音。由上表也可以看出,"啥"和"咋"当时不但用例较多,而且也具备了双音式疑问代词"甚么"和"怎么"的基本用法。

2. 数词和量词

俚曲三种的数量词也比较充分地反映出后期近代汉语及方言的基本面貌,而重要特点表现在两个方面。

(1) "数（两；三）+量（个）"合音词"俩"、"仨"的形成。由口语连说音变,"两个"合音为"俩"、"三个"合音为"仨",在俚曲里已经出现。① 俚曲三种"俩"多达 58 例,"仨"仅见《禳》曲 2 例,而且是跟"俩"组合,表示不定数。从历史的角度看,俚曲是目前所知出现"俩"、"仨"较早的文献。

(2) 俚曲量词的使用不仅已经十分普遍,而且各类量词都不少。比较近代汉语前期语料,其突出特点之一,是临时量词和借用与动作相关的事物名词、借用动作或与动作有关的方式作为动量词的丰富或多样化。

---

① 俚曲"两个"的合音极少写作"俩",而一般由"弐"（贰）在左、"两"在右构成；"三个"的合音不写作"仨",而是通常由"参"（叁）在左、"三"在右构成。这里用"俩"、"仨"表述,是着眼在词的角度,同时也是为了方便打字（下同）。

3. 副词

俚曲的副词是词法里内容最多的一部分,而且又大多是唐五代以来产生的和体现后期近代汉语发展的副词,另外,还有不少反映俚曲背景方言的副词。以下仅就俚曲的方言副词作些举例性说明。

(1) 俚曲的方言副词成分之一,是反映其背景方言或体现北方方言特点的副词。如范围副词"光";程度副词"不大"、"没大"、"老"、"老大"、"大"、"紧"、"着实"、"老实"、"忒";事态和动态副词"空"、"干"、"敬"、"流水"、"没曾";语气副词"实"、"投信"、"敢子";关联副词"一行/行"、"一行…一行…"、"急仔/极仔"等。这类副词在意义或用法上大都较有特点。

(2) 俚曲方言副词的另一个重要组成部分,是近代汉语后期某些副词在俚曲所代表的山东话里的方言变体。例如"仔(只)"、"一发(越发/益发)"、"仔顾(只顾)"、"没哩/每哩/们哩(没得/没的)"、"真果(真个)"、"仔怕(只怕)"等。①

4. 连词

俚曲的连词门类齐全但数量并不是很多。

(1) 俚曲三种里连接词或短语的连词有"与、合、和、同、且"几个,"与"大概是书面语的文言成分(14 例),"且"、"同"仅各 1 例,"合"跟"和"实际上是一个词,"合"(音[xuə])是"和"的方言变体,多达 120 余例,而"和"仅《禳》曲 11 例。

(2) 俚曲连接小句或句子的连词也较有特点。有的是方言成分,如"不拘"、"任拘"、"但只"、"若不然"等;有的则是方言用法,如"不"具有选择连词的功能。②

5. 介词

俚曲的介词比较丰富,除有一些近代汉语产生的介词外,还有一些带有方言色彩的介词。比较前期近代汉语,俚曲介词的特点是除了少数文言介词外,在介词意义、用法上形成重叠(尤其是大部分或

---

① 括号内为原词形式。
② 与俚曲同属北方系资料的《儿女英雄传》,"不"亦有类似用法。

完全重叠)的现象已经比较少见。(请见"介词"部分,这里不再列举)。

6. 助词

俚曲的助词不仅数量较多,而且特点突出。这里举两点来看。

(1) 结构助词"地"、"得",动态助词"得",在俚曲三种里基本上或全部写作"的":

	结构助词		结构助词		动态助词	
	地	的	得	的	得	的
姑	0	35	0	52	1	12
翻	0	47	0	80	1	42
禳	0	54	3	111	2	70
合计	0	136	3	243	4	124

这似乎表明,在俚曲所代表的当时的方言里,"的"、"地"、"得"这3个助词的词音形式是相同或十分相近的。

在用法上,俚曲助词也值得注意,如"的"(事态)用在句子谓语后,可表示事情的某种趋向:

① 庄家老得罪着老龙王,只怕怪下来,不上俺那地里下雨的。(姑)

② 江城云:"你去收拾家伙,咱好回家去,我待梳头的哩!"(禳)

③ 今日你就住下,我打发人去支你的身价,给你取箱子的。(又)

与此相关,假如是祈使句,则表示说话者的某种意向:

④ 没要紧,你拿了去回地的罢!(姑)

⑤ 仇福说:"姐姐,你没本事,去歇歇的罢!我闲着做嗄哩!"(翻)

⑥ 鱼童,你去庭前折一枝花来的!(禳)

(2) 俚曲语气助词在词形上有一套疑问和非问很相近的词形系统:

A. 非问:么(麽)、罢、吧、哩、呢、呀、呵、哇(呱)、哪、哟;

B. 疑问：么(麼)、吗、罢、哩、呢、呀、呵、哇、喠、那(哪)。

而"吧"、"吗"、"呀"、"哇"、"喠"之类，就汉语北方方言来说，大都是常用的语气词；仅就目前文献调查的结果看，聊斋俚曲大约是较早可以见到这类语气词的语料。

（二）聊斋俚曲的句法特点

在句法方面，聊斋俚曲跟现代汉语北方话更为接近了，古代汉语或近代汉语前期的某些形式有的仍可见到，但用例较少、或者说已成衰落之势，能体现后期近代汉语以及现代汉语的语法形式增多，并且有一些方言的成分。

1. 动补式

俚曲动补式的使用比较频繁，组合成分也呈现为多样化，在结构意义上也可以反映后期近代汉语的新发展。以下举例来看。

（1）"动＋动(完/结)"式作为补充成分的动词就有"讫、却、吊(掉)、折、断、散、饱、会、见、成、破、碎、完、杀/煞、死、尽、动、开、住、倒、就、定"等，用来表示不同的动作结果（含完成）的意义。同时，用"杀/煞"表示结果，又由夸张结果（死）发展出表示程度的用法。例如：

① （徐氏）忍不住的两泪交流，说："我可着小福子气杀我了！"（翻）

② 徐氏说："大嫂，你说笑话哩！看折罪杀俺了！"（禳）

③ 终日把人家活活的恼杀，活活的呴杀，活活的气杀！（又）

④ 哎哟，小歪拉骨！你可呴煞我了！（又）

⑤ 从今后把他丢了，折摄煞休要可怜。（又）

这样的例子还是夸张结果（死）带有程度的表示，像下面的例子大概就是侧重在表示程度（达到极点）了：

⑥ 叹杀人小珊瑚，低着头哭乌乌。（姑）

⑦ 半年来愁闷杀，有人说请痒难抓。（禳）

⑧ 痛煞了泪下眼枯，昏惨惨地黑天乌。（姑）

⑨ 扎裹起来爱煞人,好像一尊活菩萨。(禳)

由此,又引申出表示动作程度的无以复加,有"无论如何"的意思。如:

⑩ 如今回头已是晚,念煞弥陀活不成。(姑)

⑪ 老母猪衔着象牙筷子——他就装煞,也是杀才。(又)

(2)"动+形(结/状)"式的补充成分是形容词,这应该算是近代汉语、特别是后期近代汉语以来汉语动补式的一个特点。俚曲这类结构形式作为补充成分的形容词有"坏、干、净、满、足/够、遍、妥当/停当、红、平"等,另外副词"极"也用在表示心理活动之类的动词后作为补充成分。这类动补式的补充成分不只是表示动作的结果,大多是表示动作所形成的状态或者程度。此外,双音节补充成分的出现,似乎也是值得注意的语言现象。

(3)在由趋向动词"上"作为补充成分的动补式里,"上"表示结果,这种结果在多数情况下具有或强或弱的趋向性,但有时可以看作仅仅表示动作的实现或完成。如:

① 取到白银二十两,三日以里定还上,不还上将他准了账。(翻)

② 买了麸子喂上马。(又)

③ 不如包打上二百好冰凌,上公堂照他皮脸撕。(禳)

④ 看上陶家小娇儿,降着我给他把情传。(又)

⑤ 老婆给公子勒上头。(又)

⑥ 走上几步又说:"又是一层院落,好不幽雅!……"(又)

至于"上"跟"出、舍、破"之类动词组合,表示"动(豁)+上(出去)"的意思,也是后期近代汉语新兴、而现代汉语方言常见的用法。

2. 处置式

俚曲标准的处置式只有"将"字句和"把"字句;"将"字句43例,"把"字句533例,比例悬殊。因此,俚曲用"将"字不排除有文言或书面语的因素。

(1)"把"字句不仅用例多、句式结构成分比较复杂,而且又体现出近代汉语处置式发展演变的特点——语法意义分化,可以清晰地分别出表示使役意义的"把"字句（俚曲三种凡25例）。如：

① 倒把我好心的娇儿,离别了正勾(够)三年。（姑）

② 秋桂越发作弄着笑,娇儿心肝不住口,把乜孩子吃了大敲。（翻）

③ 锁在他间房一月久,没可思想才咕哝,把书本才有了清闲空。（禳）

④ 把一个极有本领的媳妇,到这里老大窘。（姑）

⑤ 止有他娘合仇大姐在家里,把日子又大差了。（翻）

⑥ 这一个暗蹴金莲,那一个笑上眉尖,两家都把心绪乱。（禳）

这类使役义"把"字句的谓词一般是自动词（如①至③例）或形容词（如④至⑥例）。

（2）严格地说,俚曲里还没有"拿"字处置句,但是"拿"字句有接近"把…当作(看作)…"处置式意义的一类,"拿"后多用助词"着"。例如：

① 拿着人人当珊瑚,这却不是珊瑚是臧姑。（姑）

② 你眼儿拿着他当丈夫,腹儿拿他当心肝。（禳）

这类句式"拿（着）＋名"后可以是形容性词语：

③ 一般都是你的儿女,拿着俺大不相干。（翻）

也可以是受事主语句,或承前省略主语。如：

④ 大伯拿着当奴才。（姑）

⑤ 臧姑说:"这糊突梦,那(拿)着当件事哩!"（又）

⑥ 咋就不问谁是主,拿着当自家那抗腿的人？（禳）

由③至⑥可以看出,俚曲"拿"字句还没有转化成表示"把…当作(看作)…"意义的一类处置句式,更没有表示一般处置义的"拿"字句。[1]

---

[1] 一般动作处置义的"拿"字句在近代汉语后期可见用例。如《水浒传》52回:"李逵拿殷天锡提起来,拳头脚尖一发上。"《西游记》31回:"我们拿他往下一掼,掼做个肉砣子。"但这属于不同类型的变化。

3. 被动式

俚曲的被动句式有"为"字句、"被"字句,以及由使役转化为被动意义的"着(著)"字句、"教"字句和"叫"字句。① "为"字句是上古汉语就有的被动句式,它跟"被"字句在俚曲三种里的出现比例是1:32,可以断定在俚曲当时的方言里,"为"字句实际上早已不复存在。与此相反,"着"字句多达32例,跟"被"字句持平;"教"字句和"叫"字句共5例,出现频率虽然不算高,但可以推测,它是俚曲所代表的当时方言里的活的句式(在口语里"教"、"叫"很可能并无分别)。不过,俚曲的被动句式以"被"字句和"着"字句为主,体现了汉语北方方言被动句发展演变的时代特点。

4. 差比句式和比拟句式

俚曲表示差比和比拟的句式既能体现汉语有关句式发展演变的状况,又具有方言的特点。

(1) 俚曲的差比句式除由"比"字参与组合成的"比"字句以外,另有俚曲背景方言的差比句式。俚曲的"比"字句有"比+X+形+(数量)"、"比+X+形+的(得)+副"式(形容词前均可以有程度副词),还有用疑问性词语询问比较结果的问句形式,表明当时汉语的"比"字差比句式已经成熟。"形+的/如/似/及/起/其+X"式差比句是在形容词后用"的、如、似"或"及、起、其"跟比较对象组合而成的表示差比关系的一类句式,而用"起"或"其",就强化了这类句式的方言特色("起"或"其"也有可能是"及"的变体)。

(2) 俚曲的比拟句形式比较多样化,②除去沿用前期近代汉语的"似/好似+X"式之外,其他基本上跟现代汉语的同类句式一致了。而"像+X+是的"跟"合+X+是的"("是的"是"似的"的词音变体)式,据目前的语料调查看,是明代资料里所未见的(《金瓶梅

---

① 江蓝生.汉语使役与被动兼用探源.近代汉语探源.北京:商务印书馆,2000
② 请参见本书"比拟句式"部分,这里不再引述。

词话》有不用"像"、"合"的一类)。①

5. 判断句

俚曲背景方言的判断句实际上就是"是"字判断句。俚曲的"是"字句又不只表示判断,而是表示多种不同的关系。俚曲"是"字句有"主+名+是"、"(主)+是+名"、"(主)+是+{名/代+的}"、"(主)+是+动/形/小句"、"X是X"以及"是"用于应答(单独或跟副词、语气助词组合使用)6大基本类型,除"主+名+是"("是"前面可以有副词,后面可以有语气词"也",但非此即彼,两者不兼有)可能是仿古现象以外,其他各类都是近代汉语发展、积淀在现代汉语里的常见用法。

6. 选择问句和反复问句

俚曲的选择问、反复问这两种问句形式出现得都不多,不排除有受文体(曲词)限制的因素。

(1) 俚曲三种的选择问句有两项并列式、三项并列式以及紧缩式。各举1例:

① 沈大姨说:"你仔说,您二姨这杀才是乜人么! 真么一个媳妇,是模样不好呀? 是脚手不好呢? 是不孝顺?……"(姑)

② 那药是别人加的? 是你大婶子自己加的?(禳)

③ 你说说是好是不好? (又)

这3例各项都用"是"(例②成"是……的"式),例①前两项又分别用语气词"呀"、"呢",这跟现代汉语是一致的。

(2) 俚曲的反复问句在否定项用否定词"不"或者"没",但是在俚曲三种里未见否定项用"不"单独充当的例子,而"没"则可以单独作为否定项,另只1例用"没有"作为否定形式。否定项用"不"的反复问句有以下格式:

A′. 形+{不+形}(好不好? 强不强? 俊也不俊?)

---

① 江蓝生. 助词"似的"的语法意义及其来源. 中国语文. 1992(6);从语言渗透看汉语比拟式的发展. 中国社会科学. 1999(4)。时间略早于俚曲的《醒世姻缘传》里有"似的"构成同类句式的例子。

A″．（副）＋形＋{不＋副}（可曾齐备不曾？完备不曾？）
B′．动＋{不＋动}（饿不饿？消不消？）
B″．（副）＋助动＋{不＋助动}（还敢那不敢？肯那不肯？）
C′．{助动＋动}＋{不＋助动＋动}（该怕不该怕？能起不能起？）
C″．{助动＋动＋宾}＋{不＋助动}（会下棋呀不会？会打双陆呀不会？）

其中 A′、B″、C″肯定项后面分别可以使用语气词"也"、"那（哪）"、"呀"。否定项用"没"、"没有"的反复问句有以下格式：

A．动＋没（商量来没？愿意没？）
B．{动＋宾}＋没/没有（关了门没？见他来没？有了婆婆家没有？）
C．形＋没（酒席停当了没？）

可见，俚曲用"不"的反复问句跟现代汉语比较一致，而用"没"作为否定形式的类型则体现出俚曲的方言句式特点（当然，单用的这种"没"不排除虚化的可能性）。

以上只是举例或概括性地介绍了聊斋俚曲的某些语法问题或特点。本书基于专书语法研究的框架，从《聊斋俚曲集》里选择了《姑妇曲》、《翻魇殃》、《禳妒咒》三种篇幅适中、语言风格也更为一致的俚曲作为基本统计材料，[①]分词法、句法两编对俚曲所反映的语法作出分析。

[①] 本书通常简称为"姑"、"翻"、"禳"。据中华书局上海编辑所 1962 年版，参考上海古籍出版社重印本。在利用俚曲的材料时，也尽可能地注意有关的校点及俗字问题。

上编：词　　法

【壹】代　词

代词（也叫指代词）即具有称代、指示（含指别）作用的词，包括人称代词、指示代词、疑问代词三大类。因为表示复数的词尾"们"与人称代词关系密切，所以也可以把它归入代词的系统。聊斋俚曲的代词比较丰富而具有特色，除了有比较全面的单词形式外，又有一些复合形式；同时，聊斋俚曲的代词与现代汉语的代词系统更为接近，而且在代词形式以及用法上又体现出方言的特点。

聊斋俚曲的代词系统如下：

1. 人称代词

（1）第一人称：我、俺、咱、咱家、自家、自己；
（2）第二人称：你、您、恁；
（3）第三人称：他；
（4）反身：自、自家、自己；
（5）泛称：人家、大家、大家伙（夥）里、大伙（子）、打伙（子）、公伙里、旁（傍）人、别人、各人、每人；
（6）词尾：们。

2. 指示代词

(1) 近指：这；这个、这些、这般、这等、这样；这么、真么；这里、这边；

(2) 远指：那；那个、那些、那般、那样；那么（那么个）、恁么（恁）、宁么；那里、那边、那厢（那边厢）、那头；

(3) 兼指：乜、乜个、乜么（样）。

3. 疑问代词

(1) 问人：谁；

(2) 问事物：那、那里；甚、什么、嘎；

(3) 问原因、方式、性状：怎、怎生、怎的、怎么、咋、（咱、嚹）、怎么样（怎样）；

(4) 问数、时：多少、几；几时、多咱（多喒）。

以上人称代词、指示代词、疑问代词的内部分类，只是就主要性质来看待的；特别是指示代词、疑问代词的各类，是按照各类里最基本的单词的用法或意义所作的大致的分类。另外，虽然复数词尾"们"与人称代词里三身代词的关系最为密切，但是从整体性考虑，还是把它放在了人称代词一节的末尾加以分析。

一　人　称　代　词

俚曲的人称代词包括第一人称代词、第二人称代词、第三人称代词、反身代词和泛称代词以及词尾"们"。

（一）第一人称代词

俚曲的第一人称代词有"我"、"俺"、"咱"，"自家"和"自己"也有第一人称用法。

1. 我

"我"共1439例：《姑》150例，《翻》446例，《禳》843例；均为排除式。

(1) 做主语、兼语、宾语和定语。1420例，如：

代 词

① 于氏拭了脸,劈珊瑚"瓜(呱)"的声一耳根子,说:"我看不上你乜脏样!"(姑)

② 添上块忧心大癖,倒教我昼夜愁肠。(翻)

③ 我只顾留着他,我待咋着我罢?(姑)

④ 甚喜你就合我一般忠厚,天地间惟有这好人难求。(翻)

⑤ 我的才短,宁自我还当着我的。(禳)

(2) 与指人或指物名词组合成"我+名"或者"我+的+名",构成一类感叹式或招呼式,具有句子的独立性质。11例,如:

① 满肚冤屈对谁言?心里的苦水变成酸。我的天!……(姑)

② 写了书来叫我嫁,心里好似刀子剜。我的哥哥哟!……(翻)

③ 我那多情人,我那多情人!看着你的汗巾亲又亲。(禳)

(3) "我+的"组成名词性结构。仅1例:

① 我的才短,宁自还当着我的。(禳)

(4) "我"后用人名或别的自称词构成同位语。3例,如:

① 老婆子你在屋门里咯咯嚷嚷,破上我江城!(禳)

② 骂江城好畜生,说的那话缠不清,着你气杀我樊子正!(又)

俚曲"我"严格地用于个体自称;与此相应的,是俚曲"我"无一例附加复数词尾"们(每)"的用法。

2. 俺

"俺"共307例:《姑》15例,《翻》31例,《禳》261例;均为排除式。

(1) 做主语、兼语、宾语和定语。276例,如:

① 俺是兄弟您是哥,若不然怎么叫做一堆过?(翻)

② 那情可是大家的情,怎么丢下相思,叫俺自家唉哼?(禳)

③ 各人分的,就不给俺,俺也不怨,怎么唠俺?(翻)

④ 待要擂俺折了锤,待要扎俺折了针,俺就许下杀乜鸡。(禳)

⑤ 庄家老得罪着老龙王,只怕怪下来,不上俺那地里下雨的。(姑)

⑥ 一门亲事没既成,到(倒)走的俺这腿儿细。(禳)

(2) "俺+名(人称)",作对称(称呼对话的一方)。9例,如:

① 叫一声俺大嫂你也不必恼甚么,一家好人家哩!(姑)

② 叫一声俺大姨你可没见,又不晴又不雨的皇天,…千样的去伏侍,只是一个不喜欢。(又)

③ 春香摇头云:"嗄呀!,俺老爷先戏把人。"(禳)

这样对称的句子,不用"俺"也是可以的;用"俺"则有表达上的亲近或强调作用。像下例,则完全是感叹式:

④ 老王唬极了,说:"俺娘呵! 这是怎么说!"(姑)

(3) "俺+的"组成名词性结构。只1例:

① 慧娘说:"俺的屋呢?"大姐说:"您那有?"……慧娘说:"先抬上两桌箱子,占着俺的。"(翻)

此例有"俺的屋",又有"俺的"。

(4) "俺+反身代词"。8例,如:

① 虽然打我我不怨,原是俺自家没有理。(禳)

(5) "俺"后用别的自称词(姓名之类)构成同位语:

① 他有爱汉子的呀,或是想老婆的呀,俺老李一到,就是天仙织女,俺也念诵的思凡。(禳)

② 俺周仲美,是高四于的表兄。(又)

(6) "俺+数量词/群体名词","俺"包括在数量词或群体名词所指成员的范围之内。10例,如:

① 昨日早雨,到了他家,旁里没人,俺俩闲吧。(禳)

② 俺俩巡了两三巡,被他二姨跳将出,一顿几乎打断筋。(又)

③ 众人向前拉住云:求仙长说说俺众人的终身。(又)

④ 叫爹爹莫悉肠,好歹的出了丧,济俺娘们往前撞。(翻)

这些"俺+数量词/群体名词"的例子,都相当于"俺+们(每)"。但是,跟俚曲里第一人称"我"没有"我们"的复合形式一样,俚曲也未见

"俺们"的例子。俚曲"俺"为排除式,没有发现例外。

3. 咱 喒 咱家

"咱"共 288 例:《姑》26 例,《翻》130 例,《禳》132 例;"喒"仅见《翻》1 例。俚曲"咱"是包括式(包括对话的一方),其词音形式有[tsa]和[tsan],但以[tsa]为主。①

(1) 作主语、兼语、宾语和定语。271 例,如:

① 于氏便说有一着,咱就大家不动锅,我儿呀,咱可看他饿不饿?(姑)

② 既不吃酒,咱每人一吊钱小顽顽,给春娇打二百头,也不负他的来意。(翻)

③ 哥哥好也好不到这分天地,这意思要着咱犯了,好捱夹棍。(姑)

④ 徐氏说:"江城,那不是你爹爹在那里等咱?(禳)

⑤ 范相公极待合咱做亲,临走又叮咛了一回。(翻)

⑥ 高大爷相公中了,这就是个肥主子,摊着他也是咱的造化。(禳)

⑦ 魏名说:"既不行令,喒赶抢罢!"(翻)

(2)"咱+的"组成名词性结构。只 1 例:

① (公子说)王大哥,王二哥! 咱说咱的,不必听这杂毛物。(禳)

(3)"咱+反身代词"。也仅见 1 例:

① 我去外边雇一个挑脚的,拾掇上给他挑着,下剩的咱自家拿着罢。(禳)

(4)"咱+数量词/群体名词",11 例。"咱+数量词",例如:

① 你闷了就来找我,咱两个说说心腹吃盅酒。(翻)

② 想当初咱俩说笑,扎挂屋望你勤劳。(又)

③ 咱今日还和春香抹,咱俩赢瓜子,还给春香钱。(禳)

"咱+群体名词",例如:

---

① 冯春田.聊斋俚曲的一些方言词音问题.中国语文.2001(3)

④ 咱兄弟们岂同别人,没有钱我借上。(翻)

⑤ 这原是神灵指引咱父子相会,怪他怎的?(又)

⑥ 除了他兄弟俩,翻转是咱娘四个。(又)

(5)"咱"或"咱家"用于自称,4例("咱"1例,"咱家"3例),如:

① 这是咱说:天下有一等不良的人家,有那贤惠媳妇,事奉的痒也挠不的,只是嫌不好……(姑)

② 咱家姓高名猷,字是仲鸿,本贯临江府峡江县。(禳)

4. 自家　自己

俚曲第一人称代词"自家"7例:《姑》1例,《翻》1例,《禳》5例;"自己"仅《禳》1例。

(1)"自家(己)"相当于第一人称"我"或者"俺":

① 自家不是别人,东庄里王古董便是。(禳)

② 自家非别人,就是江城的姐姐樊满城是也。(又)

③ 自己徐氏便是。(禳)

例①~③是俚曲套白,不排除是仿古所致。另如:

④ 这不是老天在上?有虚言灭了自家!(翻)

⑤ 兰芳云:"见了奶奶,自家就不像个人。"(禳)

(2)"自家"相当于第一人称包括式"咱",仅1例:

① (五十两纹银足足的)他娘说:"自家穷,这银子休妄费。"(姑)

(二) 第二人称代词

俚曲代表当时汉语第二人称的代词主要有"你",但是又有"你"的变体"您"、"恁"。

1. 你

俚曲"你"共1300例:《姑》179例,《翻》443例,《禳》688例。

(1)做主语、兼语、宾语和定语。1290例,如:

① 于氏说:"你扎挂的合妖精似的,你去给病人看的,只顾在这里站嘎哩?"(姑)

② 魏名说:"我借上,们哩你还不起我吊钱么?"(翻)

③ 若遇着妇不贤良儿又浑,要再不孝顺,一溜子把气响,有理还着你没处告。(姑)

④ 江城说:"你才学会了,就教你乜嘴。"①(禳)

⑤ 鸡科子!到几时杀了你,这眼里才利亮了。(姑)

⑥ 我对你说:"珊瑚好了,你着他去吧!"(又)

⑦ 你还没问问是谁就说不要,从此可也不给你找老婆了。(又)

⑧ 一般都是你的儿女,拿着俺大不相干。(翻)

(2) "你+的"组成独立的名词性结构。仅2例:

① 咱分开了,你去做你的去罢,我外头叫个客家媳妇子来,给我支使。(翻)

② 夫人说:"我儿来罢,着他该着你的罢!"(禳)

(3) "你+反身代词(自家)"。5例,如:

① 怎么要说你自家?只是该拿他当粪堆。(姑)

② 虽然我去合他说,到底还得你自家。(翻)

③ 丑合俊听你胡吧,好合歹全在你自家,老子娘也替你定不得价。(禳)

(4) "你+数量词/群体名词/们"。仅3例:

① 公子云:"你三个坐一席,我在一席上好伺候爹娘。"(禳)

② 何大娘说:"我说还不为凭,你这众人们都不要昧心,您说他好不好?"(姑)

③ 太公止住泪说:"你们都不必悲伤,我已是算计就了。"(翻)

2. 您

俚曲"您"共94例:《姑》23例,《翻》36例,《禳》35例。"您"的词音形式大概是[nin],虽然可以看作是"你"的变体,但用法上跟"你"有着较明显的差异。

(1) 做主语、兼语、宾语和定语。68例,如:

---

① "乜嘴":说嘴、卖弄的意思。

① 慧娘说:"俺的屋呢?"大姐说:"您那有?"(翻)

② 二相公也恼了,说:"您不止管我饭,还贴了个老婆哩,你知道么?"(又)

③ 任您去怎么做的罢!(又)

④ 到底您俩是夫妻,给您调停又不依。(又)

⑤ 忽然间打了顿鞭子,您外甥立刻就把奴来撵。(姑)

⑥ 您那个行货子你那么打他,可怎么我听的说他还合你极好呢?(禳)

尽管"您"可充当上述语法成分,但比例悬殊,使用频率如下:

　　　　　主语　　兼语　　宾语　　定语
　　　　　15　　　2　　　2　　　49

不知"您"的形成是否与语法位置或用法有某种关系。

此外,"您"单用时的另一大特点,是可以表示第二人称复数。明显的例子如上例④外,再如:

⑦ 何大娘说:"我说还不为凭,你这众人们都不要昧心,您说他好不好?"众人你看我,我看你,都不做声。何大娘说:"就说呀,何妨呢?"——何大娘说话粗,您心有口全无……您若是昧心说话,就着他托生了珊瑚。(姑)

⑧ 您都有主俱散去,剩下男女共四丁,一家大小无别姓。(翻)

⑨ 叫声爷娘合兄弟,当初咱家过不的,我才来家把您替。(又)

⑩ 您各人抱着,吊(掉)了我还打!(禳)

但是,俚曲表示复数的"您"是形成于"你们"的合音,还是由于"你"用法(含语法位置及单复数)的变化而引起的词音变化(即[ni]→[nin]),尚有待进一步研究。

(2) "您+反身代词(+的)",仅2例。"您"表示复数;"您自家"即"你们自家","您各人"即"你们各人":

① 不说大成欢喜,且说二成夜间梦见他父亲说:"您两口子不孝不弟的,眼前就促您的寿哩!您自家的还不知给谁,又赖别

代　词

人的！"（姑）

② 您各人抱着，吊（掉）了我还打！（禳）

(3) "您＋数量词/群体名词（们）"。21例，如：

① 明知道何大娘一片好心，着您俩犯争差于理不顺。（姑）

② 待二年咱也没有大钱费，您姊妹俩尽着安排。（翻）

③ 您爷两坐着，我去筛茶去。（禳）

④ 春香，你合老王您两就跟去伏侍。（又）

"您爷两"、"您两"即"您爷俩"、"您俩"。

(4) "您＋对称名词"。在"您"的位置上也可以用"他"，3例：

① 您大娘你休要放在心上，那时节打一顿也是应当。（姑）

② 您大舅你听言：您叔撇下几亩田，着人哄去七八段。（翻）

③ 两个走到西院，大姐吆喝说："您大妗子，有客来拜你哩！"（又）

3. 恁

俚曲"恁"共11例：《姑》1例，《翻》2例，《禳》8例。"恁"尽管和"您"一样可以看作是"你"的方言变体，但在用法上更有特点，即"恁"一律用作定语。例如：

① 我有饭给他吃，我只顾留着他，你待咱着我罢？谁是恁那媳妇子！（姑）

② 叫孩儿莫慌张，恁弟妇真贤良。（翻）

③ 若还是去的晚了，你看恁师傅不依。（禳）

④ 人来！扶恁大嫂子去坐炉帐。（又）

⑤ 既休了我，我就去，且不受恁家臭气。（又）

（三）第三人称代词

俚曲的第三人称代词有"他"，共1754例：《姑》293例，《翻》684例，《禳》777例。"他"通常表示单数，但也可以表示复数。

1. "他"的基本用法

(1) 做主语、兼语、宾语和定语。1692例，如：

① 他爱他来他爱他,合他只怕他也肯嫁。(禳)
② 何大娘哎呀心肝的叫着,合老王扶到他家,着他卧了。(姑)
③ 惟有大姐十二岁,性子极不好,他老子因他泼,所以不大喜他。(翻)
④ 到了房里,给他端了尿盆子来,又上床待去给他梳头。(姑)
⑤ 他汉子还顺他的道受他的教。(禳)

(2)"他+的"组成名词性结构。4例,如:
① 在我看来,你不如分开罢,费也费的是他的。(翻)
② 他就给我百十两,使了他的甚么查?(又)

另1例比较特殊:
③ 这是从那里说起!且放着他的,我定寻法给他点亏吃。(翻)

例中"他的"似乎就是指"他"("且放着他的"即"且不要理睬他"的意思)。

(3)"他+反身代词"。9例,如:
① 珊瑚夺出手来,他自家瓜冷瓜冷的打了顿耳根子。(姑)
② 家当是大家伙里的家当,为嗄都着他自己费了?(又)
③ 隔着十里多又跑插到,他自家看一看到(倒)也好。(禳)

(4)"他+数量词/群体名词/们"。18例,如:
① 他两个大吵大闹,那邻家都来看,可也没人劝他。(姑)
② 止有女婿人一个,或者他俩平打平。(翻)
③ 叫小妮端着灯,送他两口儿去东房里睡罢!(禳)
④ 我的人比一家还多,没有说终日清闲,叫他们无事坐着。(翻)

(5)"他+称谓词",用作对别人的称呼。9例,有明显不同的两类:一类是称谓词所指或所说的就是"他",称谓词有时还有说明性质。例如:
① 大姐说:"他老人家心里弯弯,不用请他。"(翻)

② 还是他大家知礼,一步步典雅安闲。(又)

另一类是"他"代表说话者的子辈,"他"后面的辈分称谓词实际上应是"他"(他们)对别人的称谓。7例,如:

③ 他二姨这杀才,就真么无道!(姑)

④ 若不着俺家他三婶子,坐住领了双份子,孩子裂了书本子……(禳)

⑤ 天民说:"他三姨我只见了他一次,一眼看见,几乎把我晕杀!"(又)

俚曲"他+称谓词"未见用作对对方称呼的例子。

2. "他"较特殊的用法

"他"在俚曲里也有一些比较特殊的用法,有的则是比较固定的俗语句式。

(1)"他"指事或者物。5例,如:

① 江城听的吵笑,便说:"一伙人喧嚷,我听他一听。"(禳)

② (你问问那是王家店?)春香说:"问他怎的!我知道前边就是他。"(又)

③ (咱可就把梨子连皮吃)秦厨说:"怎么说呢?"吴恒说:"不啃他的。"(又)

(2)"动+他+(个)+X",5例。在意义方面看又有两类:一类表示决意进行某种行为(并有某种结果或效果),X是带有形容性作为补语的短语,"他"是实指的,"他"和X之间一律用"个"。如:

① 但有一个说声好,我就叫他声于大姑,还要拜他个无其数。(姑)

② 我这里瞧个空儿,定然说他个无言答。(又)

另一类不用量词"个",X是非形容性词语,可看作宾语,"他"是虚指的:

③ 还有四十亩薄喇地,也还打他几担粮。(翻)

(3)"动+他娘+(X)";"好+{他+名词/名词短语}"。在这类俗语形式里,"他娘"或"他"跟别的称谓词组合,一般是詈辞(痛恨或喜极时都可以用)。例如:

① 小杂种太欺心,开开口就销撇人,有两钱就撑他娘那棍!（禳）

② 岂不知俺是小家子,怎么合俺做了亲？我只待掘他娘一阵。（又）

③ 我去买两把大凿来,没日没工的凿他娘的!（翻）

例①②除去詈辞就是"撑(那)棍"、"掘(咒骂义)一阵";例③实际上就是表示"没日没工的(地)凿"。"好＋{他＋名词/名词短语}"的例子。如：

④ 自从炼了屋子顶,娘们里头孤对着,怎么能买起楼宅一大座？笔落了天平就响,一大包好他那贼哥!（翻）

⑤ 好他贼奸达,自头顶到脚下,没一点不奸诈!（禳）

同是詈语形式,例④⑤却带有意外或惊讶的色彩,与例①至③有别。

(四) 反身代词

俚曲反身代词有"自"、"自家"、"自己"。因为"自"是古代汉语就有的早期形式,所以到俚曲时代,在"自家"和"自己"这类近代汉语新兴形式的排挤下,不仅在数量上处于明显的劣势,而且在用法上也不如"自家"、"自己"全面。

1. 自

俚曲"自"32例：《姑》5例,《翻》9例,《禳》18例。

(1) "自"单独使用,主要做谓语(动词、形容词)修饰语,做主语、定语例少见,未见做宾语的例子。14例,如：

① 怒满腮,自疑猜,不知又是为何来。（姑）

② 他自作自受还应当,怎么为苦到爹娘？（禳）

③ 好夫妻,亲又亲,虽是两身是自身。（又）

④ 谁知老太爷稳稳坐,全然一盏茶不留,自跑出只在众人后。（翻）

其中有的似乎还是比较固定的短语。

(2) "自＋人称/人名"。这种与人称代词或指人名词配合使用的形式,仅3例：

① 二相公自忖量,我虽是窜远方,两椿喜事从天降。(翻)
② 今日是你眼见的,不是我自言的,不是人传的。(禳)
③ 又叫老孙领了两个去粮食房里,我自看着又拨了二十五石。(又)

有的例子可能有歧义。如:
④ 我不能替他认过,好合歹着他自受。(禳)

"他自受"不排除可分析成"他/自受","自"修饰动词。

(3) "自"也可以指物,仅见 1 例:
① 锅里饭不能自熟,只得撅着老腚从头做。(姑)

2. 自家

俚曲"自家"共 72 例:《姑》26 例,《翻》10 例,《禳》36 例。其中反身代词 66 例。

(1) "自家"单独用作主语、兼语、宾语和定语。45 例,如:
① 自家去做的饭,盛了一碗,给他娘合他儿吃了。(翻)
② 商量已定,着仇福借了一苑马,合自家那驴,一直到了姜宅。(翻)
③ 怎么丢下些相思,叫俺自家咳哼?(禳)
④ 哄我自家日日受孤单,你可给人家夜夜做心肝。(又)

(2) "人称代词/人名＋自家"。"自家"跟人称代词及指人名词配合。18 例,如:
① 到了九日上,他哥自家来搬他。(姑)
② 我对你诉诉我自家,比比那人家,也说说那冤家。(禳)

(3) "自家＋的"组成独立的名词性结构。3 例,如:
① 自家的尽情丢却。(姑)
② 必是自家的还有点情。(禳)

3. 自己

俚曲"自己"共 48 例:《姑》4 例,《翻》25 例,《禳》19 例。反身代词 47 例。

(1) 单独使用,做主语、宾语、定语。30 例,如:
① 安大成怕劳着他娘,清晨起来,着二成扫地,自己去做

饭。(姑)

② 害别人反把自己害。(翻)
③ 还要割下别人的肉,拿来自己身上安。(姑)
④ 自己拳搗自己腰。(翻)

(2)"自己"跟反身代词及指人名词配合使用。17例,如:

① 着他儿自己回去了。(翻)
② 到了五月里,是他娘的生日,慧娘自己来上寿。(又)
③ 你回来,我问问,那药是别人加的,是你大婶子自己加的? 若是他自己加的,死了还不懊悔。(禳)

(五) 泛称代词

俚曲的泛称代词有"人家"、"大家"、"大伙(夥)儿"、"旁人"、"别人"、"各人"、"每人",其中"别人"、"各人"、"每人"这三个复合形式里的"别"、"各"、"每"都有指别或相关的用法(此处一并分析,不再分列)。

1. 人家

俚曲"人家"共39例:《姑》4例,《翻》15例,《禳》20例。

(1) 泛称对话双方以外的人,与"自己"相对,相当于"别人"。32例,如:

① 必然是换上好的给了人家。(姑)
② 那一等无知的小人,见人家有饭吃,就嫉妒他。(又)
③ (李二蹭)又偷了人家牛,着人家告着他。(禳)
④ 我对你诉诉我自家,比比那人家,也说说那冤家。(又)
⑤ 自家的老婆着人家打了,还在无人处庆幸,怎么是人!(又)

(2) 称除说话者双方的第三者。4例,如:

① 急仔人家嫌咱穷,咱还倒嫌人家富。(翻)
② 我说道你休嗔,我怕原是望着亲,人家老婆丑似鬼,汉子怕的不像人。(又)

(3)实际上是称说话者自己或自己一方。3例,如:

① 于氏说:"你心昏么！人家休了的人,你每日窝藏着,还打乜是不知哩!"(姑)

② 终日把人家活活的恼杀,活活的呴杀,活活的气杀！(襄)

2. 大家　大家夥里

俚曲"大家"共 37 例:《姑》11 例,《翻》11 例,《襄》15 例。称所说范围内所有的人,例如:

① 于氏便说有一着,咱就大家不动锅。(姑)

② 这八家子被老婆降极了,大家约了一道怕老婆会。(襄)

"大家夥里"仅 1 例,用法同"大家":

③ 家当是大家夥里的家当,为嗄都着他自己费了?(翻)

3. 大伙(子)　打伙(子)　公伙里

俚曲"大伙"又作"打伙",后面又用"子"尾;另一例则作"公伙里"。称某一范围内所有的人,同"大家":

① 打伙子传杯换盏,只吃的意快情浓。(翻)

② 我寻思着,公伙里的钱,他拿着花费,不如分了好。(又)

③ 听说是一秀才,大些人闹垓垓,打伙跟去把他拜。(又)

④ 大伙抬出五六个,可又盖的严实实。(又)

⑤ 大伙子抬到屋后,使草盖了。(又)

4. 旁人/傍人

"旁人"又作"傍人",指别人。共 11 例:《姑》1 例,《翻》3 例,《襄》7 例。做主语、兼语和宾语,如:

① 此时若不回头走,怕被旁人看出来。(姑)

② 叫弟妇你听着,你略略把气消,他懊悔旁人也知道。(翻)

③ 把这个媳妇带累了,一辈子惹的傍人笑。(又)

④ 书本全不掀,老婆任意搬,对旁人还要说我不贤。(襄)

5. 别　别人　别的

俚曲指示词(又叫指别词)"别"除单用外,又组成"别人"、"别的"这类复合形式,其中"别人"是单纯的人称代词。

(1)"别"8例:《姑》2例,《翻》3例,《禳》3例,有的用助词"的",用在名词前,指另外的人或事物。如:

① 咱合他一言而决,讲别的话断在不清。(翻)
② 剩下男女共四丁,一家大小无别姓。(又)
③ 我往别家去他就嗔。(禳)

(2)"别人"指另外或其他的人。俚曲里没有"别的人"的形式。共44例:《姑》15例,《翻》11例,《禳》18例。

A. 做主语、兼语和宾语。42例,如:

① 前曾治别人,倒回头来从头子受。(姑)
② 踢弄的别人不生生,你待生生也不能。(又)
③ 万事不由人计较,一生都是命安排,害别人反把自己害。(翻)
④ 可怎么撇下这祸害着别人受!(禳)

B. 用在名词前(后面可用助词"的")。仅2例:

① 还要割下别人的肉,拿来自己身上安。(姑)
② 把不是都掀在别人身上。(禳)

(3)"别的"代替名词,指另外的事物或者人。6例:《姑》2例,《翻》2例,《禳》2例。做主语或宾语:

① 把这夹了的留下,别的还送给他。(姑)
② 留下四十亩养老,别的平分开,任你去踢弄罢。(翻)
③ 阎罗说:"这可说不的别的!仇相公,我着人跟了你去罢。"(又)
④ 骂别的也还好受,这爹娘岂是可以常骂的呢!(禳)

6. 各　各人

俚曲"各"复合成的人称代词有"各人"。

(1)"各"主要用在处所类名词前,指所说范围内的所有个体。8例:《翻》5例,《禳》3例。如:

① 慧娘说:"姐姐,你合我各处走走。"(翻)
② 这馆中客甚多,各席已满。(禳)

(2)人称代词"各人"13例:《姑》1例,《翻》6例,《禳》6例。指所

说范围内所有的人。做主语或用在名词前,例如:

① 各人分的,就不给俺,俺也不怨,怎么唠俺?(姑)

② 各人低头把饭爬(扒),至到而今不说话。(翻)

③ 谁想那众娘子们已是都知道了,都各人拿了棒槌,来合和了家母一齐跑去。(醒)

7. 每　每人

俚曲"每"组成的人称代词性形式有"每人"。①

(1) 俚曲"每"54例:《姑》13例,《翻》21例,《醒》20例。指所说范围内的任何个体,但强调共同处。俚曲"每"通常是用在时间词或别的数量词前面(数词一般不出现),例如:

① 终朝每日数他磣,又遇着磣的比他狠。(姑)

② 我往别家去他就嗔,每遭往葛家去,他还没嗔。(醒)

③ 每早晨不曾吃饭,先做两碗热汤与爹娘吃了做点心……(又)

(2) "每人"称某一范围内任何一个人。12例:《姑》1例,《翻》6例,《醒》5例。如:

① 虽不知轻重如何,雪花银倒有些插和,每人只分了百十个。(姑)

② 既不吃酒,咱每人一吊钱小顽顽。(翻)

③ 南山顶上一池水,一个被窝里四条腿;再添两条他不依,从来只许每人每。(醒)

(六) 词尾"们"

俚曲词尾"们"共47例:《姑》7例,《翻》30例,《醒》10例。其中46例是用来表示人称复数。

1. "们"的人称复数用法

(1) "人称代词+/们"。"们"直接放在人称代词后的例子不多,

---

① "每人"看成词组更为合理。但因为本节已分析了"各人",所以姑且也把"每人"一并收入。此外,除时间词及个别量词(如"遭")之外,"每"与名词组合又仅限于"人"。

仅4例("他们"3例,"你们"1例,均见于《翻》曲)。

(2)"人称名词+们"。这类用法最为常见,共42例。如:

① 我说还不为凭,你这众人们都不要昧心,您说他好不好?(姑)

② 待了一年多,每日娘们烧火剥葱的,弄的娘们灰头土脸的。(又)

③ 谁想那众娘子们已是都知道了,都各人拿了棒槌,来合和了家母一齐跑去。(禳)

④ 我唱唱与大爷们听听,普天地下什么人是条汉子。(又)

从形式或意义两方面看,这类例子里的人称名词都是"群体名词"。但是由于语音的变化,有的原本是形式上的"群体名词"(即短语)变为了单个的词。除上例②外,再如:

⑤ 臧姑说:"哦,娘们安心待分出我去和?我可不肯哩!"(姑)

⑥ 既是还有两口屋,我合哥哥在那小屋里,您娘们在大屋里,他各人娘家自然来搬了去。(翻)

⑦ 自从烧了屋子顶,娘们里头孤对着,怎么能买起楼宅一大座?(又)

例中"娘们"均为"{娘+儿}+们"结构,因为实词"儿"(儿辈)走了"儿化"的路子,所以只保留了前一个词(这类例子里的"娘"在口语里是儿化音,但汉字的特点掩盖了这种变化)。①

2."物称名词+们"

"们"用在指物名词后表示复数极罕见,仅见1例:

① 天地之间,蚕们可以老了……(禳)

二 指示代词

俚曲指示代词有近指的"这"、远指的"那"及其复合式,又有"这

---

① 在同类组合形式里,数量词处在"们"的位置,也往往有同类情况。

代　词

么"的音变形式"真么"、可能是"那么"的音变形式"怎么"及其再变形式"宁么";俚曲另有表示中性指示的"乜",属于方言指示代词成分。此外,"别"、"各"、"每"都有指别用法,但在"泛称代词"里已连带做出分析,这里不再重复。

（一）近指指示代词

俚曲近指指示代词有"这",又有复合形式"这么"、"这个"、"这些"、"这般"、"这等"、"这样"、"这里"、"这边"等;其中"这么"有音变形式"真么"。

1. 这

"这"单用兼有指示和称代两种用法。

（1）指示较近的人、物、事等。共 386 例：《姑》45 例,《翻》96 例,《禳》245 例。

　　A. 用在名词前。例如：

　　① 这人生祸福,俱是老天和主,在不的人作弄。（翻）
　　② 相公到了这时节,就再富些也不嫌。（又）
　　③ 常言破家值万贯,你看看这破鞋破袜,乱烘烘堆满床前。（禳）

　　B. 这＋量词/数量结构。"这"跟量词或者数量结构组合,往往做名词修饰语(名量)和谓词修饰语,也有的做主语、宾语或补语。例如：

　　① 这身衣服不堪夸,穿着做饭纺棉花。（姑）
　　② 这一个碜的碜的紧,那一个碜的可才窘。（又）
　　③ 催了催不肯上套,到(倒)全了这家人家。（翻）
　　④ 这一回添一个铺囊的更甚。（姑）
　　⑤ 人都说这一次没了老子,倒省了许多吵和闹。（翻）
　　⑥ 我就让他转(赚)便宜,这一个商议或者依。（姑）
　　⑦ 每日在家吃俺饭,请着师傅课学功,怎么这点央不动？（翻）
　　⑧ 这一位是高大爷,是世家名士。（禳）

可见,"这+量词/数量结构"相当于由"这"构成的复合形式。

  C. "这"做谓词修饰语。极少见,如:

   ① 小长命呀,咱这闷闷的,做点什么?(禳)

   ② 若不着我这谨查点,一千石也费不到年终。(又)

例①、②指示样态,相当于"这样"、"这么"。

  D. 用于无定指示,往往跟"那"配合使用。如:

   ① 仲鸿说:"怎么知不好呢?这家子不好,那家子不好,你打了光棍子罢!"(禳)

   ② 他每日嫌这家子,嫌那家子,他是待咋?(又)

   ③ 呀!这一个瞧瞧,那一个掀掀。(又)

  (2) 称代比较近的人、物、事等。共 171 例:《姑》20 例,《翻》46 例,《禳》105 例。

  A. 做主语或宾语。例如:

   ① 你看,这不是个愚人么?(姑)

   ② 这有个故事,也是说婆婆,也是说媳妇。(又)

   ③ 仔顾在这窝藏着,恐怕久下来,弄的娘知道。(姑)

   ④ 你是嗄功名,来这夸你富?(翻)

   ⑤ 老婆儿你在这里骂,俺在这听。(禳)

"这"做主语往往是"是"字句;"这"做宾语时基本上是介词宾语,并且限于代处所。再如:

   ⑥ 点起来一照,唬了一跌,把灯吊在地下,江城说"这来!"(禳)

"这"用在动词前,也是代处所("这来"即"这里来")。

  B. "这"相当于"这些",代某些人、物或者事。例如:

   ① 见了他婆婆,娘长娘短的;见婆婆做甚么,就夺过来替他做;若没有事,就合珊瑚说笑,嫂嫂叫的极亲热:这都是从前来没有的。(姑)

   ② 老婆说:"哎哟皇天!这都是甚么东西,古怪习钻!"(禳)

有时,句中用"些"字,构成"这(都)是些 X"的形式。如:

③ 子雅说:"这都是些套言,不必再题。"(襄)

C. 有加强语气的作用。例如:

① 这样福合佛一样,不知好合歹,拿着当寻常;只等的歪揣货儿话出,这才把君子想。(姑)

② 李婆说:"这就难了。"(襄)

③ 我若是居然就把姐姐叫,这可就断然不该!(又)

④ 子正笑云:"我儿,这才是好人了!"(又)

⑤ 叫一声俺爹爹,咱今朝这一别,不知几年几个月?(翻)

像类似的例子,"这"大抵属于复指,而且很有指称样态的成分。

2. 复合形式

由"这+X"构成的复合形式有:"这个";"这些";"这般"、"这等"、"这样";"这么(样)";"这里","这边"。

(1) 这个 "这个"也有指示和称代两种用法。共69例:《姑》3例,《翻》23例,《襄》43例。

A. 指示比较近的人、物、事等,一般是修饰名词。55例,如:

① 我没造化消受你这个好媳妇,休去了也罢了!(姑)

② 江城说:"我不依你下这个子。"(襄)

③ 李婆说:"我去罢,这个去处久留不的!"(又)

④ 这个"不"字容易知到(道),是那个"不"字就难解了。(又)

B. 称代比较近的人、物、事等,通常做句子主语和宾语。11例,如:

① 不过大点赢小点,俗名叫做"火燎毛",惟有这个极公道。(翻)

② 除了这个图他嗄?(襄)

③ 看起这个来,也就自家昧不的良心。(又)

C. "这个"用于虚指,与"那个"配合使用。只3例:

① 俺是兄弟您是哥,若不然怎么叫做一堆过?这才是一个锅里轮勺,怎么分的这个那个?(翻)

② 贼强人太撺煞,俺今日到您家,难说济你揉搓罢?从头

只是逞灵怪,这个那个瞎拈麻,怎么把俺打一下?(禳)

③ 今日弄出这个,明日弄出那个,这样可恨,气杀阎罗!(又)

(2)这些　复合式"这些"俚曲仅见4例,均用于指示较近的人、物、事,并且都是复数的指示,做名词修饰语:

① 徐氏气的把脸一变,说:"老贼杀的,敢放这些狗臭屁!"(翻)

② 一口屋没有,到处为家,教书为业,过的揭巴,这些人去,怎么打发?(禳)

(3)这般　"这般"是近代汉语较早期的复合形式,俚曲仅见2例:

① 千伶俐百样娇,怎么性儿那样娇(骄)?这般凶恶谁能招?(禳)

② 不看你那般,只看这般,没人打骂,你就上天!(又)

例①用于指示性状,做形容词修饰语;例②用于称代事情样态,做动词宾语。

(4)这等　"这等"也是近代汉语较早期的复合形式,俚曲使用不多,共21例:《姑》2例,《翻》6例,《禳》13例。

A."这等"用于指示的罕见,仅1例指示性状,做形容性短语修饰语:

① 热突突的生拆散,叫我千里把官求,半年离别怎么受?待这等生难割舍,听这话别念全匀。(翻)

B."这等"更倾向于称代,代替某种动作或情形,20例。

a. 做句子谓语或谓语部分。例如:

① 谢臧姑回了心,敬嫂嫂孝娘亲,忽然这等谁能信?(姑)

② 大姐拉起他来说:"二兄弟,你不必这等。"(翻)

另一些例子是"这等"用在"是"字后面(通常也可以把"这等"看成"是"的宾语,但是这类组合也可以不用"是"字,所以归入此类):

③ 大成说:"就是这等。"(姑)

④ 除非是这等这等,才叫他贵贱难分。(翻)

b. 用于假设或条件复句的前一小句。例如：

① 仇牧之说："这等我就放心了。"（翻）

② 不求他贤良合孝顺，但望安分不生殃，这等就满了老父帐。（禳）

③ 既然这等，我可怎么回覆他？（又）

c. "这等+的"，构成名词性结构。仅1例：

① 况且古人读书就有这等的，到（倒）还罢了。（禳）

(5) 这样 "这样"俚曲共69例：《姑》6例，《翻》30例，《禳》33例。主要用于指示。

A. 用于指示。66例。

a. 指示性状，做名词修饰语，后面可用助词"的"。例如：

① 不是极稠是极薄，这样日子怎和过？（翻）

② 徐氏哭着说："我的儿，我可累煞你了！怎么就有这样的本实（事）！"（又）

③ 这样汉子还要降，冤（怨）枉冤屈那里去告？（禳）

④ 就看今来这样款，才知你常时忒也乖。（又）

此外，俚曲"这样"做名词修饰语，后面往往不用助词"的"。

b. 指示程度或方式，做形容词、动词修饰语。例如：

① 却说老王奔到家，安大成迎着说："你来的怎么这样快？"（姑）

② 每日听着人说嫖，不想其中这样乐！（翻）

③ 进学这样难，就不必指望。（禳）

④ 怎么五年不见，就变化的这样齐整了！（又）

⑤ 你这样胡说，是谁调唆的？（翻）

⑥ 石庵说："小长命子，他大妗子这样疼你，就打你几下子也该不怨。"（禳）

这类用法的"这样"也往往有感叹或强调的效果，这一点在与"怎么"配合使用时尤其明显。如：

⑦ 那远近人家说："这家人家怎么这样兴旺！"（翻）

⑧ 众人都看云："怎么这样精巧！"（禳）

⑨ 仓里还有半仓谷,怎么这样眼力高!(又)

B. 用于称代,代某种状况或行为。仅3例,如:

① 人家孩子没了老,济着光棍们翻过天,这样如何受的惯?(翻)

② 二相公说:"你怎么这样?咱求功名,中与不中,还要完场。"(又)

例①复指,用于首句。

(6) 这么 "这么"俚曲共34例:《姑》2例,《翻》9例,《襆》23例。主要用于指示。

A. 用于指示。30例。

a. 指示方式。做动词(谓语)修饰语。例如:

① 内云:"咳!令尊是这么死的来么?"丑云:"你道是咱着来呀?……"(襆)

② 我到怜惜他,他可这么诮撒人。(又)

b. 指示程度。做形容词或动词修饰语。例如:

① 做的事太大差,你枉长了这么大!(翻)

② 你就这么怕老婆么?(襆)

另有这样的1例:

③ 太公、太母上云:"这么时节,那媳妇们一个也不见,去做甚么的?"(襆)

"这么"用在时间词"时节"(时候)前;但"这么时节"实际上是表示时间很晚,等于说"这么晚了","这么"还是指示程度。

c. 后面用数词和名量词,组成"这么+数量+名词"的形式。例如:

① 都说道这么个媳妇,就是那扬州的琼花……(姑)

② 有你这么一个人,那怕你就借一瓮。(翻)

③ 你往那里死去来!带了这么个样子来?(襆)

有时名词不出现。如:

④ 你看他典雅风流,遍天下难找出这么俩!(翻)

⑤ 公子看云:"这么些从哪里看起?也罢,就看这新的罢。"

（禳）

这类"这么"也往往带有强调或夸张的意思。再如：

⑥ 咳！天给他这么一个模样，怎么就给他这么一个性情？天给我这么一个人物，怎么就给我这么一个老婆？真好恨人也！（禳）

d. "这么"后用数词和动量词，强调动作。例如：

① 我甚么不是，打我这么一下子？（翻）
② 我待治人来，倒着人治了这么一下子！（又）

B. 用于称代，仅见4例。代替某种动作行为或方式。如：

① 娘道不是该这么，我就回房换了他。（姑）
② 江城说："……我只赌瓜子，我输了该着，你输了我可打你。"公子笑云："就是这么。"（禳）

"这么"又有复合形式"这么样"，称代行为。仅见1例：

③ 手指着仇大郎，谁着你这么样？（翻）

（7）真么 "真么"是"这么"的音变形式（[tʂə—]→[tʂən—]）。① 共14例：《姑》6例，《禳》8例。均用于指示。

A. 指示程度。修饰形容词或动词。例如：

① 他二姨这杀才，就真么无道！（姑）
② 于氏说："姐姐，你有造化，怎么媳妇就真么贤孝！"（又）
③ 老天呀，怎么就真么有灵应！（又）
④ 夫人说："这又奇哩！不丑罢呀，怎么不好？"公子把两手比量着说："那脚够真么大！"（禳）
⑤ 门户若相当，人物又不妙，好事儿就真么不凑巧。……这事情怎么真么不凑巧！（又）
⑥ 徐氏说："哎哟，以后成了亲家了，还真么见外？"（又）
⑦ 你看看真么吵着，真么闹着，真么打着不怕！（又）

B. "真么＋数量词＋名词"，或者"真么"直接用在有形容词修饰的名词前。例如：

---

① 冯春田.聊斋俚曲的一些方言词音问题.中国语文，2001(3)

① 真么一个媳妇,是模样不好呀?是脚手不好呢?是不孝顺?(姑)

② 真么个贤惠人,休了是因何故?(又)

③ 咱真么个好孩子,须索要一个好媳妇才好。(禳)

④ 沈大姨说:"我儿,你真么薄皮子,我就没有那顿饭你吃么?……"(姑)

以上 A、B 两类"真么",均具有强调或感叹的色彩。

(8) 这里、这边 "这"跟方位词组合成"这里"、"这边",用于称代。"这里"共60例:《姑》15例,《翻》13例,《禳》32例;"这边"共3例:《姑》1例,《禳》2例(因后者例少,用法上又与"这里"相近,所以一并分析)。

A. 称代较近的处所,做主语、宾语。例如:

① 这里盖不的屋么?(翻)

② 只顾在这里看嘎哩?(姑)

③ 珊瑚说:"大姨呀,我不回去,我就这里跟着你罢!"(又)

④ 他从几时睡在这里?(禳)

另1例"这里"单独用在动词前,用于招呼:

⑤ 子雅说:"这里来,四于!大家等候久矣。"(禳)

B. "人称代词+这里",表示动作发生在或涉及的处所、方面。例如:

① 我这里瞧一个空儿,定然说他个无言答。(姑)

② 我合他是一家,那里分的我合他?原说我这里招管罢!(翻)

③ 你安心上了坟好吃你那酒肉,是看着咱这里不能伺候。(又)

④ 王婆说:"大爷,你真个不合他做亲么?"仲鸿说:"你看我这里扯着来么?"(禳)

跟"这里"组合的人称代词主要是第一人称("我这里"7例,"俺这里"5例,"咱这里"1例,"你这里"1例)。

C. 称代比较近的一方。例如:

① 不说这院娘们亲热，却说臧姑为鸡为狗，就来骂这里。（姑）

　　② 又添上一个极能忍气的，大骂了一声，这里大家气也不敢喘。（又）

　　③ 媒人来通，媒人来通，这里坚执不肯从。（翻）

D. 称代事情或言语。往往是复指上文说到的话或者事，例如：

　　① 沈大姨说到这里，于氏不觉的哭了。（姑）

　　② 不着你说，我还想不到这里哩！（翻）

E. 称代场合、境地、时间。例如：

　　① 休笑汉子全不济，这里使不的钱合势。（襄）

　　② 你就是个王侯，你就是个阁老，常言道水长船高，到这里也用不的。（又）

　　③ 把一个极有本领的媳妇，到这里老大窘。（姑）

　　④ 那范梏全不通，听着常夸二相公，打这里就把仇来中。（翻）

F. 虚指，跟"那里（边）"配合使用。例如：

　　① 这里瞧瞧，那里张张。（襄）

　　② 流留烟花四五年，今日这边，明日那边。（又）

以上4类，只有A和F两类"这里"跟"这边"互有用例，其他均只有"这里"。

（二）远指指示代词

俚曲远指指示代词有"那"，又有复合形式"那个"、"那些"、"那般"、"那样"、"那么"、"那边"等。其中"那么"又有可能是它的音变形式的"恁么"。

1. 那

"那"单用兼有指示和称代两种用法。

（1）指示较远的人、物、事等。共778例：《姑》121例，《翻》283例，《襄》374例。

A. 用在名词或名词性短语前。有时是纯粹的人、物的指示，例如：

　　① 你扎挂的合妖精似的,你去给那病人看的,只顾在这里站嘎哩?(姑)
　　② 枉口嚼那舌根子,不知有甚仇合冤!(翻)
　　③ 着那樊老儿定了个美人计,着那江城扎挂的合那妖精一般出来见他,那有不动心的?(禳)
　　④ 看他作的那精儿,弄的那鬼儿,做的那事儿,人人眼里看不下。(又)

有时似乎是人或物性状、等类的指示,例如:
　　⑤ 可恨那老杂毛,生下这王八羔,不是寻常那不肖。(翻)
　　⑥ 他人虽不大,异样的聪明,找遍天下,怎有他那才能?(又)
　　⑦ 若是那有气性的人,姐姐呀,就着他气的长气短!(禳)
　　⑧ 遇着那利害主人家,一碗菜儿做不好,就打屁股;我遇着那富贵人,一碗菜做好了,就赏钱几百,粮食几斗。(又)

B."这＋量/数量结构","那"跟量词或数量词组合,通常做名词修饰语(名量),也有的做主语、宾语。例如:
　　① 不是因着那句话,刚才算计一时差。(姑)
　　②（江城:听说您大叔在此吃酒,怎么不见他?)春香说:那尽西边那插屏遮着的那一席,才见王家那管家在那里摆菜碟儿,必然就是了。(禳)
　　③ 这一个暗蹴金莲,那一个笑上眉尖。(又)
　　④ 仇福腰里掏出包来,现交了五百两;拆完了,再交那三百。(翻)
　　⑤ 夫人笑云:"嗯,你是懊悔那一剪子了。"(禳)

在"那＋数量结构"里,"那"跟"这"配合,有时用于虚指。

C. 特殊用法。"那"的指示用法有些比较特殊的例子:
　　① 臧姑见个狗来,就骂:"老科子!安心待叫人服侍你么?你错了主意了!"一个驴来,也骂:"老科子!指望你做的那活路哩!"也看的那见,可可的就是于氏待珊瑚的那嘴……(姑)

② 大成说："珊瑚,你出去问问,怎么假银子?"珊瑚说："你就多了那一多!"(又)

③ 王婆说："罢呀,挦塑匠两口子扎春牛,忙着那忙哩!"(襄)

例中"那"均用于指示。例①"那"用在动补式("看得见")的补充成分"见"的前面;例②可看作"那+数量"("那一多")作补语;例③"那"用在形容词"忙"之前,似乎在于强调("忙着那忙",忙而又忙或忙上加忙的意思)。

(2) 用于称代。共28例:《姑》4例,《翻》9例,《襄》15例。远不如用于指示多见。

A. 称代较远的人、物、事等,做主语或宾语(介宾)。例如:

① 又遇着搅家不良的歪货,处治的只千不尽的,才送我那是个贤惠媳妇。(姑)

② 知府说:"那就是令姊么?"(翻)

③ 吩咐到那行了礼。(又)

④ 你看那不是怕老婆的他达来也?(襄)

B. 复指上文说到的人、物、事,一般带有"那样"的意思。例如:

① 更猖狂,面不光,那倒越发气着娘。(姑)

② 若是有钱不借给你大相公呢,那可就是一要狗!(翻)

③ 若还做衙官,伺候正堂,…那可才摆划的俺出了滚汤。(襄)

2. 复合形式

由"那"组成的复合形式有"那个"、"那些"、"那般"、"那样"、"那么"、"那边"及"那厢"、"那边厢"。又有"恁么"、"宁么",可能是"那么"的音变形式。

(1) 那个 "那个"也兼有指示和称代两种用法。共19例:《翻》2例,《襄》17例。

A. 指示比较远的人或者事物,例如:

① 他那个叔伯侄来,一五一十的说了一遍。(姑)

② 那个话依然在耳,谁想他今日果然。(又)

③ 俺那个光弄鬼的不成个丈夫。(禳)
④ 这个"不"字容易知到(道),是那个"不"字就难解了。(又)

　　B. 称代比较远的人或事物。例如:
① 临了看看我拿的那个,比着主人家那个还略猛点,心里才自在。(禳)
② 常时那厨子一日打发两顿饭,少油没盐,上顿也是那个,下顿也是那个。(又)

"那个"跟"这个"配合,往往又用于虚指。

　(2) 那些　"那些"仅见 4 例:《姑》、《禳》各 1 例,《翻》2 例。均用于指示较远的人或事物:
① 你不孝着咱娘生气,我也没有那些气合你啕,不如休你去罢。(姑)
② 手下那些参将,副将,游击,千、把总,都替他不平。(禳)

　(3) 那般、那样　"那般"仅见《禳》1 例;"那样"共 7 例:《姑》2 例,《翻》3 例,《禳》2 例。

　　A. "那样"均指示性状、程度,用在形容词前:
① 我那媳妇那样贤,怎么哄着他,去把钱来换?(翻)
② 你看他门前热闹,那样的整齐,那样的整齐……(又)
③ 千伶俐百样娇,怎么性儿那样娇(骄)?(禳)
④ 你看东席上那一位美少年在那里狂饮,那样高兴,咱为什么散了?(又)

"那样"往往含有强调的意思。

　　B. "那般"称代事情:
① 不看你那般,只看这般,没人打骂,你就上天!(禳)

　(4) 那么、那么个　"那么"共 4 例:《翻》、《禳》各 2 例;"那么个"只《禳》1 例。

　　A. "那么"用在动词或数量词前,指示动作行为的方式或事物的数量:
① 那不过是恨极了,只是那么说就是了。(翻)

② 多亏了看常不改,赠白银那么一些。(又)

B. 表示对动作行为性状、程度的强调:

① 江城说:"您那个行货子,你那么打他,可怎么我听的说他还合你极好呢?"(禳)

② 仲美说:"我有一件疑惑处,弟妇那么降你,可不知道到了好处,也称呼你甚么呢?"(又)

"那么个"用在指人名词前,也有强调性状的意思:

③ 那么个人儿一霎变成了圣贤,咋不叫人喜欢,咋不叫人喜欢!(禳)

(5) 怎么、恁、宁么 俚曲"怎么"、"恁"和"宁么"各1例。"怎么"可以认为是"那么"的音变,"宁么"又应该是"怎么"的音变形式。

A. "怎么"和"恁"均用在由形容词修饰的名词或者"数量+{形容词+名词}"前,表示对性状的强调:

① 人人都说于氏有造化,就摊了怎么一个贤惠媳妇。(姑)

② 是恁大官衔,怎肯来床头相见?(禳)

B. "宁么"用在动词前,表示对动作行为程度的强调:

① 他娘听说一把夺,你就宁么怕老婆!看透呀,真真是个脓包货!(姑)

(6) 那里 "那里"共65例:《姑》4例,《翻》31例,《禳》30例。

A. 用于称代。称代较远的处所或人物的方面。

a. 做主语、宾语(包括动词和介词宾语)。称代较远的处所。例如:

① 自从离了俺,花边又柳边,想那里放风筝好自然。(禳)

② 进门来,看见他哥嫂和娘那里摆划。(姑)

③ 及至到了那里,问了问,春娇没在家。(翻)

④ 他老子知道他劝不过来,不知藏在那里去了。(禳)

称代较远的方面(对方)。例如:

⑤ 二相公安心借匹马骑了去,那里又抬了轿来。(翻)

⑥ 那里是大人家,不愁你吃穿。(禳)

b. 用在指人名词或者代词后面,称代某人所在的处所或那一方面。例如：

⑦ 大成见不是犯,跑了屋里把他娘拉出来,他那里还骂哩！（姑）

⑧ 二成果然到他哥哥那里,照老婆的言说了。（又）

⑨ 他那里总（纵）有万间楼房,小妮子使不的要他片瓦。（翻）

⑩ 我那里一切全备,不用亲家费心。（禳）

B. 用于虚指,跟"这里"配合使用。仅1例：

① 这里瞧瞧,那里张张（作望介）,同事人却在何方？（禳）

（7）那边、那厢、那边厢、那头 "那边"共13例：《翻》3例,《禳》10例；"那厢"、"那边厢"各1例,分别见于《翻》、《禳》,"那头"也仅《禳》曲1例。这几个由"那"组成的复合形式跟"那里"一样,主要用于称代,仅1例"那边"用于虚指。

A. 用于称代。称代较远的处所或方面。

a. 做主语、宾语（包括介词宾语）,称代较远的处所。例如：

① 有一座石桥当路,那边厢一路花开。（翻）

② 呀！从那边来了一个女子,好不齐整的紧！（禳）

③ 他半晌无言,我往那头乱爬乱爬。（又）

称代较远的一方（对方）：

④ 老王云："那边已是吹了灯,关了门睡了。"（禳）

⑤ 王疯云："那边又来客了。"（又）

b. 用在名词和代词后,表示人或事物所在的处所或一方。例如：

⑥ 慧娘那边还是照旧做饭。（翻）

⑦ 且往娘子那边去。（禳）

⑧ 见一道大河,河上一座桥,桥那边一路花草。（翻）

B. 用于虚指,跟"这边"配合。只1例：

⑨ 流留烟花四五年,今日这边,明日那边。（禳）

(三) 兼指指示代词

所谓兼指指示代词,是指有时近乎近指、有时又近乎远指的一类指示代词。它的特点是有时是近指、有时是远指。所以,这里权且把它叫做兼指指示代词。俚曲兼指指示代词有"乜",复合形式有"乜个"、"乜么(样)"。

1. 乜

"乜"单用是纯粹的指示代词,有时是近指,相当于"这";有时是远指,相当于"那"。共 26 例:《姑》6 例,《翻》10 例,《禳》10 例。① 均用在名词前面。例如:

① 我看不上你乜脏样!(姑)
② 那珊瑚罢,他是乜东人么?(又)
③ 于氏说:"俺姐姐,你说起来我就不是乜人!"(又)
④ 人分开闹不休,争着乜钱打破头。(又)
⑤ 留下乜两个孩子,我看着并无差迟。(翻)
⑥ 你乜女人家,出头露面的怎么告状?(又)
⑦ 哥哥乜话我不信。(又)
⑧ 虽有巴掌不能扬,从今汉子不受降,俺就许下杀乜羊;待要攮俺折了锥,待要扎俺折了针,俺就许下杀乜鸡。(禳)
⑨ 长命呀,方学会就弄乜花花哨。(又)
⑩ 往前休弄乜孩子势。(又)

2. "乜"的复合形式

(1) 乜个　"乜个"称代事物。只 1 例:

① 范栝说:"你乜个给我写上罢。"(翻)

(2) 乜么(样)　"乜么"与"样"组合成"乜么(样)"的复合式,称代样态。只 1 例:

① 世上惟有禽合兽,生来只知自有娘,为人不该乜么样。

---

① 有两例疑不能定,录此待质。《姑》:"你心昏么!人家休了的人,你每日窝藏着,还打乜是不知哩!"《禳》:"俺和他心情,俺和你不不熟,离情乜只两三句。"

(翻)

三　疑问代词

俚曲反映当时汉语面貌的疑问代词有"谁"、"那（哪）"和"那（哪）里"、"什（甚）么"和"嘎"、"怎么"和"咋"、"多喒"及"多少"和"几"等。俚曲的疑问代词与现代汉语比较接近，并且体现出方言的特点。

（一）问人代词

俚曲的问人代词只有"谁"，共 132 例：《姑》23 例，《翻》40 例，《禳》69 例。而"谁"除问人外，又具有表示反问、任指和虚指的用法。

1. 用于疑问，问人

25 例：《姑》2 例，《翻》7 例，《禳》16 例。做主语、宾语及名词修饰语，也可以独立成句。如：

① 你这样胡说，是谁挑唆的？（翻）

② 手指着仇大郎，谁着你这么样？（又）

③ 六年的瓜子没还帐，至少也该个本利平，你可说说谁理正？（禳）

④ 江城说："是谁先打谁来？"公子笑着说："罢么，是我先打你来。"（又）

⑤ 丽华说："谁？"李婆说："高少爷。"（又）

2. 用于反问或带有感叹语气的句子

表示否定，相当于"没有谁（人）……"。52 例：《姑》10 例，《翻》16 例，《禳》26 例。如：

① 娘道不是该这么，这就回房换了他，亲娘呀，谁敢在你身上诈？（姑）

② 女孩家，女孩家，孝顺贤良谁似他？（又）

③ 公子摸了摸那疼处，说："你恼了么？"江城说："谁恼了谁不恼了哩！"（禳）

④ 晚来早去，有谁知觉？（又）
⑤ 商量谁？商量谁？说不尽的要吃亏。（翻）

3. 用在"谁想……"、"谁知（道）……"一类比较固定的形式里，表示出乎意料，相当于"不料"

30例："谁想"，《姑》9例，《翻》5例，《襄》9例；"谁知（道）"，《姑》1例，《翻》2例，《襄》4例。如：

① 谁想越发利害了，一点不应心就掘。（姑）
② 谁想全不费分文，竟进了临江第四人。（襄）
③ 娘三个共商议，要送太岁远别离，谁知道那还不肯，大家无法更可施。（姑）
④ 临行谆谆把话教，安心还望他顺了道，谁知道一去不返，光着腚去见同僚。（翻）
⑤ 谁知老太爷稳稳坐，全然一盏茶不留。（又）
⑥ 只爱他模样俊俏，谁知人面兽心。（襄）

4. 用于任指

表示任何人。仅3例：

① 止有女婿人一个，或者他俩平打平，谁打过谁来谁得胜。（翻）
② 谁没有多钱赌博，三五百丢净开交。（又）
③ 一间草屋盖不起，忽然身到九云霄，任拘给谁想不到。（又）

5. 表示虚指，包括不能肯定、不知道或无须说出的人

三本书中12例，引用4例：

① 待了几日，不知是谁多嘴，那于氏知道了。（姑）
② 您自家的还不知给谁，又赖别人的！（又）
③ 不知你听谁调唆，极精细却是极潮。（翻）
④ 不知是谁撒了汤，恼的娘子滴下水。（襄）

（二）问物代词

俚曲询问事物的代词有"那（哪）"、"那（哪）里"和"甚"、"什么"、

"嗄"。

1. 那(哪)

疑问代词"哪"俚曲一律写作"那",共 40 例:《姑》1 例,《翻》12 例,《禳》27 例。

(1) 用于称代,询问方所。做主语或用在动词前(后一种情况"那"前往往可认为是省略了动词)。5 例:

① 春香呀,你问问那是王家店?(禳)
② 寻思了一遭子,那的是个东乡?(又)
③ 江城醒云:"呀!鞋儿那去了?"(又)
④ 春香,你去那边问问你大叔,夜来那去了?(又)

例②作"那的"。又用于喝问,用在动词前("那"前可认为是省略了介词):

⑤ 公子就跑,满城说:"那走!"一棒槌打倒。(禳)

(2) 用于指示。用在名词或数量词前。5 例,如:

① 秦厨说:"那五个字?"吴恒说:"谄、懒、尖、奸、贪。"(又)
② 你又能孝顺爹娘,叫我敬你那一样?(又)
③ 问是那个高宅?我说是新举人高老爷。(又)

(3) 表示虚指。指示未知的。3 例:

① 我是那辈子瞎了眼,就嫁你这个强人!(翻)
② 这口屋又极高,不知那的钱和钞。(又)
③ 从那来了个春风鼓,童考考到六十五。(禳)

(4) 用于反问,表示否定,27 例。用在名词、数量词前。7 例,如:

① 那的闲饭,叫你吃着混?(翻)
② ……象牙梳栊,件件周全:穷人家治起那一件?(禳)

又用于诘问,表示否定。一般用在谓语前。20 例,如:

③ 世上那有这样哥哥,给臧姑还打的头儿破!(姑)
④ 有你这么一个人,那怕你就借一瓮!(翻)
⑤ 自家估量着配不上,地下那敢望天飞,地下那敢望天飞!(禳)

2. 那(哪)里 那(哪)边

"哪里"俚曲一律作"那里",共 73 例:《姑》6 例,《翻》32 例,《襄》35 例。此外,另有"那(哪)边",仅《襄》2 例,也与"那(哪)里"一并分析。

(1) 用于称代,询问事物(主要是处所、方位),做主语或宾语等。23 例,如:

① 那里伤了天理,遭着这样事情?(襄)
② 大姐进来说:"这不是大兄弟么?你从那里来?"(翻)
③ 我这二年若是嫁了着,你待上那里找我的?(又)
④ 仲鸿说:"这可怎么处?向那里请个大夫来给他看看?"(襄)

用"那里"往往不出现动词或介词。例如:

⑤ 七八十石谷那里去了?(翻)
⑥ 咱那里盛他?(又)
⑦ 子正叫:"脚夫那里?"脚夫上:"等候已久。"(襄)

(2) 用于指示。用在名词前,询问处所。3 例,如:

① 范公子怒声高:"那里贼来往里瞧?"(翻)
② 浑身打战似筛糠,不知这是那里的病?(襄)

(3) 表示虚指。9 例,如:

① 正说着,出了庄老王方才待问他要往那里去。(姑)
② 把一个不见人物的相公,引的魂灵儿不知那里去了!(翻)
③ 皆不知是那里力量,都异样至极。(又)
④ 想是江城他在那里见他来,吃紧了两个见了话也未可知。(襄)

(4) 表示任指。仅 2 例:

① 仗着您丈人,不过是秀才,凭他那里说,我凭着细丝银子买。(翻)
② 王法严,王法严,任你那里不敢担。(又)

(5) 用于反问句或感叹句,表示否定或者不满。12 例,如:

① 土地到手还没种,三四张文书一齐交,那里去把皇天叫!(翻)

② 这是从那里说起!且放着他的,我定寻法给他点亏吃!(又)

③ 叫哥哥你休胡吧,怎么咱爹来了家?说的也是那里话?(又)

④ 这样汉子还要降,冤枉冤屈那里去告?(禳)

这类"那里"用在谓语前也往往不用动词或者介词,例③"那里"用在名词前,相当于表示否定或不满的"什(甚)么"。又独用作答话,表示否定:

⑤仰起巴掌照着脸,"瓜得";(内问云:是你打他么?)哭云:"那里!是他打我。"(禳)

又用于诘问,类似"岂"或"怎么"。24例,如:

⑥(儿孙)若着那爹娘教诲,那里有天贤的呢?(姑)

⑦ 若自己不寻苦恼,那里有苦恼寻来?(翻)

⑧ 胭脂不擦,粗布衣裳,千金小姐那里跟的上!(禳)

3. 那样

"那(哪)样"仅1例,用于情状的指示,带有夸张的意思:

① 使乜钱由不的心里,待分了家来去在你,寻思起那样自在?(翻)

4. 甚 甚么 什么

俚曲询问事物及事因等的疑问代词有"甚"、"甚么"和"什么",它们在俚曲三种里的出现频率如下表:

	姑	翻	禳	合计
甚	0	2	2	4
甚么	19	48	101	168
什么	4	1	17	22

由上表可见,"甚"、"甚么"和"什么"的使用频率悬殊,俚曲主要是用"甚么"。用"甚"的仅4例,看来也还有曲词句式制约的因素:

① 柱口嚼那舌根子,不知有甚仇合冤!头上自有老天见。

代　词

（翻）
　　② 但愿朝廷有好事,甚年何月赦你回,免了以往从前的罪。
（又）
　　③ 那个丫头,那个丫头,合我原没甚来由。（禳）
　　④ 奴终日闷恹恹,丈夫不知甚日还。（又）

例中"甚"均用在名词前,用于虚指。因此可以认为,"甚"似乎已经不属于俚曲所代表的当时的方言口语成分。

"什么"的情况可能有所不同:现代汉语词典一般注音为[tṣən mə],与"甚么"同音。但是,俚曲"甚么"、"什么"这种用字的区别,不排除有文白音的差异。不过,由于"甚么"、"什么"实际上是一个词,所以这里也一并加以分析。

此外,俚曲"甚么"、"什么"的"么"除[mə]音以外,又音[ma]（后者更常见）。①

（1）"甚么"用于称代。69 例:② 《姑》8 例,《翻》21 例,《禳》40例。

A. 询问事物或原因,通常做宾语。例如:
　　① 大成问他:"这是甚么?"（姑）
　　② 姜娘子说:"一宿没来家,你做甚么的来?"（翻）
　　③ 一夥小童生见了他每日考,便都戏他说:"刘大爷,你好做诗,何不做一首?"刘太和说:"甚么为题?"（禳）
　　④ 高兄弟学的油嘴滑舌,为什么转(赚)下棒槌?（又）

B. 用于虚指,询问不肯定或未知的及无须说出的事物。除用于肯定句外,也用于反复问句和否定句。例如:
　　① 于氏拭了脸,劈珊瑚"瓜"的声一耳根子,说:"我看不上你乜脏样!"珊瑚又不敢问是为甚么。（姑）
　　② 见了他婆婆,娘长娘短的;见婆婆做甚么,就夺过来替他做。（又）

---

① 冯春田.聊斋俚曲的一些方言词音问题.中国语文,2001(3)
② 叙述文字中"甚么"包括"什么"。

③ 不做甚么,不做甚么,吃的穿的强似他。(翻)

④ 我合他可没有一定的方法,恼了脸也顾不的甚么是嘎。(禳)

  C. 任指。表示在所说范围内没有例外。仅见1例:

① 二弟妇没说么? 烧了,甚么找不着;你找着,我也不要。(翻)

  D. 用于反问句、感叹句,表示否定、不满或不屑。例如:

① 大成说:"你还不远走高飞,还哭甚么?"(姑)

② 帐子挂了,还说甚么哩!(翻)

③ 爷爷打了奶奶骂,还望姑爷把他饶,郎舅们甚么说不到!(又)

④ 模样好罢呀,要那脚做甚么!(禳)

(2) 用于指示。121例:《姑》15例,《翻》28例,《禳》78例。

  A. 询问事物的性质、样态或人的身分等。用在名词前。例如:

① 仇福说:"甚么策?"(翻)

② 你说说是甚么意思?(禳)

③ 老婆说:"哎哟皇天!这都是甚么东西?古怪刁钻!"(又)

④ 这两个忘八好可恶,用甚么法儿治他?(又)

  B. 虚指。指示不肯定或未知的、及无须说出的事物或人,用在名词前。除肯定句外,也往往见于反复问句和否定句。例如:

① 我有甚么好吃的你吃,咱要耍也好。(翻)

② 我想那樊子正不好处,就是一个穷,他别没有甚么病。(禳)

③ 你找个什么头儿相相那江城,若是标致,就做了亲也罢了。(又)

④ 这老奴才不知搞的什么鬼儿!(又)

  C. 任指。用在名词前,表示无例外。仅见4例,如:

① 离家大远的,任他作甚么精,我且听不见。(翻)

② 俺只得虔诚祷告:玉皇爷爷,灶王爷爷,…三根腿的炉神

香爷爷,毛厕的毛神脏爷爷;凡是天地间的神灵,无论甚么爷爷,你若保佑俺打骂不捱,我就发下洪誓大愿。(禳)

D. 用于反问句、感叹句,表示否定、不满或不屑。例如:

① 你休了的人,还与你甚么相干?(姑)

② 五十亩地倒卖了十亩,他中甚么用!(翻)

③ 他若再摳你,一样就照着,他有甚么降人药!(禳)

④ 你甚么两只小脚儿哩,啄打打打的闷杀人!(又)

⑤ 半夜去听他嫂嫂的门,二搗鬼还撑什么棍!(翻)

E. 用于感叹句,有夸张、强调的作用。例如:

① 想当初那是甚么模样!一味胡踢弄,像吃了迷魂汤。(姑)

② 你看这是个甚么汉子!(禳)

③ 尊宅甚么人家,梦也不敢高攀……(又)

5. 嘎　嘎子

疑问代词"嘎"(即"啥"),是"甚(什)么"的合音式([tʂən ma]→[tʂa])。共63例:《姑》13例,《翻》24例,《禳》26例。

(1) 称代。"嘎"用于称代47例:《姑》9例,《翻》17例,《禳》21例。

A. 询问事物或原因。一般做宾语。例如:

① (安大成)听见他娘吵骂扎挣起来,流水来问:"娘是为嘎来?"(姑)

② 家当是大家伙里的家当,为嘎都着他自己费了?(翻)

③ 谷囤净了,往后咱可待吃嘎?(又)

④ 公子说:"你骂嘎呢?"(禳)

⑤ 你来做嘎来呢?(又)

B. 用于虚指。或作"嘎子",称代不肯定或未知的以及无须说出的事物。用于肯定句、反复问句和否定句。例如:

① 说娘方才怒气加,亲娘呀!我还不知是为嘎。(姑)

② 比着小人家,着实知道嘎。徐氏说:"可说呢,算是极知道嘎。"(翻)

③ 家里没嗄你踢弄！（又）
④ 没有冬没有夏，说不过来是做嗄。（禳）
⑤ 只见是耀眼争气，也不知摆的嗄。（又）
⑥ 一家人好说是我是打嗄子，说是骂嗄子，也不问问是争着甚么，因着甚么。（又）

C. 任指。表示无例外。例如：
① 大娘子进了门合有欢乐，任拘嗄做停当不用吆喝。（姑）
② 你好了，任拘是嗄由你的性。（禳）

又用于反问句、感叹句，表示否定、不满或不屑。例如：
① 仇福说："姐姐，你没本事，去歇歇的罢，我闲着做嗄哩！"（翻）
② 本利都勾了，你还气嗄哩！（禳）
③ 天民说："混账物诮嗄哩？谁说你的不俊来？……"（又）
④ 春香摇头云："嗄呀！俺老爷先戏把人！"（又）

"嗄"后用语气词独立成句，表示对对方行为的否定这种用法"甚（什么）"未见。

(2) 指示。16例：《姑》4例，《翻》7例，《禳》5例。

A. 询问事物的性质。用在名词前。仅见3例，如：
① 为着嗄事闲吵吵？（翻）
② 他是嗄法摆弄的这样疾？（又）

B. 虚指。指示不肯定或未知的以及无须说出的事物或人。例如：
① 怒气冲冲，一阵骂的天也红，不知嗄缘由，大家挣一挣。（姑）
② 今日节间没嗄事，吃盅薄酒避避风。（翻）
③ 那茶不知是嗄味，那饭也是腥。（禳）
④ 没有那好嗄打，就使半头砖……（又）

C. 用于反问句、感叹句等，表示否定、不满或不屑。例如：
① 做不下媳妇来，嗄脸把家门上？（姑）

② 我出上连门不上,你嗄法治你老达!(翻)
③ 做了贼了么?养了汉了么?该你嗄事的!(禳)
④ 南无佛空叫爹娘念,我是前生有冤孽,可与春香嗄相干!(又)

又用在谓语前,表示反问,相当于"怎么"、"咋"。仅1例:

⑤ 也是前世里不好,留下的孽冤(冤孽),羞杀人嗄还把亲朋见?(禳)

(三) 询问方式或性状的代词

俚曲里询问方式或性状的疑问代词有"怎"系的"怎"、"怎生"、"怎的"、"怎么"以及"怎么样"、"怎样",其中"怎么"又有合音式的"咋"及其复合形式。"咋",俚曲通常写作"喳",为行文方便,凡是俚曲的"喳"一律写作"咋"(俚曲无"咋",不致混淆);另外,"咋"俚曲又作"咱",则依照原文。它们在俚曲里的出现频率如下表:

	怎	怎生	怎的	怎么	怎么样	怎样	咋		
							喳	喒	咱
姑	4	0	2	28	0	0	10	0	0
翻	19	2	3	57	1	2	6	4	0
禳	21	4	3	201	13	0	11	0	3
合计	44	6	8	286	14	2	27	4	3

1. 怎

"怎"极少用于称代,通常用于指示。

(1) 称代。"怎"用于称代仅1例,并且是和助词"着"组合的复合形式。"怎着"用法同"咋着",询问状况:

① 徐氏上云:"好了么?好了么?怎着来?"仆从抬子正:"哎哎,言不得!我合你远走高飞便了。"(禳)[1]

(2) 用在句子谓语前,构成反问句。35例。如:

① 那媳妇子怎能件件都合着心呢?(姑)

---

[1] 类似的"怎",似不能排除音[tsa]的可能。

② 昨日虽然分开了,奴心不曾有变更,怎能忘了亲娘病!(翻)

③ 你就不是上人,怎还算不的上物呢?(禳)

④ 他又哭哭啼啼,教人怎不心软!(又)

(3) 用在疑问句谓语前,带有不满或感叹语气。7例,如:

① 外甥方才五六岁,你又年小怎承当?(翻)

② (子正)跪下,痛哭不起,仲鸿也跪下:"这是怎说!"(禳)

③ 不曾杀了人,不曾害了谁,怎教老来苦受罪!(又)

2. 怎生

"怎生"均用于称代。

(1) 询问行为,做谓语。3例,如:

① 长命儿你在里边听,我在外边听,你待自家怎生?要把奴怎生?(禳)

② 媳妇儿你来么穷吵穷吵,你待怎生?(又)

(2) 虚指,称代不能细说的行为。做谓语。仅1例:

① 又待将奴宰烹,又待将奴怎生,揭开眼罩咱就踢蹬。(禳)

(3) 用于问句,相当于问因的"干(做)什么",带有诘问和感叹语气:

①(把徐氏几乎气死)大叫一声:气杀我了贼畜生!乌温了不大霎,又嗒馨了净!要我怎生,要我怎生?不如死了眼不睁!(翻)

3. 怎的

"怎的"均用于称代。

(1) 询问行为或原因。1例:

① 高季说:"你来怎的?"王宁说:"爷爷怕不妥当,着小的送了几两银子来了。"(禳)

(2) 用在动词或小句后,构成反问句,表示否定。7例,如:

① 娶老婆元是成人家,着他娘母子不自在,要老婆怎的?(姑)

② 大姐说:"怕怎的！你只管伺候送启罢。"(翻)

③ 这原是神灵指引咱父子相会,怪他怎的?(又)

4. 怎么

"怎么"用于称代和指示。

(1) 称代。共29例:《姑》2例,《翻》2例,《禳》25例。

A. 询问行为、状况或因由。例如:

① 沈大姨一行拉着他,说:"我儿,你怎么来?"(姑)

② 内问云:"这是怎么?"笑云:"扑哧,我就跪下了。"(禳)

③ 正说着,只见公子歪待着方巾,喘吁吁的跑来,藏着在仲鸿身后,高公忙说:"怎么来？怎么来?"(又)

④ (本等也该费点事,就是十八的大姐铰了头)秦厨说:"怎么呢?"吴恒说:"就是不待嫁呢。"(又)

这类"怎么"后往往又用助词"着"。如:

⑤ 老头子你在房里咕咕哝哝,怎么着江城？(禳)

⑥ 江城说:"他怎么着来?"他二姨"喝"的声,手拿槌棒似流星,打了个无其数,腰折头破骨零仃！(又)

B. 虚指。称代未知或不确定的事情:

① 老兄台请回宅去,议一议该是怎么。(翻)

② 他门户虽然不差,他女儿未知怎么,因此心上还悬挂。(禳)

C. 用于反问句。表示否定或不屑。例如:

① 我把你畜生打死,这样人留你怎么！(翻)

② 看这态儿,还能怎么？就是相好,也只一霎。(又)

③ 江城说:"可怎么着呢？俺通你就罢了。"(又)

(2) 指示。共257例:《姑》26例,《翻》55例,《禳》176例。

A. 询问方式。用在动词前(动词不能用否定式)。例如:

① 虽然讹言也难信,全不伺候也不通,方法该是怎么弄？(翻)

② 大家都来商议说:"老爷领着百万兵马,怎么怕一个妇人？咱不如反了罢!"戚老爷说:"怎么反呢？"(禳)

③（江城）怒冲冲的说："我听的了，教您儿处治我！待怎么处治哩？处治了罢！……"（又）

B. 询问情由或情状。用在动词或形容词前。例如：

① 姜娘子说："怎么说呢？"仇福说："着我粜谷，给二弟做盘费。"（翻）

② 你说先父是怎么死了来？（禳）

③（再做十年官，满眼尽蓬蒿，破题儿也忘了怎么造）仲鸿说："怎么说呢？"高季说："以下都是钱了。"（又）

C. 询问原因。谓语可以是动词或形容词。例如：

① 沈大姨一眼看见，唬了一惊，说："这怎么来到这里？"（姑）

② 却说老王奔到家，安大成迎着说："你来的怎么这样快？"（又）

③ 我那媳妇那样贤，怎么哄着他，去把钱来换？（翻）

④ 夫人说："怎么不好呢？丑么？"（禳）

D. 用于反问或感叹句，表示否定、不满、不屑或强调：

① 汉子家知道那饭怎么做？做的甚不相应。（姑）

② 咳！这么个贤惠媳妇，怎么摊了一个畜生！（翻）

③ 二相公说："你怎么这样？咱求功名，中与不中，还要完场。"（又）

④ 夫人说："他才说的这李家也就罢了，你怎么就杜住门子？"（禳）

⑤ 这事情怎么真么不凑巧！（又）

⑥ 咳！天给他这么一个模样，怎么就给他这么一上性情？天给我这么一个人物，怎么就给我这么一个老婆？（又）

E. 虚指。指示不肯定或未知的及无须说出的事情。16例，如：

① 请邻兄，借他的口儿诉冤情：怎么骂婆婆，怎么弄象生，从头说说他那禽兽性。（姑）

② 说他方才是任华，怎么倒在地，怎么又爬查，从头细说他父亲的话。（又）

③ 又教导慧娘,到那里是该甚么礼体,怎么着行。(翻)

④ 便将怎么陷害,怎么成亲,怎么为东人被罪,从头至尾,说了一遍。(又)

F. 任指。表示无例外。6例,如:

① 我尽了我的心,尽你怎么骂。(姑)

② 他娘说:"任您去怎么做的罢。"(翻)

③ 你就是个脓包哥,尽他怎么去揉搓。(襆)

5. 怎么样　怎样

"怎么样"、"怎样"都用于称代和指示。

(1) 称代。12例。

A. 询问行为或情况。"怎么样"后可用助词"着"。例如:

① 如今是该怎么样?(翻)

② 坐到黄昏,终须怎么样?(襆)

③ 仲鸿便问:"你是怎么样着呢?"(又)

④ 子正云:"哦!怎么样着来?……"(又)

B. 用于虚指。仅1例:

① 家亲只推他令郎,这事不知怎么样。(襆)

C. 用于反问句,表示否定。仅1例:

① 虽然儿女无行径,但有老气还不妨,一口不来怎么样?
(襆)

(2) 指示。4例。

A. 虚指。用在动词或名词前,指示未知的情状或样态,后面用助词"的":

① 不知是怎么样的吩咐,未曾去,先红红这不害羞的脸。
(襆)

② 细端相,我看是怎么样的个窈窕娘。(又)

B. 任指。表示无例外。仅1例:

① 日后你来,做了乡宦有钱财,这里甚空闲,任你怎样盖。
(翻)

6. 咋(囃) 喒 咱

疑问代词"咋"在俚曲里有"囃"、"喒"、"咱"三种写法,都应该是[tsa]音。兼有称代和指示两种用法。

(1) 称代。16例。

A. 询问行为、方式。做谓语后面往往用助词"着":
  ① 我有饭给他吃,我只顾留着他,你待咋着我罢?（姑）
  ② 他每日嫌这家子,嫌那家子,他是待咋?（禳）

B. 用于反问句或感叹句,表示否定或不满:
  ① 于氏说:"你还出来做点活路呀,光坐曝子是咋着?"（姑）
  ② 待扎挂你扎挂罢,待拉扯别人咋?（禳）
  ③ 江城说:"你看的那文章可也不好咋!"（又）

C. 用在"罢(呀)"字后,以反问的形式加强句子的语气:
  ① (臧姑说)"罢咋呀!"那屋里一把斧子,便说:"二成,你拿了去,换俩馍馍来我吃!"（姑）
  ② 李婆说:"没哩我就拿着?罢呀咋,我就破上这老性命!"（禳）

D. 虚指。代替无法说出或不能确定的行为（包括心理活动）。例如:
  ① 不知心里还待咋,终朝吵骂不停声。（姑）
  ② 人若是恼咋不着,天若恼了时咋奈何?（又）
  ③ 你参就知道,他也不敢咋。（翻）

E. 用法同"什么(啥)",跟助词"的"组合。仅1例:
  ① 江城奔出说:"我过咋的连!"便去上吊……（禳）

(2) 指示。18例。

A. 询问行为方式或原因:
  ① 江城说:"你说又咱不铰你了么?"（禳）
  ② 姜娘子知道无妨帐,说你又喒不疼了?（翻）

B. 用于反问或感叹句。表示否定、不满等:
  ① 我咋情着住屋来?（翻）

② 这个光景,咋是人行？（禳）

③ 乌温了不大霎,嗏又罄了净！（翻）

C. 虚指。指示未知的动作或样态（各1例,不单列）：

① 范公子又嗏进来了,在那书房里挂帐子。（翻）

② 先伸头儿去瞧瞧那客,看咱样的个客。（禳）

D. 任指。表示无例外：

① 那婆婆就是降下来的户子,待咋支使,就咋支使。（姑）

② 我又不曾得罪他,凭我那娘子咋处分。（禳）

（四）问数、问时代词

俚曲问数和问时代词有"多少"、"几"和"几时"、"多嗏"。

1. 多少

"多少"共23例：《姑》3例,《翻》5例,《禳》15例。

(1) 称代。询问数量。做宾语,用于反问,表示不多。仅1例：

① 太母云："我合您爹能吃多少？就这么些东西？可忒也费事！"（禳）

(2) 指示。14例。

A. 询问事物的数量,用在名词前：

① 仇福说："他要多少银子？"（翻）

② "……不知得多少人马？"魏名说："五百人马可矣。"（又）

③ 他若是来着,可问问他要多少身价？（禳）

B. 用于反问句,表示不多的数量：

① 我这里作熟着人端,俩人能吃多少饭？（翻）

② 院里官,院里官,问他实有多少钱？他只是信口吧,说是收着几千万。（又）

C. 用于感叹句,表示很多：

① 九日的媳妇作了多少幺么精,自家不敢去告诵。（姑）

② 若一分辨,不知嗨多少气哩！（又）

③ 自那日扎一簪,水合米不曾沾,旁里多少人来劝！（翻）

④ 吹鼓手大号连天,乱纷纷惹的多少人来看?(禳)

2. 几

俚曲称数词"几"习见,并且又有询问时间的复合形式"几时"。

(1)"几"可以询问、代替二至九的数目,也可以用在百、千、万之类数词前。共112例:《姑》12例,《翻》49例,《禳》51例。

A. 询问数目。"几"后用量词或时间词,询问时间的数量。"几"相当于问数的"多少",但仅见下面的例子:

① 咱今朝这一别,不知几年几个月?(翻)

B. 指代数目。

a. "几"后用物量词,表示事物不多的数量。相当于称数词的"数":

① 安大成种着几亩薄田,日子难窘。(姑)
② 还有四十亩薄喇地,也还打他几石粮。(翻)
③ 小弟有几件家伙不曾收拾,就此告别。(禳)
④ 俺这几年治了几亩田儿,买了一个园儿,有了几吊钱儿……(又)

b. "几"后用时间词,表示不多的时间数量:

① 待了几日,不知是谁多嘴,那于氏知道了。(姑)
② 几宿把钱都骗去,哄着全把家业丢……(翻)
③ 最难捱是这几天,过一刻似一年。(禳)

c. "几"后用动量词,表示动作数量:

① 墙上挂着一支鞭子,拿下来把珊瑚打了几下子,于氏那气才略消了。(姑)
② 一连掷了几轮子,相公赢了好几遭。(翻)
③ 不知文章读几遍,不知五经念几行,终朝只去闲游荡。(禳)
④ 几翻害人人兴旺,临了自家弄断根。(翻)

d. 用在"千"、"千万"之类数词前,表示很多:

① 他家楼舍几千间,倾了家可能治他那一件?(翻)
② 此去也不过几月间,又像一去几千年。(禳)

③ 俺每日絮絮叨叨,一日就说你几千遭。(翻)

④ 院里官,院里官,问他实有多少钱,他只是信口吧,说是收着几千万。(又)

e. 虚指。相当于"多少"。仅3例,如:

① 要进童生是童生,要进几名是几名。(襄)

② 俺无论几顿,只是锅子里汌上瓢水,抓上把盐……(又)

C. 固定形式。

a. "不+几日"。表示没几天,时间不多。仅3例:

① 不几日,把二相公解到,投了文。(翻)

② 我那日耐得几日,我到京不几日回还。(又)

③ 不几日,军门里下了文来,一切土地都追还本主人。(又)

b. "好+几+量/时"。表示好多的数量或时间。10例,如:

① 整好几日不见个影儿。(襄)

② 来了家好几朝,俺大叔不敢学。(翻)

③ 有人来说:"仇福输了地了,好几个人在那里量哩!"(又)

④ 送了粮食送衣服,黄边还得好几吊。(襄)

⑤ 相公赢了好几遭。(翻)

⑥ 要找高强问问,寻了好几次,并不见他出来。(又)

3. 几时

"几时"用于询问时间和虚指。共18例:《姑》1例,《翻》5例,《襄》12例。

(1) 询问时间,相当于"何时"或"什么时候":

① 你几时合我商量?(翻)

② ……饥困可以饱了,昂赃可以扫了,惟独这着骨的疔疮,几时是个了手呢?(襄)

③ 李婆说:"嗯嗯!你几时要呢?"公子说:"今晚。"(又)

(2) 虚指,指不确定的时间:

① 见一个鸡来,就说:"鸡科子!到几时杀了你,这眼里才

利亮了!"(姑)

　　② 又不知几时聚首,好似那乌鸦衔窝。(翻)

4. 多咱

俚曲"多咱"又作"多喒"。仅2例,均用于称代。

(1) 询问时间:

　　① 江城云:"春香,天多咱了?"春香云:"五更了。"(禳)

(2) 虚指某一时间,相当文言的"何时":

　　① 到多喒拔了他那毛,治了我的病,仔怕我就胆子硬。(禳)

【贰】 数词和量词

俚曲的数词和量词都更接近现代汉语,同时也体现出近代汉语后期方言的一些特点,例如"数+量(个)"合音词"俩"、"仨"的出现,较多的临时量词的使用等。这里就三个方面对俚曲有关问题进行分析。

一 半数、不定数和序数

俚曲表示半数有"半",表示不定数或概数有"数"、"几"、"多"、"余"、"来","第+数词"表示序数。因为"几"和"来"分别在代词、助词部分加以分析,这里不再重复。

1. 表示半数的"半"

"半"表示半数(即二分之一的数目)。73例:《姑》8例,《翻》20例,《禳》45例。

(1) 用在时间词前面。37例,如:

① 待了半年,那于氏全感化不过来,比桑树骂槐树……(姑)

② 天家驳麸子——不消半夜又净了。(翻)

③ 俺大姑到上台,完了官司才回来,半月没人问问安,望你看常休见怪。(又)

"半日"、"半晌"之类可用来强调时间长。如:

④ 还魂了半日,才爬起来。(姑)

⑤ 他半晌无言,我往那头乱爬乱爬。(禳)

⑥ 想了你半年才捞着,若是当面不见,岂不辜负了一番情肠?(又)

(2) 用在"数词+时间词"后面及跟"一"组合。5例。

A. 用在"数词+时间词"后面,表示零数是二分之一:
　　① 回头晚了十年半。(姑)
　　② 光阴速箭离弦,近来好似换了天,半年就有三年半。(禳)

B. 跟"一"组合成"一半",也是二分之一,又作"一半子":
　　③ 他若到了绣房前,咦,汉子就矮了一半!(禳)
　　④ 那兰芳俊如仙,性格温柔不可言,我也跟不上他一半。(又)
　　⑤ 我这眼色,跟不上兰芳一半子。(又)

(3)"半+量词+(名词)"。31例。

A. "半"跟量词组合,后面无名词。例如:
　　① 路途半里何时到?(禳)
　　② 拿到屋里,少了半盘。(又)
　　③ 挽上一个扬州髻,插上一枝镀金钗,髻高到(倒)有半尺外。(又)

"半"又往往跟个体量词以及个别度量词组合,有时是强调其少、无或者小:
　　④ 千言万语说不了,冤到极时半句无。(姑)
　　⑤ 家里没有人半个,他娘一口气不来……(翻)
　　⑥ 家里粮实踢弄了,踢弄了,银子并无半分毫。(又)

另有"半"和数词"一"连用例,表示少许,某些:
　　⑦ 嫌粉儿白的挣新,嫌胭脂红的太深,一半点倒合江城近。(禳)

"半个"有时表面是说少,在有的句子里却是嫌多:
　　⑧ 人千里来,恨不能两个人弄成一个,怎么还容的半个?(禳)
　　⑨ 再半个多了,再半个多了,添俩眼到(倒)是不妙。(又)

B. "半"跟量词组合,后面出现名词。例如:
　　① 又去街上,买了半足布来。(翻)
　　② 一点事儿不合心,嗯,脱下只半尺花鞋打他那嘴。(禳)

如果量词是"点(儿)"之类,也是强调少或者无:
　　③ 责备自家,照旧全无半点差。(姑)
　　④ 骂江城狠心人,怎么全没有半点夫妇分!(禳)
　　⑤ 件件儿温柔孝顺,没有半点儿张狂。(又)
又有"一半点":
　　⑥ 那媳妇子怎能件件都合着心呢?只是有一半点不是,我也不计较。(姑)
　　⑦ 那里门户忒也高,一半点东西,拿去着人笑。(翻)
又有"大半",表示二分之一多。1例:
　　⑧ 二相公住了大半个月,牧之说:"你家去罢。"(翻)

2. 不定数"数"、"多"

俚曲表示不定数可用"数"和"多","多"只表示零数的不定数。

(1) 数　俚曲"数"11例:《姑》2例,《翻》2例,《禳》7例。表示不定数、概数。

　A. 用在名词、量词或数词前,表示不定数。6例。

　a. 用在名词、量词前,"数+量"后可出现名词:
　　① 待了数日,把亲事妥当,二相公才复试去了。(翻)
　　② ……三更多,数个人儿闹哈哈。(又)

　b. 用在数词前,后面可出现名词或量词:
　　③ 童生考成了白头也么翁,盘缠也得数万铜。(禳)
　　④ 又早见五花官诰,封赠数十遭。(又)

例中数词是"万、百、十"之类,强调数量多。

　B. 用在数词后、名词或量词前。4例:
　　① 把银子都拾出来,约有万数两。(姑)
　　② 不知哄过十数遭,兰芳一见早知道。(禳)
　　③ 这佳肴肥美,酒味香甜,这一餐,家有八口,可活十数天。(又)

例①类似表概数的"来",②、③表示个位不定数。只有1例"数"用在"数+名词(时间)"后:
　　④ 你夸的那好媳妇,就姓陈名珊瑚,在我这有二年数。

（姑）

(2) 多　俚曲"多"24例：《姑》3例，《翻》11例，《禳》10例。表示零数不定数。

A. 用在数词、"数词＋时间名词/量词"后，表示零数。18例。

a. 用在数词后：

① 眼睁睁一大窝，猜堆堆有五千多，双边双沿细丝锞。（姑）

② 秋桂原不如春娇，二十多甚风骚，精的糊的无不道。（翻）

后面出现名词：

③ 仇相公大铺张，百多人日日忙，一日费到百金上。（翻）

另1例数词后有概数词"来"，后面是时间词"岁"：

④ 女孩儿生把气啕，十来多岁还撒娇。（禳）

b. 用在"数词＋时间词"后：

⑤ 待了一年多，每日娘们烧火剥葱，弄的娘们灰头土脸的。（姑）

⑥ 整跑了一宿多，好像是挣了命。（禳）

B. 用在"数词＋量词"后等。6例，如：

① 仇福赢了六百钱，魏名输了一吊多。（翻）

② 旧年邻舍才相识，又去南城二里多。（禳）

后面又可以出现名词（含时间词）：

③ 你只说他小，隔着十里多路，他又先打听了来了。（禳）

④ 回去了三个多月，并不见有参差，想是化恶为善了。（又）

另有1例"多"直接用在前面无数词的量词后，应该是数词"一"的省略式：

⑤ 俺家还有顷多地，安心一股要全吞。（翻）

(3) 余　俚曲"余"14例：《姑》1例，《翻》4例，《禳》9例。表示零数不定数。

A. 用在数词后表示零数。12例。但"数＋余"仅1例：

①那口外房舍无,有雄兵一万余,一个将军管辖住。(翻)
另有3例"余"前用"有":①

②自从江城去后,不觉一年有余。(襄)

其余均在"数+余"后出现时间名词或者量词。例如:

③二十余年老友人,买来矇婢乐萱亲。(姑)

④待了二十余天,牧之回来了。(襄)

B. 直接用在数量是"一"的时间词或者"数词+时间词"后面。2例:

①……喜重重,离别年余又相逢。(襄)

②高姐夫,高姐夫,公婿相别一年余。(又)

3. "第+数词"表示序数

俚曲序数通常由"第+数词"表示。77例:《姑》8例,《翻》22例,《襄》47例。用在整数前作为序数。

(1)"第"用在数词(整数)前表示次序。4例:

①知府取你做第么三,把你的文章着实圈。(翻)

②侥幸第十三,想是又疯魔了张解元。(襄)

又用于列举:

③我虽是窜远方,两桩喜事从天降:第一见了爹爹面,第二哥哥还家乡。(翻)

④家里穷还不妨,第一门户要相当,女儿也要个好模样。(襄)

(2)"第"用在量词或少数不需要量词的特殊名词前。73例。如《翻》曲标有"第一回"至"第十二回",《襄》曲标有"第一回"至"第三十三回"。另如:

①未必贤,莫喜欢,冤家今日是第一天。(姑)

②谁想全不费分文,竟进了临江第四人。(襄)

③朝夕闻香梦也酣,衾枕还是第二件。(又)

④俺也断不肯,再嫁第二个。(又)

---

① 另1例作"有余零",《襄》曲:"一双铃,把岁增,寿活到一百有余零。"

⑤ 前日打的没处逃，你还要想第二遭。（又）

有时后面可出现名词：

⑥ 今日是这个做法儿，十年五年并没有第二个做法儿。（禳）

二　数量合音词"俩"和"仨"

俚曲已出现"数＋量"合音词"俩"跟"仨"，"俩"是"两个"的合音，"仨"是"三个"的合音。① 但在字形上，"两个"的合音字很少写作"俩"，而是通常由"弍"（"贰"的俗体）在左，"两"在右构成；"三个"的合音字不写作"仨"，而通常是由"叁、参"在左，"三"在右构成。为行文方便，这里一律代以"俩"、"仨"。

（1）俩　俚曲"俩"58例：《姑》6例，《翻》29例，《禳》23例。

A. "俩"等于"两个"。55例。

a. 名（代）＋俩。"俩"用在名词或代词后面，表示数量（两个）。"名（代）"均为指人名、代词。如：

① 明知道何大娘一片好心，着您俩犯争差于理不顺。（姑）

② 止有女婿人一个，或者他俩平打平，谁打过谁来谁得胜。（翻）

③ 仇大姐怒冲冲，兄弟俩是顽童，没了老子就着人家尽着弄。（又）

④ 进门来先参哥嫂，叔侄俩竟到高堂。（禳）

b. 俩＋名。"俩"用在名词前，表示数量（两个）。名词可以是指人名词，也可以是指物名词。如：

① 珊瑚俩眼泪撒撒，说娘方才怒气加，亲娘呀，我还不知是为嗄。（姑）

② 体量徐氏领着俩孩子难过，徐氏着人去说娶亲的事，一

---

① 江蓝生.《燕京妇语》所反映的清末北京话特色.语文研究，1994（4）、1995（1）；又：江蓝生.近代汉语探源.北京：商务印书馆，2000

说就允了。(翻)

有时"俩"是不定数,相当于"几个":

  ③ (臧姑见)那屋里一把斧子,便说:"二成,你拿了去,换俩馍馍来我吃。"(姑)

  ④ 江城说:"谁没见过俩钱呢?你从头里这个那个的!……"(禳)

c. "俩"单用。可以指人,也可以指物。如:

  ① 大姐说:"这是甚么话!娘是俩罢,老可是一个呀。"(翻)

  ② 你看他典雅风流,遍天下难找出这么俩。(又)

  ③ 丈人给了个银子锞,丈母偷着又给了俩。(禳)

又跟"仨"组合独立使用(见"仨")。

B. "俩"等于"两","两"等于"俩"。

  a. 俚曲"俩"有的不代表"两个",而是等于"两",3例。这大约是用字的问题:①

  ① 姊妹俩个哭了一回。(翻)

  ② 他后日通了人性,您俩个再犯往来。(又)

  ③ 佳人才子,极好的一对夫妻,您俩个违法犯了嫁娶罢。(禳)

①至③例"俩"后都有量词"个",可见"俩"实则是"两"。有的例子不明显,看做"俩"、"两"均可。除上面所举"珊瑚俩眼泪撒撒"外,再如:

  ④ 兄弟离家俩月也么间,如今家里翻了天!(翻)

方言说"俩/两眼"、"俩/两月"都可以,并且以前者为常。

  b. 跟"俩"等于"两"的情形相反,俚曲"两"又有等于"两个"、即"俩"的例子。9例,均见于《禳》曲。如:

  ① 二人礼毕,徐氏说:"您爷两坐着,我去筛茶去。"

  ② 叫:"春香,你合老王您两就跟去伏侍。"

  ③ 小杂种太欺心,开开口就销撅人,有两钱就撑他娘那棍!

---

① 江蓝生.《燕京妇语》所反映的清末北京话特色.语文研究,1994(4)

④ 你当着两丫头,不便宜你么?

⑤ 譬如两厨子打发主人,省事的著人做,费事的著咱做……

之所以出现这种情况,大概是由于当时"俩"在用字上还不十分固定的缘故。①

(2) 仨　俚曲三种"仨"仅见《禳》曲 2 例。

A. 代表"三个",跟"俩"组合,表示不定数:

① 峡山有个呆瓜,呆瓜家中有个夜叉,夜叉若是开了赌打,我还打他俩仨。

② 成挓的菜蒸一抓儿,豆腐带水一洼儿,连皮的萝卜一掐儿,择硬的鸡蛋俩仨儿。

《聊斋俚曲集》他篇也有类似的用法。② 如:

③ 仨俩攒穷还不可,骰子牌再也是不消。(俊夜叉)

④ 况且是他那媳妇俩俩仨仨,若踢弄起来,自然都是向他。(慈悲曲)

⑤ 宾客密如麻,东俩俩西仨仨,八百席一霎安排下。(蓬莱宴)

《禳》曲另有下例:

⑥ 三三两两,说是谁家,规矩体统,这样大法?

比较④、⑤例,假设例⑥首句入韵,那么"三三两两"从词的角度说很可能就是"仨仨俩俩"。

B. "仨"代表"三个",单用或跟名、代词组合,俚曲他篇可见用例。如:

① 赌场里玩,嫖场里耍,丢了仨,撂了俩,穷杀狗还该打。(穷汉词)

② 自从我奔走离了也么家,只有俺俩没有仨。(富贵神仙)

③ 咱仨同到玉火巷,你可藏的严实实……(增补幸云曲)

---

① 江蓝生.〈燕京妇语〉所反映的清末北京话特色.语文研究.1994(4)
② 含《蒲松龄集·戏三种》,下同。

④ 太公老母葬黄沙,合家无男子,只有他姊妹仨。(富贵神仙)

前面说到《襄》曲"三三两两"可能是"仨仨俩俩","三"实际上是"仨"的用例在俚曲他篇也可见到:

⑤ 把人拿,把人拿,分头跑了十二三,只捉住了五六名,每人打了一百下。(磨难曲)

例⑤"三"跟"拿、下"押韵,因此就是"仨"。

三 量 词

量词是表示事物或动作行为数量的词,可分为名量词和动量词两类。量词使用普遍化是汉语的特点之一,这一特点到近代汉语后期已表现得非常突出。俚曲的量词不仅体现了当时汉语量词的面貌,而且较明显地反映出方言的特色。这里对俚曲的量词分7类加以分析:

(1)个体量词;(2)集合量词;(3)部分量词;(4)容器量词;(5)临时量词;(6)度量量词;(7)动量词。

(1)至(6)类都是名量词。

(一) 个体量词

个体量词表示个体事物数量单位。俚曲的个体量词主要有:个、枚、家、名、位、件、把、口、只、棋、匹、堵、座、间、道、乘、辆、桌、尊、架、面、抬、顶、端、领、锭、朵、枝、支、条、根、股、炷、本、句、张、轴、幅、段、篇、封、首、桩、门;俚曲另有"场、顿、席、片"性质不十分清晰,比较接近个体量词,也归入此类。

1. 个(個、箇)

"个"702例:《姑》98例,《翻》232例,《襄》372例。是一个使用广泛的通用性个体量词。"数+个"的数目是"一"时,常常省略,俚曲多达346例。

(1) 表示个体物量。525例,如:

①十个媳妇相遇,九个说婆婆罪愆;惟有一个他不言,却是死了没见。(姑)

②虽不知轻重如何,雪花银倒有些揷和,每人只分了百十个。(又)

③到了第二日,范公子送了一个管家、一个骡子……(翻)

④我昨日在街上听见人唱一个山坡羊,甚是伤感。(又)

⑤翻错了的打十个瓜子。(禳)

(2) 跟指示代词组合,除用于指示外,还可以用于称代。在不用数词"一"时,更为明显。102例,如:

①我没造化情受你这个好媳妇,休去了也罢了!(姑)

②父亲心里不大喜,说这个妮子把气呴,做媳妇一定极不孝。(翻)

③这个事虽然在我,也合他本人商量。(禳)

④从头只是逗灵怪,这个那个瞎拈麻。(又)

⑤临了看看我拿的那个,比着主人家那个还略猛点,心里才自在。(又)

(3) 动+个/一个+形/动。"形/动"带有补语的性质。35例,如:

①这一回出来,安心把人找,昂藏气儿吃了一个饱。(姑)

②我这里瞧一个空儿,定然说他个无言答。(又)

③就是那红糊突也管你个够。(翻)

④今日该打个稀糊烂!(又)

⑤就有百万贼兵,他一马当先,就杀他个片甲不留。(禳)

偶尔可见"一个"前用"的(得)"字例:

⑥你回去到家中,老实看着把地耕,可休学你大舅舅,踢弄的一个精光腚。(翻)

例中"精光腚"具有形容词性。

(4) "个"叠用,表示每一个,包括所说范围内的任何一个。20例,如:

①不料他还能如此,来的人个个喜欢。(翻)

② 街头个个称师傅,实与人家去放牛。(襄)

2. 枚

"枚"《襄》曲1例。用于钱币:

① 我有银钱一枚,祝外甥长命富贵。

3. 家

"家"17例:《姑》2例,《翻》11例,《襄》4例。表示人家(家庭)的单位。数词是"一"时可省略,还跟指示代词组合。如:

① 俺大嫂你也不必恼甚么,一家好人家哩!(姑)
② 待了十来年,给他儿娶了媳妇,才像家人家了。(翻)
③ 本等是家小人家,千头百穗难招架。(襄)

4. 名

"名"3例:《翻》2例,《襄》1例。用于有某种身分的人:

① 又定了匠人二十个,小工一百名,一行拆,一行盖。(翻)
② 太公吩咐人去范宅借弓箭鸟铳,并家丁二十名。(又)
③ 八对纱灯,两对火把,两乘大轿,百匹大马,又搭上四个小厮,四名管家。(襄)

5. 位

"位"9例:《翻》3例,《襄》6例。一般用于人,只1例用于宅落。如:

① 媒人就借重二位先生罢。(翻)
② 二位先生到舍下,一杯薄酒共盘桓。(又)
③ 楼舍厅房,门墙院落,盖了极大的一位宅子。(又)

6. 件

"件"47例:《姑》4例,《翻》13例,《襄》30例。通常用于衣服、家什,只有2例用于事情(故事、典故)。数词是"一"时可省略。如:

① 好一个俊媳妇风流不过,穿上件粗布衣就似嫦娥。(姑)
② 我那两件衣裳没了。(翻)
③ 我合兰芳给爹娘做了两件衣服,请爹娘穿上。(襄)

7. 把

"把"9例:《姑》3例,《翻》1例,《襄》5例。用于有把、手可持拿的东西。如：

① 珊瑚没奈何，才拭了拭那泪，到了房里，取了一把剪子出来。（姑）

② 那屋里一把斧子，便说："二成，你拿了去，换俩馍馍来我吃。"（又）

③ 我去买两把大凿来，没日没工的凿他娘的！（翻）

④ 南瓜皮子一大筐，炊帚苕帚三五把。（禳）

8. 口

"口"23例：《姑》1例，《翻》15例，《禳》7例。用于人畜、房屋等。如：

① 冬里觇猪五口，夏里养蚕十箔。（姑）

② 实言一家四口，俺不用打油称盐儿。（禳）

③ 戚老爷听罢大喜，即时披挂整齐，明盔亮甲，拿着一口刀耀眼争光，就在厅前大喊了一声"杀呀"。（又）

④ 他家听说没多屋，不过赁了两口房，没处藏，必定江城也在旁。（禳）

9. 只/支

"只"7例：《翻》2例，《禳》5例。用于禽类动物或成双成对东西中的一个：

① 魏二输了一只鸡。（翻）

② 看看床上灰土埋，还有一只旧绣鞋，打了打就着那床角盖。（又）

③ 你甚么两只小脚儿哩，啄打打打的闷杀人。（禳）

"支"《禳》曲1例，可能是"只"的借字，用于家禽：

④ 二十日鸡一支。

10. 犋

"犋"《姑》曲1例。用于牲畜（牛），前面数词"一"省略：

① 不如咱买犋牛，再治几顷地。

11. 匹

"匹"9例：《翻》7例，《禳》2例。表示马的量。如：

数词和量词

① 见一个小伙子牵着一匹马,仇福扶上他去了。(翻)

② 八对纱灯,两对火把,两乘大轿,百匹大马,又搭上四个小厮,四名管家。(襻)

③ 老王把这银子交给王宁,叫他备上马一匹,夫二名。(又)

12. 堵

"堵"《襻》曲2例。用于墙壁:

① 日子长,合他只隔着一堵墙。

② 自从舍给他屋三间,把门关,只在四堵间。

13. 座

"座"7例:《姑》1例,《翻》6例。用于楼宅或桥梁:

① 我那外甥今日好,万顷良田百座楼。(姑)

② 有一座石桥当路,那边厢一路花开。(翻)

14. 间

"间"10例:《翻》5例,《襻》5例。用于房舍。如:

① 他家楼舍几千间,倾了家可能治他那一件?(翻)

② 西南也是屋三间。(襻)

15. 道

"道"7例:《翻》2例,《襻》5例。多用于长条状的东西,只1例用于"会"。如:

① 正走中间,见一道大河,河上一座桥,桥那边一路花草。(翻)

② 加上锹一拗,拗了一道缝,缝里骨突突冒出一股气来。(又)

③ 这八家子被老婆降极了,大家约了一道怕老婆会。(襻)

④ 从夜来见他袄领解开,那脖子上有两道缕楚,我也没敢问他。(又)

16. 乘

"乘"《襻》曲2例。用于轿子:

① 八对纱灯,两对火把,两乘大轿,百匹大马,又搭上四个

小厮,四名管家。

② 齐臻臻乘着两乘轿,穿街过巷,下下高高,渐入佳境,只待自家笑。

17. 辆

"辆"《翻》曲1例。用于车辆:

① 大相公交了银子,请了他表兄徐立来,看着去拆,雇了二十辆车子去推。

18. 桌

"桌"3例:《翻》2例,《禳》1例。用于箱柜之类。如:

① 我抬上两桌箱子,可给我锁着房门。(翻)

② 一桌破柜扫扫土,棉花车子落落弦。(禳)

19. 尊

"尊"8例:《翻》6例,《禳》2例。用于塑像、火炮之类。如:

① 看他这模样,好似一尊观音。(翻)

② 仇大爷定军机,四尊炮列东西,单等贼从那里入。(又)

③ 扎裹起来爱煞人,好像一尊活菩萨。(禳)

20. 架

"架"《禳》曲1例。用于可架起(支起)的东西:

① 似锦上添花,两边列屏两架。

21. 面

"面"《翻》曲1例。用于面积较大的东西:

① 行墙周遭,扎起架子一面,十个窝铺。

22. 抬

"抬"《禳》曲2例。用于可抬物(轿):

① 高尚书坐轿八抬,还警他爷爷清梦。

② 真真是八抬黄伞,从头儿摆爹娘看。

23. 顶

"顶"4例:《翻》1例,《禳》3例。用于有顶、可顶戴的东西或者头衔:

① 带着一顶奴才帽,好虽好来名头低。(翻)

② 我适才合眼做了一个奇梦,梦见一把伞,一顶轿,哈道进宅。(襄)

24. 端

"端"4例:《翻》3例,《襄》1例。用于织品:

① 婆婆是绣鞋、枕顶、尺头四端。(翻)
② 丝绸十足,彩缎百端。(襄)

25. 领

"领"2例:《翻》1例,《襄》1例。用于有领的东西,也用于草席:

① 靴帽二事、蓝衫一领。(翻)
② 半领席一片毡,一个锅子一个坛,找找休忘了笔合砚。(襄)

26. 锭

"锭"《姑》曲1例。用于成锭物(银锭):

① 连夹了三锭,全无差迟,就把文书退了。

27. 朵

"朵"4例:《姑》1例,《襄》3例。用于花朵:

① 真正是找遍天下无二朵。(姑)
② 想当初把我嫁,一朵鲜花才摘下。(襄)

28. 枝

"枝"《襄》曲2例。用于花朵、首饰:

① 你去庭前折一枝花来的。
② 挽上一个扬州篡,插上一枝镀金钗,髻高到有半尺外。

29. 支

"支"9例:《姑》1例,《翻》6例,《襄》2例。用于细长或竿状物。如:

① 大成巴数了一阵,墙上挂着一支鞭子,拿下来把珊瑚打了几下子。(姑)
② 知县抽了两支签,一支拿赵阎罗,一支拿仇福。(翻)

30. 条

"条"14例:《姑》1例,《翻》6例,《襄》7例。用于条状、长形物,也用于男子及抽象事物。如：

① 谁想那二成他曾捱,妮子不曾捱,一条绳子吊死了。(姑)

② 即刻吩咐,不用该房出票拘,抽了两支签,分了两条路。(翻)

③ 妇人家不辞,皆因汉子没一条。(又)

④ 南山顶上一池水,一个被窝里四条腿；再添两条他不依,从来只许每人每。(禳)

⑤ 贱荆自造了一条锦带,祝贤侄聪明富贵。(又)

⑥ 不成人有两条,除了赌钱就是嫖,今日引他上了道。(翻)

⑦ 那一年三月里,输的我着了极,寻了一条最妙的计。(又)

31. 根

"根"6例:《翻》1例,《禳》5例。用于棍(柱)状物。如：

① 大姐真果拿了一根棍来。(翻)

② 三根腿的炉神香爷爷。(禳)

32. 股

"股"3例:《翻》2例,《禳》1例。用于成股的事物:

① 加上锨一㧞,㧞了一道缝,缝里骨突突冒出一股气来。(翻)

② 绵条两股辫银钱,寿祝娇娃富贵全。(禳)

33. 炷

"炷"《姑》曲1例。用于点着的香:

① 谢娘子泪涟涟,一炷明香祷告天。

34. 本

"本"《禳》曲1例。用于书册:

① 公子说:"你有两本大明律么?……"

35. 句

"句"27例:《姑》7例,《翻》5例,《禳》15例。用于话语。如：

① 安大成原是来逐珊瑚,见了那血水,把逐他的言语一句也说不出来了。(姑)

② 瞧着二相公出来,凑到跟前,说了几句闲话。(翻)

③ 做不做只听你一句话,怎么不说?(禳)

36. 张

"张"《翻》曲 11 例。用于文书或有平面的东西。如:

① 二相公写了一张退婚文书给公子。

② 反转星星人四个,按上一张镢头床,破矮桌安上也不展样。

③ 还有几张旧箱子,明日抬来看用着,一行铺排一行乐。

37. 轴

"轴"《禳》曲 1 例。用于绘画:

① 这轴八仙庆寿,眉目这样精巧。

38. 幅

"幅"3 例:《翻》1 例,《禳》2 例。用于帷帐、图画:

① 靴帽二事,蓝衫一领,锦帐一幅。(翻)

② 小小一幅红锦帐,每人分资五百两,就借重子雅的文章。(禳)

③ 挂的这一幅大画,是甚么图像?(又)

39. 段

"段"《禳》曲 1 例。用于成段落的事情:

① 忽听的这段佳话,伸伸腰把这破瓮蹬开。

40. 篇

"篇"3 例:《翻》2 例,《禳》1 例。用于话语、书文:

① 那就造了一篇瞎话,赃诬那徐氏。(翻)

② 就在书房自揣摩,五日一次两篇课。(又)

③ 又搭上姐夫英妙,一表非凡,天生伶俐,一目十篇。(禳)

41. 封

"封"《翻》曲 4 例。用于书信:

① 二相公吃完了饭,牧之回来,着他修书二封:一封给正黄

旗的固山,一封给都督。

② 等有人上京,你可亲手写一封书去给我。

42. 首

"首"《禳》曲1例。用于诗篇:

① 你好做诗,何不做一首?

43. 桩

"桩"《翻》曲1例。用于事情,类似"件":

① 二相公自忖量,我虽是窜远方,两桩喜事从天降。

44. 门

"门"《禳》曲1例。用于跟"门户"有关的事(亲事):

① 一门亲事没既成,到(倒)走的俺这腿儿细。

45. 场

"场"10例:《翻》3例,《禳》7例。表示名量,用于在时间上持续一段的事情。如:

① 范公子来道喜,上宅里看慧娘,见那宅子款致,一场好笑。(翻)

② 来此吃了这一场大亏,必是中了魏名的计。(又)

③ 我高蕃为江城生了一场大病,因着定了亲事,才觉精神健旺。(禳)

46. 顿

"顿"9例:《姑》1例,《翻》1例,《禳》7例。用于饭食。可以跟指示代词组合,能用在名词前。如:

① 我就没有那顿饭你吃么?(姑)

② 魏名吃了顿饭走了不题。(翻)

③ 高仲鸿那里肯依,说:"不过一顿粗饭。"(禳)

④ 常时那厨子一日打发两顿饭,上顿也是那个,下顿也是那个。(又)

47. 席

"席"2例:《姑》1例,《禳》1例。用于言语或酒席:

① 臧家姑姑太心也么贪,一席话儿没听完,往后颠,怕人分

他那元宝边。(姑)

② 这两席酒,二两燕窝如何够用。(禳)

48. 片

"片"15例:《姑》2例,《翻》4例,《禳》9例。4例用于片状(平而薄)物,2例用于成片(面积、范围较大)的东西,9例用于景象、声音、语言、心意等。如:

① 明知道何大娘一片好心,着您俩犯争差于理不顺。(姑)

② 他那里总有万间楼房,小妮子使不的要他一片瓦。(翻)

③ 仇家自从那失火之后,处处俱是灰尘,进的看看,一片荒凉。(又)

④ 银子安心济着费,打算下口外千两,再盖上一片楼宅。(又)

⑤ 半领席一片毡,一个锅子一个坛,找找休忘了笔合砚。(禳)

⑥ 人从众多,一片声喧,叫他一行行摆列在两边,夹着大轿呼呼搧搧。(又)

(二) 集合量词

集合量词表示成组或成群事物的数量单位。俚曲的集合量词主要有:夥/夥子、群、干、捧(帮)、样、等、行、付、对、双、套、疋、宗、串、堆、派。

1. 夥/夥子

"夥"5例:《翻》3例,《禳》2例。用于成帮成伙的人,跟数词"一"组合:

① 这一捶,一夥子光棍吃了亏。(翻)

② 一夥小童生见了他每日考,便都戏他。(禳)

2. 群

"群"8例:《翻》7例,《禳》1例。用于聚集在一起(成群)的人,跟数词"一"组合。如:

① 一群老婆把姜娘子扶着屋里。(翻)

② 高季爬过墙,放开门,一群人拥入。(禳)

3. 干
"干"《翻》曲1例。用于某类一些人：

① 把魏名、魏二、李狠贼、秦幌幌子一干人犯锁进城去。

4. 捧(帮)
"捧"《翻》曲1例。用于人,同"帮"：

① 去时觅汉没一个,来家管家摆成行,丫头小厮一大捧。

5. 样
"样"12例:《姑》3例,《翻》3例,《禳》6例。用于人或事物,较强调类别或般样。如：

① 看这一样揣东西,不宜量好说只宜量揣。(姑)

② 借重他看看菜汤,借重他摸摸身上,十样愁去了七八样。(又)

③ 终日起来吵呵也么呵,骂的话儿口难学。十样多,叫人愁死不望活。(禳)

6. 等
"等"2例:《姑》1例,《翻》1例。用于人、突出等类：

① 天下有一等不良的人家。(姑)

② 那一等无知的小人,见人家有碗饭吃,就嫉妒他。(翻)

7. 行
"行"6例:《翻》3例,《禳》3例。用于成行的事物：

① 十日以前合我说,着我数喇了一千行。(翻)

② 转弯抹角,又过小桥,铺面两行,一派人烟闹。(禳)

③ 要屈贵脚踏贱地,写字几行墨未干,刚才封罢离书案。(又)

④ 不知文章读几遍,不知五经念几行,终朝只去闲游荡。(又)

8. 付
"付"《禳》曲1例。用于成付的东西：

① 又给了他一斤姜,半斤胡椒,换了一付扣丝带子。

9. 对

"对"24例:《姑》1例,《翻》2例,《襄》21例。用于按性别、左右、正反等配合的人、动物或事物。如:

① 他汉子而不冷腾,他老婆趾溜扑笼,天生一对呆瓜命。(姑)

② 四个丫头挑着两对灯笼。(翻)

③ 待俺去走走,设或说成了,挣他这一宗布来,裂了裹脚,只怕还剩下一对鞋里也是有的。(襄)

10. 双

"双"13例:《姑》1例,《襄》12例。用于左右对称的某些肢体、器官或成对使用的东西。如:

① 披上一件不脏不净的衣裳,换上一双不新不旧的鞋,照常的伺候。(姑)

② 一双金莲尖又细,花也在行,鞋也在行。(襄)

③ 我有一双银玲相送。(又)

11. 套

"套"3例:《姑》1例,《襄》2例。用于成套或组合的事物:

① 编了一套十样锦的曲儿,名为姑妇曲。(姑)

② 搭了脸抹了唇,穿上套衣服耀眼新。(襄)

③ 一头系着锦书一套,还用的是牙签儿。(又)

12. 疋

"疋"9例:《翻》5例,《襄》4例。用于织品。如:

① 两疋绸两疋纱。(翻)

② 遂即拿去了两疋尺头。(又)

③ 丝绸十疋,彩缎百端。(襄)

13. 宗

"宗"《襄》曲1例。用于布匹:

① 待俺去走走,设或说成了,挣他这一宗布来。

14. 串

"串"《襄》曲2例。用于成串的东西(钱、珠):

① 讲书定要人人到，一处抽到几支签，误了讲定价三十串。
② 我有寿珠一串奉送。

15. 堆

"堆"9例：《姑》5例，《翻》4例。表示成堆事物的单位。如：

① 把银子都拾出来，约有万数两，分了两堆，先着二成拣了一堆。（姑）
② ……好您潮达，一堆砖头拿到家。（又）
③ 他家绸缎垛成堆，咱是穿着粗布衣。（翻）

16. 派

"派"4例：《翻》2例，《禳》2例。用于声音、气象等：

① 到了范宅门首，一派乐器响起来了。（翻）
② 转弯抹角，又过小桥，铺面两行，一派人烟闹。（禳）

（三）部分量词

部分量词表示部分或少量的事物的数量单位。俚曲的部分量词有：些、点、段、块、层、桁、瓣。

1. 些

"些"12例：《姑》3例，《翻》5例，《禳》4例。表示少量的事物或性状。数词限于"一"，通常不用。如：

① 于氏才起来，一眼看见珊瑚，那脸上就有些怒色。（姑）
② 安大成做了些白饭，赶了饼，着二成拿了去，才安稳了。（又）
③ 但得那媳妇贤惠，也看着做些生活。（翻）

2. 点

"点"58例：《姑》10例，《翻》24例，《禳》24例。表示少量，数词限于"一"、"半"，"一"通常不用。如：

① 责备自家，照旧全无半点差。（姑）
② 就是相好，也只一霎，全然一点不中用。（禳）
③ 你往后可些须给他留点体面。（又）

3. 段

"段"《翻》曲2例。用于土地：

① 大相公你好憨,你待赌咱有钱,那里用着地一段?
② 你叔撇下几亩田,着人哄去七八段。

4. 块

"块"16例:《姑》3例,《翻》5例,《襄》8例。用于块状、片状或相关事物。如：

① 老王跑到他家里,拿了块布子来,给他扎了。(姑)
② 加镢尽力只一拗,塞上一块半头砖,大冒一阵气才散。(翻)
③ 官人身上一块肉,教他带去嫁奴才,他俩心里也不爱。(襄)
④ 老头子才替他一刀两断,割了那块大痦,待了一年多,好不清静静的。(襄)

5. 层

"层"6例:《翻》4例,《襄》2例。用于有层次的事物(院落)：

① 游游步步闻香气,一层一层走进来。(翻)
② 走一层又一层,也有楼也有厅,宅子共有三四蹬。(又)
③ 又是一层院落,好不优雅!(襄)

6. 桁

"桁"《翻》曲1例。地土等一层为一桁：

① 寻思着,田地都烧红了,我起出这一桁来上地也好。

7. 瓣

"瓣"《襄》曲2例。用于分瓣或瓣(块)状物：

① 两道眉三指宽,一双眼似灯盏,一口牙总似蒜八瓣。
② 海参切成四瓣儿,鲍鱼切成薄片儿。

（四）容器量词

容器量词用装、盛东西的容器作为事物的数量单位。俚曲的容器量词主要有：桲、瓶、壶、瓢、盅、杯(盃)、盏、盘、碗(盌)、瓮、坛儿、仓、囤、困、箔、筐。①

1. 醆

"醆"《禳》曲2例。用于桮(酒具)盛物(酒):

① 过门墙两醆薄酒一牵羊,备衣裳,两家不用再商量。

② 还有那酒两醆,羊一牵。

2. 瓶

"瓶"《翻》曲3例。用于瓶装物(酒):

① 魏二的表弟秦幌幌子也是一瓶酒。

② 大家攒了个小分子,一瓶薄酒,做几碗粗菜,也不成了席的呀。

3. 壶

"壶"《翻》曲2例。用于壶盛物(酒):

① 秋桂起把酒斟,传着杯又相巡,一壶不曾吃的尽。

② 那屋里还有两壶酒哩,你去烫烫拿来,我合他大妗子说两句话。

4. 瓢

"瓢"《姑》曲1例。用于水:

① 清晨就去上锅台,添下一瓢水来,填上一把柴。

5. 盅

"盅"6例:《翻》3例,《禳》3例。用于酒、茶:

① 你斟上一盅,给他大妗子。(翻)

② 吃了两盅,一觉儿睡着了。(禳)

6. 杯/盃

"杯"21例:《翻》2例,《禳》19例;"盃"《翻》曲3例。用于酒、水(茶)。如:

① 二位先生到舍下,一杯薄酒共盘桓。(翻)

② 俺家全无杯水敬,到着尊宅费事多,收下咱娘心不乐。(又)

---

① 这类量词有时跟临时量词界限比较模糊。

③ 小弟还有一杯薄酒奉饯。(禳)
④ 你且坐下,踡踡腿儿吃盃茶。(又)

7. 盏

"盏"《禳》曲1例。用于盏盛物(水):

① 众居士见赠清水一盏。

8. 盘

"盘"5例:《姑》1例,《翻》2例,《禳》2例。用于盘盛物:

① 叫皇天,臧姑谨具赃一盘;赃一盘,早早完,受了赃刑谁可怜?(姑)
② 好歹抓打上两三盘,那管他擅与不擅。(禳)

9. 碗/盌

"碗"20例:《翻》7例,《禳》13例;"盌"《禳》曲1例。用于碗盛物(饭菜、汤水)。如:

①来家只吃您两碗饭。(翻)
②这燕窝太贵,穷翰林吃不起,做两盌给爹娘吃罢。(禳)

10. 瓮

"瓮"《翻》曲1例。容器用作名量单位,用于钱币:

① 有你这么一个人,那怕你就借一瓮。

11. 坛儿

"坛"《禳》曲1例。容器用作名量单位,儿化:

① 担惊受怕的一年儿,刚才积攒了一坛儿。

12. 仓

"仓"《禳》曲1例。用于仓盛物(谷物):

① 仓里还有半仓谷,怎么这样眼力高?

13. 囤

"囤"《禳》曲1例。用于谷物:

① 凭着这两片唇,挣下了米一囤。

14. 囷

"囷"《翻》曲1例。用于谷物:

① 赌了会子,一囷谷都净了。

15. 箔

"箔"《姑》曲1例。容器用作名量单位,用于蚕:

① 冬里馇猪五口,夏里养蚕十箔。

16. 筐

"筐"《禳》曲2例。容器用作名量单位:

① 本等是真说不的假,南瓜皮子一大筐,炊帚笤帚三五把。

② 箱子里满满当当,破家伙流流的一筐,匙箸碗碟扱打上。

(五) 临时量词

临时量词是借用有关的名词或动词临时表示事物的数量单位。俚曲的临时量词主要有:身、肚子、脸、把、抓儿、掐儿、牵、桌、池、窝、洼儿。

1. 身

"身"3例:《姑》1例,《翻》1例,《禳》1例。临时名量:

① 大成生了噪子气,直挣子一身汗,他病到好了。(姑)

② 他二人闹喧喧,拉胳膊死活缠,霎时挣了一身汗。(翻)

2. 肚子

"肚子"2例:《姑》1例,《翻》1例。临时名量:

① 一肚子血也没处出,变成清泪眼中流。(姑)

② 魏名也认了十亩地,押的那官帖即时退出,倒把他生了一肚子气。(翻)

3. 脸

"脸"3例:《翻》1例,《禳》2例。临时名量:

① 不想转了一脸灰,好不烦恼。(翻)

② 照着江城喷了一脸水。(禳)

4. 把

"把"5例:《姑》2例,《翻》3例。动作方式(用手一把可抓)表示名量。如:

① 清晨就去上锅台,添下一瓢水来填上一把柴。(姑)

② 发上火烧仇家,一连点了两三把。(翻)

5. 抓儿

"抓"《襄》曲 1 例。表示用手抓一把的量,儿化:

① 成拢的菜蒸一抓儿,豆腐带水一洼儿,连皮的萝卜一掐儿,择硬的鸡蛋俩仨儿……

6. 掐儿

"掐"《襄》曲 1 例。表示双手掐的量,儿化:

① 豆腐带水一洼儿,连皮的萝卜一掐儿。

7. 牵

"牵"3 例:《翻》1 例,《襄》2 例。临时个体量词,用于可牵物(羊):

① 靴帽二事,蓝衫一领,锦帐一幅,羊一牵。(翻)

② 两醆薄酒一牵羊。(襄)

③ 还有那酒一醆,羊一牵。(又)

8. 桌

"桌"《襄》曲 2 例。临时名量,用于成桌的东西:

① 备两桌酒筵,备两桌酒筵,也不别请亲眷,家人聚首,夫子团圆。

9. 池

"池"《襄》曲 1 例。临时名量:

① 南山顶上一池水,一个被窝里四条腿。

10. 窝

"窝"《姑》曲 2 例。处所表示临时名量:

① 吵骂开,一窝野雀扑下来,大伯端着洗面汤,慌忙送到门儿外。

② 眼睁睁一大窝,猜堆堆有五千多,双边双沿细丝锞。

11. 洼儿

"洼"《襄》曲 1 例。表示一小水洼儿的量,儿化:

① 豆腐带水一洼儿,连皮的萝卜一掐儿。

（六）度量量词

度量量词表示度量衡及相关计量单位。俚曲的度量量词主要有：里、丈、尺、寸；石、斗、升、斤、两；顷、亩、垄；吊。此外，俚曲又有"围、揸、捏/捻儿、指"表示度量单位，具有"临时度量词"性质。

1. 里

"里"21例：《翻》10例，《禳》11例。用于里程、距离。如：

① 找了个汉子一千里，整年没人理之焉。（翻）

② 在春坊大号洪君，合尊宅上辈有亲，四十里隔着也相近。（禳）

2. 丈

"丈"《禳》曲2例。度量量词，跟"千"、"万"组合，表示夸张的量：

① 寿星下照，寿星万丈高。

② 你看那雪莲花放，枝枝朵朵一开千丈。

3. 尺

"尺"8例：《翻》1例，《禳》7例。度量长度或高度。如：

① 东庄有个李小楼，寻了个老婆门楼头，粗唇大口窝挖眼，做鞋就得二尺绸。（禳）

② 他生的身长八尺，腰阔十围。（又）

4. 寸

"寸"2例：《翻》1例，《禳》1例。度量长度：

① 眼含秋水，口绽樱桃；三寸金莲，一捻柳腰。（翻）

② 扎挂起来看一看，丫头竟自像个人，就是那金莲不止有三寸。（禳）

5. 石

"石"22例：《翻》11例，《禳》11例。用于谷物。如：

① 不如看个好日子，粜上几石粮食做被窝，纵然小些也不错。（翻）

② 分给他几石粮食，一个使女，著他两口度日。（禳）

数词和量词

6. 斗

"斗"3例:《翻》2例,《襄》1例。容量单位,用在约数前:

① 不必哭了,给你四五斗麦子,三四斗豆子,你去做饭吃去罢。(翻)

② 我遇着那富贵人,一碗菜做好了,就赏钱几百,粮食几斗。(襄)

7. 升

"升"《翻》曲1例。容量单位,一斗的十分之一:

① 姜娘子做了饭,打发他婆婆吃了,才擦了升麦子碾上,掐了掐,烙了两个黑饼。

8. 斤

"斤"《襄》曲5例。度量重量:

① 身上素罗衣,像有千斤重!

② 靴里塞上半斤棉,脚儿沉沉腿儿酸。

9. 两

"两"61例:《姑》6例,《翻》33例,《襄》22例。用于银两。如:

① 没奈何,指地作保,取银五十两。(姑)

② 魏名给了他十两银子,就上秦幌幌子家里去赌,只有一更天,十两银已净了。(翻)

10. 顷

"顷"6例:《姑》2例,《翻》3例,《襄》1例。用于田地:

① 我那外甥今日好,万顷良田百座楼。(姑)

② 俺家还有顷多地,安心一股要全吞,这样黑心不可问!(翻)

11. 亩

"亩"20例:《姑》4例,《翻》15例,《襄》1例。用于田地。如:

① 又吩咐只留下三十亩薄地给他哥。(姑)

② 俺这几年治了几亩田儿,买了一个园儿。(襄)

12. 垄

"垄"3例:《姑》2例,《翻》1例。用于田地:

107

① 但得亲娘不受气，无有一垄也心安。（姑）
② 你待去佯常就去，一垄地休要想分！（翻）

13. 吊

"吊"15例：《翻》6例，《禳》9例。用于钱币。如：

① 既不吃酒，咱每人一吊钱小顽顽。（翻）
② 你给我我就留下，还给你两吊高钱。（禳）

14. 围

"围"《禳》曲1例。两手拇指和食指合拢来的长度：

① 他生的身长八尺，腰阔十围。

15. 揸

"揸"《禳》曲8例。指手指伸开，拇指尖至中指尖之间的长度，一般跟"一"或"半"组合。如：

① 红拂拂的脸儿真可爱，瘦瘦的金莲只半揸。
② 你那金莲不勾（够）半揸大。
③ 就有模样丑似鬼，一揸长短大花鞋。

16. 捏/捻儿

"捏"《禳》曲2例。两手虎口张开相合的围度，指粗细而言，只跟"一"组合：

① 腰儿一捏，脚儿半揸。
② 想他那腰儿一捏，脚儿半揸。

另有1例"捻儿"，当音"捏儿"，"捏"、"捻"儿化音近，因此"捻儿"就是"捏（儿）"这个词：

③ 三寸金莲，一捻柳腰。（翻）

17. 指

"指"《禳》曲2例。用一个指头的宽度计量宽窄长短的量：

① 腰为相思瘦，围带长一指；若不得江城，近期惟一死！
② 两道眉三指宽，一双眼似灯盏。

（七）动量词

动量词表示动作的单位。俚曲的动量词除有专用的"次、番、回、遭、趟、遍、场、顿、阵、下/下子"等之外,还有借用动作或与动作有关的方式表示动量的"轮子、巡、拜、影、惊",以及借用与动作有关的名词表示动量的"把、步、声、会子、簪、耳把子、巴掌、棍、夹棍、撑子、板、鞭/鞭子、小鞋底"之类。

1. 次

"次"12例:《姑》2例,《翻》7例,《襁》3例。表示动作行为的量。如:

① 待了五六日,就送了三次。(姑)
② 从大姐出了嫁,来家走了两次。(翻)

又有"屡次"、"这一次"之类组合形式:

③ 哥哥屡次的让我,我也不忍。(姑)
④ 人都说这一次没了老子,倒省了许多吵合闹。(翻)

2. 番

"番"18例:《姑》4例,《翻》6例,《襁》8例。类似"次,回"。如:

① 若得见了他,真情吐一番。(翻)
② 宦家辞了两三番,合该合你有姻缘。(襁)

又有"前番"、"这番"组合例:

③ 债家看那银子,合前番丝毫无二。(姑)
④ 夫妇合睦不相争,这番真成家门幸。(襁)

3. 回

"回"12例:《姑》3例,《翻》7例,《襁》2例。表示动作行为的量,跟"一"组合,前面可用指示代词,能用在名词前。如:

① 我有盘费不用归,再往上司告一回。(翻)
② 过一个好良宵,犯一回相思病。(襁)
③ 从那一日听了一回曲儿,到如今还想你。(又)

4. 遭

"遭"17例:《姑》2例,《翻》15例。类似"回,次"。如:

① 寻思一遭,寻思一遭,见珊瑚又害羞。(姑)
② 俺每日絮絮叨叨,一日就说你几千遭。(翻)

5. 趟

"趟"4例:《翻》3例,《禳》1例。用于行走:

① 若不给他打俩头,空着他来走一趟。(翻)

② 出来进去走几趟,也学人家去吟哦,晌午何曾有字一个。(又)

③ 这也是个顺水船,只用俺去走一趟。(禳)

6. 遍

"遍"27例:《姑》2例,《翻》16例,《禳》9例。表示动作行为的量,指动作从开始到结束的整个过程。如:

① 老王细说了一遍。(姑)

② 问了两遍,众人都抿着嘴笑。(又)

③ 不知文章读几遍,不知五经念几行,终朝只去闲游荡。(禳)

7. 场

"场"7例:《翻》6例,《禳》1例。表示动作行为的量,用于哭笑打闹之类。如:

① 徐氏骂了一场,那人回去说了。(翻)

② 有心待要照着他,又不知待闹几场,终朝须是常打仗。(禳)

8. 顿

"顿"19例:《姑》4例,《翻》5例,《禳》10例。表示动量,用于打骂之类。如:

① 忽然间打了顿鞭子,您外甥就把奴来撵。(姑)

② 江城并不答言,便来仲鸿身后抓着公子痛打一顿。(禳)

9. 阵

"阵"10例:《姑》4例,《翻》5例,《禳》1例。用于延续一段时间的动作。如:

① 大成巴数了一阵。(姑)

② 仇祜慌了,扶着头捶了阵子,才醒过来了。(翻)

③ 岂不知俺是小家子,怎么合俺做了亲?我只待掴他娘一阵!(禳)

10. 下/下子

"下"13例:《姑》1例,《翻》2例,《襄》10例。多表示打的量,如:

① 大成巴数了一阵,墙上挂着一支鞭子,拿下来把珊瑚打了几下子,于氏那气才略消了。(姑)

② 我甚么不是,打我这么一下子?(翻)

③ 我待治人来,倒着人打了这么一下子。(又)

"一下"用于动词前,表示快速。如:

④ 若还手里没分寸,忽然一下染黄泉,这才犯了凌迟罪儿。(襄)

11. 把

"把"6例:《姑》4例,《翻》2例。表示跟手有关的动作的量,"一把"连用在动词前,表示动作快而短暂:

① 于氏洗完,从珊瑚手里一把夺过来,甚么不自在。(姑)

② 看见姜娘子,一把拉着,落下泪来。(翻)

③ 大姐身量大些,一把拉着,脚不沾地,到了他那屋里。(又)

12. 轮子

"轮子"《翻》曲1例,表示动作经过一轮的量:

① 一连掷了几轮子,相公赢了好几遭,魏名连夸掷的妙。

13. 巡

"巡"《襄》曲1例。动作表示动量:

① 夜未上酒才斟,俺俩巡了两三巡,被他二姨跳将出,一顿几乎打断筋!

14. 拜

"拜"《姑》曲1例。动作表示动量:

① 珊瑚搭着泪,和他两姨嫂子拜了两拜,才一五一十的细说。

15. 影

"影"《姑》曲1例。动作表示动量:

① 于夫人看他影了一影,猜他去刨,瞧了瞧果然。

16. 惊

"惊"9例:《姑》3例,《翻》6例。动作表示动量,限于跟数词"一"组合。如:

① 大成吃了一惊,嘱咐他休对他娘说。(姑)
② 姜相公听说,唬了一惊。(翻)

17. 步

"步"《翻》曲1例。名词表示动量:

① 大姐爬了一步,从头诉了一遍。

18. 声

"声"75例:《姑》12例,《翻》21例,《禳》42例。声音借用为动量词。如:

① 一路子不做声一声。(姑)
② 堂上喝了一声"裂",嗤嗤一阵响连天。(翻)
③ 像这样怕法,可就叫几声皇天。(禳)

19. 会子

"会子"《姑》曲1例。用时间词表示动作的量:①

① 臧姑哭了会子女,忽然来这院里,见了他婆婆,娘长娘短的……

20. 簪

"簪"《翻》曲2例。工具表示动量:

① 自那日扎一簪,水合米不曾沾,旁里多少人来劝。
② 我生这样畜类货,听说你自己扎一簪,我那泪珠何曾断!

21. 耳把子

"耳把子"《禳》曲1例。动作名称表示动量:

① 江城把牌一推,打了公子一耳把子。

22. 巴掌

"巴掌"《禳》曲1例。工具表示动量:

① 又自家打了两巴掌说:"哎哟!气死我也!"

---

① 类似的又有"遭子"等,不再罗列。

23. 棍

"棍"《禳》曲 2 例。工具表示动量：

① 分开图免是合非，还捱一棍才解了围。

② 江城说："拿棍来再打四百，着实打！"又打二百棍。

24. 夹棍

"夹棍"《翻》曲 1 例。工具表示动量：

① 把阎罗打了四十大板，夹了一夹棍。

25. 拶子

"拶子"《姑》曲 1 例。工具表示动量：

① 臧姑拗强不肯使钱，到了官，捱了一拶子。

26. 板

"板"《翻》曲 3 例。工具表示动量：

① 把原差合替身，每人打了三十板，只得说本人在下边。

② 把阎罗打了四十大板，夹了一夹棍。

27. 鞭/鞭子

"鞭/鞭子" 4 例：《翻》2 例，《禳》2 例。工具表示动量：

① 哄着仇禄去惹他，登时打他一千鞭，还要送到扶风县。（翻）

② 我见了那固山，打东人一百鞭，找出魏名拉的纤。（又）

28. 小鞋底

"小鞋底"《禳》曲 1 例。工具表示动量：

① 不知是谁撒了汤，恼的娘子滴下水，进来房门采住毛，拶了一百小鞋底。

【叁】 副 词

副词的基本功能是修饰谓词或谓词性短语,表示范围、时间、程度、事态、动态以及否定、疑问和不同的语气,有些副词还起关联作用。俚曲的副词比较多,除可体现当时北方方言副词的面貌之外,还有一些显示俚曲具体背景方言的副词。由于副词不仅数量大,而且种类也比较多,所以这里把一些有关联作用的副词独立为一类,把俚曲副词大致归纳为8类进行分析。其中,有的副词表示多种意义,如果一一拆开归类,则显得凌乱不堪,这里也就以主要的方面为依据归入某类。俚曲的8类副词是:
(1)范围副词;(2)时间副词;(3)程度副词;(4)事态和动态副词;(5)否定副词;(6)疑问副词;(7)语气副词;(8)关联副词。

一 范围副词

俚曲表示范围的副词可分为两类。

(一) 表示总括、无例外

这类副词主要有:都、俱、皆、并、共、全、全然、齐、一齐、一堆、一一、一概、尽、尽情。

1. 都/都全

"都"203例:《姑》36例,《翻》81例,《禳》86例。

(1) 表示总括全部。181例,如:
   ① 人人都说于氏有造化,就摊了恁么一个贤惠媳妇。(姑)
   ② 一般都是你的儿女,拿着俺大不相干。(翻)
   ③ 我合夫人周氏,都是六十余岁。(禳)

另 1 例"都全"连用：

④ ……别珊瑚,见了说笑都全无。(姑)

又只见 2 例"都"用在形容词前：

⑤ 只管跨马摇鞭去,合家保取都安康；都安康,要还乡……(禳)

(2) 表示强调。13 例。

A. 包括个别,表示强调。如：

① 何大娘看了看,眼里流的都是血水,把褂子都沾了。(姑)

② 仇福笑了笑,自己去打扫,见那地都烧红了。(翻)

③ 这孩子不上学里去了么？连饭都忘了吃。(禳)

B. 无论什么都包括,表示强调。只见 1 例：

④ 我看贼强人,才没人管着,任拘什么茧儿都作估出来了。(禳)

(3) 用在"是"字前,有时带有表示解释原因的意思。9 例,如：

① 那里生气你又恼,都是为我一个人。(姑)

② 我就好说,掐出水来的乜孩子,禁甚么降？都是哝破他那肚头子了！(禳)

③ 惹闲气都是他自己招。(又)

2. 俱

"俱"20 例：《翻》14 例,《禳》6 例。表示总括,类似"都,全"。如：

① 这人生祸福,俱是老天作主,在不的人作弄。(翻)

② 大家俱呐喊助威,愁他不服么？(禳)

3. 皆

"皆"13 例：《翻》6 例,《禳》7 例。表示总括全部,类似"都,全"。

(1) 用在形容词、动词短语前,表示总括。10 例,如：

① 托亲戚去一遭,徐氏话从头学,家长理短皆实告。(翻)

② 虽是江城见的少,模样烂熟在心间,精神眉眼皆活现。(禳)

(2) 用在动词短语前,有的跟"是"连用,有说明原因的意思。

3例,如:

① 妍媸皆是命里该。(禳)

② 妇人家不辞劳,皆因汉子没一条,也不是待把状来告。(翻)

4. 并

"并"只《禳》曲16例。用在动词前,表示一起。如:

① 适才表兄陈美卿到,又有街西头吴丽华适才赐拜,并留在此。

② 仲美、石庵出,并饮。

5. 共

"共"11例:《姑》4例,《翻》4例,《禳》3例。表示总括。

(1)后面有数量词语,表示数量的总计。4例:

① 又折蹬头面,衣服,共凑一百之数,送进去,两口子才来了家。(姑)

② 算了算他取的那银子,本利共该捌拾两。(又)

③ 您都有主俱散去,剩下男女共四丁,一家大小无别姓。(翻)

④ 走一层又一层,也有楼也有厅,宅子共有三四蹬。(又)

(2)表示动作行为共同进行。类似"一道"、"一块儿"。7例,如:

① 娘三个共商议,要送太岁远别离,谁知道那还不肯,大家无法更可施。(姑)

② 二位先生到舍下,一杯薄酒共盘桓。(翻)

③ 堂前共献一杯酒,寿祝爹娘万万年!(禳)

6. 全

"全"48例:《姑》10例,《翻》20例,《禳》18例。表示总括,概括整个范围。如:

① 他婆婆眼里没珠,合媳妇恩义全无,生生赶出门儿去。(姑)

② 全不去种,二成也不去种,到了三月尽还荒着。(又)

③ 打的那破头没好,把家当一宿全消。(翻)

④ 待说全不收,怎么收回去?(又)

⑤ 二相公肯把书念,外边事姐姐全担,慧娘招管米和盐。(又)

⑥ 泼水难收,到不如今生全受,免的再生再来报仇。(禳)

7. 全然

"全然"只《禳》曲2例,表示总括:

① 学棚里原是傀儡也么场,撮猴子全然在后堂。

② 你去我来无停止,酒饭全然吐出来,必然受了那豆汤的害。

8. 齐

"齐"12例:《姑》3例,《翻》5例,《禳》4例。表示动作行为同时进行。如:

① 兄和弟齐下手,公同着出了窑。(姑)

② 那墙上枪箭齐发,挤成块如何能禁?(翻)

③ 夫妇相看齐下泪,去在房间一夜眠。(禳)

9. 一齐

"一齐"11例:《姑》1例,《翻》6例,《禳》4例。

(1) 表示不同的主体在同一时间做出同样的动作。6例,如:

① 下腰拿了一块来,看了看,都说异常,一齐去验了。(姑)

② 大家一齐到门,把先父请去。(禳)

(2) 表示同一主体同时对几个事物做出同样的动作。5例,如:

① 地土到手还没种,三四张文书一齐交。(翻)

② 那行子不依,约地、保正都知道了,只得把二相公合四邻一齐送到官。(又)

10. 一堆

"一堆"表示在同一地点或合到一处,类似"一起"、"一块儿"。《翻》曲4例,如:

① 一个说是倾了家,定要娶你来一堆过。

② 慧娘说道也不错,俺是兄弟您是哥,若不然怎么叫做一堆过?

③ 到了,魏名、李狠贼、秦幌幌子平日一堆赌的朋友,俱在那里。

11. 一一

"一一"5例:《翻》3例,《禳》2例。用在动词前(后面可用"的"),表示动作逐一地施于每个对象。如:

① 即时回了下处,一一对他师傅说了一遍。(翻)

② 既见了娘子面,不敢不一一的实言。(禳)

12. 一概

"一概"只《翻》曲3例。

(1) 用在动词、形容词前,表示没有例外,有时类似"一律":

① 指头粗的咱这腿,咱可那里把他跟? 不如一概全不论。

② 大相公买了四个骡,雇了两个觅汉,又买的小妮子,一概完备。

(2) 用在主语前,近似"所有(的)":

① 一概房屋都是草,火势连天威更加,西北风刮的越发大。

13. 尽/尽皆

"尽"14例:《姑》2例,《翻》4例,《禳》8例。表示总括。

(1) 用在名词前,总括后面的对象。1例:

① 再做十年官,满眼尽蓬蒿。(禳)

(2) 用在动词前,总括前面的对象。12例,如:

① 泪珠儿抛,泪珠儿抛,恩情一笔尽勾消!(姑)

② 还望老爷上公堂,把那地土尽追偿。(翻)

另1例"尽皆"连用:

③ 把他两个儿子,三个孙子,一个闺女,老婆、媳妇子,尽皆杀死。(翻)

14. 尽情

"尽情"仅见《姑》、《翻》各1例。表示总括,用法跟"尽"相当:

① 也该论论从前的过,自家的尽情丢却,世上那有这样哥哥,给臧姑还打的头儿破。(姑)

② 审了审尽情招出,念了声南无弥陀。(翻)

（二）表示限定、其他

这类副词主要有：止、只、只是、只管、只得、仔、光、单、单单、但、惟、惟独、独、独自、不过、偏、另。其中"仔"应该是"只"的方言变体，但用法上比"只"简单得多。

1. 止

"止"7例：《姑》1例，《翻》5例，《襄》1例。表示限定，除此之外没有别的。

（1）用在动词前，限制与动作有关的人或事物以及事物的数量。6例，如：

① 他家里止有一个寡媳妇子。（姑）
② 止有女婿人一个，或者他俩平打平。（翻）
③ 你止听的他骂，你还不知他那做事哩。（襄）

（2）用在数量词前，限制事物的数量：

④ 仇禄地止四十亩，仇禄输净逃远方。（翻）

2. 只

"只"186例：《姑》29例，《翻》54例，《襄》103例。

（1）限定范围，表示除此以外没有别的。158例。

A. 用在动词、动词短语前，偶尔用在形容词前，表示只有某种行为、状态或原因。如：

① 只等的歪揣货儿话出，这才把君子想。（姑）
② 只气的采发打脸，大哭大骂。（翻）
③ ……来到堂前，低了低头只一钻。（襄）

B. 侧重在限制与动作有关的人或事物。如：

④ 那生意人割舍不的多给，只给了五两。（姑）
⑤ 只收拾光屋一口，那繁文再是不消。（翻）
⑥ 进了屋门，只落了游游一口气儿。（襄）

（2）用在名词、数量词语前，表示仅在某一事物、某一时间或数量范围内。10例，如：

① 只他那脚迹笑口，一霎时过去几番。（襄）

② ……好夫妻再团圆,只在三朝两日间。(姑)
③ 大姐只十六岁,就叫他娶了。(翻)
④ 瘦瘦的金莲只半揸。(禳)
⑤ ……娇滴滴的声儿问"官人好么"？只这一声儿,小哥哥那魂灵儿就像淹坏了的那螃蟹,久不吃了,脐子都沙了。(又)
⑥ 就是相好,也只一霎。(又)

(3) 用在动词前,带有强调某种动作或情况的意思。18例,如：
① 还没问出来,只见他抽出那剪子来,"嗤"的声照脖子一捅,就倒在地下。(姑)
② 正议论着,只听的那喇叭一声子哩响。(翻)
③ 正说着,只见公子歪待(戴)着方巾,喘吁吁的跑来……(禳)

有时则更近于"竟"、"一直"的意思。例如：
④ 打伙子传杯换盏,只吃的意快情浓。(翻)
⑤ 日日劝江城,只使的舌尖破。(禳)
⑥ 若得了这个法儿,还着他吃俺亏,还说俺好,爱俺只到老。(又)
⑦ 可怜那石庵、仲美,只泻的眼花鼻歪！(又)

3. 只是

"只是"31例：《姑》8例,《翻》6例,《禳》17例。用在动词或者动词短语前,限定动作行为或状况的范围,而且带有强调的意思。例如：
① 事奉的痒出挠不的,只是嫌不好。(姑)
② 只是认真魏名和他相厚,闷了就去找他。(翻)
③ 他虽利害,俺半月不见,只是想他。(禳)

4. 只管

"只管"10例：《翻》5例,《禳》5例。表示专一于某种动作行为,有时含有"尽管"的意思。例如：
① 大姐说："怕怎的！你只管伺候送启罢！"(翻)
② 咱只管去念佛,休要岔了道。(禳)

用于否定句,"只管"有"保证"、"肯定"的意思:

　　③ 高季:说长说短凭他去;长命:只管咱不骂文宗。(醒)

有的例子类似"只顾":

　　④ 只管倒磨,你是待怎么?(醒)

5. 只得

"只得"30例:《姑》5例,《翻》11例,《醒》14例。表示只有一种选择,类似"只好"。均用在动词前。例如:

　　① 锅里饭不能自熟,只得撅着老腔从头做。(姑)

　　② 那衙役们一声吆喝,大姐只得下来了。(翻)

　　③ 天色已晚,只得行去,听他处分。(醒)

另1例动词前有名词:

　　④ 老头子说在北门里头赁了一口房子,今日要搬,只得合家收拾收拾。(醒)

6. 仔

"仔"4例:《姑》1例,《醒》3例。同"只",表示除此以外没有别的。

(1) 限制动作行为的范围:

　　① 强人呀,仔说我不好,仔说我不贤……(醒)

　　② 这合县里怕老婆的,仔说一个人帮我一个钱,只怕比那十分钱粮还多,我不就富了么?(又)

(2) 带有强调的意思:

　　① 沈大姨说:"你仔说,您二姨这杀才是乜人么?……"(姑)

　　② 江城仔是打,打着才数量……(醒)

7. 光

"光"15例:《姑》3例,《翻》5例,《醒》7例。限定范围。用在动词、动词短语前,表示只有某种动作行为或状态。例如:

　　① 指望你来孝娘亲,你全然不听说,光合咱娘撒懒。(姑)

　　② 那人光磕头,嗫的不敢强。(翻)

　　③ 他来到家,光合咱那赁房的樊家那小妮子去打瓦。(醒)

"光"前有时又用表示限定的"只"、"止"或"不只"、"不止":

④ 这样人我待跟你怎么过？不只光没甚么下锅。(翻)

⑤ 看那火无法可治,只光念观音菩萨。(又)

⑥ 在我看来,还不止光吃酒。(禳)

8. 单/单单

"单"8例:《姑》2例,《翻》4例,《禳》2例。

(1)"单"限制动作行为的范围,表示动作行为的单一性。类似"仅"、"只"。7例,如:

① 单等着婆婆说出来。(姑)

② 县官又赃,要拿鹅头,出了个票子,单叫臧姑。(又)

③ 倒在床上挺着尸,单等人来把他问。(翻)

④ 俺自己不好前去,单等着爹娘来招。(禳)

另1例用在"助动＋动"前,有请求的意思:

⑤ 我为人忒粗直率,有小错单望海涵。(禳)

(2)"单单"仅《禳》曲1例,跟"单"相当,语气更重:

① 不怕天不怕地,单单怕那秋胡戏。

9. 但

"但"31例:《姑》6例,《翻》5例,《禳》20例。限定动作行为或者事情的范围。

(1) 用在动词前,表示动作行为的单一性。13例,如:

① 遇着二成不在家,连尿盆子都给他端了,但求他一个不作声。(姑)

② 但望你头疼不好,省的去手长丁疮。(翻)

③ 一毫财礼我不图,诸般但凭你吩咐。(禳)

④ 李婆笑说:"哈哈！他叫我做甚么？"书童说:"不知道,但说叫你去呢！"(又)

另有1例用在名词前,可看做隐去了动词"有":

⑤ 左写遣意惟画卷,右写迎春但柳条。(禳)

(2) 用在存现动词或助动词前,类似"只要"。11例,如:

① 但有一个说声好,我就叫他声于大姑。(姑)

②但有一口气,无日不忧心。(襄)

又"但得"连用,表示只要有某种结果或达到某种目的。例如:

③但得消消气,许猪又许羊。(姑)

④但得那媳妇贤惠,也看着做些生活。(翻)

⑤但得他长命百岁,不指望富贵千秋。(襄)

10. 惟/惟有

"惟"25例:《姑》7例,《翻》5例,《襄》13例。① 表示限定,除此以外没有别的。

(1)限制与动作有关的人或事物,常"惟有"连用。20例,如:

①惟编姑妇一般曲,借尔弦歌劝内客。(姑)

②天地间惟有这好人难求。(翻)

③惟有这里住的久,主客相交算有缘。(襄)

"惟"用在动词"有"前17例,用在其他动词前仅3例。

(2)用在名词或数量词语前,"惟"后可以看作隐含动词"有"。5例,如:

①左写遣意惟画卷,右写迎春但柳条。(襄)

②惟奴少心情,高卧在深院。(又)

11. 惟独

"惟独"只《襄》曲4例。一律用在名词前,表示对人或事物范围的限定:

①诸样事有法可治,惟独一样难堪:画帘以里绣床边,使不的威灵势焰。

②惟独这娘子人起了火,没处藏没处躲。

③……饥困可以饱了,昂赃可以扫了,惟独这着骨的疗疮,几时是个了手呢?

④一家大小拧成绳,惟独这外户子没人疼。

12. 独

"独"16例:《姑》1例,《翻》1例,《襄》14例。

---

① "不惟"、"惟独"未统计在内。

(1) 限定范围，类似"惟独"、"独独"。4 例，如：
① 独找不着魏名，都说："便宜了他！"（翻）
② 独有先父坐在上席，稳然不动。（禳）
(2) 表示动作行为是一个人进行的，或者表示某一事物独立的状态，类似"单独"、"独自"。12 例，如：
① 别珊瑚，从此分开两下里孤，这家子独一床，那一家另一铺。（姑）
② 四壁独成一院落，面南也是屋三间……（禳）

13. 独自
"独自"只《禳》曲 3 例，表示动作行为是一个人进行的，如：
① 独自傍妆台，懒把菱花照。
② 独自对孤灯，辜负了晚妆俊！

14. 不过
"不过"25 例：《姑》2 例，《翻》11 例，《禳》12 例。表示"仅仅"，指明范围，有把事情往小处或轻处说的意思。
(1) 用在动词（含小句）前。16 例，如：
① ……不识臭香！索性照着掘他娘。他不过也是人，我看他有什么账！（姑）
② 不过大点赢小点，俗名叫做"火燎毛"。（翻）
③ 光撒谎也无恶意，不过为成就婚姻。（禳）
(2) 用在名词或数量词谓语前。8 例，如：
① 提人不过三四天，求他把地尽追还。（翻）
② 庄里人都说他看着异样，又说他不过异母兄弟，何苦如此。（又）
③ 高仲鸿那里肯依？说："不过一顿粗饭。"（禳）
(3) 用在形容性词语前。只见 1 例：
① ……脚步使人魂暗消，画中人也不过这么妙。（禳）

15. 偏
"偏"只《翻》曲 2 例。表示范围，类似"偏偏，只有"：
① 令弟清闲不管事，读书还要使束脩，分家你不能偏从厚。

②除了盘费不算账,考去还要买文章,偏他自已费家当。
16. 另
"另"18例:《姑》3例,《翻》9例,《襄》6例。表示在所说范围之外。如:

①拿着休书另嫁人。(姑)
②这却不是珊瑚是臧姑,妈妈呀,这婆婆还得另一做。(又)
③从今叫他另成亲,倒还省我心头闷。(翻)
④若主家砸头敲腔,另把一包拿。(襄)

二 时间副词

俚曲表示时间的副词有(异形词作为一个词看待,仅1例的副词有时不单列):先、曾、永、常/长、常常、时常/始常、时时/时刻;从来、向来、一向;将、方、方才、才、刚、刚刚、刚才;乍、一朝、一旦、且、暂、暂且、现、登时、即时、立时、立刻、随后、遂即/随即、时或。因为这类副词内部情况比较纷繁,以下逐一进行分析。

1. 先
"先"53例:《姑》7例,《翻》13例,《襄》33例。
(1)表示某事发生在前。52例,如:

①这一日,见了他姨,先说他娘病,待请他去看看,次告诉那病由。(姑)
②姜相公先到了,夫人出来哭嚎啕,连声又把心肝叫。(翻)
③进门来先参哥嫂,叔侄俩竟到高堂。(襄)

(2)"先"所表示的事情是过去的,则类似"提前"、"已经"。仅1例:

①你只说他小,隔着十里多路,他又先打听了来了。(襄)

2. 曾
"曾"在俚曲里共104例,没有复合形式"曾经",但很习惯于跟否定词、疑问词组成否定形式和反问形式。"曾"及其复合形式的出现情况如下表：

	A	B					A、B项比例
	肯定	否定			反问		
	曾	不曾	未曾	没曾	何曾	可曾	
姑	1	7	0	0	0	0	1∶7
翻	8	14	0	2	5	0	8∶21
禳	10	43	3	1	8	1	10∶56
合计	19	64	3	3	13	1	19∶84

复合形式（否定、反问）在有关副词部分分析，这里只分析单纯或肯定形式。

"曾"表示从前有过某种动作行为，用在动词、动词短语前。动词后可用"过"，句末可有助词"来"。如：

① 前曾治别人，倒回头来从头子受。（姑）
② 我曾见这个人来，值二十两。（翻）
③ 生死离别曾受过，这样离别何足伤？（又）
④ 我也曾临过大阵，须要相机而行。（又）
⑤ 我那少年，也曾做过。（禳）
⑥ 曾有一人不知道，走过桥去，着他打了一顿。（翻）

3. 永

"永"4例:《翻》1例,《禳》3例。表示动作、状态一直持续下去，而不终止或改变。如：

① 仇牧之永无踪，猜他就把家来倾。（翻）
② 百年偕老永无恙（恙）。（禳）

4. 常/长

"常"29例:《姑》2例,《翻》13例,《禳》14例;"长"9例:《姑》2例,《翻》1例,《禳》6例。

（1）"常"有密切相关的两类：

A. 表示动作、行为发生的次数多，强调经常性。23例，如：

① 常说你模样好，为人又孝敬。（姑）

② 常见家家要娶媳,只当是娶来要做娘。(又)
③ 娘也不必常哭,焉知后日不回了家?(翻)
④ 以后难得常相见。(襄)

B. 表示长久,强调一贯性。6例,如:
⑤ 只是得破上去做,难道说运气常低?(翻)
⑥ 宁可空房常独守,丑妻恶妾不如无。(襄)

(2) 用法跟"常"相同的"长"大概是异写形式。如:
① 终朝惹的长生气。(姑)
② 听说我病长挂意。(又)
③ 他给小儿长算卦,那瞎厮一溜胡吧。(襄)
④ 别兄台已数天,终日昏昏只愿眠,弟兄恨不长相见。
(又)
⑤ 天上也有团圆,可怜奴长孤零。(又)
⑥ 若是长像那一夜,情愿合他再团圆。(又)

例①至④表示动作行为屡次发生,⑤、⑥表示事情的长久或一贯。

5. 常常

"常常"是"常"的叠用式。4例:《翻》1例,《襄》3例。

(1) 表示动作、行为经常发生:
① 每日就是姊妹俩,常常攒那枯坟坛。(翻)
② 我问人怎么是槌被石?哦,说是老婆棒槌常常挂打的。
(襄)

(2) 强调行为或状态的长久或持续性:
① 奶奶也不要哀伤,往后也未必常常如此,待二日再看。
(襄)
② 俺也常常少年,事奉我的爹娘。(又)

6. 时常/始常

"时常"《翻》曲2例,"始常"《襄》曲1例。

(1) 表示动作、行为常常发生:
① 说他潮实是潮,认定魏名实相交,时常跑去登门叫。
(翻)

② 时常我来到家,咱两个笑哈哈,前年没人说句话。(又)
(2) 表示行为一向如此:
① 如今思想起来,那厨子始常恁也拿我不当人,甚是可恶!(禳)

7. 时时/时刻

"时时"4例:《翻》1例,《禳》3例;"时刻"只《翻》曲1例。表示动作行为无时无刻不在持续:
① 生长咱家十七年,十七年,时时娇养在身边。(翻)
② 我的儿我的娇,听说你上府去告,时刻就把心肝吊。(又)

又表示动作行为屡屡或经常发生,类似"常常,经常":
③ 彼此都喜喜欢欢,时时笑语垂情盼。(禳)
④ 恨男儿大不通,时时妄想在心中。(又)
⑤ 骂一声强人胆就大起天!时时对我摔你那春香……(又)

8. 从来

"从来"12例:《翻》2例,《禳》10例。表示从过去到现在一直保持某种情况或状态。如:
① 老郑从来恶棍徒,既是赚良民,他又着实怒。(翻)
② 从来嫁鸡随鸡飞,随鸡飞,他既去了我该随,我儿呀,娘家能住几千岁?(又)
③ 我就从来没有捆,有了钱来要弄鬼。(禳)
例③"从来"用于否定句(《禳》曲共4例)。

9. 向来

"向来"8例:《翻》1例,《禳》7例。表示某种情况或状态从过去到现在一直这样,保持不变。如:
① 向来有人给我说,我已是辞了。(翻)
② 向来见孩子忧闷无聊,处处去放荡,也还不忍的说他。(禳)

10. 一向

"一向"2例：《翻》、《襻》各1例。用在小句前，表示行为或情况从过去到说话时一直如此：

① 一向待赌无有本，分了家才有了梢。（翻）
② 陈爷说："一向不曾问候，有罪有罪！今日来有话告禀。"（襻）

11. 将/将近

"将"18例：《翻》4例，《襻》14例。

（1）表示接近或即将到某一时间。7例，如：

① 日色将午，公婆处懒去问安。（襻）
② 天色将晚我归家，他又留我，我就住下。（又）

有时"将近"连用：

③ 五十才生了小婴孩，如今将近十年外。（襻）
④ 自从锁门之后，将近一月，起初还听见他长吁短叹，这两日吟哦起来了。（又）

（2）表示即将出现某种情况。10例，如：

① 大相公去时，是六月将尽。（翻）
② 老婆子往定婚嫁，日将转不见回家。（襻）
③ 十二月将完，自然该到主人手中。（又）

有的也"将近"连用：

④ 就等着中了才去，这时节将近还家。（翻）

有的例子"将"似近于"刚"：

⑤ 春香过来，天已将黑，我合你女扮男装，咱也去看看梅花。（襻）

12. 方

"方"5例：《翻》2例，《襻》3例。

（1）用在动词、形容词前，表示时间，类似于"正"或者"刚"。4例，如：

① 只等到夜方深，来的贼一大群，分两头就把庄来进。（翻）
② 长命呀，方学会就弄乜花花哨。（襻）

(2) 用在数量词前,表示正当某一年龄(时间)。1例:
　　① 原来公子有个女儿,年方二八,才貌双全。(翻)

13. 方才

"方才"7例:《姑》1例,《翻》4例,《禳》2例。

(1) 用在动词、形容词前,表示时间,类似"刚"、"刚才"或"刚刚"。4例,如:
　　① 于氏方才洗脸,流水找着毛巾,拿在手里伺候着。(姑)
　　② 方才就了坐,掀帘往里瞧。(翻)
　　③ 方才掌上灯,难说就睡了觉?(禳)

(2) 用在数量词语前,表示刚达到某一年龄(时间)。3例,如:
　　① 外甥方才五六岁,你又年小怎承当?(翻)
　　② 今年方才十岁,已是成了文章。(禳)

14. 才

"才"87例:《姑》22例,《翻》28例,《禳》37例。

(1) 表示事情在不久前发生。用在动词、动词短语或形容词前,类似"刚"、"刚刚"。58例,如:
　　① 于氏才起来,一眼看见珊瑚,那脸上就有些怒色。(姑)
　　② 仇福说:"我才分开,一个钱没有。"(翻)
　　③ 想当初把我嫁,一朵鲜花才摘下。(禳)

(2) 表示事情发生、结束得晚或者历时很久。"才"前有时间性词语,或者有询问原因的词语。26例,如:
　　① 必然是前世阴德无量,今世里才遭着媳妇贤良。(姑)
　　② 睡到日西,才起来吃了两碗饭。(翻)
　　③ 五十才生了小婴孩。(禳)

(3) 用在数量词前,表示刚达到某一数量或年龄(时间)。3例:
　　① 待了几年,大姐生了一子,才五六岁,女婿忽然长病死了。(翻)
　　② 年才二八,年才二八,全不像个孩子家。(又)

另1例"才"后用"是":
　　③ 依你说,一碗一钱,十碗才是一两,怎么能攒成块呢?

（襄）

15. 刚

"刚"只《姑》曲1例，表示动作恰好发生在某一点上，类似"恰"、"恰好"：

① 看了看，幸得刚搭着那气嗓头边儿。

16. 刚刚

"刚刚"只《襄》曲5例，表示发生在前不久。如：

① 鞋底儿刚刚上罢，闷昏昏眼涩眉酸。
② 新月刚刚上树梢，方才掌上灯，难说就睡了觉。

17. 刚才

"刚才"7例：《翻》2例，《襄》5例。

（1）表示动作行为完成或状态出现在前不久，类似"刚刚"。6例，如：

① 我三十四岁被贼掠，十七八年离了家，恁哥刚才吐噜话。（翻）
② 慧娘说："听的说大嫂子来了家，怎么不见他呢？"大姐说："他刚才来了。"（又）
③ 要屈贵脚踏贱地，写字几行墨未干，刚才封罢离书案。（襄）
④ 家门一到，呀！刚才开了开，待俺进去。（又）

（2）表示"恰好"、"正好"。1例：

① 担惊受怕的一年儿，刚才积攒了一坛儿。（襄）

18. 乍

"乍"7例：《姑》1例，《翻》2例，《襄》4例。表示动作行为刚刚发生，强调动作行为的初发性。如：

① 媳妇三日不动弹，惹得婆婆不耐烦，还是初来合乍到，只得再等他两三天。（姑）
② 想那日你初来，乍见你甚惊骇，不敢望你好心待。（翻）
③ 乍住着蛴蟥房，进大屋也恍荡，可惜没嗄安插上。（又）
④ 乍受着媳妇孝顺，这两天心痒难挠。（襄）

19. 一朝

"一朝"只《禳》曲3例,类似"一旦"。

(1) 用在动词前,表示突然间出现某种情况:

① 堂上炼磨如戒僧,一朝松手去如绳。

(2) 用在条件小句里,表示某种情况出现后,另一种情况就随之发生:

① 可笑可笑真可笑,买了个草驴不识道。一朝骑着看闺女,朴搭跌的这腰儿吊。

② 前日打的没处逃,你还想着第二遭!只怕一朝发觉了,打你那俊脸,捋了我的毛!

20. 一旦

"一旦"7例:《姑》3例,《翻》4例。

(1) 用在形容词、动词前,表示某种情况忽然出现,类似"一时间"、"一下子"。例如:

① 积攒了十年一旦空,哥哥呀,骗来的钱财中何用?(姑)

② 定不就何时再见,怎忍的一旦割别!(翻)

(2) 用在条件小句里,表示有了某些情况(条件),有关的事情(结果)就随之发生:

① 像遭百日淋淋雨,一旦忽逢日才新,一家欢喜言难尽。(姑)

② 旺跳的胜儿一旦死,指望女儿来送终。(又)

③ 大相公才气高,一旦回头做富豪。(翻)

21. 且

"且"74例:《姑》10例,《翻》24例,《禳》40例。

(1) 表示在一个短的时间内先怎样(别的暂时不管),类似"暂且"。64例,如:

① 老王,你回去罢,着他且在这里罢。(姑)

② 离家大远的,任他作甚么精,我且听不见。(翻)

③ 不说徐氏生气,且说魏名猜姜岂瞻治不的赵阎罗,必然来踢弄仇家,当时跑了去报给姜相公。(又)

④ 咱且从容且怕着，只怕将来还做个茧。（禳）

⑤ 今晚且着丽华来，你且解解闷，我从容再给你物色好的。（又）

有时更近于"姑且"：

⑥ 你看江城还是不改的话，罢罢，且自由他。（禳）

⑦ 夜已是三更，俺且在檐下打了个盹罢。（又）

(2) 表示某事待于稍后的时间内进行。8例，如：

① 未知如何，且听下回分解。（翻）

② 不知将来如何，且听下回便知。（又）

(3) 用在"不说……"之前，表示暂且不提某事，而说别的；有时则实际上是列举事实或理由，加强论证。2例：

① 且不说珊瑚养病，却说老王奔到家，安大成迎着说："你来的怎么这样快？"（姑）

② 谁想做奶奶有多好处，且不说别的，常时那厨子一日打发两顿饭，少油没盐，上顿也是那个，下顿也是那个；这一月来一日三顿，一顿就换一样。（禳）

22. 暂

"暂"5例：《姑》1例，《禳》4例。表示某种动作行为是暂时的。如：

① 姐姐才像从天降，对着他诉诉衷肠，对着他出这悽惶，一宵暂把愁眉放。（姑）

② 暂罢琴书，找他耍耍。（禳）

③ 劝贤弟愁眉展放，我为你暂乐春宵。（又）

23. 暂且

"暂且"5例：《姑》1例，《翻》1例，《禳》3例。表示暂时地进行某种动作行为。如：

① 休要为他气着你，亲娘呀，你可暂且消消气。（姑）

② 不如我暂且归去，却方才身心两安。（翻）

③ 暂且留连，暂且盘桓，毕竟还有家常饭。（禳）

24. 现

"现"仅《翻》曲1例,表示根据需要而临时有某种动作行为:

① 当时立了文约,仇福腰里掏出包来,现交了五百两;拆完了,再交那三百。

25. 登时

"登时"6例:《翻》5例,《襕》1例。表示动作发生或状态变化得急遽。

(1) 表示状态变化得急遽,类似"顿时"。4例,如:

① 那血冒出来,登时容颜变。(翻)

② 近来为着些小事,惹的心中不耐烦,登时就把娇容变。(襕)

(2) 表示动作十分迅速,类似"立时"。2例:

① 哄着仇禄去打他,登时打他一千鞭,还要送到扶风县。(翻)

② 仇大姐在里边,安排的甚周全,赶饼做饭登时办。(又)

26. 即时

"即时"15例:《翻》10例,《襕》5例。表示事情发生的很快,多指已经发生的事情,类似"当即"。如:

① 大姐即时上了府,递上状。(翻)

② 他那里着实谦让,俺这里没管短长,便将金钗赠一双,即时插在他头上。(襕)

只有2例指尚未发生(含可能发生)的事情:

③ 若违令即时就打,传一遍号令严明。(翻)

④ 杀了人放了火,十万银子包裹裹,一直送到抚院堂,情管即时开了锁。(襕)

27. 立时

"立时"只《翻》曲2例,表示前后动作的时间紧相连接,中间没有停留:

① 到了县里,官明知冤枉,因着王法太严,不敢担,立时解了府,府里解了院。

② 太爷大惊,把高强拿下,立时打死。

28. 立刻

"立刻"4例:《姑》1例,《翻》1例,《襄》2例。

(1) 表示一事刚结束,另一事紧接着发生。2例:

① 忽然间打了顿鞭子,您外甥立刻就把奴来撑。(姑)

② 叫他把东人细细审,审明立刻发西安,到军门行下扶风县。(翻)

(2) 表示事情很快就要发生。2例:

① 立刻就叫轿子来,夫人上轿出门……(襄)

② 天没明把我叫起,叫我起来没吃饭,打发着立刻开交。(又)

29. 随后

"随后"8例:《翻》2例,《襄》6例。表示一件事情紧接着另一件事情发生,强调事情发生在时间上的前后相承。如:

① 我投上这状,合您外甥小尚子随后就去。(翻)

② 他丈人不接那文书,就说小姐随后就来。(又)

③ 我先归家,你合他随后就来。(襄)

30. 遂即／随即

"遂即"5例:《姑》1例,《襄》4例;"随即"只《姑》1例。两者大约是同一副词的不同书写形式。表示某事紧跟在另一件事情之后发生,强调时间的短暂。如:

① 珊瑚随即进房来,脱了衣裳换了鞋……(姑)

② 徐氏主意已定,遂即央人去合他丈人说。(襄)

31. 时或

"时或"只《翻》曲1例,表示不时地有某种动作行为:

① 大姐做了饭,也时或去帮他。

三　程度副词

俚曲表示程度的副词可分为4类。

(一) 表示轻微的程度

这类副词有:不甚、不大、没大、略/略略。

1. 不甚

"不甚"表示程度减弱。5例:《翻》3例,《禳》2例。只用在形容词或与心理活动、感觉有关的动词前:

① 家虽小,不甚穷,着他专心去用工。(翻)
② 这到(倒)不甚远,请奶奶就把人差。(禳)
③ 这豆汤不甚好吃,有点甚么气味。(又)

2. 不大

"不大"22例:《姑》3例,《翻》10例,《禳》9例。表示轻微的程度。

(1) 用在形容词前。14例,如:

① 于氏平日自在惯了,觉着不大快活……(姑)
② 大家趋小伏地的,只说是尽了心,他倒还不大自。(又)
③ 仇大郎实是潮,赌的钱不大高。(翻)
④ 我见他来,唱的倒罢了,不大白生,又是半搅子脚。(禳)
⑤ 看着模样不大精致,俺这心里还俏起别人。(又)

(2) 用在动词前。8例,如:

① 他老子因他泼,所以不大喜他。(翻)
② 若有婆婆若有公,或者有嫂并有兄,还怕他不大通人性。(又)

3. 没大

"没大"用在动词前,表示不很重的程度,类似"不大"。仅见《姑》、《翻》各1例:

① 说他嫖还没大嫖,只光赌一宿就是七八吊。(姑)
② 咱娘的病还没大好。(翻)

4. 略/略略

"略"8例:《姑》3例,《禳》5例;"略略"7例:《翻》4例,《禳》3例。

(1) "略"表示程度轻微。后面可以是单个的形容词。类似"略微"、"稍稍"。例如:

①拿下来把珊瑚打了几下子,于氏那气才略消了。(姑)

②沈大姨住了一夜,于氏合他说了说话,那心里觉着略宽快了些。(又)

③我合你年残日暮,摸弄着也略散心怀。(禳)

(2)"略略"表示程度轻微。跟"略"意义、用法大致相同,后面可用助词"的"。如:

①叫弟妇你听着,你略略把气消,他懊悔旁人也知道。(翻)

②前年才好犯了罪,略略成家又揭锅。(又)

③到了六月尽,那人客略略少了,忽然探花来了家。(又)

④五更三点了,身上略略的轻些了。(禳)

(二) 表示高的程度(含强调程度)。

这类副词有:十分、老、老大、大、紧、全、全然、尽、着实、老实、好/好不。

1. 十分

"十分"表示程度高,只《翻》曲2例。都是用在单音节形容词前面:

①病人歇在床头上,不用指点并吆喝,打发婆婆十分乐。

②钳子夹大锤锤,好似石匠去打碑,可也不能十分碎。

例②"十分"带有"过于"的意思。

2. 老

"老"用在形容词前,表示程度高,类似"很"。只《翻》曲1例:

①又往前搂了老远,极像是石头铺场。

3. 老大

"老大"6例:《姑》4例,《翻》1例,《禳》1例。用在形容词或形容性词语前,表示程度高:

①手巾一把夺过来,容颜老大不自在。(姑)

②庄里老大犯疑影,怎么如今就回还?(翻)

③我只听的"瓜"的一声,可也老大响哩!(禳)

4. 大

"大"86例:《姑》6例,《翻》45例,《禳》35例。表示程度深或者高。

(1) 用在动词、形容词前。动词、形容词往往是单音节的。79例,如:

① 媳妇听见又发作,跑出房去大吆喝。(姑)
② 离家大远的,任他作甚么精,我且听不见。(翻)
③ 拿着一口刀耀眼争光,就在厅前大喊了一声"杀呀!"(禳)
④ 二三年间大富了,买了个官儿。(又)
⑤ 那一日大醉了爷娘在念,适遇着樊子正苦死歪缠。(又)

(2) 用在有否定词构成的否定形式前。7例,如:

① 二娘子大不贤,踢蹬的合家不团圆。(姑)
② 便开言叫江城,做的事大不通。(禳)
③ 每日相见都是下泪,这一回大非昔日。(翻)

其中6例"大"用在"不＋动/形"前,只有例⑥是用在"非＋名"前。

5. 紧

"紧"8例:《姑》2例,《翻》1例,《禳》5例。作程度补语,表示程度高。如:

① 这一个碜的碜的紧,那一个碜的可才窘。(姑)
② 魏名合他那看园的极熟,放他进去一看,果然整齐的紧!(翻)
③ 高公子说:"呀!从那边来了一个女子,好不齐整的紧!"(禳)

6. 全

"全"44例:《姑》8例,《翻》19例,《禳》17例。表示程度上百分之百,类似"完全","全"后往往是否定形式。如:

① 为人全不识高低,你可看了是合谁?贱人呀,怎么要说你自家?(姑)
② 我合你做妯娌十年多,近来极像合你初会呀似的,我知

怎么说,见了你亲极,全不像寻常日。(又)

③ 看了看,全不像人家了,只有一个病娘在床上喘气。(翻)

④ 骂范梧无赖徒,在家全不用功夫,场中文可央别人做。(又)

⑤ 骂声江城狠心人,怎么全没有半点夫妇分?(禳)

7. 全然

"全然"11例:《姑》4例,《翻》3例,《禳》4例。表示程度,类似"完全"。如:

① 指望你来孝娘亲,你全然不听说,光合咱娘撒懒。(姑)

② 谁知老太爷稳稳坐,全然一盏茶不留,自跑出只在众人后。(翻)

③ 高公说:"哦哦!他哄我在子雅家宿,这事我全然不知。"(禳)

④ 就是相好,也只一霎,全然一点不中用。(又)

8. 尽/尽自

"尽"7例:《姑》2例,《禳》5例。

(1)用在助动词、动词前。表示强调,类似"完全"。5例,如:

① 我两人道义交,往来尽脱虚圈套。(禳)

② 二成尽可做新郎,这话极好不用商。(姑)

③ 王翰林官宦人家,论起来尽可成婚嫁。(禳)

另1例"尽自"连用:

④ 这个恶人好不谬,惹着尽自够人受。(姑)

(2)用在个别方所词前,类似"最"。2例:

① 江城说:"我乏了,就在这尽东边这一席上坐下歇歇。"(禳)

② 那尽西边那插屏遮着的那一席,才见王家那管家在那里摆菜碟儿……(又)

9. 着实

"着实"25例:《姑》4例,《翻》11例,《禳》10例。表示程度高。

· 139 ·

(1) 用在动词、动词短语前。强调程度高或者深。11例，如：
① 臧姑听的珊瑚来了，那口里着实嗤撇他。（姑）
② 老郑从来恶棍徒，既是赚良民，他又着实怒。（翻）
③ 这孩儿着实病，你看他眉眼儿不睁。（禳）

(2) 用在形容词或表示心理活动等抽象意义的动词前，表示极甚的程度，类似"很"、"非常"或"太"、"过于"。14例，如：
① 待了半年，于夫人有了病，着实危笃。（姑）
② 事不事着实诿，辛苦叫您两口受。（翻）
③ 丈人过的着实焦。（禳）
④ 咱家小长命，不到着实通，不肯教他塞人家空。（又）

10. 老实

"老实"5例：《翻》3例，《禳》2例。强调程度。

(1) 用在动词前，表示"好好儿地"。4例，如：
① 你回去到家中，老实看着把地耕。（翻）
② 老实听着，老实听着，听我从头把你教。（又）

另1例则相当于"小心"：
③ 咱可赌不的嘴里叨，老实休要翻错了。（禳）

(2) 用在主语前，表示"的确，确实"。只1例：
① 我老实心似铁，并不随邪。（禳）

11. 好/好不

"好"92例：《姑》9例，《翻》18例，《禳》65例。

(1) 用在形容性词语或动词前，强调程度深，带有感叹的意味。61例。

A. 用在形容词或形容性词语前。例如：
① 终朝吵骂不停声，不停声，好难听，人人说是糊突虫。（姑）
② 仇福好自在！（翻）
③ 是成是否好难拿，翻转教人放不下。（禳）

有的"好＋形"等于"好＋不＋形"：
④ 虽然喜眠食不稳，好容易捱到年残。（禳）

B. 用在动词前。例如：

⑤ 待了霎，范栝也出来了，着他师傅好骂。（翻）

⑥ 领着些贼兵，到了魏名家里，一阵好杀！（又）

(2) 用在数词"几"前，构成"好+{几+量}"式，表示"多，不少"。10例，如：

① 一连掷了几轮子，相公赢了好几遭。（翻）

② 好几天不在一堆了。（又）

③ 送了粮食送衣服，黄边还得好几吊。（禳）

(3) "好+不"用在形容性词语前，强调程度高或者深，也带有感叹意味。21例，如：

① 好不怪哉，好不怪哉！大伯拿着当奴才！（姑）

② 高公子说："呀！从那边来了一个女子，好不齐整的紧！"（禳）

③ 鼓儿鸣锣儿筛，睡不着好不难捱。（又）

（三）表示极甚或最高程度。

这类副词有：极/极甚/极其、甚、最、太、忒、千万。

1. 极/极甚/极其

"极"135例：《姑》27例，《翻》62例，《禳》46例。

(1) 用在形容词、助动词、动词或动词短语前，表示最高程度。110例。

A. 用在形容词前。例如：

① 俺婆婆有个姐姐，极好的个人家。（姑）

② 叫仇福去烧锅，不是极稠是极薄。（翻）

③ 北庄里有个王喘气，听说他极大胆。（禳）

B. 用在助动词或动词短语前。例如：

④ 您婆婆委实的极难说话。（姑）

⑤ 仇福着他奉承的极快乐。（翻）

⑥ 打是极该打，捶是极该捶。（禳）

(2) 用在有"不"构成的否定式前面。4例：

① 惟有大姐十二岁,性子极不好……(姑)

② 说这个妮子把气呴,做媳妇一定极不孝。(又)

③ 朝夕往来极不便。(翻)

④ 长命呀,你这意思极不善。(禳)

(3) 用在动词或形容词后,后面又常用助词"了"。19例,如:

① 老王唬极了,说:"俺娘呵,这是怎么说!"(姑)

② 大姐说:"那不过是恨极了,只是那么说就是了。"(翻)

③ 这里大家正吃着血酒,看见女兵到了慌极,都爬墙颠了。

(禳)

(4) "极其"、"极甚"连用,各1例。不单列:

① 在寒舍住了一宿,合小女极其和好。(禳)

② 仇牧之来了家,范公子、姜相公都来认了亲家,彼此极甚亲热。(翻)

2. 甚

"甚"57例:《姑》9例,《翻》19例,《禳》29例。

(1) 用在形容词、动词或动词短语前,表示程度高。51例。

A. 用在形容词前。例如:

① 听的那韵甚分明,才知道那宗银,不是好来送。(姑)

② 秋桂原不如春娇,二十多甚风骚。(翻)

③ 宗师的主意甚精也么明,只要实压着戥上星。(禳)

B. 用在动词前,动词主要是与心理活动有关的一类。例如:

④ 乍见你甚惊骇。(翻)

⑤ 范小姐甚快活。(又)

⑥ 公姑两个甚欢喜。(禳)

C. 用在动词短语前。例如:

⑦ 您两口甚是贤。(姑)

⑧ 甚喜你就合我一般忠厚。(翻)

⑨ 昨日在街上听见人唱一个山坡羊,甚是伤感。(禳)

(2) 用在有"不"的否定式前面。6例,如:

① 于夫人甚不通,好好的媳妇不能容。(姑)

② 娶了个老婆甚不良。(襄)

3. 最

"最"17例:《姑》2例,《翻》2例,《襄》13例。表示程度高,极端。

(1) 用在形容词或动词前。14例。

A. 用在形容词前。例如:

① 鬼神警戒最分明,怎么到此时,心里还不动?(姑)

② 土条蛇用心机来的最妙。(翻)

③ 几个楼台几进房,那边娘子最凄凉。(襄)

④ 最苦是孤单,最苦是孤单,庭院寂寂人倚栏。(又)

B. 用在动词、动词短语前。动词限于表示心理或抽象活动的动词。如:

⑤ 最可伤,瞎子也钻研看文章。(襄)

⑥ 最难捱是这几天,过一刻似一年。(又)

⑦ 我想江城他合满城姊妹二人最相好。(又)

(2) 用在有"不"构成的否定形式前。3例:

① 世间惟男儿,最不宜量好。(襄)

② 想来今生最不么么堪,这附骨的疔疮在心间。(又)

③ 想当初最不该,生把奶头换过来。(又)

4. 太

"太"40例:《姑》6例,《翻》11例,《襄》23例。表示程度过头,多用于不喜欢或不如意的方面。

(1) 用在形容词、动词或动词短语前。33例。

A. 用在形容词前。例如:

① ……听说他被逐,我就说你太糊涂。(姑)

② 皆因公子人家太大,所以不敢。(翻)

③ 明年的馆在北门里头,隔着这里太远,不免携家搬去。(襄)

④ 那打时节也给他点缝儿,既不可太宽,也不可太严。(又)

上例均用于不如意的事情,表示程度过甚;以下的两例或用于嗔怪、或用于褒扬,表示程度高：

⑤ 公子云："不多是不多,只是夫人太痴了。"(禳)

⑥ 老兄情太高,扰过了千万遭,不曾杯水将恩报。(翻)

B. 用在动词或动词短语前。例如：

⑦ 骂畜生太欺心,自估着成了人,要舍病娘全不问。(姑)

⑧ 您大姑太费心,家里没钱又没人。(翻)

（2）用在有"不"构成的否定形式前面。7例,如：

① 养的儿太不成货,倒叫我女儿遭殃！(翻)

② 人说宗师太不通；…不爱文章只爱铜。(禳)

5. 忒

"忒"37例：《姑》3例,《翻》12例,《禳》22例。表示程度极高,有时表示过头,类似"太"、"非常"。

（1）用在形容词前。"忒"后大多用"也"字。27例,如：

① 如今的天忒矮,恶人自有恶人磨。(姑)

② 开口说当人,这话忒也诌。(翻)

③ 你那性儿忒也娇,虽有好法,只怕难学。(禳)

④ 公子云："使不的！忒也暴虐了,看人说你！"(又)

⑤ 夫人云："我儿,你再来晚着些,忒也早了,我这心里不安。"(又)

⑥ 鸨儿太怪,夫人忒憨。(又)

（2）用在动词或动词短语前。10例,"忒"后均用"也"。如：

① 在人手雪片花明,到他手一片光铜,鬼神忒也有灵圣。(姑)

② 你忒也妄想！(翻)

③ 两个指头打了你,你劈脸一巴掌,嫌你忒也没人样！(又)

④ 你没见这儿,忒也不成汉子了！(又)

⑤ 如今思想起来,那厨子始常忒也拿我不当人,甚是可恶！(又)

6. 千万

"千万"只《襄》曲1例,表示最高的程度,类似"万分":

① 进了学千万侥幸,进不了也就罢了。

(四) 表示比较的程度

包括"较、异常、更、越、越发/一发、分外"。

1. 较

"较"只《姑》曲1例,表示相比而言具有一定的程度,着重表示程度不是很高:

① 待了几日,打听珊瑚较好了,怕待的久了,弄的他娘知道,便上门去逐他。

2. 异常

"异常"8例:《翻》1例,《襄》7例。表示性状或程度不同于一般,不平常。

(1) 用在形容词和少数表示心理活动的动词前,"异常"后均用助词"的(地)"。3例:

① 近来媳妇异常的孝。(襄)

② 子正云:"我儿,这不好么?听你长进了,我异常的欢喜。"(又)

(2) 用在形容词和少数表示心理活动的动词或"的(得)"字短语后。5例,如:

① 那三个月恩爱异常。(襄)

② 聪明人儿怪心肠,乖觉的异常,聪明的异常。(又)

③ 太公云:"怪道香的异常!挂的这一幅大画,是甚么图像?"(又)

例②、③"异常"前用助词"的(得)"。

3. 更

"更"36例:《姑》8例,《翻》7例,《襄》21例。

(1)表示程度增高,用于比较。28例。

A. 用在形容词前。例如:

① 官府不肯处治他,慈的那波势更猖狂;更猖狂,面不光,

那倒越发气着娘。(姑)

② 这一回添一个铺囊的更甚。(又)

③ 娶的新人更娉婷。(禳)

B. 用在动词短语前。例如：

④ ……全然不提,算是我更得便宜,若要说分明,又啕多少气?(姑)

⑤ 我只当是你怕他,你不怕我才更不怕。(翻)

⑥ 老仲是个盛德人,见了相爱更相亲。(禳)

C. 用在比较式里,有时在"比＋名＋X"之前。如：

⑦ 赛前番,更比前番赛。(姑)

⑧ 臧姑赃极遇赃官,更比臧姑赃一番。(又)

⑨ 那钱财是甚么?人情更比王法大。(翻)

⑩ 从新又添上打公公,泼法更比前番胜。(禳)

(2) 用在动词、动词短语前。表示强调,有更一层的意思。8例,如：

① 娘三个共商议,要送太岁远别离,谁知道那还不肯,大家无法更可施。(姑)

② 一概房屋都是草,火势连天威更加,西北风刮的越发大。(翻)

4. 越

"越"5例:《翻》2例,《禳》3例。表示程度更进一步增加。

(1) 用在动词前。3例,如：

① 我本意待害他来,越发了人家了。(翻)

② 乍穿上素罗衣,越觉着腰肢瘦。(禳)

(2) 组合成"越 A 越发 B"式,表示在程度上 B 随 A 的增加而增加。2例,如：

① 魔殃做人精胡讲,老天爷长在上,越弄越发穷,一咒十年旺,怎么能依的人这心眼里想?(翻)

② 我儿越看越发俊,也是儿郎修的全,也是儿郎修的全。(禳)

5. 越发／一发

"越发"33例：《姑》7例，《翻》9例，《襄》17例；又《襄》曲"一发"1例，应该是"益发"的音变形式。表示程度进一步增加，类似"更加"。如：

① 于氏自那日已后，越发厌恶珊瑚，来到近前，一句好气也没有。（姑）

② 人因着他是仇牧之的儿子，越发亲热，都来请他。（翻）

③ 我去京师千万里，得你料理替爹娘，越发我把心来放。（襄）

④ 那县前有个茶馆，红梅甚盛，反蒙他请我去赏，心中越法（发）讨愧的紧！（又）

⑤ 近来一发不成个腔儿，把人活气杀！（又）

6. 分外

"分外"3例：《姑》1例，《襄》2例。用在心理状态动词、形容词前，表示事物的性质、状态达到了异乎寻常的程度，类似"格外"：

① 臧姑分外欢喜。（姑）

② 冤魂初下阎罗殿，觉得青天分外空。（襄）

③ 常时文章还平等，今日才学分外高，也亏娘子那无情教。（又）

四 事态和动态副词

事态和动态副词是表示动作行为及事情的状态或情状的副词。这类副词有的侧重在表示行为或事情的状态，有的侧重在表示动作的情状等。以下分别加以分析。

（一）侧重在表示事态的副词。

俚曲这类副词有（个别异形词或用例极少的副词合并分析）：柱、空、平空、干；只顾、仔顾、一味／一溜子；一般／一班、照常、照旧、依然、依旧、重、从新／重新；敬、专；屡次／屡屡、反复、再、已／已经；忽、忽然；

不免、不妨；相、自、自然；原、原自、原来。

1. 枉

"枉"10例：《翻》1例，《禳》9例。表示事情是徒劳地、白白地，类似"徒然"。如：

① 你枉长了这么大！妹夫比你强十倍，给他提鞋踮了牙！（翻）

② 那江城枉担着降汉子的虚名，还嫌他不会降哩。（禳）

2. 空/空自

"空"9例：《姑》1例，《翻》2例，《禳》6例。

（1）用在动词前，表示行为没有效果，类似"徒然"、"白白地"。6例，如：

① 若不着他打俩头，空着他来走一趟。（翻）

② 空劳人力费安排。（禳）

另1例"空自"连用：

③ ……两泪盈盈，空自哀哀告苍穹。（姑）

"空＋动"前有否定词：

④ 箭箭着人，枪无空响。（翻）

（2）用在动词或形容词前，表示只限于某种动作行为或状态本身，类似"仅仅"、"只是"。3例，如：

① 樊子正实是穷，今日西来明日东，为人空好中何用？（禳）

② 到如今空磨舌头，咱还吃杯酒。（又）

3. 平空

"平空"只《翻》曲1例，表示事情没有根据，平白无故：

① 忽然东人从天降，说在我家寄钱财，没点影平空把我害！

4. 干

"干"只《禳》曲4例。表示某种付与性的行为对于接受方来说是没有任何代价或条件的。均用在动词"给"前面：

① 公子说："嗤！干给也不要就是了。"

② 槌被石待合我换老婆，我说他不值个破枣，干给跪着也

不要。

5. 只顾

"只顾"16例:《姑》3例,《翻》9例,《襄》4例。

(1) 用在动词前,表示只是一味地有某种动作、行为或呈现某种状态。12例,如:

① 你扎挂的合妖精似的,你去给那病人看的,只顾在这里站嗄哩?(姑)

② 从夜来只顾盘问我,或者没赌没嫖。(翻)

③ 放着还不流水挑,认公认母只顾瞧。(襄)

④ (江城)说:"这两个忘八好可恶!用甚么法儿治他?"只顾寻思……(又)

(2) 用在动词、形容词前,强调某一种动作行为或情况,类似表示强调的"就是"、"只是"。4例,如:

① 仇牧之永无踪,猜他就把家来倾,怎么过的只顾盛?(翻)

② 高公上云:"怎么老子只顾不来?是好是歹,好闷人也!"(襄)

6. 仔顾

"仔顾"《姑》2例,表示一味地有某种动作行为,应该是"只顾"的方言变体:

① 仔顾在这窝藏着,恐怕久下来,弄的娘知道。

② 仔顾踢蹬,天就把我找;若是回头,天也就不恼。

7. 一味/一溜子

"一味"、"一溜子"表示不顾情理,固执地坚持某种行为,含有贬义。各1例:

① 若遇着如不贤良儿又浑,要再不孝顺,一溜子把气啕,有理还着你没处告。(姑)

② 想当初那是甚么模样,一味胡踢弄,像吃了迷魂汤。(又)

8. 一般/一班

"一般"10例:《姑》1例,《翻》4例,《禳》5例;"一班"是异写形式,只《禳》曲1例。

(1) 表示相同,没有差别。用在小句或形容词前。4例,如:

① 一般都是你的儿女,拿着俺大不相干。(翻)

② 一般俺也腆着脸,一般俺也瞪着眼。(禳)

(2) 表示不该、不容易发生的事情照样发生了。7例,如:

① 朝朝日日嫌珊瑚,这比珊瑚是何如？妈妈呀,一般遇着这泼辣物。(姑)

② 大姐迎出来,异常的欢喜,说:"我每日想你,一般的你也来了家了么？"(翻)

③ 手拿着汗巾每日想,那画上人儿一班捞着同床。(禳)

④ 又传到子雅手,公子说:"一般也输了主人翁了。"(又)

⑤ 天民说:"混账物诮嗄哩？谁说你的不俊来？不俊着就怕的那！"公子说:"这倒未必,我是怕俊;一般也有丑的还怕的,这不奇么？"(又)

例②、④、⑤含有"竟然"、"居然"的意思。

9. 照常

"照常"3例:《姑》1例,《翻》2例。表示某种行为按照过去平常的样子进行,不因情况变化而改变:

① 珊瑚起来,依旧梳上一个不丑不俊的头,披上一件不脏不净的衣裳,换上一双不新不旧的鞋,照常的伺候。(姑)

② 好媳妇既无二意,我照常一样相看。(翻)

10. 照旧

"照旧"3例:《姑》1例,《翻》2例。表示行为或状态维持原来情况不变:

① 责备自家,照旧全无半点差。(姑)

② 虽是他为儿不孝,望娘亲照旧看承。(翻)

11. 依然

"依然"5例:《姑》1例,《翻》4例。表示某种情况保持不变,和原来一样,类似"照旧"。如:

① 二娘子忒也乖,骂着刚强骂满街,屡屡鬼神警戒你,依然全不挂心怀。(姑)

② 仇大姐将门开,姜娘子泪下来,妆奁镜架依然在。(翻)

12. 依旧

"依旧"4例:《姑》、《翻》各 2 例。表示某种情况维持不变,和原来一样,类似"仍然":

① 珊瑚起来,依旧梳一个不丑不俊的头,披上一件不脏不净的衣裳。(姑)

② 恨不能一时就到,霎时间依旧酥麻。(翻)

③ 姜娘子念诵了阵子,天就明上来了,疾忙梳了头,依旧去伺候婆婆。(又)

13. 重

"重"13 例:《姑》1 例,《翻》5 例,《襄》7 例。表示同一个或同类动作行为的重复或者再进行、经历一次。如:

① 仇禄叩头在案也么前,官说何必又重参。(翻)

② 自从媳妇重来,三月有余,并不见旧病发作,夫妇和睦,可喜可喜!(襄)

③ 听见女婿中了举,才敢重来到故乡,谁知好事从天降!(又)

14. 从新/重新

"从新"、"重新"意义及用法相同。"从新"8 例:《姑》1 例,《翻》4 例,《襄》3 例;"重新"只《襄》曲 1 例。表示事情从头另行开始,再一次。如:

① 争奈光阴已有限,若许从新改过,再着我侍奉十年。(姑)

② 咱的人家原不大,从新盖了几间房,安上吻兽才展样。(又)

③ 望爹娘把奴宽,从新做人,只当是另脱生了一番。(翻)

④ 他若见俺这个样,未必不重新再损搭。(又)

15. 敬

"敬"10例:《姑》1例,《翻》3例,《襄》6例。表示某事是为某一目的而专门、特意进行的。如:

① 于夫人也算是个好人,敬着人去请他来,自家认罪。(姑)

② 话说范公子见四五日没有信,敬托王相公来问。(翻)

③ 敬登门磕头拜谢,这恩德生死难忘!(襄)

16. 专

"专"7例:《姑》2例,《翻》2例,《襄》3例。表示某种行为是为某一目的专门进行的。如:

① 二成专司,二成专司,洗脚水往门外泄。(姑)

② 后日是吉辰,我在家专候。(翻)

③ 俺如今专候台钧,他那里专等着晚生的信。(襄)

17. 屡次/屡屡

"屡次"《姑》、《襄》各1例;"屡屡"仅《姑》曲1例。表示事情多次重复:

① 哥哥屡次的让我,我也不忍,留下几两,见哥哥的厚意。(姑)

② 屡次央亲友去哀告高仲鸿,无奈那仲鸿坚持不允,这如何是好!(襄)

18. 反复

"反复"2例:《翻》、《襄》各1例。表示同一动作行为多次重复进行:

① ……这个潮行,低头反复自思量。(翻)

② 出门的假儿实难告,反复思量说甚么?(襄)

19. 再

"再"127例:《姑》8例,《翻》35例,《襄》84例。

(1) 表示某一行为、状态重复或继续,这种重复、继续往往是尚未进行或者是有待进行的。68例,如:

① 心中参透姨娘意,知道珊瑚必要还,好夫妻再团圆,只在三朝两日间。(姑)

②我有盘费不用归,再往上司告一回。(翻)

③江城说:"赢什么?"公子说:"我再不敢赢瓜子了,咱赢弹罢。"江城说:"再一盘着。"(禳)

④(猴作斤斗介)再来连十个始算乖,再来再来再来,再来把个跟头再打开。(又)

有时表示事情状态的重复,类似"仍然":

⑤若说了再不要,张着口我说甚么?(翻)

⑥子正说:"再不安分,小弟一面全管。"(禳)

(2)表示行为要在某一情况下(包括某一时间或相关动作完成)进行。32例,如:

①你在这里待会子,我再瞧个空子和他说。(姑)

②年年春里举粮食,不如咱买棋牛,再治几项地。(又)

③……麦子有余,泥墙再把上灰除。(翻)

④奶奶也不要哀伤,往后也未必常常如此,待二日再看。(禳)

有时构成"且(暂且)……再……"式,"再"侧重在表示另外或留待以后:

⑤就着十二月里你去他家成亲,且骗他个好媳妇再讲。(翻)

⑥其实不能他去,俺且回家再处。(禳)

⑦其势不能到家,王子平家不远,暂且投宿再处。(又)

(3)用在形容词、形容词短语前,表示事态加重或程度增加。仅见3例,如:

①相公到了这时节,就再富些也不嫌,可才足了心头愿。(翻)

②模样既然好,性儿再不歪,岂不越发着人爱?(禳)

(4)用在否定形式前,表示某一动作、某一状态不重复或不继续下去。24例,如:

①待要我不合娘说,除非是再休出门!(翻)

②他今没死还在着,要见面时再不消。(又)

③ 过了门两家不好,出上俺再不上门。(禳)

有时表示没有同样的情况:

④ 仇大郎你听着:再没有咱厚,每日家在一堆磕打着头,你用钱原就该把你帮凑。(翻)

有时具有强调语气:

⑤ 弄的人家兴,死了才不跳,世上魇殃再没有不翻了!(翻)

⑥ 岁岁宗师一样同,再没个出来秉秉公。(禳)

⑦ 他说人家有个闺女极整齐,待找你来合你商议,再找不着你。(又)

用在有禁止副词组合成的形式前,表示禁止某一行为重复或继续:

⑧ 再休言,再休言!耳朵没教蚰蜒钻!(翻)

⑨ 叫声弟妇你听也么知,别的话儿再休提。(又)

20. 已/已经

(1)"已"107例:《姑》3例,《翻》38例,《禳》66例。表示行为、变化完成(含即将完成)或者达到某种程度、时间。

A. 已+动。动词后可以有数量或时间词。87例,如:

① 何大娘说:"我已待着他去,你降着我撺他,我就只是不着他去……"(姑)

② 方才放倒身子睡,却又翻转睡不着,睁眼已是日头照。(翻)

③ 去时方才三十四,归家已是五十三。(又)

④ 到了近前看了看,那王喘气已是不喘气了!(禳)

B. 已+形。"形"包括形容性词语。10例,如:

① 只有一更天,十两银已净了。(翻)

② 待了二十余天,牧之回来了,合二相公说:"事体已妥。"(又)

③ 子正叫:"脚夫那里?"脚夫上:"等候已久。"(禳)

C. 已+数量/时间。7例,如:

① 别兄台已数天,终日昏昏只愿眠。(禳)

② 天已晌午了，也该放了学了。（又）

③ 爹娘叫我独居，今已一月有余。（又）

D. "已"后有表示即将义的词，指已将要达到某一时间（含年龄）或状态。3例，如：

① 及至到家，已是残冬将尽。（禳）

② 春香过来！天已将黑，我合你女扮男装，咱也去看看梅花。（又）

(2)"已经"仅《禳》曲1例：

① 不得已到他家已经半醉。

21. 忽

"忽"10例：《姑》3例，《翻》1例，《禳》6例。表示事情发生得迅速而又出人意料，偶尔可用助词"的"。例如：

① 于氏气极，忽的跑了去说："小科子骂的不少了！"（姑）

② 忽来东人从天降，说在我家寄钱财，没点影平空把我害！（翻）

③ 忽听秋声愁，越觉着容颜变。（禳）

22. 忽然

"忽然"36例：《姑》6例，《翻》21例，《禳》9例。用法上跟"忽"大致相同，只是比"忽"更为灵活，但后面不能用助词"的（地）"。例如：

① 忽然一阵心酸，几乎吊下泪来，回过头去跑了。（姑）

② 仇祜忽然来说："那人们攒了十两银子，求你不告状。"（翻）

③ 三更鼓声半夜天，忽然酒醒一身寒。（禳）

23. 不免

"不免"20例：《翻》3例，《禳》17例。多用在后一小句，小句都是肯定形式。表示免不了，由于某种原因而导致某种行为或某种情况出现。用在动词前。例如：

① 大姐见他，不免下泪。（翻）

② 明年的馆在北门里头，隔着这里太远，不免携家搬去。（禳）

③ 娘儿两个如何还不到？不免迎他迎去。（又）

用在形容词前。只见1例：

④ 慧娘给他婆婆磕了头，大家作别，不免伤感。（翻）

24. 不妨

"不妨"表示"没有什么妨碍"，尽可以进行某种动作行为。只见《禳》曲2例：

① 幸喜本人知懊恼，今日才敢亲到门，不妨叫他来亲口问。

② 不妨那尖尖花鞋，真移这嘴上唇边。

25. 相

"相"151例：《姑》9例，《翻》31例，《禳》111例。

(1) 用在动词前，表示互相间的行为。101例，如：

① 儿孙是自己生的，还要七拗八挣的，何况媳妇是四山五岳之人相遇一处？（姑）

② 夫妇相得，说不尽鱼水之乐。（翻）

③ 惟有这里住的久，主客相交算有缘。（禳）

(2) 表示一方对另一方的行为。50例，如：

① 亏了公子还相爱，设或淹死在深湾，这冤可向何人辨？（翻）

② 临行还有言相告。（禳）

26. 自

"自"17例：《姑》3例，《翻》7例，《禳》7例。用在动词短语前，表示有某种行为或情况的发生是自然、当然的。如：

① 如今的天忒矮，恶人自有恶人磨。（姑）

② 自是我不成了，怨爷娘甚不该，一言把我终身坏。（又）

③ 劝人生莫弄歪，休嫉妒休卖乖，头上自有青天在。（翻）

④ 从前话一笔勾，媳妇纵然不回头，好歹自有他丈夫受。（禳）

27. 自然

"自然"9例：《翻》2例，《禳》7例。用法跟"自"类似。如：

① 慧娘说："我自然着人来问安，何必着人去。"（翻）

②他三叔是好秀才,又老成,自然教导那孩子或者不差。(禳)

28. 原

"原"54例:《姑》3例,《翻》23例,《禳》28例。

(1)指明事实、原因或目的,类似"原本"、"本来"。45例,如:

①安大成原是来逐珊瑚,见了那血水,把逐他的言语一句也说不出来了。(姑)

②想想如今受折磨,原是从前过恶多。(又)

③他着娘把气生,原是他不通人性。(翻)

有时表示突然认清是谁:

④丫头开门云:"我当是何人?原是大爷、奶奶来了!"(禳)

⑤细认之?原是春香么?(又)

(2)以前或以前某一时期的事实,有时含有现在已经不是这样的意思,类似"原本"、"原来"。9例,如:

①他虽然回了来,原没说自家种。(姑)

②有一个人姓仇名仲号牧之,原是庄农人家。(翻)

③原打算典当钗环,这就不用了。(禳)

29. 原自

"原自"3例:《翻》1例,《禳》2例。指明本来的事实:

①出下题没奈何,极(急)的两眼清瞪着,在家原自不成货。(翻)

②春香原自不丑,扎挂起来,想是也还看的过。(禳)

30. 原来

"原来"11例:《翻》2例,《禳》9例。指明事实、原因或目的,多用于突然明白某事的语境里。如:

①忽然上了嫖和赌,卖了地土输老婆,原来自己惹的祸。(翻)

②原来公子有个女儿,年方二八,才貌双全,到了十六岁,还没有婆婆家。(又)

③ 怪道白日把门关,原来静对芙蓉面。(禳)

(二) 侧重在表示动态的副词。

俚曲这类副词有:正、直、一直、一连、流水、竟/径、一声里/一声子哩、渐、渐渐。

1. 正

"正"65例:《姑》7例,《翻》16例,《禳》42例。

(1) 表示动作在进行中或动态在持续中。49例,如:

① 安大成平日极孝,正卧着,听见他娘吵骂,扎挣起来。(姑)

② 又待了十来天,闺女也是一点病没有,正顽着,绝气而亡。(又)

③ 果然是我那话,正在那里争瓜子哩?(禳)

(2) 用在形容词、动词或动词短语前,表示"恰恰"、"恰好",有时有强调的作用。16例,如:

① 你不嫁,正是你那好处。(翻)

② 慧娘说:"嫂嫂不必挂虑,只怕咱有三月的别离,相会的日子正长。"(又)

③ 方才待差小价去奉请,来的正好。(禳)

2. 直

"直"13例:《姑》4例,《翻》2例,《禳》7例。

(1) 表示动作行为连续进行,中间没有间断。9例,如:

① 请姨娘,骑着直到沈家庄,说母亲病着床,搬他来望一望。(姑)

② 他二人欢欢喜喜,直闹到夜定更深。(翻)

(2) 表示动作频频、不间断地进行或发生,类似"一个劲儿地"。着重在说明状态。4例,如:

① 才给他拔出那剪子来,那血往外直冒。(姑)

② 那床上一个碗盆子,拾起来分头就打,打了一个跟头,鲜血直流。(翻)

3. 一直

"一直"6例：《姑》3例，《禳》3例。用在动词前，表示动作行为径直向着目的地进行；动词后均有处所名词。如：

① 我有法，也不必央人去原融，我合大舅一直去登门。（翻）

② 着仇福借了一匹马，合自家那驴，一直到了姜宅。（又）

③ 杀了人放了火，十万银子包裹裹，一直送到抚院堂，情管即时开了锁。（禳）

4. 一连

"一连"只《翻》曲2例。用在动词前，表示同一动作接连发生，后面有相关的数量词：

① 一连掷了几轮子，相公赢了好几遭。

② （土条蛇）发上火烧仇家，一连点了两三把。

5. 流水

"流水"13例：《姑》6例，《翻》4例，《禳》3例。

（1）用于陈述句或描写句，表示人的动作行为急迫或迅速，类似"急忙"、"赶忙"、"连忙"。9例，如：

① 于氏方才洗脸，流水找着毛巾，拿在手里伺候着。（姑）

② 大姐见他吐了口号，流水应承着。（翻）

③ 进门流水款待你，倒被你贬扯到如今。（禳）

（2）用于祈使句，类似"赶快"。4例，如：

① 大骂阎罗赵狠贼，流水拿棍来，把我这头砸碎！（翻）

② 咱流水走罢，我还待家里等我那老相厚的哩！（禳）

6. 竟/径

"竟"《禳》曲8例，"径"《禳》曲1例。表示动作行为朝目标直接发生。如：

① 今日还有甚么推托？待俺竟到他家，看他有何话说。

② 令公子选翰林，俺到道喜竟登门，女儿的好歹不堪问。

③ 放学来家吃了饭，不要移东又转西，一直径往书房去。

7. 一声里/一声子哩

表示动作或动态的持续性,类似口语里的"一个劲儿的"。各1例:

① 一清晨二成没在家,洗脸水没人端,一声哩骂二成。(姑)

② 正议论着,只听的那喇叭一声子哩响。(翻)

8. 渐

"渐"《禳》曲4例,表示事情或状态缓慢地变化:

① 穿街过巷,下下高高,渐入佳境,只待自家笑。

② 吃酒的逐队成行,醉乡人渐有风颠样。

9. 渐渐

"渐渐"10例:《姑》1例,《翻》6例,《禳》3例。表示动作、状态缓慢地进行或变化。"渐渐"后可用助词"的(地)"。如:

① 疮虽渐渐平,还没多吃点嗄。(姑)

② 徐氏心里舒坦,那病渐渐好了。(翻)

③ 共向街头坐,行人渐渐多。(禳)

五 否定和禁止副词

否定副词即表示否定和禁止(含劝止)的副词。俚曲的否定副词有:无、未、未必、未曾;不、不曾、不必、不消、不要、不用;没、没曾;莫、休、休要、休得。

1. 无

"无"作为否定副词,类似"没",10例:《姑》2例,《翻》6例,《禳》2例。主要用在动词前表示否定。

(1) 用在动词前。9例。

A. 用在一般动词前。如:

① 仇福心生一计,说:"我是来访熟人,并无带钱来,你留下我也是无益。"(翻)

② 却说姜娘子二日无吃饭,合家人正没奈何……(又)

B. 用在动词"有"前。如:

③ 但得亲娘不生气,无有一垅也心安。(姑)
④ 一向待赌无有本,分了家才有了梢。(翻)
⑤ ……聪明的异常,话温柔,全无有张狂。(禳)

如果把"无有"看做"没有",则是动词。

(2) 用在形容词前。类似"不",只1例:
① ……有个闺女,模样手脚一样无差。(禳)

2. 未

"未"37例:《姑》1例,《翻》10例,《禳》26例。用在动词或形容词前,否定动作行为已经发生,同副词"没(没有)"。

(1) 用在动词前。35例,如:
① 双膝跪在床儿下,未开口那泪珠儿先吊下。(翻)
② 到了城里,天还早,官还未坐堂,就在县前等着。(又)
③ 他门户虽然不差,他女儿未知怎么。(禳)
④ 想起弓鞋未绣完,纤手便拈针合线。(又)

(2) 用在形容词前。2例:
① 亏了未贵已先福,全没用着做探花。(翻)
② 写字几行墨未干。(禳)

3. 未必

"未必"31例:《姑》4例,《翻》12例,《禳》15例。表示委婉的否定。

(1) 用在动词或形容词前。12例。

A. 用在动词前。例如:
① 我如今就待要他,他也未必肯来。(姑)
② 问了问人,猜他未必敢当。(翻)

B. 用在形容词前。例如:
③ 都说模样看得过,怕的性情未必贤;未必贤,莫喜欢。(姑)
④ 使银钱也把好缺也么挑,当日的文章未必高。(禳)
⑤ 这苦难言,这恨难言,就是他心里也未必自然。(又)

(2) 构成"未必不……"的格式,双重否定表示肯定。16例,如:

① 只怕他两眼珠泪，未必不用着就流。(翻)
② 女大十八变，那江城也未必不变的标致了。(禳)
③ 若还跳墙见他，未必不喜欢。(又)

另1例"未必"在主语前：

④ 卧看牵牛，卧看牵牛，未必天仙不解愁。(禳)

(3)"未必"单用。3例：

① 于氏说："我如今就待要他，他也未必肯来。"沈大姨说："倒未必，他贤惠着哩！"(姑)
② 高季说："也未必。"(禳)
③ 天民说："混账物诮嘎哩？谁说你的不俊来？不俊着就怕的那！"公子说："这倒未必，我是怕俊；一般也有丑的还怕的，这不奇么？"(又)

4. 未曾

"未曾"表示某种情况或行为过去不存在或尚未发生过。仅《禳》曲3例：

① 不知是怎么样的吩咐，未曾去先红红这不害羞的脸。
② 衣服未曾脱，又不敢把他叫。

5. 不

"不"2150例：《姑》319例，《翻》694例，《禳》1137例。

(1) 用在动词、形容词及个别副词前，表示否定。1901例。

A. 用在形容词前。例如：

① 天下有一等不良的人家，有那贤惠媳妇，事奉的痒也挠不的，只是嫌不好。(姑)
② 只怕这几亩薄田，乌温的时节不多。(翻)
③ 日日奔波路途间，朝夕往来极不便。(又)
④ 谁家盆碗不厮敲？反了常倒是个不祥兆。(禳)

B. 用在动词(含助动词)前。例如：

⑤ 不知好合歹，拿着当寻常。(姑)
⑥ 仇福说："我不会。"(翻)
⑦ 放着还不流水挑，认公认母只顾瞧。(禳)

⑧ 使破锄头砍坏了斧,不肯教我去赔偿。(又)

C. 用在个别副词前。可组成复合式副词(请参见"不必"、"不曾")。

(2) 用在可能式、补充(含动趋)式里,构成否定形式。235例,如:

① 千言万语说不了,冤到极时半句无。(姑)
② 况且是路途遥远,捞不着上门告诵。(翻)
③ 待要丢放开,反转丢不下。(襀)
④ 这就是猜不方,心里是待咋?(又)

(3) 用在名词、动词或形容词前,组成"不A不B"式。8例。

A. A、B是意义相关的名词或动词,表示"又(既)不A,又不B",处在令人为难或不满意的中间状态:

① 没人处寻思双泪也么涟,不晴不雨的奈何天。(姑)
② 啕煞人前生业障,撅着嘴坐在路旁,不言不语泪汪汪。(襀)

另1例"不A不B"前均用"又":

③ 又不晴又不雨的皇天,又不知为甚么没处思念。(姑)

B. A、B是意义相对的形容词,表示"既不A,也(又)不B",处在适中状态:

④ 珊瑚起来,依旧梳一个不丑不俊的头,披上一件不脏不净的衣裳,换上一双不新不旧的鞋……(姑)

C. A、B是意义相关的名词或形容词,表示"既不A,又(也)不B",无令人满意处:

⑤ 您两口子不孝不弟的,眼前就促您的寿哩!(姑)
⑥ 来到家,来到家,也不饭来也不茶。(翻)

例⑥"不A不B"前用"也"("不"类似"没有")。

(4) "不"单用。表示否定。6例。

A. 用于回答问话,后面可有语气词:

① 又歇了歇说:"咱可走罢。"江城摇头说:"俺不!"子正起来说:"这妮子甚么正经!我还先走罢。"(襀)

② 满城笑说："请无好小气。想是他不爱你么？"江城说："不呢！"满城说："是你不爱他么？"江城说："也不，不呢！"满城笑说："不呀，不怎么就撕毛砸腿闹满屋？……"（又）

B. 用于劝止。仅见1例：

③ 江城云："着娘不信，可见我不是个人了！"夫人大哭云："咳，我儿不！你就变化了！"（禳）

6. 不曾

"不曾"52例：《姑》7例，《翻》13例，《禳》32例。表示动作或情况过去不存在或尚未发生。

（1）用在动词前。48例，如：

① 一日，安大成有病，不曾起来。（姑）

② 就是不曾拿绣鞋，就是不曾给他拴裤带。（又）

③ 着我数喇了一千行，并不曾把嘴来强。（翻）

（2）单用，表示否定。4例，如：

① 我留的是陈氏女，安家媳妇我不曾。（姑）

② 买了两个礼盒，着人去看姜娘子好了不曾。（翻）

③（江城）说："今夜梦见兰芳来么？"公子打拱说："不曾。"（又）

7. 不必

"不必"45例：《姑》6例，《翻》18例，《禳》21例。表示不需要，用不着。

（1）单用。后面可以有语气词，也可以叠用。4例，如：

① 徐氏说："你再坐坐着，着你那媳妇子热酒来你喝。"夫人说："不必呀！"（禳）

② 三疯子云："几时上京？"公子云："因着父母年高，意思要告假养亲。"三疯云："不必不必。"（又）

（2）用在动词或形容词前。41例。

A. 用在动词前。例如：

① 昨日那件事，想了想，不必理他。（姑）

② 这一样东西断断难留，姜大姐你不必将他救。（翻）

③ 到家说说前后话,也着咱娘放心宽,不必在这同作伴。(又)

④ 进学这样难,就不必指望。(醒)

B. 用在形容词前。例如:

⑤ 劝妇人,且消停,劝你不必怒冲冲。(姑)

⑥ 官人不必太固执了,待俺替官人叫门。(醒)

8. 不消

"不消"2例:《姑》1例,《醒》1例。类似"不用",表示不需要、用不着。

① 你出来还送东西,又愁你在这恐饿,在家不消说是极如意。(姑)

② 夫人说:"这不消问别人,前年小长命往他姐夫家去,就曾到他家里,就见他那孩子来。"(醒)

9. 不要

"不要"18例:《姑》3例,《翻》4例,《醒》11例。表示劝阻或禁止。

(1) 用在动词前。16例,如:

① 何大娘说:"我说还不为凭,你这众人们都不要昧心,您说他好不好?"(姑)

② 咱也不要说破,把这夹了的留下,别的还送给他。(又)

③ 他娘说:"你不要理他!"(翻)

④ 放学来家吃了饭,不要移东又转西,一直径往书房去。(醒)

有时"不要"表示祷告某种不如意的事情:

⑤ 且瞧瞧!这二日眼跳,造化低不要再撞着他。(醒)

(2) 用在形容词前。2例:

① 婆婆那里早问安,早问安,不要骄傲惹人闲。(翻)

② 不要慌!要把戏的开了箱,只怕还弄出故事来哩。(醒)

10. 不用

"不用"23例:《姑》4例,《翻》11例,《醒》8例。

(1) 用在动词前。表示没有某种动作行为的必要。21例,如:

① 二成尽可做新郎,这话极好不用商。(姑)

② 他老人家心里弯弯,不用请他。(翻)

③ 槌被石不用愁,不用挂牌一笔勾,学道要给你一个点儿受。(禳)

(2) 单用。只见1例:

① 他爹给他十五两银子盘费,二相公说:"不用,我还有钱哩!"(翻)

(3) 用在表示让步的小句前。只1例:

① 一口屋没有,到处为家,教书为业,过的揭巴,这些人去,怎么打发?不用说那赏钱,馍馍也是难拿。(禳)

11. 没

"没"131例:《姑》21例,《翻》59例,《禳》51例。否定动作或情况已经发生。俚曲三种里无复合式副词"没有"。

(1) 没+动。115例,如:

① 我身上一个针也没带着。(姑)

② 因着家里没人,就没念书。(翻)

③ 那一日俺王大娘就没打你呀?(禳)

(2) 没+{助动+动}。助动词只有"敢"。9例,如:

① 于氏没敢做声出来。(姑)

② 早起来没敢留恋,只为着水远山遥。(又)

③ 藏在房中没敢动。(禳)

(3) "没"类似"不",用在"消"前面。3例:

① 且是不教他下礼,没消两月,就把臧姑娶来。(姑)

② 兴了工没消一月,只盖的一片辉煌。(翻)

"没消"类似"不消",但还没有"不消"的副词用法。"没消"后均为时间词。另有1例比较特殊:

③ 大锭元宝土里埋,没似他家银钱大。(翻)

"没似"大概相当于"不似";不过,"没"也有可能是"莫"的记音形式。

(4) 用于反复问句的否定项:

① 不知他嫁了没?(姑)

② 问你的病好了没？（又）

③ 老孙，你去看看王宁睡了没？（又）

④ 酒席停当了没？（又）

12. 没曾

"没曾"3例：《翻》2例，《襄》1例。用在动词前，表示某种情况或动作行为没有发生过，类似"不曾"：

① 好夫妻，两有情，并没曾失口闹一声。（翻）

② 哥哥兑话我不信，只怕是那眼睛花，银子没曾从天下。（又）

③ 晚饭没曾吃，已是睡了觉。（襄）

13. 莫/莫要

"莫"26例：《姑》1例，《翻》6例，《襄》19例。用在动词前，表示劝阻或禁止。类似"休"或"不要"。如：

① 未必贤，莫喜欢，冤家今日是第一天。（姑）

② 莫疑猜，当面亲成不用媒。（襄）

③ 夫人莫焦，夫人莫焦，前世冤仇恨未消。（又）

另有1例作"莫要"，不单列：

④ 咱是谁？莫要笑话俺穷似贼。（襄）

14. 休

"休"76例：《姑》13例，《翻》23例，《襄》40例。类似"不要"、"别"。

（1）表示劝阻或禁止。68例。

A. 用在动词前。例如：

① 媳妇从来孝顺难，婆婆休当等闲看。（姑）

② 劝人生莫弄歪，休嫉妒休卖乖，头上自有青天在。（翻）

③ 休笑汉子全不济，这里使不的钱合势。（襄）

B. 单用，后面有语气助词。只见1例：

④ 夫人说："休呀，快着人对他说，不要费钱，我不能住下。"（襄）

（2）"休说"连用，表示"不用说"、"别说"，有时含有让步的意思。

8例,如:

① 臧姑说:"象呀,休说咱还年小,总没有儿,我也留着个闺女。"(姑)

② 休说是仇福子你这奴才,就是您达来我也要揭他的盖!(翻)

③ 休说使了二百钱,就是干给也不要。(禳)

"休说"跟"总(纵)"、"就是"配合,具有明显的连接作用。有的例子"休说"在后一小句,有时则含有递进的意思:

④ 分明罗汉来惊我,还当顶礼拜虚空,念佛休说不中用。(禳)

⑤ 那兰芳温柔雅致,我还爱他,休说是男子。(又)

15. 休要

"休要"25例:《姑》2例、《翻》11例、《禳》12例。跟"休"用法部分相同,表示劝阻或禁止。

(1) 用在动词前。23例,如:

① 只是该拿他当粪堆,休要为他气着你。(姑)

② 你待去伴常就去,一垯地休要想分。(翻)

③ 俺自家怕了不算,还嘱咐那子子孙孙,休要失了家传。(禳)

(2) 用在形容词前。

① 休要迟了,休要迟了,看他知信开了交。(翻)

另有1例是形容词和动词(动宾)并列:

② 叫众人您都听:休要懒惰违军令。(翻)

16. 休得

"休得"《禳》曲5例。用在动词前,表示禁止:

① 怕婆子休得取笑,十个人九个操淖。

② 休得胡言,休得胡言,难说三日便成仙!

另1例"休得"跟助动词"要"连用:

③ 公平休得要拿歪,我赢的你吊了块。

六 疑问副词

疑问副词即表示询问和反问的副词。俚曲疑问副词有：可曾、岂、难道/难道说/难说、没得/没哩/每哩/们哩、何曾、何必。其中纯粹表示询问的只有复合式的"可曾"。

1. 可曾

"可曾"仅《禳》曲1例，用在正反问句的正项之前：

① 轿马可曾齐备不曾？

2. 岂

"岂"26例：《姑》1例，《翻》7例，《禳》18例。用在反问句中，加强肯定或否定语气，类似"难道"。肯定的形式表示否定，否定的形式表示肯定。例如：

① 人家女儿不教道（导）他孝顺，他若终于胡行，惹的天恼了罚他，岂不是吃了爷娘的亏么？（姑）

② 叫人家休退打骂，岂不着父母担罣？（翻）

③ 书房里并没烟火，又不曾伺候铺盖，这冬天岂不冻死人也！（禳）

3. 难道/难道说/难说

"难道"《禳》曲5例；"难道说"3例：《翻》1例，《禳》2例；"难说"4例：《翻》1例，《禳》3例。

(1)"难道"用于疑问句，加强反问语气：

① 这两顿酒饭不能下咽，难道就死了罢？（禳）

② 他从头里合你挤眉弄眼的，难道我看不见么？（又）

(2)"难道说"同"难道"：

① 只是得破上去做，难道说运气常低？（翻）

② 玉笋山上的花鞋来到手，可待怎么谢我老人家？难道说吗啼啼的干休罢？（禳）

③ 江城说："你又不知作下甚么精儿了，难道说好好的就打你？"（又）

(3)"难说"基本用法跟"难道"、"难道说"一样,但语气上似乎较轻:

① ……闺女被人诬,难说忍了不声张?(翻)
② 贼强人太揸煞,俺今日到您家,难说济你揉搓罢?(禳)

4. 没得/没哩/每哩/们哩

"没得"、"没哩"、"每哩"、"们哩"类似"难道"。用在谓语或主语前,加强疑问语气。《翻》"每哩"1例,"们哩"3例;《禳》"没得"1例,"没哩"2例。

(1)用在动词谓语前,加强反问语气,用"没得"、"们哩"、"每哩":

① 俺过着他的日子,他管教俺成人,还说俺是怕婆子,没得还该不怕么?(禳)
② 就难些也罢,们哩还待另嫁哩么?(翻)
③ 魏名说:"我借上,们哩你还不起我吊钱么?"(又)
④ 你再来做的多着些,分们哩是为你来么?(又)
⑤ 人都说魏名每日弄仇家,仇家不理他,自己弄出祸来,每哩是仇家弄他哩么?(又)

(2)用在动词谓语或主语前,表示揣测或度量问语气,用"没哩":

① 没哩是劝他那娘子?(禳)
② 李婆说:"没哩我就拿着?罢呀咋,我就破上这老性命!"(又)

5. 何曾

"何曾"7例:《翻》3例,《禳》4例。表示反问。肯定的形式表示否定。如:

① 是绸袄是纱衫,何曾给俺做一件?(翻)
② 你说改了何曾改?(禳)

动词后可用"过",句末可用"来"。

6. 何必

"何必"10例:《姑》1例,《翻》4例,《禳》5例。肯定的形式表示否定,不必。如:

① 何大娘说话粗，您心有口全无，何必把那腔来做？（姑）
② 仇禄叩头在案也么前，官说何必又重参？（翻）
③ 有的是好主好闺女，何必他呢？（禳）

"何必"10个用例中只有1例后接代词，其余均接动词或动词短语。

七 语气副词

俚曲语气副词不仅数量较多，而且用法也比较纷繁。这里归纳为4类，但具体的副词往往不是单纯表示某一种语气，而是也表示其他类别的语气。

（一）表示肯定、强调的语气

这类副词有：并、到底、毕竟、反转/翻转、实、委实；几乎、可、可可（的）、才、就是。

1. 并

"并"35例：《姑》3例，《翻》16例，《禳》16例。用在否定词前，加强否定语气。如：

① 谁想并不见银钱，满坑里都是一些瓦和砖。（姑）
② 留下乜两个孩子，我看着并没有差迟。（翻）
③ 若是相好我欢喜，若有差池我并不听。（禳）

2. 到底

"到底"12例：《姑》1例，《翻》7例，《禳》4例。用在动词或主语前，表示强调，类似"毕竟"。如：

① 大成到底不忍瞒他兄弟，自家去叫了二成来。（姑）
② 到底病人也没力气，虽然狠打，也没打犯，疼了一宿，就好了。（翻）
③ 望姐夫将就他，到底是好夫妻。（禳）
④ 虽则是我去奉承着他么，到底也还奉承得过了。（又）

3. 毕竟

"毕竟"只《禳》曲1例，强调事情终究还是怎样：

① 我拿着汗巾儿想,他拿着我的毕竟也思量,就着我就知道他合我是一样。

4. 反转/翻转

"反转"2例:《翻》、《禳》各1例;"翻转"4例:《翻》、《禳》各2例。强调事情或结果无论如何都是那样:

① 反转星星人四个,按(安)上一张锹头床,破矮桌安上也不展样。(翻)

② 待要丢放开,反转丢不下。(禳)

③ 方才放倒身子睡,却又翻转睡不着。(翻)

④ 是成是否好难拿,翻转教人放不下。(禳)

5. 实/实实

"实"21例:《姑》4例,《翻》8例,《禳》9例。

(1) 表示真实性。11例,如:

① 九日里回来,实指望他达妈念诵,必然差些了。(姑)

② 实不料女儿软弱,还叫咱门户生光。(翻)

③ 实不料我儿还能给爹娘争气。(禳)

(2) 表示十分肯定,强调某种情况的真实性。多用在"是+形/动"或"难+动"前,类似"的确"、"实在"。10例,如:

① 老于婆,你实是歪,找上人家门子来。(姑)

② 说他潮实是潮,认定魏名实相交。(翻)

③ 樊子正实是穷,今日西来明日东。(禳)

另2例"实实"叠用:

④ 实实的招来,免的捋毛!(禳)

⑤ 公子说:"小弟实实有愧!"(又)

6. 委实

"委实"5例:《姑》2例,《翻》2例,《禳》1例。表示十分肯定,强调真实性。类似"确实"、"的确":

① 您婆婆委实的极难说话。(姑)

② 凑千两委实难,倾了家不能完。(翻)

③ 我寻了一个美人,今日等你来成亲,且是模样委实俊。

(襄)

7. 几乎

"几乎"27例:《姑》3例,《翻》10例,《襄》14例。表示某种情况眼看就要发生而结果并未发生,强调非常接近。例如:

① 不是强将酸水咽,几乎泪下不能收。(姑)

② 他娘听的说,几乎气死!(翻)

③ 我有盘费不用归,再往上司告一回,我的天,使碎心,几乎把心使碎!(又)

④ 教书教了二十年,卷着席头沿地里搬,几乎住遍了峡江县。(襄)

8. 可

"可"176例:《姑》20例,《翻》69例,《襄》87例。

(1) 用于一般陈述句,表示强调、肯定语气。136例,如:

① 如今现有个珊瑚在,你既然骑锅压灶,可就才只是发揣。(姑)

② 慧娘说:"这里盖不的屋么?"大姐说:"那可就在你了。"(翻)

③ 怕老婆的虽然不少,像这样怕法,可就叫几声皇天。(襄)

有时"可才"、"可也"连用:前者的语气比"可"单用更强,后者带有转折的语气。如:

④ 这一个磣的磣的紧,那一个磣的可才窘。(姑)

⑤ 娘子虽然没亲见,也就猜了八九分,故意可才把他问。(翻)

⑥ ……好似阎王,那可才摆划的俺出了滚汤,又到火床。(襄)

⑦ 文书上数儿不多,那人可也就值二十两。(翻)

⑧ 若是拿出良心细细想来,就怕他些可也罢了。(襄)

⑨ 我只听的"瓜"的一声,可也老大响哩!(又)

(2) 用于祈使句,加强祈使语气,强调必须如此,有时则有劝导、提醒的意思。10例，如：

① 只是该拿他当粪堆，休要为他气着你，亲娘呀！你可暂且消消气。（姑）

② 老实看着把地耕，可休学你大舅舅，踢弄的一个精光腚。（翻）

③ ……本利都勾（够）了，你还气嘎哩？我再给你作了揖，这可罢了么！（禳）

(3) 用于感叹句，强调程度、增强感叹语气。12例，如：

① （臧姑）就骂："忘八科子，可自在了！唠着给俺那假银子……"（姑）

② 徐氏看见大姐，忍不住的两泪交流，说："我可着小福子气杀我了！"（翻）

③ 媳妇正响气哩，你来了可好了！（禳）

(4) 用于疑问句。18例。

A. 加强疑问语气。例如：

① 可怎么好好的死了一个人？（姑）

② 看见女儿泪两行，不料他姐夫早命亡，我儿可将谁依傍？（翻）

③ 既然这等，我可怎么回复他？（禳）

B. 跟"不"字否定形式组合成特殊的肯定式：

④ 两个跑到那破屋里，看了看，可不是么？又来对他娘合他姐姐说。（翻）

⑤ 胡桃果子摆在鼻窝里，可不就脸上开起山果铺子来了么？（禳）

另1例"可不"类似"岂不"：

⑥ 若不去，可不辜负我这一片好心么？（禳）

9. 可可(的)

"可可(的)"只《姑》曲1例，强调不是什么、正是什么：

① 臧姑见个狗来，就骂："老科子！安心待叫人服侍你么？你错了主意了！"一个驴来，也骂："老科子！指望你做的那活路

副　词

哩!"也看的那见,可可的就是于氏待珊瑚的那嘴,如今轮着自家头上。

10. 才

"才"18例:《姑》1例,《翻》6例,《襬》11例。表示确定或强调。

(1) 用在"是"前,加强肯定语气。13例,如:

① ……如今轮着自家头上,这才是现世现报天,治己治人处。(姑)

② 姐姐这样,还该磕头才是!(翻)

③ 要着他怕情从心坎里流来,这才是会降。(襬)

(2) 用在动词、形容词或别的副词前,表示强调。5例,如:

① 才刚刚罢休,才刚刚罢休,好似鱼脱钩,两脚忙忙走。(襬)

② 咱真么个好孩子,须索要一个好媳妇才好。(又)

11. 就是

"就是"33例:《姑》7例,《翻》8例,《襬》18例。

(1) 表示肯定或强调。19例,如:

① ……难相交,就是心里的痒难挠。(姑)

② 极精细的光棍就是好捞,赢了又待赌,输了又去捞。(翻)

③ 昨日煞进门就是顿巴掌子,劈头就是顿踏棍子,打的露着血真脉子。(襬)

有时是承接对方的话,表示同意。例如:

④ 我假托烧香,就一直到他家里,有何不可?仲鸿说:"妙极妙极!就是这么吧。"(襬)

⑤ 娘既爱他,就是如此。(又)

(2) 限定范围,类似"只是"。14例,如:

① 丑了怕你恼,俊了你又嫌,就是这模样难更变。(姑)

② ……好不怪哉!大伯拿着当奴才,就是不曾拿绣鞋,就是不曾拴裤带。(又)

③ 不是攒穷是玩耍,就是吃酒带着梢,知心话不向别人告。

(翻)

④ 太公冷笑了声说:"好么?就是这口气还喘哩!"(禳)

⑤ 扎挂起来看一看,丫头竟自像个人,就是那金莲不止有三寸。(又)

(二) 表示感叹或意志(情绪)

这类副词有:断/断断、断然、定、定然、必定;真、真真、真果/真个、真正;果、果然;宁可/宁自、索性、投信、好歹;亏/亏了/多亏/多亏了。这类副词有时也表示肯定或强调,不过更侧重在感叹或情绪的表达。

1. 断/断断

"断"6 例:《翻》、《禳》各 3 例,"断断"《翻》曲 1 例。表示一种肯定而不容怀疑的语气,一般用在否定形式前。如:

① 公子不嫌穷,断无反悔之理。(翻)

② 他虽然那钱索灵,我断不敢领他的教。(禳)

重叠式"断断"语气更强,用在"难+动"前:

③ 我怎么生下这些禽兽! 这一样东西断断难留! 姜大姐你不必将他救。(翻)

2. 断然

"断然"3 例:《翻》2 例,《禳》1 例。用法和"断"基本相同,只是语气更加强烈:

① 咱合他一言而决,讲别的话断然不消。(翻)

② 我若是居然就把姐姐叫,这可就断然不该。(禳)

3. 定

"定"27 例:《姑》6 例,《翻》6 例,《禳》15 例。

(1) 表示对事情的估计或推断。肯定、一定。15 例,如:

① 若还是早早悔悟,定积的子贵孙贤。(姑)

② 他师傅极相敬爱,就许他定要登科。(翻)

③ 文章又好,定中三元。(禳)

(2) 表示意志、决心,带有强烈的感情色彩。类似"坚决、执意"。

11例，如：

① 你看珊瑚那样的孝，你可还嫌定要休。（姑）
② 一个说是倾了家，定要娶你来一堆过。（翻）
③ 实不能留，明日定来取扰。（禳）

4. 定然

"定然"6例：《姑》1例，《禳》5例。

(1) 表示对事情的估计、推断，类似"肯定，一定"。5例，如：

① 我这里瞧一个空儿，定然说他个无言答。（姑）
② 看着到那里，定然考个四等！（禳）

(2) 表示主观上的意志，类似"坚决，决意"。1例：

① 我定然不放他，把角门关了，免的胡缠。（禳）

5. 必定

"必定"15例：《姑》2例，《翻》4例，《禳》9例。表示估计、推断，确信无疑。如：

① 想是到如今，必定逢人骂。（姑）
② 昨约我到他家，盼我必定泪珠下。（翻）
③ 他或者收拾妥当，必定还到我家中。（禳）

6. 真

"真"66例：《姑》1例，《翻》13例，《禳》52例。表示"实在"、"的确"，加强肯定语气。如：

① 老蠢才，真是呆，自家哆嗦着没自在。（姑）
② 魏名说："相公真好运气，亏了没合他赢钱。"（翻）
③ 天就有小傍晌，真有些不大妙。（禳）

7. 真真

"真"的重叠形式，3例：《姑》2例，《禳》1例。比单用"真"的语气更强些，如：

① 他娘听说一把夺，你就宁么怕老婆！看透呀，真真是个脓包货！（姑）
② 难相交，难相交，就是心里的痒难挠；照着痒处钻，老婆子真真的妙。（又）

8. 真果/真个

"真果"4例:《翻》3例,《禳》1例;"真个"《翻》1例。表示果然出现了某种情况或结果:

① 仇福真个做了一张文书,递于魏名。(翻)
② 他说铰我的奶头,我当个震话,不想就真果铰下来了!(禳)

9. 真正

"真正"10例:《姑》3例,《翻》2例,《禳》5例。表示"确实"、"的确",加强肯定语气。如:

① 都说道这么个媳妇,就是那扬州的琼花,真正是找遍天下无二朵!(姑)
② 真正不差,真正不差,斩钢截铁谁似他?簪子扎喉咙,就死也不怕!(翻)
③ 那奶奶说跪着,他还不敢站着哩,真正是降的至极至极的。(禳)

10. 果

"果"只《禳》曲3例,表示事情与预料的相符。如:

① 这各处却也不少梅花,果盛的紧!
② 果得成名,果得成名,看起来再休谈命。

11. 果然

"果然"32例:《姑》3例,《翻》11例,《禳》18例。表示事情与预想的相符。如:

① 二成果然到他哥哥那里,照老婆的言说了。(姑)
② 果然到了第二日范公子知道,着人来搬慧娘。(翻)

12. 宁可/宁自

"宁可"、"宁自"《禳》曲各1例。表示在比较利害得失之后选取某一种做法:

① 相如乐事在当庐,室有佳人意象殊;宁可空房常独守,丑妻恶妾不如无!
② 我的才短,宁自我还当着我的,让你这个缺罢。

13. 索性

"索性"3 例:《姑》2 例,《禳》1 例。表示干脆、彻底地进行某种动作行为,往往含有动作者的意志:

① 不说于氏受气而去,且说珊瑚听的吵闹,索性藏了。(姑)

② ……不识臭香,索性照着掘他娘!(又)

③ 我索性再从头数量数量。(禳)

14. 投信

"投信"只《禳》曲 1 例。① 表示干脆进行某种动作行为。类似"索性":

① 待怎么处治哩?处治了罢!割了头,碗那大小一个疤啦!投信我掘他妈的!

15. 好歹

"好歹"仅《翻》3 例。

(1) 表示"随便,不讲究",后面用助词"的":

① 叫爹爹莫愁肠,好歹的出了丧,济着俺娘们往前闯。

② 虽是眼前没处住,自然好歹的垒个窝,这比充军还好过。

(2) 表示"不管怎么说,总算",带有勉强的语气:

① 一别日子遥,一别日子遥,好歹二弟来家学。

16. 亏/亏了/多亏/多亏了

"亏"《禳》曲 5 例;"亏了"18 例:《姑》1 例,《翻》11 例,《禳》6 例;"多亏(了)"4 例:《姑》1 例,《翻》1 例,《禳》2 例。表示因某事或侥幸避免不良后果,类似"幸亏"。如:

① 唠着给俺那假银子,亏了没转出夹棍来。(姑)

② 魏名说:"相公真好运气,亏了没合他赢钱。"(翻)

③ 吴恒唉哼说:"亏了我推伴死,少捱了一百。"(禳)

④ 小妮子不成人罪大弥天,多亏好公婆佛面相看。(又)

⑤ 媳婆美团圆,夫妻重欢乐,多亏了亲娘姨用意巧。(姑)

---

① 俚曲他篇除"投信"外,又作"投性"。

(三) 表示揣测或意料的副词

这类副词有：只怕、仔怕、敢、敢子；或、或者；竟/竟然。基本上属于表示揣测语气的副词，表示意料的只有"竟/竟然"，并且是只表示出乎意料。

1. 只怕

"只怕"43例：《姑》8例，《翻》7例，《禳》28例。表示揣测、也许有某种情况；有时更侧重在表示肯定某种情况的存在。如：

① ……劝你不必怒冲冲，只怕我的这个主，他也不是省油灯。（姑）
② 只怕他两眼珠泪，未必不用着就流。（翻）
③ 咱且从容且怕着，只怕将来还做个茧。（禳）
④ 挣他这一宗布来，裂了裹脚，只怕还剩下一对鞋里也是有的。（又）

2. 仔怕

"仔怕"3例：《翻》1例，《禳》2例。应该是"只怕"的方言变体。表示揣测、也许有某种情况；有时侧重在表示肯定某种情况的存在：

① 姜娘子说："仔怕嫖赌也是有的。"（翻）
② 到多嗒拔了他那毛，治了我的病。仔怕我就胆子硬。（禳）

3. 敢

"敢"《翻》曲3例，均为"敢说"或"敢说是"连用式，表示揣测、假设语气：

① 人不说是咱闹玩，敢说是成宿的赌博哩。
② 不说是咱是顽，敢说指着赌博过。

4. 敢子

"敢子"《姑》、《禳》各1例，用在动词或主语前，表示揣测，但侧重在断定：

① 好不蹊跷，着人恐惧汗淋漓，臧姑是也人，他那敢子喘粗气。（姑）

② ……或是切成细馅包包儿,敢子他就吃了。(襀)

5. 或

"或"3例:《翻》1例,《襀》2例。表示对某种情况的揣测,类似"或许,也许":

① 咱二弟妇人家大,或有化的金银簪,未必不拾点金子片。(翻)

② 官府昨日说,宅里白黑的事体,或也烦多,着你打那粉头家的课税钱。(襀)

另1例比较特殊,表示同样意思的"或者"、"或"用在一个句子里,疑有误:

③ 谁家盆碗不相敲,或者将来或好。(襀)

6. 或者

"或者"16例:《姑》1例,《翻》6例,《襀》9例。表示推测,类似"也许,或许"。如:

① 安大成要寻思,不过他转便宜,我就让他便宜转,这一个商议或者依。(姑)

② 长命进了场玩耍了几日,或者叫我哥嫂耽心。(襀)

7. 竟/竟然

"竟"18例:《姑》2例,《翻》1例,《襀》15例;"竟然"《翻》曲1例。表示出乎意料,类似"居然"。如:

① 那于氏知道了,也竟不合安大成说,气冲冲的跑到何大娘家里。(姑)

② 王四的外号是叫王哨子,猜他买不起,竟来哨他。(翻)

③ 你看长命儿,三四日不曾吃饭,竟病倒了!(襀)

(四) 表示其他语气的副词

这些副词包括:还、尚、犹、终于/终来、始终、终须、总、总然。

1. 还

"还"508例:《姑》64例,《翻》155例,《襀》289例。表示平、扬、抑和疑问等多种语气,有时还兼有连接前后小句的作用。

(1) 表示平的语气(不含轻重抑扬)。208 例。表示动作、状态持续不变,或不因为有某种情况而改变。类似"仍然"。如:

① 一日,安大成有病,不曾起来,珊瑚还照寻常的规矩,早早起来,梳的光头面净,去伺候婆婆。(姑)

② 到了城里,天还早,官还未坐堂,就在县前等着。(翻)

③ 俺可不似那没良心,吃了费了还嫌寡。(禳)

(2) 表示扬的语气,把事情往大里、高里、重里说。94 例。

A. 用于比较句,表示程度增加。类似"更加"。如:

① 从此藏姑比珊瑚还小心。(姑)

② 我的人比一家还多,没有说终日清闲,叫他们无事坐着。(翻)

③ 休愁那亲事难成,情管找一个极俊的媳妇,还强其江城,还强其江城。(禳)

B. 表示类型或数量增加、范围扩大;有时表示更进一层,语气更重。如:

④ 不知心里还待咋,终朝吵骂不停声。(姑)

⑤ 打你一百多;他还要送到堂上,三十二十的使板抹。(翻)

⑥ 送了粮食送衣服,黄边还得好几吊。(禳)

(3) 表示抑的语气,把事情往小里、低里、轻里说。87 例。

A. 表示勉强,多用在褒义形容词或别的形容词的否定式前。如:

① 若是回了头,从此做好人,也还不晚。(姑)

② 咱这么家人家,指望着甚么?虽然槀了几石粮,也却还不大差。(翻)

③ 说小些到(倒)还不差,媳妇不宜量比他大。(禳)

B. 表示数量小,不到某一时间或场合等。如:

④ 天还没打一更,春夜这样寒冷,一宿怎么捱的!(禳)

⑤ 趁着酒还未醒,俺且睡睡。(又)

C. 用在前一小句,后面的小句提出另外的事情或作出结论,类似"尚且"。如：

⑥ 儿孙是自己生的，还要七拗八挣的，何况媳妇是四山五岳之人相遇一处？（姑）

⑦ 他每日巴数我还要落泪，何况是到如今水净鹅飞。（翻）

⑧ 那周、张二人还不屈他，但连累了王子雅，着实惭愧。（禳）

（4）用于不同语境的句子，可表示多种其他语气（非问），62例。主要的有下列几种：

A. 赞叹语气，有时带有出乎预料的意思。如：

① 不料他还能如此，来的人个个喜欢。（翻）

② 好哇！还是令尊是条汉子！（禳）

B. 祈使语气。如：

③ 于氏说："你还出来做点活路呀，光坐睌子是咋着？"（姑）

④ 审完，大姐又禀道："还望大老爷追还那地亩。"（翻）

C. 强调，申明。如：

⑤ 不着你说，我还想不到这里哩！（翻）

⑥ 那奶奶说跪着，他还不敢站着哩！（禳）

D. 庆幸。如：

⑦ 昨日又撄了一顿把，亏了还抓在那背脚处。（禳）

⑧ 还亏他不曾细问，若是细问起来，可是卖豆腐的破了布袋子……（又）

E. 表示转折语气。如：

⑨ ……世上那有这样哥哥，给臧姑还打的头儿破。（姑）

⑩ 你糊迷着心眼，说说还嗔……（翻）

（5）用于反问句。57例，如：

① 珊瑚还要来表白，大成说："你还不跪下？你说甚么话！"（姑）

② 就难些也罢，们哩还待另嫁哩么？（翻）

2. 尚

"尚"只3例:《翻》2例,《襄》1例。表示动作、状态持续或没有发生变化,类似"还":

① 过了场落孙山,家母病尚未痊,这书可也没心念。(翻)
② 常时愁怕尚成欢,犹想芳闺近玉颜。(襄)

3. 犹

"犹"《襄》曲1例,表示动作状态在持续当中,跟过去比较没有发生显著变化,类似"还":

① 常时愁怕尚成欢,犹想芳闺近玉颜。(襄)

4. 终于/终来

"终于"《姑》2例,"终来"《襄》1例。
(1)"终于"表示事情一直到最后仍然是怎样:

① 他若终于胡行,惹的天恼了罚他,岂不是吃了爷娘的亏么?
② 若是他终于不回头,着他公公说该促寿,该没儿,该早死了,还有甚么儿哩?

(2)"终来"表示事情最后一定是怎样,类似"最终":

① 我又不曾伤天理,怎么把你禽兽生?终来为你送了命!

5. 始终

"始终"仅《翻》曲2例,表示事情从头到尾没有变化:

① 待了二日又审,始终没有清浑。
② 姜娘子始终不允。

6. 终须

"终须"仅《翻》、《襄》各1例,表示事情最终必然怎样,可以用于问句。类似"终归":

① 他爹说终须要别,你何必这样留连!(翻)
② 说走就把声来放,甚么冤屈,皇天爷娘?坐到黄昏,终须怎么样?(襄)

7. 总

"总"15例:《姑》3例,《翻》5例,《襄》7例。强调事态持续不变。
(1)用于"是"字句或者比拟句,类似"完全"。8例,如:

① 这一回添一个铺囊的更甚,闭了门气不喘总像是无人。(姑)

② 要打就打要骂就骂,汉子总像有了仇。(禳)

(2) 表示一直,一向。主要用于否定式。7例,如:

① 于氏心里总不耐烦。(姑)

② 自从儿媳休去,亲事总不妥当。(禳)

8. 总然

"总然"仅《姑》曲1例,表示事情最终必然如此,类似"总归":

① 任你怎么刚强,总然是治不的一个忍。

八 关联副词

关联副词即连接句子、可表示某种语义或逻辑关系的副词;它们虽然是副词,但具有连词的关联作用。俚曲的关联副词有:一行/行、一行…一行…/一边…一边…、又;本、本等;急仔/极仔;既、既然;便、就;反、倒/到、其实、却/却才、也。这些副词大都只是在部分用法上具有关联作用,为避免繁琐,这里有时也连同它们非关联或一般副词的用法一并分析。

1. 一行/行

"一行"11例:①《姑》6例,《翻》1例,《禳》4例;"行"仅《翻》曲1例。

(1)"一行"表示在某种动作行为的同时,发生另一种动作。

A. 用在表示前一种动作的动词前。9例,如:

① 于氏一行走着发恨:"我定是着他试试,你慌嘎哩!"(姑)

② 高公上前,一行走着便说:"今日必于乔迁了?"(禳)

上例都是同一行为主体。也有的例子两个动作不是同一行为主体:

③ 大姐说:"说起来呀,他读书知礼,那里有不来的?"一行

---

① "行"当音[xən]。

说着,有人来说:"俺二叔合婶子来了。"(翻)

④ 正争瓜子闹垓垓,一行叫着还不待来,两个还要胡厮赖。(禳)

B. 用在表示后一种动作的动词前。2例:

⑤ 石庵回来,一行又吐。(禳)

⑥ 江城说:"看不的模样!"打介,一行骂着。(又)

(2)"行"表示跟"一行"同样的意思,用在表示前一种动作的动词前:

① (秋桂)便说:"张天师闭了眼,你出甚么神哩?"行说着,端了菜碟来,又烫了酒来。(翻)

2. 一行…一行…/一边…一边…

两个"一行"配合使用,5例:《翻》4例,《禳》1例。两个"一边"配合仅见《禳》曲1例。"一行"、"一边"配合,表示两种动作同时进行。动作行为的主体是一个或一方:

① 徐氏一行哭一行骂。(翻)

② 还有几张旧箱子,明日抬来看用着,一行铺排一行乐。(又)

③ (公子)一行走着一行算:设或进门,江城问我一声,我可如何答他?(禳)

④ 一边说着,一边拉到屋里坐了。(又)

3. 又

"又"549例:《姑》75例,《翻》205例,《禳》269例。

(1)表示同一个、同一类动作行为、状态重复发生或出现,两种动作行为、状态相继发生或出现。例如:

① 隔了一日,又送了果子来。(姑)

② 行说着,端了菜碟来,又烫了酒来。(翻)

③ 丈人给了个银子锞,丈母偷着又给了俩。(禳)

④ (三疯子)云:"哎耶耶!你又来了这里么?又是一个八抬。"(又)

(2)表示几种动作、状态或情况的累积。例如:

① 于氏又气又羞,待往外走。(姑)

② 平日咱娘待我极好,姐姐的情意又高,那里我该忘了么?(翻)

③ 你既不肯另嫁,又不合他见面,他又不死,你在娘家里也不是常法。(又)

④ 又饮香醪,又享佳肴,临别又领兄台教。(禳)

(3) 表示转折语气。例如:

① 他待瞒着咱,又怕我知道骂。(姑)

② 赌博人二分贼,可又吃那人亏。(翻)

③ 夫人说:"哈哈!你只说他小,隔着十里多路,他又先打听了来!"(禳)

(4) 用于否定句加强否定语气。例如:

① 他既然不在家,大伯又不好替。(姑)

② 说俺爹爹既被掳,又不是对敌中了伤……(翻)

③ 十三四年正青春,现如今还又不曾聘。(禳)

(5) 加强反问语气。例如:

① 乌温了不大霎,又嗒謦了净!(翻)

② 我才自在了,你又捶过我来咋!(又)

4. 本

"本"《禳》曲5例。

(1) 表示原本,本来;说明事实是什么。用于判断句,4例。如:

① 俺本宦官后人也,家中有万金产业。

② 俺本天上大罗仙,游戏人间一百年。

(2) 表示按道理该怎么样。用在"助动+动"前,1例:

① 只是为了还是穷,这样行子本该打。

5. 本等

"本等"《禳》曲3例。

(1) 表示事实上原本是怎样的,类似"本来":

① 本等是家小人家,千头万穗难招架。

② 本等是真说不的假,南瓜皮子一大筐,炊帚苔帚三五把。

(2) 表示按道理该怎么样。用在有助动词组合的动词短语前:
① 本等也该费点事,就是十八的大姐铰了头——不待嫁呢!

6. 急仔/极仔

"急仔"5例:《翻》4例,《禳》1例;"极仔"《翻》曲1例。都是"紧自"的变体。用于前一个小句,表示原本就存在某种情况。

(1) "急仔"连接的小句在意义上有承接(顺承)的关系:
① 俺媳妇子急仔睃不上我,不如就给他罢。(翻)
② 气杀我!急仔江城每待打他,我就替他效效劳罢。(禳)

(2) "急(极)仔"连接的小句在意义上有递进或转折关系:
① 急仔嫌他年纪大,抓打起来不害羼。(翻)
② 极仔想你不得见,又说你去的不光滑。(又)

7. 既

"既"7例:《姑》1例,《翻》3例,《禳》3例。表示事情或性质不止这一个方面。

(1) 表示同时具有两个方面的性质或情况,常跟"又"配合。5例,如:
① 既不肯见爹娘,又不肯找主嫁。(姑)
② 老郑从来恶棍徒,既是赚良民,他又着实怒。(翻)
③ 既不误了读书,又省他出去放荡,岂不妙哉!(禳)

另1例"既"跟两个"又"配合,则表示同时具有三个方面的情况:
④ 你既不肯另嫁,又不合他见面,他又不死,你在娘家里也不是常法。(翻)

(2) "既"跟"也"配合,后一部分表示补充说明。1例:
① 既不可太宽,也不可太严。(禳)

8. 既然

"既然"4例:《姑》1例,《禳》3例。表示不止这一方面。

(1) 表示具有两个方面的情况,可跟"又、也、再"配合:
① 他既然不在家,大伯又不好替。(姑)
② 我儿既然爱他,我又老了,他写算皆通,就叫他替你管

家。(禳)

(2) 跟"也"配合,后一部分表示进一步补充说明:

① 我儿既然望他好,也爱他不张狂,待他休合人一样。(禳)

9. 便

"便"94例:《姑》14例,《翻》21例,《禳》59例。①

(1) 表示某事紧接着前面的事情发生。80例,如:

① 怕待的久了,弄的他娘知道,便上门去逐他。(姑)

② 秋桂见他只顾寻思,便说:"张天师闭了眼,你出甚么神哩?"(翻)

③ 高公上前,一行走着便说:"今日必于乔迁了?"(禳)

(2) 承接上文,得出结论。6例:

① 既然说到父母忧,强留便是不相爱。(禳)

② 公子说:"叫妓我便行矣。"(又)

(3) 主要用于"是"字句,加强肯定。6例,如:

① 自己徐氏便是。(禳)

② 自家不是别人,东庄里王古董便是。(又)

(4) 用于疑问句,加强疑问语气。2例:

① 这便怎处?(禳)

② 既蒙仙长下降,那有不饮几杯便行得?(又)

10. 就

"就"681例:《姑》105例,《翻》260例,《禳》316例。

(1) 表示事情发生的时间。523例。

A. 所需时间很短,或在很短时间内即将发生。如:

① 谁想九日里,日头容易歪,一霎就到九日外。(姑)

② 因着他儿家年小,到了明日就家去了。(翻)

③ 早晨打了仗一霎就消,咱还用他不用潮。(禳)

---

① 另《禳》曲有"即便"2例,语句全同,用法类似"便":"握手到了堂中,即便作揖叩谢。"

B. 强调事情早早地发生，或很早以前已经发生。如：

④ 清晨就去上锅台，添下一瓢水来填上一把柴……（姑）

⑤ 书里求真不差，原就不信攒钱的话。（翻）

⑥ 前年小长命往他姐夫家去，就曾到他家里。（禳）

(2) 表示两件事紧接着发生。64例，如：

① 于氏才起来，一眼看见珊瑚，那脸上就有些怒色。（姑）

② 那一等无知的小人，见人家有碗饭吃，就嫉妒他；有点不好，就加点祸给他，殊不知做着天么？（翻）

③ 他若到了绣房前，咦！汉子就矮了一半！（禳）

(3) 加强肯定，表示强调。46例（"就是"在语气副词里分析），如：

① 我可就不怕你怪！你家里降了外头找，我就是个难劈的柴！（姑）

② 这座屋就极精致，可又好事（侍）奉娘亲。（翻）

③ 这没根子瞎话，我就不听。（禳）

(4) 限定范围，类似"只，仅"。7例，如：

① 你夸的那好媳妇，就姓陈名珊瑚。（姑）

② 就住一夜，就借重丽华奉陪。（禳）

(5) 强调数量多少，强调数量多的多于强调数量少的。9例，如：

① 待了五六日，就送了三次。（姑）

② 有你这么一个人，那怕你就借一瓮。（翻）

③ 寻了个老婆门楼头，粗唇大口窝挖眼，做鞋就得二尺绌。（禳）

(6) 承接上文，得出结论。32例，如：

① 但有一个说声好，我就叫他声于大姑，还要拜他个无其数。（姑）

② 因着家里无人，就没念书。（翻）

③ 无论甚么爷爷，你若保佑俺打骂不捱，我就发下洪誓大愿。（禳）

11. 反

"反"8例：《姑》1例，《翻》4例，《襄》3例。表示相反或出乎意料之外，有较强的转折作用。如：

① 这时节还不心惊，反说人把机关弄。（姑）

② 万事不由人计较，一生都是命安排，害别人反把自己害。（翻）

③ 约有半年不相见，反蒙他请去赏梅花，此行还得告一告假。（襄）

12. 倒/到

"倒"俚曲往往又写作"到"。"倒"44例：《姑》7例，《翻》21例，《襄》16例；"到"45例：《姑》2例，《翻》5例，《襄》38例。

（1）表示跟通常的情理或愿望相反，类似"反倒"。43例，如：

① 更猖狂，面不光，那倒越发气着娘。（姑）

② 添上块忧心大癖，倒教我昼夜愁肠！（翻）

③ 谁家盆碗不厮敲？反了常倒是不祥兆。（襄）

（2）表示转折，前面的小句可以有"虽（然）"。3例，如：

① 虽不知轻重如何，雪花银倒有些掺和。（姑）

② 那春香脚虽不小，倒也不丑。（襄）

（3）用在前一小句，表示让步。后面的小句可有"只是，不过"之类呼应。11例，如：

① 自从珊瑚去了，眼里倒也拔了钉子，可只是诸般的没人做。（姑）

② 我见他来，唱的倒罢了，不大白生，又是半揽子脚。（襄）

③ 上一个不碜你到允，只怕因着你碜他不肯。（姑）

（4）舒缓语气。用于肯定句时，后面往往用表示积极意义的词语。32例，用于肯定句的如：

① 臧姑去了，倒松缓了八九日。（姑）

② 他爹去吊丧，倒还替他愁。（翻）

③ 原来赁在此处，到也幽静。（襄）

用于否定句的如：

④ 倒未必,他贤惠着哩!(姑)

⑤ 天民说:"……不俊着就怕的那!"公子说:"这倒未必,我是怕俊……"(禳)

13. 其实

"其实"6 例:《翻》3 例,《禳》3 例。表示某种情况是真实或符合实际的,申明事情的真实或客观性,有委婉、转折作用。"其实"可用在前面或后面的小句:

① 大姐说:"其实合他做了亲也罢了,这不是二弟又进了?"(翻)

② 其实那徐氏心里自在,那病一一的好,不过是推托的意思。(又)

14. 却/却才

"却"103 例:《姑》13 例,《翻》66 例,《禳》24 例。

(1) 用在动词、动词短语前,提出的是跟前面相反的动作行为或情况。41 例,如:

① 珊瑚看出他怒来,却不知其故。(姑)

② 他虽然是个男子,我却嫌他铺囊。(翻)

③ 那江城虽然不丑,却也是平常。(禳)

(2) 表示动作行为或事情是意外或违反常情、超出常态的。10 例,如:

① 十个媳妇相遇,九个说婆婆罪愆;惟有一个他不言,却是死了没见。(姑)

② 二三年不见哥,却在这里受折磨。(翻)

③ 这各处却也不少梅花。(禳)

(3) 表示较轻微的转折。有时"却方才"、"却才"连用,含有"这样才……"的意思。9 例,如:

① 又给他儿娶了媳妇,却方才有了替身。(翻)

② 提人不过三四天,求他把地尽追还,我的天,案定了,却才定了案。(又)

③ 没俅打彩,手伸去却拳来,没处安排。(禳)

(4) 用在表示"(别的抛开)转而先说……"的叙述性语言环境里,也有轻微转折的意思,类似"且"。43例,如:

① 且不说珊瑚养病,却说老王奔到家,安大成迎着说……(姑)

② 却说仇福这一年是十六,仇禄十四,因着家里无人,就没念书,留着家里支使。(翻)

③ 却说赵某是一个土豪,放三十分利债,还不到就打。(又)

15. 也

"也"700例:《姑》96例,《翻》234例,《禳》370例。

(1) 表示相同。用于前后两个(偶尔有三个)小句,或者只用在后一小句。325例,如:

① 这有个故事,也是说婆婆,也是说媳妇……(姑)

② 我打水你漉浆,你也忙我也忙……(翻)

③ 纸也整棵也整,腊月里穿单不害冷。(禳)

(2) 通常用在后一小句,表示无论如何,后果都一样。88例,如:

① 珊瑚自从过门,无所不做,且是性情又好,呼气来呵气去的,就吆喝他两句,他也不使个性子。(姑)

② 不如看个好日子,巢上几石粮食做被窝,纵然小些也不错。(翻)

③ 你就是个王侯,你就是个阁老,常言道水长船高,到这里也用不的。(禳)

(3) 加强语气,有"甚至"或"连……都……"的意思,多用于否定句。63例,如:

① 媳妇终日不从容,婆婆闲的皮也疼。(姑)

② 于氏自那已后,越发厌恶珊瑚,来到近前,一句好气也没有。(又)

③ (臧姑)大骂了一声,这里大家气也不敢喘,像没人似的。(又)

④ 孩子芽芽也不留,排头赶杀没人救。(禳)
(4) 表示委婉。224例,如:
① 于氏说:"我没造化情受你这个好媳妇,休去了也罢了!"(姑)
② 还有四十亩薄喇地,也还打他几石粮,料想也还没妨账。(翻)
③ 徐氏说:"原来赁在此处,到(倒)也幽静。"(禳)

【肆】 连　词

连词是连接单词、短语（词组）和连接小句、句子，表示某种语义关系的词。① 俚曲的连词比较接近现代汉语，但口语或方言成分较多。这里大致归纳为9类进行分析：
（1）并列连词；（2）选择连词；（3）承接连词；（4）让步连词；（5）递进连词；（6）条件连词；（7）转折连词；（8）假设连词；（9）因果连词。

一　并列连词

俚曲表示并列关系的连词有：与、合、和、同、且，一来……、一来…二来…/一则…二则……前者连接词跟短语，后者连接小句或句子。其中"合"是"和"的异写，不排除是方言词音变异所致。

1. 与

"与"14例：《翻》6例，《禳》6例。表示并列关系。

（1）连接并列的名词。3例：

① 姜娘子、慧娘合老太太都哭起来了，老太爷与大爷、探花老爷都下泪。（翻）

② 我那伊心肝，他无片瓦与根椽。（禳）

③ 不击金钟与法铙，念佛千声祸自消。（又）

例①是三项并列式，"与"连接前两项；例②、③"与"连接的都是同类意义的名词。

（2）连接并列的动词、形容词。11例。

A. 连接相类意义的词语。仅1例：

---

① 连词和具有连接作用的副词或通称关联词。

① 不怕惊怕与勤劳，难得银钱到我腰。(禳)
B. 连接肯定与否定形式。10例，如：
② 父亲未知存与也么亡，老母恹恹病在床。(翻)
③ 那孩儿你曾见他，模样儿佳与不佳，请来问你一句话。(禳)

B类连接的两项均具有选择关系。

2. 合

"合"124例：《姑》12例，《翻》44例，《禳》68例。是连词"和"的方言变体，连接并列的词或者短语。

(1) 连接并列的名词、代词。109例，如：
① 沈大姨合珊瑚拉着，才住了。(姑)
② 把原差合替身，每人打了三十板。(翻)
③ 那行子不依，约地、保正都知道了，只得把二相公合四邻一齐送到官。(又)
④ 我合夫人周氏，都是六十余岁。(禳)
⑤ 您三爷合您大叔必定误了下道。(又)

另外，有时由"合"连接的名词实际上是一种固定形式，这些并列的词语表示某类整体性意义，通常是不用连词连接的。例如：
⑥ ……嗤的一声，一捆几乎丧残生！若是命还好，必有神合圣。(禳)
⑦ 谁合并不见银钱，满坑里都是一些瓦合砖。(又)
⑧ 娶媳妇合费钱合钞。(翻)

(2) 连接动词、形容词。这些并列的组合形式往往只表示某一类意义，或者是带有选择关系的并列词语，通常不用连词连接。15例，如：
① 这样福合佛一样，不知好合歹，拿着当寻常。(姑)
② 还是初来合乍到，只得再等他两三天。(又)
③ 人都说这一次没了老子，倒省了许多吵合闹。(翻)
④ 不求他贤良合孝顺，但望安分不生殃。(禳)

3. 和

连　词

"和"《禳》曲11例,连接并列的名词或代词。如:

① 已是生了癞和疹,又不瞎眼不秃头。
② 夫人说:"您哥哥和嫂嫂和睦么?"

4. 同

"同"仅《禳》曲1例。连接名词,表示并列关系:

① 江城搭了盖头,江城同公子都下了轿。

5. 且

"且"表示并列关系,仅《翻》曲1例,连接并列的形容词:

① 今日咱家富且贵,纵有邪人也不敢欺。

6. 一来……、一来…二来…/一则…二则…

连接小句,列举原因、目的或条件。5例:"一来……"1例,"…一来…二来…"3例,"一则…二则…"1例:

① 别珊瑚,别珊瑚,见了说笑都全无,一来是体娘的心,二来是解娘的怒。(姑)
② 一来是你模样好,二来高宅是大家,立下个根基好加纳。(禳)
③ 一来要门当户对,二来要貌美人贤。(又)

只用"一来……"的1例可能是受曲词限制所致:

④ 一来母亲待我好,姐姐人极把我疼,你既来嘴也不敢硬。(翻)

例中第2个小句未出现"二来"。"一则…二则…"连接原因小句:

⑤ 这是俺那媳妇子着人送来的呀!一则是问好,二则是因着这里没人做饭,怕饿着我。(姑)

二　选择连词

俚曲表示选择关系的连词只有"或/或者"和"不",而且"不"又比较特殊。

1. 或/或者

"或"7例:《翻》2例,《禳》5例;"或者"《禳》1例。均用在"是"字式前,表示在两种或两种以上情况内的选择。

(1)"或…或…"连用,表示有两种情况:

① 或是掘或是掀,扫出来好粪田。(翻)

② 别开门别支锅各度日生,或是好或是歹你听天由命。(禳)

(2)复句中用一个或两个"或",表示有两种或两种以上的情况:

① 他有爱汉子的呀,或是想老婆的呀,俺老李一到,就是天仙织女,俺也念诵的思凡。(禳)

② 即如就是一块豆腐,若是切成叶着油煎了,蘸上个蒜碟儿,或是切成细馅包包儿,敢子他就吃了。(又)

③ 头上戴着朗素儿,身上穿着粗布儿,腔上穿着破裤儿,骑着毛驴没点马褥儿,老辈的亲戚穿的不成个样物儿,或是主人家治下的花户儿,或是书房里教书师傅儿,又打公婆不喜的媳妇儿,这算甚么客数儿!(又)

④ 若是迭不的攥拳,劈脸就是耳巴,或者是脸上抓身上掐,腿上扭腔上砸,棒槌槌巴棍打。(禳)

2. 不

"不"3例:《翻》1例,《禳》2例。有两种用法。

(1)提出一种设想,供听话人选择,有商量的语气:

① 不就打听打听,若是人物好着,合他就做了也罢了。(翻)

② 你待要谁呢?不就着吴丽华罢。(禳)

(2)并列两种情况,表示不是前者,就是后者:

① 譬如两厨子打发主人,省事的著人做,费事的著咱做;不就是挣赏的人去干,倒包的咱去干。(禳)

三 承接连词

俚曲的承接连词有"既、既然"及"可见"跟"以便",表示不同的承接关系。

连　词

1. 既

"既"57例:《翻》22例,《襄》35例。用于前面的小句,提出已成为现实或者已肯定的前提,后一小句据此推出结论,可跟"也、就、还"配合。例如:

① 魏名说:"既不行令,嗒赶抢罢。"(翻)
② 他既这等,就是丑也作成他,何况是好!(襄)

表示推论的后一小句可以是问句:

③ 既不听老人言,还怨的那一个?(襄)

2. 既然

"既然"10例:《姑》3例,《翻》2例,《襄》5例。用于前一小句,提出现实或肯定性的前提,后一小句据此推出结论。可跟"就、也"之类配合。例如:

① 你既然骑锅压灶,可就才只是发揣。(姑)
② 陈举人说:"老伯母既然不爱,也罢了,小侄行了罢!"(襄)

表示推论的小句可以是问句形式:

③ 仲鸿说:"既然这等,我可怎么回覆他!……"(襄)
④ 既然是论日不论夜,有甚么话说?……(又)

3. 可见

"可见"4例:《翻》3例,《襄》1例。用于后一个小句,表示可以做出某种判断或结论。如:

① 到了二十余年后,给了一个大揭锅,吊了头还有甚么回生药?可见冤仇莫结,人弄你你心下如何?(翻)
② 可见这人生在世,行好事的自有老天加护,怎能怕人嫉妒呢?(又)
③ 着娘不信,可见我不是人了!(襄)

4. 以便

"以便"仅《襄》曲1例,承接前一小句,表示使某种目的容易实现:

① 着他打的罢,我且跑到高四于那里,速速去以便早来。

四 让步连词

俚曲表示让步关系的连词有:虽/虽则/虽是、虽然/虽然是/虽然说是;总、纵、纵然;就、就是。"就、就是"有些用法更接近于表示让步关系的"即、即使",所以也就归入连词。

1. 虽/虽则/虽是

"虽"57例:《姑》8例,《翻》21例,《禳》28例。表示让步,承认甲事但乙事并不因此而不成立。

(1)"虽"单用只能在主语后面。54例,如:

① 疮虽渐渐平,还没多吃点嗄。(姑)
② 我虽穷,我虽穷,吊钱入不在我眼中。(翻)
③ ……走走站站,指指画画,虽是城里,也是乡瓜。(禳)

"虽则"连用,仅1例:

④ 虽则是我去奉承着他么,到底也还奉承得过了。(禳)

(2)"虽是+主谓"。"虽是"连用可以在主语前,这时"虽是"类似"虽然是",但可替换成"虽然"。2例,如:

① 虽是江城见的少,模样烂熟在心间。(禳)

2. 虽然/虽然是/虽然说是

"虽然"38例:《姑》2例,《翻》17例,《禳》19例。表示让步,承认甲事但乙事并不因此而不成立。

(1)用在前一小句谓语前,后一小句往往有"只是、却、可、也、到底"等相配合。34例,如:

① 珊瑚虽然强及如今的,只是可不如您那媳妇。(姑)
② 他虽然是个男子,我却还嫌他铺囊。(翻)
③ 怕老婆的虽然不少,像这样怕法,可就叫几声皇天。(禳)
④ 虽然只怕有什么缘故,待我前去认认那江城,看是怎么样的个太太。(又)

"虽然是"、"虽然说是"连用,有时用在主谓短语前。例如:

⑤ 虽然说是点灯来，却又只顾拿不到。（翻）

⑥ 虽然是席上有酒肉，却原是心内枪刀。（又）

(2) 用在前一小句的主语前。5例，如：

① 虽然家中无预备，排头个个赏了钱。（翻）

② 虽然女儿无行径，但有老气还不妨，一口不来怎么样？（禳）

3. 总

"总"3例：《姑》2例，《翻》1例。连接小句，表示让步，类似"纵"：

① 总有南海观音母，难从油锅里拉出来。（姑）

② 他那里总有万间楼房，小妮子使不的要他一片瓦。（翻）

4. 纵

"纵"4例：《翻》3例，《禳》1例。表示假设性让步，连接小句，类似"即使"。如：

① 姐姐呀，纵有粮借重何人粜？（翻）

② 去消灾，纵不才，且叫老夫笑口开。（禳）

5. 纵然

"纵然"15例：《姑》2例，《翻》6例，《禳》7例。表示假设性让步，连接小句，类似"即使"。如：

① 纵然有这样心，也不敢说出那句话。（姑）

② 纵然地土官不断，赌博局骗也难饶，明日这状我必告。（翻）

③ 从前话一笔勾，媳妇纵然不回头，好歹自有他丈夫受。（禳）

6. 就

"就"36例：《姑》8例，《翻》13例，《禳》15例。用于前一小句主语后，后面的小句常有"也"呼应；表示假设兼让步，类似"即使"。如：

① 珊瑚自从过门，无所不做，且是性情又好，呼气来呵气去的，就吆喝他两句，他也不使个性子。（姑）

② 象呀，老母猪衔着象牙筷子——他就装煞，也是杀才，怕他怎的？（又）

③ 就难些也罢,们哩还待另嫁哩么?(翻)
④ 若是拿出良心细细想来,就怕他些可也罢了。(禳)
⑤ 就有百万贼兵,他一马当先,就杀他个片甲不回。(又)

7. 就是

"就是"18例:《姑》3例,《翻》5例,《禳》10例。用在前一小句(可在主语前),后一小句常有"也"呼应;表示假设兼让步,有时是对极端的情况的强调,类似"即使"。如:

① 就是外人不得地,也该把他拉到家。(姑)
② 休说是仇福子你这奴才,就是您达来我也要揭他的盖!(翻)
③ 就是那红糊突也管你个够。(又)
④ 就是嫦娥不嫁,也说的他爱落凡尘。(禳)

五 递进连词

俚曲里独立或者跟别的关联词配合表示递进关系的连词有:不惟、不拘、不止/不只、不但;况、况且、何况、且、方且、而且。

1. 不惟

"不惟"3例:《姑》1例,《翻》2例。表示除所说的之外,还有更进一层的意思。用在前一小句,后面的小句可以有"方且"、"也"配合:

① 不惟说见面羞,方且是可说嘎。(姑)
② 不惟土地全唠去,老婆也哄着换了铜。(翻)

2. 不拘

"不拘"只《禳》曲1例。类似"不惟",表示除所说的之外,还有更进一层的意思。后一小句有"也"配合:

① 不拘说他模样好,说话典雅也爱人。

3. 不止/不只

"不止"2例:《姑》1例,《翻》1例;"不只"1例。用在前一个小句里,后一个小句可以有"还"等配合,表示除所说的之外,还有更进一层的意思。

① 你使的发了才遭殃,不止说瞎了钱,还着你捱来榜。(姑)
② 您不止管我饭,还贴了个老婆哩!(翻)
③ 不只光没甚么下锅,只怕这几亩薄田,乌温的时节不多。(又)

4. 不但

"不但"跟别的副词配合,前后两个小句间在意思上有递进关系。3例,如:

① 不但咱把门户撑,人也肯把丈人做。(翻)
② 不但不打他三姨夫了,又给他收妾买妓。(襄)

5. 况

"况"仅《襄》曲2例。表示进一步申述或追加理由:

① 况他门户,又是大家,几两银子,值他什么?
② 况值尊荣喜气生。

6. 况且

"况且"9例:《翻》4例,《襄》5例。表示进一步申述或追加理由。如:

① 况且是路途遥远,捞不着上门告诉。(翻)
② 况且人家娶媳妇,相期百岁大吉昌,谁拆那鸳鸯账?(襄)
③ 听说咱媳妇解了衣打那厨子,这是个甚么景况?况且听说是为了打发的好了打,这怎么是个人来!(又)

7. 何况

"何况"6例:《姑》1例,《翻》1例,《襄》4例。

(1) 用于后面的小句,用反问形式表示比较起来更进一层。4例,如:

① 儿孙是自己生的,还要七捌八挣的;何况媳妇是四山五岳之人,相遇一处?(姑)
② 他既这等,就是丑也作成他,何况是好!(襄)
③ 你说这个就是要咱那老婆,要咱那女儿,咱也要扎挂了

去奉献,何况是几碗东西,还不用心哩么?(又)
(2) 表示进一步申述或追加理由,况且。2例:
①他每日巴数我还要落泪,何况是到如今水净鹅飞。(翻)
②想来怕也不该怕,何况戚戚终日愁。(禳)

8. 且

"且"8例:《姑》2例,《翻》3例,《禳》3例。连接小句,表示递进关系,类似"而且"。均"且是"连用。如:
①珊瑚自从过门,无所不做,且是性情又好,呼气来呵气去的,就吆喝他两句,他也不使个性子。(姑)
②……且是上无公婆,下无妯娌,家里有五十亩地。(翻)
③若是饥饿,自然取扰,岂有作客之理?且是家里有个小约,不能久留。(禳)

9. 方且

"方且"6例:《姑》2例,《翻》1例,《禳》3例。表示进一步申述或追加理由。如:
①不说他为人好,方且是活路多。(姑)
②……方且待刷刮盘缠,细寻思我为甚么?(翻)
③方且是他自家主的,后日也怨不的那爹娘。(禳)

10. 而且

"而且"仅《禳》曲1例。连接小句,表示递进关系:
①而且今日又生子,公姑两个甚欢喜。

六 条件连词

俚曲里单独或跟别的关联词配合表示条件关系的连词有:只要;除非;方、方才、才;无论、不论、任拘。

1. 只要

"只要"仅《姑》、《禳》各1例,表示所需要的条件,但并不很典型:
①老天容易饶,只要回心早,不用念佛,休骂也休吵。(姑)
②宗师的主意甚精也么明,只要实压着践上星。(禳)

例②可能因曲词限制略去了一个小句(表示"……就可以"或"……就行"的意思),但"要"也许就是"需要"的意思。再看相关的1例:

③ 人只要脚踏实地,用不着心内刀枪。(翻)

"只要"跟"用不着"相对。

2. 除非

"除非"5例:《翻》4例,《襄》1例。用于条件复句,强调指出惟一条件,有"非此不可"的意思。

(1)用在后一小句,表示要得到某种结果,必须怎样。4例,如:

① 待要我不合娘说,除非是再休出门!(翻)
② 你会试早上京,除非是不见面。(襄)

(2)用于前一小句,后面有"才"配合,表示一定要这样才能产生某种结果。1例:

① 除非是这等这等,才叫他贵贱难分。(翻)

3. 方

"方"8例:《姑》1例,《翻》2例,《襄》5例。表示动作、状态或事情在某种条件(包括原因、目的)下,然后才发生,类似"才"。往往用在后面小句里。例如:

① 自此若有豺狼出,方识从前大妇贤。(姑)
② 讲了好几天,事体方妥。(翻)
③ 一对夫妻百岁欢,得美人方遂今生愿。(襄)

4. 方才

"方才"10例:《姑》2例,《翻》3例,《襄》5例。表示动作行为或事情在某种条件(包括原因、目的)下,然后才发生,类似"方"或"才"。例如:

① 正说着,出了庄,老王方才待问他要往那里去。(姑)
② 又给他儿娶了媳妇,却方才有了替身。(翻)

5. 才

"才"138例:《姑》29例,《翻》64例,《襄》45例。用在后面的小句里,表示动作行为或事情只有在某种条件(包括原因、目的)下,然后才发生。例如:

① ……只等的歪揣货儿话出,这才把君子想。(姑)
② 大姐听的说他爹被掳,才来家看了看。(翻)
③ 若临了就了他,才笑的牙儿吊!(禳)
④ 我高蕃为樊江城想了一场大病,因着定了亲事,才觉精神健旺。(又)

6. 无论

"无论"4例:《姑》1例,《翻》3例。起排除条件的作用,表示在任何条件或情况下都是如此。

(1)"无论"后面有疑问词"甚么"、"几"表示周遍性:
① ……凡是天地间的神灵,无论甚么爷爷,你若保佑俺打骂不摧,我就发下洪誓大愿。(禳)
② 俺无论几顿,只是锅子里㳽上瓢水,抓上把盐,把豆腐切把切把,扑棱翻上,俺就合人家去闲话。(又)

(2)"无论"后面有并列两项的并列结构:
③ 且说珊瑚到家,合庄里都喜,无论同姓异姓,都拿着礼物来看珊瑚。(姑)

另一例比较特殊:
④ 到今日魂已伤,无论令爱不贤良,到底改不了从前的样。(禳)

"不贤良"似应指"贤良与否"或"贤良不贤良",大概是曲词字数的限制使然。

7. 不论

"不论"仅《翻》曲1例,表示"不管,不计",无条件。后面有相对意义的形容词:
① 无奈才把心来收,不论好歹一挥就。

8. 任拘(枉勾)

"任拘"6例:《姑》2例,《翻》1例,《禳》3例。表示无条件,类似"不管、无论":
① 任拘他怎么恶,不觉的激激笑。(姑)
② 大娘子进了门合家欢乐,任拘嘎做停当不用吆喝,于夫

人在房中稳稳高坐。(又)

③ 一间草屋盖不起,忽然身到九云霄,任拘给谁想不到。(翻)

④ 你好了,任拘是嘎由你的性。(禳)

⑤ 我看贼强人,才没人管着,任拘什么茧儿都作估出来了。(又)

《禳》曲另有1例"枉勾",当是"任拘(句)",也表示条件,只是更近于"就是、即使":

⑥ 自从嫁了葛天民那王八头,枉勾家里梦见俩汉子,他也不敢惊着俺。

七 转折连词

俚曲可表示转折关系的连词有:但/但只、但是、只是;可;不过。

1. 但/但只

"但"17例:《翻》5例,《禳》12例。

(1) 表示轻微的转折,类似"只是"。9例,如:

① 我侄儿会做文章,但他意兴太颠狂。(禳)

② 自从江城去后,不觉一年有余,省担多少惊恐,省受多少恶气?但苦于闺中冷落,好闷人也!(又)

(2) "但只"、"但只是"、"但若是"连用,"但"单纯表示转折更明显。8例,如:

① 你是个学生不足言,不足言,但只我离家这几年,不过找你看一看。(翻)

② ……但若是打一个迟局,他就丢下那阎王脸。(又)

③ ……但只是学道是要钱的。(禳)

2. 但是

"但是"《翻》、《禳》各1例。表示转折,类似"只是":

① 姐夫恼也应该,但是他比驴马呆,怎么当一个人儿待?(翻)

②但是他降了青,便不给打好卦。(禳)

3. 只是

"只是"24例:《姑》4例,《翻》5例,《禳》15例。

(1) 用在小句前,表示某一种原因,带有转折的意思。8例,如:

①那媳妇子怎能件件都合着心呢?只是有一半点不是,我也不计较。(姑)

②家中两口甚宽容,只是自家去踢弄,娘子呀,自作自受怨不的命。(又)

(2) 用在小句前,表示转折。16例,如:

①珊瑚虽然强及如今的,只是可不如您那媳妇。(姑)

②近来提亲的倒不少,只是合不着我的意思。(禳)

这类"只是"前往往用"但"或"可":

③自从珊瑚去了,眼里倒也拔了钉子,可只是诸般的没人做。(姑)

④但只是他人家大,我仰攀不起。(禳)

4. 可

"可"21例:《姑》2例,《翻》6例,《禳》13例。用在小句的主语前或主语后,表示转折。这类"可"所在的小句,往往有相关的副词连用。如:

①自从珊瑚去了,眼里倒也拔了钉子,可只是诸般的没人做。(姑)

②看咱娘病在家,烧火没人替替他,有饭可也吃不下。(翻)

③虽然大相公我也使他两吊钱,可也担的利害不小。(禳)

④您那个行货子,你那么打他,可怎么我听的说他还合你极好呢?(又)

5. 不过

"不过"仅《禳》曲1例,用在后一个小句句首,肯定前一个小句所提出的事实,再提出另一种情况的疑问,类似"只是":

①他说,这倒极好,不过那太太同意没?

八　假设连词

俚曲可表示假设关系的连词有：如、倘若、若、若是；不然/若不然、要/若要；万一、设或。

1. 如

"如"5例：《翻》1例，《禳》4例。表示假设。

（1）用在前一小句，后一小句提出结论：

① 如有走透消息者，必要重责不恕。（翻）
② 娘娘如有灵，一步一拜的到山顶。（禳）

（2）用在紧缩句里，跟"也"配合，后半部分提出问题：

① 我女儿虽然不肖，如休断婿也无光。（禳）

2. 倘若

"倘若"仅《姑》曲1例，表示假设，用在前一小句：

① 倘若是我这媳妇给你，只怕你又嫌哩。

3. 若

"若"127例：《姑》16例，《翻》36例，《禳》75例。表示假设。

（1）用于前一小句，后一小句推断结论或提出问题。126例，如：

① 若还得娘喜，情愿打光棍。（姑）
② 若自己不寻苦恼，那里有苦恼寻来？（翻）
③ 这一日吃着那血酒，说下若一个有难，大家一齐上前。（禳）
④ 他心若爱富贵，就夸骡马成群；他心若图俊俏，就画个活现的美人。（又）

"若"有时跟助词"时、着"配合，各2例：

⑤ 人若是恼你咋不着，天若恼了时咋奈何？（姑）
⑥ 你若还待要着，咱打听打听。（又）
⑦ 不免差王宁又问他问，若肯来着，我赎了他来。（禳）
⑧ 我若好时他才来，这个丫头心里怪。（又）

（2）承接对话，"若…呢"单独提问。只1例：

① 兰芳说："多谢王二爷，若不的呢？"（禳）

4. 若是

"若是"78例：《姑》9例，《翻》23例，《禳》46例。表示假设。用于前一小句，后一小句推断结论或提出问题。如：

① 若是回了头，从此做好人，也还不晚。（姑）
② 若是他懂过来，又要怨爹娘，这臧姑不是样子么？（又）
③ 若是遇赦还归家，或者不至送了命。（翻）

"若"可跟助词"着、呵"配合，4例：

④ 大姐说："怎么费你的钱？若是娶你着，待不扎挂哩么？"（翻）
⑤ 姐姐，你说，我这二年若是嫁了着，你待上那里找我的？（又）
⑥ 不就打听打听？若是人物好着，合他就做了也罢了。（又）
⑦ 我若是通你通呵，你待中恼了哩！（又）

5. 不然/若不然

"不然"、"若不然"表示"如果不是这样"，类似"否则"；引进结果或结论性小句，但俚曲三种用例的小句均为反诘句。4例：《翻》2例，《禳》2例，如：

① 慧娘说道也不错，俺是兄弟您是哥，若不然怎么叫做一堆过？（翻）
② 若不然两个孩子，怎么能还有今日？（又）
③ 还亏临了得了他，不然怎了！（禳）

6. 要/若要/若要是

"要"4例：《姑》2例，《翻》1例，《禳》1例。表示假设。

（1）用于前一小句，后面小句推断结论。2例：

① 若遇着如不贤良儿又浑，要再不孝顺，一溜子把气喗，有理还着你没处告。（姑）
② 他要把俺唠，俺还把他唠。（禳）

例①前两个小句"若"、"要"对举。

(2) "若要"、"若要是"连用。2例：

① ……全然不提，算是我更得便宜；若要说分明，又喷多少气！（姑）

② 若要是老天保佑，就叫咱门户生光。（翻）

7. 万一

"万一"3例：《翻》2例，《襄》1例。表示可能性极小，而且是不希望发生的事情：

① ……我去寻他，你的性儿可难拿，万一再处不来，我嗄脸合人说话？（姑）

② 万一找他来再不好，可是屁股长在脖子上——我腆着脸去见人么？（又）

另1例"万一"后用"的"：

③ 万一的运气不好，抽着了后签后悔难堪。（襄）

8. 设或

"设或"3例：《翻》1例，《襄》2例。用在前一小句，表示假设，类似"假设"、"如果"：

① 设或淹死在深湾，这冤可向何人辨？（翻）

② 一行走着一行算：设或进门江城问我一声，我可如何答对？（襄）

九 因果连词

俚曲可表示因果关系的连词有：因/因着、因此；所以。

1. 因/因着

"因"12例：《姑》3例，《翻》4例，《襄》5例；"因着"13例：《姑》1例，《翻》6例，《襄》6例。

(1) "因"用在前一小句，表示原因；后一小句可用"所以"，句中可用"才"呼应。如：

① 因这地土是大成让的，定要大成做中人。（姑）

② 惟有大姐十二岁,性子极不好,他老子因他泼,所以不大喜他。(翻)

③ 因你不中惹才不傍边,找一个替身解解馋。(禳)

(2)俚曲三种都有"因着",其中一些具有连词的特点,尤其是后一小句有"就、才、所以"配合时更为明显。例如:

① 因着他儿家年小,到了明日就家去了。(翻)

② 因着这个梦,他又是俊俏书生,心里有了主意,所以殷勤待他。(又)

③ 因着定了亲事,才觉精神健旺。(禳)

2. 因此

"因此"5例:《翻》3例,《禳》2例。用于后一个表示结果或结论的小句。如:

① 每遭来家,一点合不着他的意思,就使出来,因此整年的没人搬他。(翻)

② 他门户虽然不差,他女儿未知怎么,因此心上还悬挂。(禳)

3. 所以

"所以"7例:《翻》5例,《禳》2例。用于因果关系的复句,表示结果或结论。"所以"用在后面小句的开头,前一小句可用"因"呼应。[①]如:

① 皆因公子人家太大,所以不敢。(翻)

② 小长命待要耍耍,出了场留了几日,所以来迟。(禳)

[①] 跟"所以"相同用法的连词"故",俚曲三种仅见《禳》曲1例:"我听得说你家里生气,故来看看。"

介　词

【伍】介　词

聊斋俚曲的介词比较接近于现代汉语，也有不少方言成分（包括方言介词和普通介词的方言用法）。俚曲介词和整个汉语的介词一样，在语法意义方面来看，除专职、或者说只表示一类语法意义的介词（如表示对象的介词"与"、"共"、"同"、"和（合）"、"给"、"替"、"问"等）外，不少是兼职、即表示两类或两类以上的语法意义。例如，"自"、"从"既表示时间，又表示处所或范围（"自从"组合则单纯表示时间）；"向"则既表示对象、处所和方向，也表示时间；"往"表示方向和时间；"望"则表示方向和对象，等等。但是，除个别的文言介词外，俚曲介词在意义和用法上完全或大部分重叠的情况已极少见。所以，这里依据介词的主要用法、采取在某一介词词形下统括它所有用法的方式。正由于这样的原因，各类介词在意义上就可能互有交叉。

俚曲介词大致可分成 10 类，其中表示处置、被动和比较（差比）的介词分别在句法篇分析。①

一　时间·处所·范围

这类介词有"自"、"从"、"自从"、"临"、"当"、"打"、"就"和"及至（及赶）"。其中"自从"、"临"和"及至（及赶）"是只表示时间的介词，其他都是兼职介词，但又都是以表示时间或处所为主的介词。

1. 自

介词"自"共 12 例：《姑》3 例，《翻》2 例，《禳》7 例。大多表示时间。

---

① 见句法篇"处置句式"、"被动句式"和"差比和比拟句式"。

（1）跟时间词或别的表示时间的词语组合，用在动词前，表示时间的起点。9例，如：

①　自此若有豺狼出，方识从前大妇贤。（姑）

②　俺家你儿郎没点汉子星，济着你吵骂自宿到天明。（禳）

用"自"往往又与"（以）后"配合，其中1例作"一自"：

③　于氏自那日已后，越发厌恶珊瑚。（姑）

④　自此以后，仇福早起晚眠，勤谨之极。（翻）

⑤　一自连朝发觉后，美人常当夜叉看。（禳）

（2）跟指人或指物名词组合，用在动词前，表示动作行为涉及的人或事物范围的起点。有的跟"至于"或者"到"配合使用，表示从起点到终（止）点。只3例，如：

①　自天子以至于庶人，一是皆以两个字称呼为本。（禳）

②　好他贼奸达，自头顶到脚下，没有一点不奸诈。（又）

2. 从

介词"从"共132例：《姑》18例，《翻》41例，《禳》73例。

（1）跟处所或方位名（代）词组合，用在动词前，表示处所。66例。

A. 表示起点的方位或处所。例如：

①　怎么骂婆婆，怎么弄象生，从头说说他那禽兽性。（姑）

②　你从此疾忙去罢，休只顾在外头磨陀。（翻）

③　子雅说："你去打鼓，花先从我起。"（禳）

这类用法往往有"从N_1至N_2"的形式，但均作"从头至尾"：

④　那人对着大姐，从头至尾，细说了一遍。（翻）

⑤　一字字一行行，从头至尾无差账。（禳）

B. 表示动作行为发生的处所。例如：

⑥　于氏洗完，从珊瑚手里一把夺过来。（姑）

⑦　他们相隔一百多，是从那里起的祸。（翻）

⑧　江城从屋里见了高季，说："三叔不必管俺家闲帐。"（禳）

C. 表示经由的处所。例如：

⑨ 大成窘了,从他媳妇那夹肢窝里钻出去颠了。(姑)
⑩ 仇大爷定军机,四尊炮列东西,单待贼从那里入。(翻)

(2) 跟时间词或别的表示时间的词语组合,表示起始的时间。63例,如:
① 若着那爹娘从小教诲,那里有天贤的呢?(姑)
② 你没了魂了么?从夜来迷迷殃殃的?(翻)

又往往构成"从N后"或"从N以后(以往)"之类的形式:
③ 从今以后,想念全消。(翻)
④ 徐氏说:"我儿,从今以往你可是防着从今后,得个空儿照样行。"(禳)

(3) 跟一般名(代)词组合,用在动词前,表示凭借或因由。仅3例,如:
① 这是从那里说起!且放着他的……(翻)
② 这一场亏从那里说来!(禳)

3. 自从

介词"自从"共22例:《姑》3例,《翻》4例,《禳》15例。在用法上,"自从"跟时间词或小句组合,用在动词前,表示时间的起点。跟时间名词组合的仅2例:
① 自从那日,就有今朝。(翻)
② 翰林王,翰林王,自从去年开了坊。(禳)

跟表示时间的其他词语或小句组合的20例,如:
③ 珊瑚自从过门,无所不做,且性情又好……(姑)
④ 自从他姐姐来家,忽然又发变兴隆。(翻)
⑤ 自从读书,起了个名字叫高蕃。(禳)

跟"(之)后"配合构成"自从VP(之)后"的有7例,如:
⑥ 话说那仇家自从失火之后,处处俱是灰尘。(翻)
⑦ 自从江城去后,不觉一年有余。(禳)

4. 临

介词"临"共19例:《翻》8例,《禳》11例。

(1) 跟动词、形容词组合,表示在某种动作将要进行、发生的时

间,或事情将处在某种状况的时候。14例,如:

① 十年来家走一遭,临行又把泪儿吊。(翻)
② 临起身登门奉拜,谢谢他大德洪恩。(禳)

(2)"临"跟"了"(末了义)组合,表示事情到了最后或末了。5例,如:

① 几番害人人兴旺,临了自家弄断根。(翻)
② 四十五上才生了他姐姐,已是没了指望,还亏临了才得了他。(禳)

5. 当

介词"当"共44例:《姑》8例,《翻》15例,《禳》21例。

(1)跟单音时间词组合,用在谓语或主语(句子)前,表示时间。这些组合基本上可以认为是一个词,有"当初"、"当时"、"当日"、"当年"等。24例,如:

① 当初咱家过不的,我才来家把您替。(翻)
② 公子云:"当时难受,一宿就好了。"(禳)
③ 当日顽愚,当日顽愚,做的事儿太不堪。(翻)

(2)跟名词组合,表示位置、处所。有"当面"、"当堂"、"当场"等,共20例。也大都算得上是一个词。如:

① 何大娘说:"你来家当面说说不的么?"(姑)
② 待闹合他当堂闹。(翻)
③ 当场问他文字佳,袖里掏出来,双手递于他。(又)
④ 着他当街就地爬。(又)

6. 打

介词"打"俚曲使用很少,仅4例:《翻》3例,《禳》1例。

(1)跟方所名(代)词组合,用在动词前,表示动作发出或进行的处所。3例,如:

① 你必然就打那里走。(翻)
② 我掩杀这门儿,打这门缝里瞧着他罢。(禳)

(2)跟表示时间的代词组合,用在动词前,表示时间的起点。1例:

① 那范栝全不通,听着常夸二相公,打这里就把仇来中。
(翻)

7. 就

介词"就"共 8 例:《翻》1 例,《襄》7 例。

(1) 跟处所名(代)词组合,用在动词前,表示动作行为的处所。3 例,如:

① 吩咐把他送出去,着他当街就地爬,若能去了也就罢。
(翻)

② 娘子不开门,檐下也是下官的熟径,就此坐下便了。
(襄)

(2) 跟代词组合,用在动词前,表示动作行为的场合或时间。5 例,如:

① 小弟还有几件家伙不曾收拾,就此告别。(襄)

② 公子说:"酒美歌佳,小弟却不能饮了,就此告别。"(又)

作"就此告别",可能是带有文言色彩的、用在礼仪场合的套话。

8. 及至/及赶

介词"及至/及赶"共 6 例:《翻》4 例,《襄》2 例。用法比较单纯,跟动宾短语组合,表示某种时间或场合:

① 及至开囹一看,大惊失色,也就不敢瞒他娘了。(翻)

② 后及至娶了那江城来,倒成了祸根。(襄)

二 处所·方向·时间

俚曲这一类介词有"在"、"向"、"往"、"望"、"照"、"朝"、"劈(分)"、"捞"和"于(於)",主要表示处所和方向;即使兼表时间和对象的介词,它后面的动词也具有方向性。

1. 在

介词"在"共 275 例:《姑》42 例,《翻》90 例,《襄》143 例。

(1) 跟处所或方位名(代)词组合,用在动词前,表示动作行为发

生或事物存在的处所。151例,如:

① 珊瑚在旁里站着,看他那脸。(姑)
② 丈人送银五十两,剩的还在囊中收。(翻)
③ 老头子说在北门里头赁下了一口房子,今日要搬。(禳)

(2) 跟处所或方位词组合,用在形容性词语前,表示人物呈现某种样态的处所。仅3例:

① 如今令堂病了,您两口子无所不做,令弟在书房里自在……(姑)
② 望姐姐看着盖盖,咱还在一堆快活。(翻)

(3) 跟时间词及其他词语组合,用在动词前,表示时间或场合。仅3例,如:

① 出下题没奈何,极(急)的两眼清瞪着,在家原自不成货。(翻)
② 江城云:"我那不在家霎,我闷了就合春香抹牌,觉着和他不如你呢。"(禳)

(4) 跟指人名(代)词组合,用在动词前,表示行为的主体。仅3例,如:

① 沈大姨说:"这福只在人享。"(姑)
② 在我看来,你不如分开罢,费也费的是他的。(翻)
③ 在我看来,还不止光吃酒。(禳)

(5) 跟处所或方位名(代)词组合,用在动词后,113例。表示动作行为发生或涉及的处所。例如:

① 万一找他来再不好,可是屁股长在脖子上——我腆着脸去见么?(姑)
② 一个病娘卧在床,浑身肿不成个人模样。(翻)
③ 独有先父坐在上席,稳然不动。(禳)

又表示到达的处所。例如:

④ 二成包着些砖头来倾在地下。(姑)
⑤ 一声儿不言语,好似吊在迷魂阵。(翻)
⑥ 便去头上拔下来了一对金凤钗,插在江城头上。(禳)

另有1例动词后用助词"着"：

⑦ 只见公子歪待（戴）着方巾,喘吁吁的跑来,藏着在仲鸿身后。（襭）

(6) 跟处所词组合,用在形容词后,表示处所。只2例:

① 看了我儿泪悽也么悽,你苦在心里更不提。（襭）
② 把头低,苦在心里只自知。（又）

2. 向

介词"向"共19例:《姑》3例,《翻》5例,《襭》11例。

(1) 跟指人名（代）词组合,用在动词前,表示动作所面向的对象。10例,如:

① 又向于氏说:"你可寻思寻思。"（姑）
② 知心话不向别人告。（翻）
③ 只待向叫化子,去把爹爹叫。（襭）

(2) 跟处所名（代）词组合,用在动词前,表示处所。6例,如:

① 先向床头问一声。（姑）
② 起来又合大姐拜,才向床前问母安。（翻）
③ 独向荒庭去把孤单受。（襭）

(3) 跟方位词组合,用在动词后,表示动作的方向。仅2例:

① 这个事儿真异样,不知那魂儿飞向前方。（襭）
② 看日色斜向东南。（又）

(4) "向后"用在句子前,表示时间。仅1例:

① 这向后子子孙孙,成了贴壁紧邻。（翻）

3. 往

介词"往"共35例:《姑》12例,《翻》2例,《襭》21例。

(1) 跟方位或处所名（代）词组合,用在动词前,表示动作的方向。44例,如:

① 既然出了门,我情着往前撞。（姑）
② 方才就了坐,掀帘往里瞧。（翻）
③ 佛法有灵,你我往西朝谢。（襭）

(2) "往前"、"往后"用在句子谓语或主语前,表示"从今以后"。

13例("往后"11例,"往前"2例),如:

① 咱今娶了个老婆婆,我儿呀,这日子往后怎么过!(姑)
② 往后借重姐姐处多着呢!(翻)
③ 奶奶也不要哀伤,往后也未必常常如此。(禳)
④ 开笑口合不交,像是老天把我饶,又着我往前得尽孝。(姑)
⑤ 我的儿你听知,高拱手深作揖,往前休弄匕孩子势。(禳)

4. 望

介词"望"仅2例,另有5例接近介词的用法。

(1) 跟方位词组合,用在动词前,表示动作的方向:

① 进的房门望里看,一个病娘卧在床。(翻)
② 忽然抬头望里看,朱红格扇一亭台,里边有个美人在。(又)

(2) 跟指人名(代)词组合,用在动词前,表示动作行为的对象,"望"后多用"着"。3例:

① 进来门,望着媳妇也不亲。(翻)
② 他有点歪揣性,怕你尊大望着你眼生。(又)
③ 江城云:"你望他亲么?"公子云:"若是亲,亲你着。"(禳)

另有2例"望"后不出现指人名(代)词:

④ 我说道你休嗔,我怕原是望着亲。(禳)
⑤ 望着亲亲热热,我合他前世有因。(又)

例④、⑤可能有曲词句式制约的因素。

5. 照

介词"照"共17例:《姑》5例,《翻》5例,《禳》7例。

(1) 跟指人或指物名词组合,用在动词前,表示动作朝着进行的处所或目标,名词是动词的受动者。9例,如:

① 只见他抽出那剪子来,嗖的声照脖子一捅。(姑)
② 他从头上拔下来了一支簪子,使力气照脖子底下就穿。

（翻）

"照"后又往往用助词"着"。如：

③ 照着痒处钻，老婆子真真的妙。（姑）

④ 照着那南墙，只顾使头碰。（翻）

⑤ 仰起巴掌照着脸，"瓜得"……（禳）

跟代词组合，用在动词前，表示动作的处所。1例：

⑥ 你看那美少年的管家照着咱来，甚么意思？（禳）

（2）跟名词、数词等词语组合，用在动词前，表示动作行为所依凭、依照的标准、样子或数目。7例，如：

① 珊瑚还照寻常的规矩，早早起来。（姑）

② 仇禄看了看，是仰扶风县即将局骗地土，照数追还本主。（翻）

③ 你可是防着从今后，得个空儿照样行。（禳）

"照"后也可以用助词"着"：

④ 你照着我这意思写状，明了天我就开交。（翻）

⑤ 二相公照着在他丈人家住的那暖云窝，说了款致，盖的一样。（又）

6. 朝

介词"朝"共6例：《姑》1例，《禳》5例。

（1）跟方位词组合，用在动作前，表示动作的方位；方位词仅见"上"，动词则限于拜揖、磕头这类意义的词语。4例，如：

① 公子朝上拜了就了坐。（禳）

② 公子朝上拜揖，徐氏说："我还该谢罪。"（又）

（2）跟指人名（代）词组合，表示动作的对象，"朝"后可以用助词"着"，动词也是表示拜揖的"拜"：

① （珊瑚）又朝着大成拜了拜，说……（姑）

② 辞他辞也应该，也曾受他教诲来，只得朝他拜一拜。（禳）

7. 劈(分)

"劈"的介词用法通常很少提到，这也许是因为它的介词性尚不典型的缘故。不过,"劈"的确有近乎介词的用法,所以这里也加以分析。

(1)"劈"跟名词(指人或人体部分)组合,用在动词前,表示动作的对象或目标。"劈"相当于"当、朝"的相关介词用法。6例,如:

① 于氏拭了脸,劈珊瑚"瓜"的声一耳根子。(姑)

② 昨日然进门就是顿巴掌子,劈头就是顿踏棍子。(禳)

有的则与"带"配合使用:

③ 劈脸带腮就是一拳,一交倒在地面朝天。(禳)

(2)俚曲有"分"字,实际上是"劈"的俗写。如:

① 那床一个碗盆子,拾起来分头就打,打了一个跟头。(翻)

"分头就打",即"劈头就打"。①

8. 捞

"捞"也具有介词性。跟处所词组合,表示动作行为的处所或目标,相当于"照、朝"的相关介词用法;"捞"后用助词"着"。4例,如:

① 捞着那不中用处,也是一棒槌;捞着那中用处,也是一棒槌。(禳)

② 捞着那不见人的去处,也嘶一口;捞着那见人的去处,也嘶一口。(又)

9. 于(於)

介词"于"在俚曲里用得较少,共11例:《姑》2例,《翻》7例,《禳》2例。

(1)跟人称代词或指人名词组合,用在具有交付、传递之类意义的动词后,表示接受的对象。8例,如:

① 二成慌了,又写章死契送于债主,任凭他典卖。(姑)

② 当场问他文字佳,袖里掏出来,双手递于他,看了许他三

---

① 俚曲其他篇有这种"分"数例。《慈悲曲》3段:"赵姑怒发,一霎气的眼前花,拿起锨柄来,就要分头下。"《快曲》3联:"我就一马闯出去,分心刺杀老奸曹。"又:"单焰曹操分心刺,一下就成致命伤"。

名下。(翻)

③ 要把你打扮齐整,嫁于那放猪的老陈。(禳)

(2) 跟名词组合,用在形容词或动词前,表示有关的事情。2例:

① 明知道何大娘一片好心,着您俩犯争差于理不顺。(姑)

② 女婿在我家,于理何妨碍?(翻)

(3) 跟形容性短语组合,用在形容词后,表示原因。仅1例:

① 自从江城去后,不觉一年有余,省担多少惊恐,省受多少恶气?但苦于闺中冷落,好闷人也!(禳)

三 对　象

俚曲这类介词有"与"、"共"、"同"、"和(合)"、"给"、"替"、"对"和"问"。这一类介词的语法意义比较单纯,只有"对"跟单音词组合表示场所,并且仅有1例,其他都是表示对象("和"或"合"兼表比拟或比较,实际上也属于对象的范围)。

1. 与

介词"与"共31例:《姑》3例,《翻》3例,《禳》25例。

(1) 跟指人名(代)词组合,用在动词前,表示动作行为协同进行的对象。3例,如:

① 空将锦被重薰,奴与何人共?(禳)

② 家人烫酒来,我与亲家痛饮三杯。(又)

(2) 跟指人名词组合,用在动词前,表示动作行为的对象。3例,如:

① 他相爱,做爹娘的与媳妇为仇呢!(禳)

② 连日江城与小生竟有了说笑。(又)

(3) 跟指人名(代)词组合,用在谓语前,表示有无某种联系或关系的对象。10例,如:

① 你休了的,还与我甚么相干?(姑)

② 原是你待享这富贵,与别人大不相干。(翻)

③ 向来与官人才有了夫妇之乐。（禳）

(4) 跟指人名词或词组组合,表示比较的对象。2例：
① 都说是慧娘在此,才与那人物相合。（翻）
② 在这里住了三四载,我待他不与客户同。（禳）

(5) 跟指人名(代)词组合,用在动词前,表示动作的受益者。5例,如：
① 街头个个称师傅,实与人家去放牛。（禳）
② 猴人说："谁与俺做了牌官？……"（又）

(6) 跟指人名词组合,用在动词后,表示动作行为的接受者。8例,如：
① 遂即送与债主,退了文书来。（姑）
② 那一时里爱他就糊迷了心肠,把一件擦嘴的东西就换与了情郎。（禳）

另有用例是指人名词后又有动词,这些动词所表示的动作行为又是名词所代表的人所发生的。名词跟动词是"主谓"关系,但动词仅限于"知道"之类意义的词,如：
③ 高爷中了十三名举人,门上的传与老爷知道。（禳）
④ 门上的快忙快忙传与老爷得知,老爷中了第五名。（又）

2. 共

介词"共"仅1例。跟指人名词组合,用在动词前,表示动作协同进行的对象：
① 未共郎君一夜眠。（禳）

这一例大约也是仿古或文言成分。

3. 同

介词"同"仅2例。跟指人名词组合,用在动词前,表示协同进行的对象；"同"后用助词"着"：
① 当下同着沈大姨立了文书。（姑）
② 二相公同着四邻去央他,安心给他一百银子,打发他去。（翻）

4. 和/合

介　词

"和"跟"合"是一个介词,"合"只是"和"的方言词形:在山东淄博等地方言里,至少从清代开始介词[xə]便音[xuə],"合"是记录这个词音的字。在俚曲三种里,"和"所用很少,习惯上用"合"。使用频率如下表:

	姑	翻	禳	合计
和	3	0	7	10
合	27	96	97	220

因此,在语法分析上,不再把"和"、"合"分别处理。又除举例外,叙述文字中只提到"合","和"包括在内。

(1) 跟指人名(代)词或相关词语组合,用在动词前,表示动作行为协同进行的对象。100例,如:

① 在沈家,日日纺棉又绣花,和他沈大姨,安心就过了罢。(姑)

② 咱今日和春香抹,咱俩赢瓜子,还给春香钱。(禳)

③ 何大娘哎呀心肝的叫着,合老王扶他到家。(姑)

(2) 跟指人名(代)词组合,用在动词前,表示动作的对象。72例,如:

① 你在这里待会子,我再瞧个空子和他说。(姑)

② 公子说:"小弟和兄台还该为礼,年前得罪,又蒙盛情。"(禳)

③ 事儿不值个破瓢,开口就合爹娘闹。(翻)

(3) 跟指人名(代)词组合,用在动词、形容词或小句前,表示有无某种联系或关系的对象。39例,如:

① 高宅和他有老亲戚,用不着我说名望。(禳)

② 他婆婆眼里没珠,合媳妇恩义全无。(姑)

③ 大相公只说他合我好。(翻)

④ 活该合樊家前世有仇,妹妹打了,姐姐又捶了。(禳)

(4) 跟指人、指物名(代)词或短语组合,表示比拟、比较的对象。"合"往往跟表示"相同"意义的词语配合。19例,如:

①这福合佛一样,不知好合歹拿着当寻常。(姑)
②你这行子,合那牛驴猪狗一样同。(翻)
③岂不知到了家里,那汉子就合你我是一样。(禳)
④着那樊老儿定了个美儿计,着那江城扎挂的合那妖精一般出来见他。(又)

例②"一样同"用词重复,这是迁就曲词句式,不是通常的语病。"合"还跟表示"相似"意义的"似(是)的"配合:

⑤吃了一宿酒,合失了困那是的。(翻)
⑥你扎挂的合妖精似的。(姑)

5. 给

介词"给"共155例:《姑》19例,《翻》55例,《禳》81例。

(1) 跟指人名(代)词组合,用在动词前,表示动作行为的接受者,而且指人名(代)词大都是代表受益者。123例,如:

①到了房里,给他端了尿盆子来,又上床待去给他梳头。(姑)
②给他找了个婆婆家,姓谢,在这玉鸡县住。(翻)
③给大爷合奶奶磕头。(禳)

偶尔可见表示受损(受害)者的例子:

④给他交换了皮肉,我有心想把他撮合一处。(禳)

(2) 命令式。组合成"给＋我＋动词谓语"的形式,体现的是说话人的意志,表示命令。5例,如:

①给我来家,给我来家!(姑)
②给我拿住送到官,求他动刀枪,剉他个稀糊烂!(翻)

另一例不用代词"我":

③江城把牌一推,打了公子一耳把子云:"春香给跪着!"(禳)

(3) 跟指人名(代)词组合,用在动词后,表示动作行为的承受者。27例,如:

①二成把三十亩好地卖给本庄任华。(姑)
②分给他几石粮食,一个使女,着他两口度日。(禳)

这类用法通常表示动作行为的受益者。另有 1 例表示动作的受害者,但句子结构不同:

　　③ 见人家有碗饭吃,就嫉妒他;有点不好,就加点祸给他。(翻)

6. 替

介词"替"共 9 例:《姑》3 例,《翻》3 例,《禳》3 例。跟指人名(代)词组合,用在谓语前,表示承受服务的对象。如:

　　① 痛煞了泪下眼枯,昏惨惨地黑天乌,替他叫屈的无其数。(姑)

　　② 大姐替他扫了扫那坑上,才合他坐下。(翻)

　　③ 手下那些参将,副将,游击,千、把总,都替他不平。(禳)

7. 对

介词"对"共 54 例:《姑》13 例,《翻》22 例,《禳》19 例。

(1) 跟指人名(代)词或相关词语组合,用在动词前,表示动作施行时所面向的对象;动词基本上是表示说话之类意义的词语。53 例,如:

　　① 大成唬了一惊,嘱咐他休对他娘说。(姑)

　　② 咱相好敢对天发咒,分不的你和我,只多着一个头。(翻)

"对"后可用助词"着",例如:

　　③ 姐姐才像从天降,对着他诉诉衷肠,对着他出这悁惶。(姑)

　　④ 魏名见他没动静,又对着仇福着实条陈那不分的利害。(翻)

(2) 跟单音名词"面"组合,表示场所。仅 1 例,所在句子又是俗语:

　　① 当面鼓对面锣。(翻)

8. 问

介词"问"共 4 例:《翻》2 例,《姑》、《禳》各 1 例。跟指人名(代)词组合,用在动词前,表示动作行为的对象;动词是表示"要,取"之类意义的词语：

① 问他丈人告助,那生意人割舍不的多给,只给了五两。（姑）

② 你家收着我万两银,我是敬来问他要。（翻）

③ 吴恒说："奶奶待赏小的嘎,着小的出去问他要的罢。"（禳）

四　工具·处所

俚曲这类介词有"使"、"用"、"着"。"使"和"用"只表示动作的工具或方式,只有"着"还表示处所。而"着"表示工具跟表示处所,并不是同一词义的演变结果。但为跟其他介词归类一律,也就不分拆两处。

1. 使

介词"使"共13例:《翻》11例,《禳》2例。跟指物名词组合,用在动词前,表示动作行为的工具或方式。如：

① 就输了也穷不了人,赢了就使肩膀扛。（翻）

② 吊在马棚内,打你一百多;他还要送到堂上,三十二十的使板抹。（又）

③ 魏名就请他吃酒,使话挑弄他。（又）

④ 快着人使小床抬去!（禳）

2. 用

介词"用"只《禳》曲3例。跟名词组合,表示动作所用的工具或方式办法。如：

① 这两个忘八好可恶!用甚么法儿治他？

② 目莲到狱,去救亲娘,用手一指,方把门开放。

3. 着

介词"着"共16例:《姑》3例,《翻》4例,《禳》9例。

（1）跟指物名词组合,用在动词前,表示所用的工具或原料。7例,如：

① 看看床上灰土埋,还有一只旧绣鞋,打了打就着那床角盖。(翻)

② 即如就是一碗豆腐,若是切成叶着油煎了……(襄)

③ 那鸡蛋是铁丸,那豆腐是没盐,菜儿竟不着香油拌。(又)

(2) 跟处所名(代)词组合,用在动词后,表示动作行为的处所。9例,如:①

① 说母亲病着床,搬他来望一望。(姑)

② 仇禄十四,因着家里无人,就没念书,留着家里支使。(翻)

③ 一群老婆把姜娘子扶着屋里。(又)

④ (你那嫁妆)放着那里也方便。(又)

⑤ 你犯着我手里,我使上些唾沫打你。……犯着我手里我也着实敲。(襄)

⑥ 怎么加上一个指头呢?还打着脸上呢?(又)

五 原因·目的

俚曲这类介词只有"因"和"为"。"因"只表示原因,"为"兼表对象,而表示原因、目的跟表示对象只是同一意义的分化。

1. 因

介词"因"共9例:《姑》1例,《翻》3例,《襄》5例。跟名(代)词或短语组合,表示原因,可以用在谓语或主语前。例如:

① 妇人家不辞劳,皆因汉子没一条。(翻)

② (李二蹭)曾在赵亲家家里当管家,因他不服实攒了他。(襄)

"因"后又可以用助词"着":

---

① 《襄》的一例有些问题:"只见公子歪待(戴)着方巾,喘吁吁的跑来,藏着在仲鸿身后。"

③ 为甚么咯气撩生？只因着汉子好弄鬼。（禳）
④ 因着父母年高，意思要告假养亲。（又）

2. 为

介词"为"共49例：《姑》4例，《翻》13例，《禳》32例。

（1）跟名（代）词组合，可以用在句子谓语或者主语前，表示原因、目的。41例，如：

① 不可为我又着大娘生气。（姑）
② 家当是大家伙里的家当，为嗄都着他自己费了？（翻）
③ 光撒谎也无恶意，不过为成就婚姻。（禳）

"为"后可用助词"着"或"了"：

④ 只为着家没人，十年不上娘家门。（翻）
⑤ 这三个月里好虽好，只为着点小事儿，把娇容一变，就着人魄散魂消。（禳）
⑥ 况且听说是为了打发的好打，这怎么是个人来？（又）

"为着"的否定形式可以是"为不着"：

⑦ 后及至娶了那江城来，倒成了祸根，为不着个破烘笼，哎呀——扎着长声又是长又是短……（禳）

（2）跟指人名（代）词组合，用在动词前，表示受益者。8例，如：

① 你为您兄弟们，费了无穷的力气，使了无穷的心机……（翻）
② 为儿百计访婚姻。（禳）

六 依凭·因乘

俚曲这类介词有"依"、"凭"、"趁"，其中只"凭"有1例表示对象。

1. 依

介词"依"共5例：《姑》1例，《禳》4例。跟指人名词和带有"看法，意见"之类意思的动词"说"、"看"等组合成"依+名+动"的格式，表示按照某人的看法或意愿；"依"后可用助词"着"。例如：

① 依着大成说不必理他，他娘不听。（姑）

② 依我看绝妙无伦。(襄)

有的例子不出现动词,但在意思上有其他相关的替代词语:

③ 依着我心里不待求官,守着你胜做翰林院。(襄)

2. 凭

介词"凭"共 14 例:《姑》5 例,《翻》4 例,《襄》5 例。

(1) 跟指人名(代)词或指事物的词语组合,用在动词前,表示依靠、凭借。13 例,如:

① 满怀冤苦言难诉,惟凭双泪向丈夫。(姑)

② 又无父又无哥,家里日子仗赖着,全凭姐姐合俺过。(翻)

"凭"后可用助词"着":

③ 问你的病好了没,费钱都凭着针指做。(姑)

④ 凭着这两片唇,挣下了米一囤。(襄)

(2) 跟代词组合,用在动词前,表示对象,这是仿古或文言用法。仅 1 例:

① 可怜煞,陈珊瑚,拜了婆婆拜丈夫,满怀冤枉凭谁诉?(姑)

3. 趁

介词"趁"只《襄》曲 6 例。跟小句或形容词组合,表示利用某种时机或条件。跟小句组合时,"趁"后多用助词"着":

① 趁王子平不能起来,待俺开门而去。

② 趁着亲家还没走,分开他两口在那厢。

③ 趁着宿酒还未醒,带醉容易眠……

七 包括・排除

俚曲表示包括(连同)的介词有"连"和"带",表示排除的介词只有"除"。又因为包括和排除是相对的两个方面,所以放在一起分析。

1. 连

介词"连"共 14 例:《姑》3 例,《翻》4 例,《襄》7 例。

(1) 跟名词组合，表示连同、包括。3例，如：
① 咱可就把梨子连皮吃……（禳）
② 是连衣打？是解衣打？（又）
(2) 跟名词组合，动词前可用副词"都"，表示强调。8例，如：
① 遇着二成不在家，连尿盆子都给他端了。（姑）
② 我出上连门都不上，你嘎法治您老达？（翻）
③ 连饭都忘了吃。（禳）
(3) "连"跟"带"配合使用，3例。
A. 跟名词组合，表示包括前后两项：
① 不提防从里跳出，一棒槌带腚连腰！（禳）
B. 跟动词组合，表示两种动作同时或连带发生：
② 何大娘连骂带主，数唠了一阵。（姑）
③ 连骂又带诮，数瓜又数枣。（又）

2. 带

介词"带"共5例：《姑》2例，《禳》3例。跟名词组合，表示连同或包括：
① 豆腐带水一洼儿，连皮的萝卜一掐儿。（禳）
但"带"单用的少见，通常是跟别的介词配合成"连A带B"、"带A连B"、"劈A带B"一类格式（见介词"连"、"劈"）。

3. 除

介词"除"共5例：《翻》3例，《禳》2例。
(1) 跟指人或指物名（代）词组合，表示排除、不包括在内；"除"后可用"了"。3例：
① 除了盘费不算账，考去还要买文章。（翻）
② 若不然，除了这个图他嘎？（禳）
(2) 跟小句组合，有副词"还"配合，排除已知，补充其他，有强调作用。只1例：
① 除打了人还去上吊，祸临头还亏了休的早。（禳）
(3) 跟小句组合，后面谓语前有副词"就是"配合，表示不是这样就是那样，两者必居其一。只1例：

① 除了赌钱就是嫖，今日引他上了道。（翻）

【陆】 助　　词

助词包括结构助词、动态助词、事态助词、概数助词和语气助词。这里把语气助词分为"非疑问语气助词"和"疑问语气助词"两大类，而并不按各种"语气"进一步分类。语气助词疑问和非问虽然是不无关联但又是性质不同的两类助词，而且在分类上不存在任何问题。然而，在疑问或非问的语气助词内部，就多数情形而言，具体的助词并不专司某一种语气，而是通常兼表两种以上的语气。如果按"语气"分类，势必造成一个语气助词被分割得支离破碎的局面。这样，可能就不利于全面了解具体助词的功能或用法及其关系。而就历时的研究而言，了解某一语法词或语法形式的不同用法及其关系，又是非常重要的。

俚曲的助词及其用法跟现代汉语助词更加接近，并且又体现出时代及方言的特点。俚曲的助词系统如下：

1. **结构助词**：的$_1$（的）、的$_2$（地）、的$_3$（得）；
2. **动态助词**：的$_4$（得）、的$_5$（得）、着$_1$、了$_1$、过；
3. **事态助词**：的$_6$（的）、着$_2$、了$_2$、来$_1$、时；
4. **概数助词**：来$_2$；
5. **语气助词**：

（甲）非问：么（麽）、罢、吧、哩、呢、呀、呵、哇（呱）、哪、哟；

（乙）疑问：么（麽）、吗、哩、罢、呢、呀、呵、哇、啀、那（哪）。

其中，语气助词非问（甲）类有复合形式"罢了"、"罢呀"、"也罢"，疑问（乙）类有复合形式"哩么"。

一 结构助词

俚曲的结构助词有"的$_1$"、"的$_2$"和"的$_3$",分别相当于现代汉语的"的"、"地"、"得"。俚曲只有数例结构助词"得",一般写作"的"(即"的$_3$")。这至少说明,现代汉语结构助词"的"、"地"、"得"在聊斋俚曲的时代和它所代表的方言里,它们的词音形式已经就是相同的。

1. 的(的$_1$)

结构助词"的"(可看作"的$_1$")783例:《姑》124例,《翻》256例,《禳》403例。

(1)跟名(代)词、动词、形容词等除连词、助词、叹词之外的各类词语组合,在语法功能上相当于一个名词。204例,如:

① 也该论论从前的过,自家的尽情丢却……(姑)

② 儿孙是自己生的,还要七拗八挣的;何况媳妇是四山五岳之人相遇一处? 若着那爹娘从小教诲,那里有天贤的呢?(又)

③ 慧娘揹了十两银子来,着大姐给他盖屋,大姐没收他的。(翻)

④ 不做甚么,吃的穿的强似他。(又)

⑤ 列位休笑,天下那一个不是怕老婆的呢?(禳)

⑥ 这是那相公吊(掉)的,我拾了他的来。(又)

这类结构作为詈辞可以独立成句。例如:

⑦ 徐氏气的把脸一变,说:"老贼杀的! 敢放这些狗臭屁!"(翻)

⑧ 范楛就恼了,说:"狗攮的! 你每日吃俺的饭,这点事就求不动你?"(又)

(2)跟名(代)词、动词、形容词等各种词语组合,修饰名词。583例,如:

① 大成娶了个媳妇,姓陈名叫珊瑚,是个秀才的女儿。(姑)

② 都说道这么个媳妇，就是那扬州的琼花，真正是找遍天下无二朵！（又）

③ 珊瑚起来，依旧梳一个不丑不俊的头，披上一件不脏不净的衣裳，换上一双不新不旧的鞋，照常的伺候。（又）

④ ……头上顶的房爷爷，屋里铺的床爷爷，三根腿的炉神香爷爷，毛厕的毛神脏爷爷，凡是天地间的神灵，无论甚么爷爷，你若保佑俺打骂不捱，我就发下洪誓大愿。（禳）

这类"X＋的＋名"结构本身可以是感叹句，"的"字前通常是第一人称"我"。例如：

⑤ 心里的苦水变成酸，我的天！叹见人，好叫人叹见！（姑）

⑥ 我的哥哥哟！咳咳，我的皇天哥哥哟！（翻）

2. 的（的₂，地）

结构助词"的（的₂）"（即通常所说的"地"）136例：《姑》35例，《翻》47例，《禳》54例。

（1）跟动词、形容词（含不同重叠形式）之类词语组合，做句子谓语或补语。但俚曲所用不多，共9例，如：

① 于氏气极了，见他汹汹的，却又不敢骂他。（姑）

② 臧姑哭了会子女，忽然来这院里，见了他婆婆，娘长娘短的……（又）

③ 二相公到了后宅，见了慧娘，正在那里哭的泪汪汪的。（翻）

④ 撞见老李婆子那模样儿，毛梢梢的，像有些虚惊的光景。（禳）

⑤ 常时还好来，近因着他战战得塞的，越发厌恶人了。（又）

（2）构成"的₂"结构，做动词或形容词谓语修饰语。这一类比（1）多得多，共127例。

A. 跟动词、形容词、副词、摹状拟声词及重叠式词语组合，修饰动词。117例，如：

① 于氏拭了脸,劈珊瑚"瓜"的声一耳根子,说:"我看不上你乜脏样!"(姑)

② 整日的大哭大骂,倒在床上不能动弹。(翻)

③ 这几个月以来,度日如年,俺一般的也捱到了。(禳)

④ 书童说:"你甚么两只小脚哩,'啄打打打'的闷杀人!……"(又)

B. 跟副词性词语组合,修饰形容词。这类例子较少,共10例,如:

① 可笑那仇大郎真是个憨蛋,土条蛇暗咬人,异样的秦奸。(翻)

② 五更三点了,身上略略的轻些了。(禳)

③ 万一的运气不好,抽着了后签后悔难堪。(又)

3. 的($的_3$)/得

结构助词"的($的_3$)"(通常作"得")共243例:《姑》52例,《翻》80例,《禳》111例;"得"只《禳》3例,不单列。

(1) 跟动词、形容词组合,后面接动词性补语。"$的_3$"81例,"得"仅1例,如:

① 娘俩就像亲娘亲女儿,待了几年没见,亲的就学不的。(姑)

② 徐氏气的把脸一变。(翻)

③ 劈头就是顿踏棍子,打的露着血真脉子。(禳)

有时候补语部分可以有主语:

④ 打听珊瑚较好了,怕待的久了,弄的他娘知道,便上门去逐他。(姑)

⑤ 恨的他银牙咬碎,气的那粉面通红。(翻)

⑥ 公平休得要拿歪,我赢的你吊了块!(禳)

这类用例补语里的主语,可以看作是前面动词的受事(宾语),所以可由"把"字组合,移在动词前:

⑦ 叫一声小江城,真像个鬼灵精,把人作祟的睡不定。(禳)

⑧ 若还读得功夫到，万里青云自有程。(禳)

（2）跟动词、形容词组合，后面接形容词补语，而跟动词组合比较常见。"的₃"109例，"得"仅2例，如：

① 却说老王奔到家，安大成迎着说："你来的怎么这样快？"（姑）

② 你再来做的多着些，分开们哩是为你来么？（翻）

③ 若还是去的晚了，你看恁师傅不依。（禳）

④ 来得仓猝，盘费甚少。（禳）

这类用例形容词前也常出现主语：

⑤ 媳妇终日不从容，婆婆闲的皮也疼。（姑）

⑥ 输的我着了极，寻了一条最妙的计。（翻）

⑦ 一门亲事没既成，到（倒）走的俺这腿儿细。（禳）

⑧ 冤魂初下阎罗殿，觉得青天分外空。（又）

一般来说，像⑤至⑧例形容词前的主语，在意义上就是前面动词的受事，所以也可由"把"字组合，移在动词前：

⑨ 范相公笑吟吟，把他换的一崭新。（翻）

⑩ 仇福把屋里打扫的极干净。（又）

如果动词后带宾语，有时是重复动词，有时是宾语作为形容词的主语：

⑪ 白花花一大窝，都倾成没奈何，对联对的真不错。（翻）

⑫ 王次山说："学道下的学极早，我来时出了道了。"（禳）

（3）跟动词、形容词组合，后面是四字式（不包括连词）和重叠式以及其他摹状词语或比拟式补语。31例，如：

① 珊瑚还照寻常的规矩，早早起来，梳的光头面净，去伺候婆婆。（姑）

② 待了二日，徐氏知道这些事情，只气的采发打脸，大哭大骂。（翻）

③ 那奶奶说跪着，他还不敢站着哩，真正是降的至极至极的。（禳）

④ 高兄弟学的油嘴滑舌，为什么转（赚）下棒槌？（又）

⑤ 俺说的冠冠冕冕,唠的他见信方佳。(又)
⑥ 生了一个儿子,娶了一个媳妇,到(倒)躲的远远的。(又)
⑦ 满城听到这里,气的战哈哈的说……(禳)
⑧ 你扎挂的合妖精似的。(姑)

(4) 主要跟动词组合,后面是名词和数量词之类的补语。这类补语的名词必须是和数量词组合,或者有相关的副词。4例,如:
① 可休学你大舅舅,踢弄的一个精光腚。(翻)
② 他生的身长八尺,腰阔十围。(禳)
③ 瘦的一捻腰,怎禁的虫声乱!(又)

(5) 跟形容词组合,后面是副词性补语。18例,如:
① 这一个碜的碜的紧,那一个碜的可才窘。(姑)
② 放他进去一看,果然整齐的紧!(禳)
③ 自从奴人去后,爹娘叫我独居,今已一月有余,倒觉松缓的紧!(又)

二 动态助词

俚曲的动态助词有"的$_4$"、"的$_5$"跟"着(着$_1$)"、"了(了$_1$)"、"过"。"的$_4$"即表示动作行为实现可能性的助词,通常写作"得";"的$_5$"即表示动作行为完成的助词,通常也写作"得"。不论是可能态或完成态助词,俚曲均习惯写成"的",写"得"是极个别的例子。此外,动态助词的"着"可看作"着$_1$"、动态助词的"了"可看作"了$_1$",以区别于事态助词的"着"和"了"。

1. 的(的$_4$)/得

表示动作行为实现的可能的动态助词"的"可看作"的$_4$"(通常写作"得"),共124例:《姑》12例,《翻》42例,《禳》70例;"得"4例:《姑》、《翻》各1例,《禳》2例。

(1) 跟动词组合,表示可能。"的$_5$"111例,"得"仅1例,如:
① 好个俊人儿!你看就上的画儿。(姑)

② 一个病老婆,禁的甚么气!(翻)

③ 白绫裙绿绸裙,传的影上的画,出的门支的架,扎裹起来爱煞人,好像一尊活菩萨。(醒)

这类用法的例子往往是疑问或反诘句,纯粹用于陈述句的很少。同时,其否定形式通常是在"的$_4$"前用"不"字。例如:

④ 每日是降人,日头又倒照,才知道抄不的家里的稿。(姑)

⑤ 大姐从此当家过日子,就走不的娘家了。(翻)

⑥ 休笑汉子全不济,这里使不的钱合势。(醒)

(2) 在动词和结果补语或趋向补语之间用"的$_4$",表示可能(这一类的否定形式是不用"的",而用否定副词"不")。"的$_5$"13例,"得"3例,如:

① 不敢望跟的上你,就次些我也肯依。(姑)

② 人家孩子没了老,济着光棍们翻过天,这样如何受的惯?(翻)

③ 那软弱书生越发看的见。(醒)

④ 人物不好不成对,没有根茎也赃(脏)囊,两班儿都要配的上。(又)

⑤ 都说模样看得过,怕的性情未必贤。(姑)

2. 的(的$_5$)/得

表示动作行为完成的动态助词"的"可看作"的$_5$"(通常也写作"得"),共63例:《姑》6例,《翻》24例,《醒》33例;"得"共7例:《翻》1例,《醒》6例。与其他动态助词相比,俚曲所用不算多,又都是表示动作行为完成的一类,而且大多跟"听"、"省"、"免"、"进"等几个动词组合。

"的$_5$"或"得"跟"听"、"省"等动词组合,后面是动词或动词性小句。例如:

① 听的说人人痛骂,恨不能把你抛。(姑)

② 大姐听的说他爹被掳,才来家看了看。(翻)

③ 俺破上钗环典当,省的求地告天。(醒)

④ 我定然不放他,把角门关了,免的胡缠。(又)

⑤ 待俺出得门去,消散一回便了。(又)

后面是形容词或形容词性小句。例如:

⑥ 锁了门没处逃,听的书声日日高。(禳)

⑦ 听的他志向佳,从良要嫁好人家。(又)

后面是名词。例如:

⑧ 于夫人现世现报,晚年来受尽的风霜。(姑)

⑨ 进的房门往里看,一个病娘卧在床。(翻)

后面无其他语法成分。如:

⑩ 姜屺瞻听的,躲出去了。(翻)

⑪ 我听的了,教您儿处治我!待怎么处治哩!(禳)

3. 着(着$_1$)/著

动态助词"着"共 **501** 例:《姑》92 例,《翻》193 例,《禳》216 例;"著"仅《禳》2 例。

动态助词"着"用在动词后,主要表示动作正在进行或动态的持续。

(1) 表示动作正在进行,"动+着"后面可以有宾语。**20** 例,如:

① 安大成平日极孝,正卧着,听见他娘吵骂,扎挣起来,流水来问……(姑)

② 正议论着,只听的那喇叭一声子哩响……(翻)

③ 这里大家正吃着酒,看见女兵来了慌极,都爬墙颠了。(禳)

④ 石庵、仲美捧着肚子哎哼回来说:"哎哟!就死也去给俺要盆绿豆汤来,给俺解解。"……家人答应了一声,回来说:"宅里熬着哩!"(又)

(2) 表示动作状态的持续或者存在,"动+着"后面可以有宾语。**231** 例,如:

① 于氏方才洗脸,流水找着毛巾,拿在手里伺候着。(姑)

② 别人都去了,落了他俩在黑影里坐着。(翻)

③ 锅着腰,勒着头,只有丝丝气儿抽。(禳)

④ 头上戴着朗素儿,身上穿着粗布儿,腚上穿着破裤儿。(又)

(3)"动+着"跟后面的动词性词语构成连动式,或者"动+着"后面是相关的小句,两者之间有不同的意义关系。225例。

A."动+着+(宾)"表示后面动作的方式或情状。例如:

① 只怕壶中酒无钱沽,锅里饭不能自熟,只得撅着老腚从头做。(姑)

② 光见瓦石,并不见银气,把头兴全没了,撅着嘴去了。(又)

③ 仇福也不作声,听着姜娘子数量着哭。(翻)

④ 丈人给了个银子锞,丈母偷着又给了俩。(禳)

⑤ 起来走着拉着手说:"咱就定了娶亲的日子罢。"(又)

B."动+着+(宾)"跟后面的动作有着方式、手段或者目的的关系。例如:

① 这身衣服不堪夸,穿着做饭纺棉花。(姑)

② 新媳妇好处多,又洗碗又刷锅,赶着驴儿去推磨。(翻)

③ 想这汗巾,想这汗巾,纤手拿着擦朱唇。(禳)

C."动+着"跟后面的动作同时进行。例如:

① 沈大姨一行拉着他,说:"我儿,你怎么来?"(姑)

② 秋桂见他只顾寻思,便说:"张天师闭了眼,你出甚么神哩?"行说着,端了菜碟来,又烫了酒来。(翻)

③ 高公上前,一行走着便说:"今日必于乔迁了?"(禳)

(4)"动+着"用于祈使句,带有命令或请求之类的意思,这应该是第(2)类相关用法的语境变化。27例,如:

① 仇大郎你听着!(翻)

② 江城又说:"俺在这肩膀上站着罢!"(禳)

③ 你且上屋里藏着的吧,俺待念佛去哩!(又)

4. 了(了$_1$)

动态助词"了"一般称为"了$_1$"。共1813例:《姑》289例,《翻》781例,《禳》743例。

动态助词"了"主要表示动作的完成,包括实际发生的动作的完成和将要发生的以及假设可能发生的动作的完成。

（1）用在动词后。动词如有宾语，"了"用在宾语后；动词如有动词或形容词补语，"了"用在补语后（宾语前；动词和它的补语组合的动补式可以有宾语）。1521例，如：

① （珊瑚）去给于氏磕了头，磕了起来说："娘真个待休了我么？"（姑）

② 赢了是你运气高，输了就使肩膀扛。（翻）

③ 这两日提亲的到（倒）不少，才去了又来到。（禳）

④ 杀了人放了火，十万银子包裹裹，一直送到抚院堂，情管即时开了锁；惟独这娘子人起了火，没处藏没处躲，这个衙门罢了我。（又）

⑤ 卷着席头沿地里搬，几乎住遍了峡江县。（又）

有时"动+了"后面是物量词语（数量宾语），表示动作涉及的事物的数量。例如：

⑥ 五十亩地倒卖了十亩，他中甚么用？（姑）

⑦ 魏名伺候的扶头酒，每人吃了两杯。（翻）

（2）"动+了"后面是动量词语，表示动作的数量。66例，如：

① 于氏推了一把，没好气说："我不希罕你！"（姑）

② 大成巴数了一阵，墙上挂着一支鞭子，拿下来把珊瑚打了几下子。（又）

③ 进来房门采住毛，挦了一百小鞋底。（禳）

④ 官家辞了两三番，合该合你有姻缘。（又）

（3）"动+了"后是时量词语，表示这个动词的动作从开始到完成经历的时间。① 91例，如：

① 我来了三四年，在娘身上就没点好么？（姑）

② 徐氏哭了几日，又气又恼，浑身肿了。（翻）

---

① 动词是"到"之类的情形除外。例如：《姑》"到了第三日，沈大姨骑着他那驴来"；《翻》："因着他儿家年小，到了明日，就家去了"；又："沽美酒买佳肴，一吃到了鸡儿叫"。

③ 俺也怕了十来年,至到而今他不怕俺。(醒)

④ 想从前泪珠儿乱抛,说了一夜,懊悔了终宵。(又)

动词是"隔"之类时,则表示从开始到后来间隔的时间。例如:

⑤ 隔了一日,又送了果子来。(姑)

⑥ 像合你隔了几世,好教我目痛心酸。(翻)

(4)"动+了+动",即"了"用在动词重叠式的前一个形式后面,表示比较短暂或略微的动作状态;有时后面的动词形式前有数词,它后面有宾语。99 例,如:

① 珊瑚没奈何,才拭了拭那泪,到了房里,取了一把剪子出来,又朝着大成拜了拜说:"我身上一个针也没带着,留着等你娶了好婆子来,你可给他。……"(姑)

② 催了催不肯上套,到(倒)全了这家人家。(翻)

③ 到了近前看了看,那王喘气已是不喘气!(醒)

④ 夫人拉过江城的手来,撮了撮下颏,捏了捏耳环。(又)

有的例子宾语放在"动+了"后:

⑤ 正月十五他出来走百病,我瞧了他瞧。(醒)

如果后一个动词形式前有副词"又",则表示动作重复进行。例如:

⑥ 待了二日,拜别了沈大姨,谢了又谢。(姑)

⑦ 于夫人喜的说了又说。(又)

(5)"动+了+来/去"。动词后用"了",但又有趋向动词"来"或"去"。37 例,如:

① 惟有这把剪子,是从小使的,我拿了去罢。(姑)

② 臧姑听的跑了来,也不怕大伯,骂二成:"贼杀的!你不来呀!"二成狗颠呀似的跟了去。(又)

③ 暗地里找个主子,言定价银十两,安心不对他说,着人家强拉了去。(翻)

④ 春香不能济事,着老王跟了去罢。(醒)

这也是动态助词,只是用法上比较特殊一些。其实,这种用"了"的句子就是以下用例的变式:

⑤ 留着等你娶了好婆子来,你可给他。(姑)

⑥ 何大娘见留不住他,就借匹马来,送了他去。(又)
⑦ 行说着,端了菜碟来,又烫了酒来。(翻)
⑧ 咱还要省下那香油拿了家去。(禳)

如果后 5 例"动+了"后的宾语在上文出现,或者是"把"字句宾语在动词前,也就是前面例子的句子了。此外,上例都又可以在趋向动词后用事态助词"了",成为"动+了$_1$+来/去+了$_2$"或"动+了$_1$+宾语+来/去+了$_2$"的形式。

5. 过

动态助词"过"23 例:《翻》4 例,《禳》19 例。①

(1) 用在动词前,表示动作的完成,"过"后可以用事态助词"了"。14 例,如:

① 就说明如梭催人老,错过了光阴悔后迟。(翻)
② 人家孩子没了老,济着光棍们翻过天,这样如何受的惯?(又)
③ 俺穿过大街,从巷而去。(禳)

(2) 用在动词后,表示曾然。9 例,如:

① 异常事你都经过,苦杀了我的娇娇!(翻)
② 扰过了千万遭,不曾杯水将恩报。(禳)

三 事态助词

俚曲的事态助词有"的(的$_6$)"、"着(着$_2$)"、"了(了$_2$)"以及"来"、"时"。为了跟时间和数目助词的"来"相区别,事态助词"来"可看作"来$_1$"。

1. 的(的$_6$)

事态助词"的"可看作"的$_6$",80 例:《姑》12 例,《翻》16 例,《禳》52 例。

---

① 另有例子是用在形容词后,后面出现比较的对象,表示比较。只 1 例:"笑盈盈,俊生生,赛过那莺莺。"(禳)

（1）用在句子谓语后，表示对某种事情状态的肯定。47例，如：

① 儿孙是自己生的，还要七拗八挣的，何况媳妇是四山五岳之人相遇一处？（姑）

② 珊瑚自从过门，无所不做，且是性情又好，呼气来呵气去的，就吆喝他两句，他也不使个性子。（又）

③ 那仇禄也是十六，长的貌堂堂的。（翻）

④ 姜娘子说："仔怕嫖赌也是有的。"（醒）

⑤ 这不过有顶有面的，我去买两把大凿来，没日没工的凿他娘的。（又）

⑥ 但只是学道里是要钱的。（醒）

（2）用在句子谓语后，表示事情的某种趋向；如果是祈使句，则表示说话者的某种意向。33例，如：

① 庄家老得罪着老龙王，只怕怪下来，不上俺那地里下雨的。（姑）

② （大成说）没要紧，你拿了去回地的罢！（又）

③ 慧娘说："咱去找他找的。"（翻）

④ 仇福说："姐姐，你没本事，去歇歇的罢！我闲着做嗄哩！"（又）

⑤ 鱼童，你去庭前折一枝花来的！（醒）

⑥ 又自家打了两巴掌说："哎哟，气死我也！"忽的声倒了，不省人事。江城转身说："你死就死的！"（又）

⑦ 妹妹打姐姐，也不是别人，甚么好货哩！着他打的罢，我且跑到高四于那里，速速去以便早来。（又）

2. 着(着₂)/着哩

事态助词"着"共32例：《姑》9例，《翻》10例，《醒》13例。在用法上比较多样化。

（1）跟形容词组合成"形＋着＋（施事）"，表示情状或状态的存在。11例，如：

① 二成也不去种地，到了三月尽还荒着。（姑）

② 你迷糊着心眼，说说还嗔。（翻）

(2)"形＋着＋些",表示事态或程度更进一步。可作为祈使句。例如:

① 大相公还嘱咐密着些。(禳)
② 快着些罢呀么!(又)

(3)用在小句后,表示若然(假设某种事态出现)。11例,如:

① 我儿,你待家去着,我也不肯留你。(姑)
② 你若还待要着,咱打听打听。(又)
③ 大相公你不嫌着,你闷了就来找我。(翻)
④ 他不来着,才着人笑哩!(又)
⑤ 若是娶你着,待不扎挂哩么?(又)
⑥ 我这二年若是嫁了着,你待上那里找我的?(又)
⑦ 不就打听打听?若是人物好着,合他就做了也罢了。(禳)
⑧ 谁说你的不俊来?不俊着就怕的那!(又)

(4)用在小句后,表示且然(暂且怎么样)。4例:

① 驼垛子的老驴上山——你捱霎着,又济着喘嗄粗气哩。(姑)
② 咱且从容怕着,恐怕将来还做个茧。(禳)
③ 徐氏说:"你再坐坐着。"(又)
④ 江城说:"再一盘着。"(又)

另1例可看作表示将然,不单列:

⑤ 才待说走着,那妮子撒娇弄势的拉着。(翻)

(5)"着哩"连用,在形容词后,强调某种事态。仅2例:

① 倒未必,他贤惠着哩!(姑)
② 往后借重姐姐处多着哩!(翻)

另有1例形容词在"着"字前后重复使用:

③ 王婆说:"罢呀!拸塑匠两口子扎春牛——忙着那忙哩!"(禳)

3. 了($了_2$)

事态助词"了"一般称为"$了_2$"。共908例:《姑》108例,《翻》281

例,《醒》519例。

(1) 事态助词"了"用于动词谓语句。主要表示对事态的断定,包括已有或将有某种变化的事态,以及假设有某种变化的事态等。752例。

A. 动词或动词性谓语句用事态助词"了"。动词如有宾语、补语,"了"不能直接放在动词后。690例,如:①

① 他老子是举人,早死了。(姑)
② 仇牧之说:"这等我就放心了。"(翻)
③ 慧娘说:"这里盖不的屋么?"大姐说:"那可就在你了!"(又)
④ 谁想那众娘子们,已是都知道了。(醒)
⑤ 他来到家,光合咱那赁房的樊家那小妮子江城去打瓦,必定是玩住了。(又)

B. 事态助词和动态助词"了"同时使用,构成"动+$了_1$+宾+$了_2$"的形式。事态助词"了($了_2$)"表示的是"动+$了_1$"所代表的动作已经完成这一事态的变化。47例,如:

① 只听的那屋里,娘呀娘的,动了腥荤了。(姑)
② 安心待叫人服侍你么?你错了主意了。(又)
③ 你没了魂了么?从夜来迷迷殃殃的!(翻)
④ 相公吊了汗巾了。(醒)
⑤ 以后成了亲家了,还真么见外?(又)

这类用例如果不出现宾语,就只能保存一个"了",保存的这个"了"应该就包含着"$了_1$+$了_2$"的成分。

C. 事态助词和动态助词"了"同时使用,构成"动+$了_1$+(宾)+趋动(来/去)+$了_2$"的形式,事态助词"了"表示事态发生了变化。15例,如:

① 才叫二成来替替,臧姑来娇声怪气的叫了去了。(姑)
② 银子都被他翻了去了。(翻)

---

① 有的"动+了"可能包含着"$了_1$+$了_2$"。

③ 疾忙拨了四个人，把姜娘子抬了姜家去了。（又）
④ 那江城利害，看招了祸来了。（禳）
⑤ 这孔雀毛是我京里买的，忘了拿出来，是谁偷了来了。（又）

这类用例可以不出现宾语。不论有无宾语，使用事态助词"了"才能表示事情发生了变化，否则只有动态助词"了"只是表示动作的完成。

（2）事态助词"了"用于形容词谓语句。表示某种事态变化的形成，或者肯定已形成的事态。141例。

A. 形容词后用事态助词"了"，一般表示事态变化的完成，出现了或即将出现新的情况，也表示对已经形成的事态的肯定。如果形容词后有程度补语，"了"放在它的后面。112例，如：

① 日生又便宜了，就买了个丫头。（姑）
② 闪开包，都不是银子，依旧是砖头，挣极了。（又）
③ 姜娘子知道无妨帐，说你又嗜不疼了？（翻）
④ 天地之间蚕们可以老了……饥困可以饱了……（禳）
⑤ 夫人说："天不早了，你上轿去罢！"（又）

B. "形＋了＋宾"。形容词后用"了"，接着又出现宾语。这类情况主要是肯定或表示事态变化的形成。这里也把它看作事态助词。16例，如：

① 分家便宜了安二成，积攒了十年一旦空。（姑）
② 贼人胆子虚，仇福红了脸。（翻）
③ 谯楼上鼓已敲，熬的麦子黄了梢(稍)。（禳）

偶尔又有"形＋了＋宾语＋了"的例子，前一个"了"也是表示事态变化的完成，后一个"了"则是对形成这一事态的肯定，都是事态助词，不单列：

④ 我红了脸了么？（禳）

C. "形＋了＋数量"。这种用法的"了"也可以归入事态助词，表示事态的持续或变化；数量词语则表示事态持续、变化的幅度。13例，如：

① 臧姑去了，倒松缓了八九日。（姑）

② 鸟温了不大霎,又嗒蟹了净?(翻)
③ 这喉咙里虽疼,比先稍好了些。(又)
④ 土条蛇奸了半世,只落了子孙全休。(又)
⑤ 他若到了绣房前,咦,汉子就矮了一半!(禳)

(3)用在数量或时间词谓语句后,表示当时的年龄或时间。15例,如:

① (于氏)便合大成商议:"二成十四五了,他媳妇比他大两岁,合他丈人家说咱娶了罢!"(姑)
② 待了几日,一个儿子五六岁了,正旺相相的,忽然得了病。(又)
③ 便寻思着:"仇福十五六了,不如给他娶了媳妇罢!"(翻)
④ 天已晌午了,也该放了学了。(禳)
⑤ "解衣打二百!"家人说:"二百了。"……江城说:"再打!"又说:"四百了!"(又)

4. 来

事态助词"来"主要表示曾然事态(这里看作"来$_1$")。共54例:《姑》6例,《翻》11例,《禳》37例。曾然助词"来"通常用在动词性词语或小句后,表示事情已经发生过或曾经发生过。例如:

① (臧姑)口边说:"俺娘说来,您婆婆宜量甚么好?不照着他,他就乍了毛。"(姑)
② 我曾见这个人来,值二十两。(翻)
③ 大姐忙问道:"你见咱二弟来么?"仇福说:"见来。"(又)
④ 前年小长命往他姐夫家去,就曾到他家里,就见他那孩子来。(禳)

曾然助词"来"又往往用于疑问句。例如:

⑤ 他实实也罢了,我是怎么迷糊着那心眼来?(姑)
⑥ 一宿没来家,你做甚么的来?(翻)
⑦ 内云:咳,令尊是这么死的来么?丑云:你道是咱着来呀?(禳)

5. 时

事态助词"时"用在小句后,表示若然事态,假设某种事情发生或情况的出现。5例:《姑》1例,《翻》2例,《禳》2例,如:

① 人若是恼你咋不着,天若恼了时咋奈何?(姑)
② 意想如今他想我,必然也似我想他,我不去时他心里骂。(翻)
③ 必然还得相相我,我若好时他才来。(禳)

四 概数助词

概数助词指表示时间或数目概数的"来"。这里把时间助词"来"看作"来$_2$",把数目助词"来"看作"来$_3$"。

1. 来(来$_2$)

时间助词"来"主要用在时间词或带有时间意义的词语后,表示从前以来的时间。27例:《姑》2例,《翻》4例,《禳》21例。

(1)用在时间词语后面,表示从过去某一时间开始到眼前的时间。9例,如:

① 于夫人现世现报,晚年来受尽的风霜。(姑)
② 一年来,一年来,夫妻恩爱常分开。(禳)

又有"来"用在时间词"年"叠用形式后的例子:

③ 是怎么?这年年来,好像到了女人国里……(禳)

"年年来"犹"连年来"。以上的"来"相当于"以来"。下面是可直接对比的例子:

④ 自从王子雅中毒之后,半年以来,并没有一个登门。(禳)

另有"今日来",相当于"今日里":

⑤ 今日来我原不曾待见他,既是这等,我上宅里看他去的。(禳)

(2)用在动词或形容性词语后面,表示从那时以来的时间。18

例，如：①

① 世上惟有禽合兽，生来只知自有娘。（翻）
② 小子生来命也么乖，怎么娶了个祸根来？（襄）
③ 多亏了祖宗积善，临老来闲气不生。（又）

另有"晚来"指夜晚，到了晚上：

④ 晚来俺俩，睡在一榻。（襄）

2. 来（来₃）

概数助词"来"表示大概的数目。用在数词和量词之间，指比数词稍大或稍小的数目。数词均为整数"十"。共8例，如：

① 又待了十来天，闺女也是一点病没有，正顽着，绝气而亡。（姑）
② 十来胎不存留，看今生已罢休。（襄）

另有1例量词前用"多"，则表示稍大的数目：

③ 女孩儿生把气呴，十来多岁还撒娇。（襄）

五 语气助词

语气助词包括表示陈述、祈使、感叹等非疑问语气的助词和表示询问、反问、测度等疑问语气的助词。

（一）非疑问语气助词

俚曲非疑问的语气助词有"么（麽）"、"罢"、"吧"、"罢了"、"罢呀"、"也罢（也罢了）"、"哩"、"呢"、"呀"、"呵"、"哇（呱）"、"哪"、"哟"。其中"吧"是"罢"的新兴词形，"呵"即现代汉语里的"啊"，"哇"和"呱"只是同一助词的不同书写形式。

1. 么（麽）

用于非问的"么"，《姑》、《翻》无例，只《襄》16例，而且单独用来表示语气的不多。

---

① "从来"、"向来"、"原来"、"将来"、"后来"以及"再来"之类复合形式未包括在内。

(1) 用在具有让步关系的复句前一个小句末尾,表示存在某种情况。仅1例:

①公子上云:"连日江城与小生竟有了说笑,虽则是我去奉承他么,到底也还奉承得过了。"

(2) 用在祈使句末的其他语气助词后,有的后面还出现别的语气词。11例,如:

①思一番,想一番,你回了心罢么!

②公子说:"亏承亏承!等他来了,我谢你二两银子罢了么"!

③江城说:"姐姐对俺说了罢么!"

(3) 用于感叹句,后面又出现语气词。4例,如:

①想杀奴了么呀!

②害杀奴了么呀!

2. 罢

语气词"罢"共186例:《姑》20例,《翻》50例,《禳》116例。用在非问句末尾,表示多种相关而不同的语气。

(1) 用在陈述句末尾,表示在某种情况下作出选择。10例,如:

①你不孝,着咱娘生气,我也没有那些气合你啕,不如休你去罢!(姑)

②便寻思着:"仇福十五六了,不如给他娶了媳妇罢!"(翻)

③老爷领着百万兵马,怎么怕一个妇人?咱不如反了罢!(禳)

④(江城云)来的这样凶恶,我若挡他,必定不妙,不如做个人情罢。(又)

(2) 用在陈述句末尾,表示仅此而已,相当于同类用法的"罢了"、"就是了"。4例,如:

①秦厨说:"好混帐物!待扎挂你扎挂罢,待拉扯别人咋?"(禳)

②公子说:"我中了举,怎么还叫我小长命?"江城说:"好大

的个举人哪！也就是在炕头上称罢。"（又）

(3) 用在陈述句末尾，表示决定语气。26例，如：

① 仇福还了那钱，下剩的说："春娇，我送了你罢。"（翻）
② 子正起来说："这妮子甚么正经！我还先走罢。"（禳）
③ 低头一想说："罢呀，爹娘近前也害不的羞，我就实说了罢！"（又）

另有1例用在答语里，直接在名词后，省略动词：

④ 茶博士说："爷是吃酒是吃茶？"江城说："茶罢。"（禳）

(4) 用在陈述性句子末尾，3例。

A. 表示仅此而已，相当于"罢了"。2例：

① 大姐说："这是甚么话！娘是俩罢，老可是一个呀！"（翻）
② 那珊瑚罢，他是乜东人么？（又）

例②"那珊瑚罢"，意思大约就是：那珊瑚不过就是她这么个人罢了（不是别的什么）。

B. 用于举例，只1例：

③ 吴恒说："就是我罢，每日领着主人家工食月粮，也尽够费的……"（禳）

(5) 用在祈使句末尾，表示命令、催促、请求、建议和商量等语气。143例，如：

① 老王，你回去罢，着他且在这里罢。（姑）
② 你路上少吃俭用，可以到了家，你就快忙走罢。（翻）
③ 石庵摇头说："不是玩，不是玩，求每人亲赐一根拄杖罢。"（又）

又用于表示禁止的句子，也属于一类。如：

④ （何大娘）劝道："我儿，你哭出血来了！休哭罢！"（姑）
⑤ 子平云："来到门首了，闲话休说罢。"（禳）

有1例又带有不满语气，不单列：

⑥ 这家子不好，那家子不好，你打了光棍子罢！（禳）

3. 吧

语气词"吧"4例。"吧"是"罢"的借音替代字。①
(1) 用在祈使句末尾,表示命令。1例:
    ① 你且上屋里藏着的吧,俺念佛去哩。(禳)
(2) 用在祈使句末尾,表示决定语气。3例:
    ① 子正说:"过来,我背着你走吧。"(禳)
    ② 仲鸿说:"妙极,妙极! 就这么吧!"(又)
    ③ 春香云:"不敢劳动奶奶,着老王吧。"(又)

4. 罢了

语气助词"罢了"仅4例:《翻》1例,《禳》3例。

(1) 用在陈述句末尾,表示仅此而已,有时有把事情往小处说的意思。2例:
    ① 嗤! 磣杀我罢了!(禳)
    ② 我果然没有小长命那本领吗? 天下可也没有他那一份子奶奶罢了。(又)

(2) 用在陈述句末尾,表示不屑,相当于同类用法的"就是了"。只1例:
    ① 夫人恼了说:"你还没问问是谁就说不要,从此可也不给你找老婆了! 你等着做驸马呵? 你等着罢了!"(禳)

(3) 用在复句的前一个小句末尾,表示事情仅止于某人或某一方面。只1例:
    ① 大姐说:"咱娘罢了,我可断不肯领。"(翻)

5. 罢呀

语气助词"罢呀"连用式仅3例。

用在复句的前一小句末尾,表示仅有某种状态或行为就够了,也相当于同类用法的"就是了";后一小句是反问句:
    ① 夫人说:"这又奇哩! 不丑罢呀,怎么不好?"(禳)

---

① 由俚曲来看,"吧"不一定是为替换"罢"(部分用法)而造的谐声字,因为"吧"又有其他用法。例如《禳》:"丑合俊听你胡吧,好合歹全在你自家";"那瞎厮一溜胡吧,说小些到(倒)也不差";"伸头搐脑,乱说乱吧";"旁里没人,俺俩闲吧,吧了半日,不敢勾他。"

助　词

② 夫人大笑说:"好伙孩子！模样好罢呀,要那脚做甚么?"（又）

③ 公子云:"打我罢呀？该他甚么事?"（又）

6. 也罢/也罢了

语气词"也罢"、"也罢了"13 例:《姑》3 例,《翻》6 例,《禳》4 例。①

(1) 用在陈述句或否定句末尾,表示只好如此。6 例,如:

① 于氏说:"我没造化情受你这个好媳妇,休去了也罢了。"（姑）

② 不吃饭回来也罢,人太多也费安排。（翻）

③ 是我不待见他,姐姐就怪些也罢。（又）

④ 兰芳云:"姐姐就怪些也罢,这门是不开的了。"（禳）

(2) 表示让步,可以或可以理解。5 例,如:

① 他实实也罢了,我是怎么迷糊着那心眼来！（姑）

② 论起来你今日不去也罢,随你的心从你的意就且住下。（又）

③ 其实合他做了亲也罢了。（翻）

④ 若是人物好着,合他就做了也罢了。（禳）

(3) 表示没什么,没关系。2 例:

① 这孩子你好潮,睡到天明也罢了,误不了你家去比较。（翻）

② 他孩子又小,不进也罢了。（禳）

7. 哩

用于非问的语气助词"哩"共 78 例:《姑》14 例,《翻》11 例,《禳》53 例。主要用于叙述句,表示多种语气。②

(1) 用在叙述句末尾,申明事实,有时带有夸张、强调语气。45 例,如:

① 大成见不是犯,跑到屋里把他娘拉出来,他那里还骂哩！

---

① 用于句首及明显属于动词性的例子不包括在内。
② 另见"着哩"、"哩么"。

(姑)

② 你对您媳妇子说,我这里做着饭哩!着他等等罢。(又)

③ 他在时,我还嫌他带累我哩!(翻)

④ 岂不知他到了家里,那汉子就合你我是一样,那奶奶说跪着,他还不敢站着哩!(禳)

⑤ 夫人说:"果然是我那话,正在那里争瓜子哩!"(又)

(2) 用在叙述句末尾,申明事实并且带有不满(不屑)的语气。32例,如:

① 若一分辨,不知啕多少气哩!(姑)

② 你可伴不的他,他能着人叫他三奶奶哩!(禳)

有时更侧重于表示不满(不屑)或讽刺。例如:

③ 俺大嫂你也不必恼甚么,一家好人家哩!(姑)

④ 于氏说:"你心昏么!人家休了的人,你每日窝藏着,还打乜是不知哩!"(又)

⑤ 太公冷笑了声说:"好么?就是这口气还喘哩!"(禳)

⑥ 近来听的他夜夜合老婆同睡,这样光棍到(倒)容易打哩!(又)

(3) 用于感叹句末尾,仅1例:

① 夫人说:"这又奇哩!不丑罢呀,怎么不好?"(禳)

8. 呢

非疑问的语气助词"呢"共21例:《姑》2例,《翻》6例,《禳》13例。

(1) 用在句子末尾,申明事实而有时带有夸张语气。14例,如:

① 臧姑说:"狗脂,饿极了呢!……"(姑)

② 大姐说:"你也嫌么?我当你爱呢!"(翻)

③ 江城输了瓜子,不依我打呢。(禳)

有个别例子在申明事实的同时,也表示意外:

④ 是高大嫂呢,你怎么迷胡来来?(禳)

(2) 表示肯定、认同或否定语气。有的例子是直接用在"是"或者"不"的后面。7例,如:

① （魏名说）"在我看来，你不如分开罢，费也费的是他的。不着咱厚，我也不劝你。"仇福说："是呢。不着你说，我还想不到这里哩。"（翻）

② 仲鸿说："正是呢。"（襄）

③ "想是他不爱你么？"江城说："不呢！"（又）

④ 满城说："是你不爱他么？"江城说："也不，不呢！"（又）

9. 呀

非疑问的语气助词"呀"共 123 例：《姑》48 例，《翻》21 例，《襄》54 例。用在句子或句子成分末尾，表示多种不同的语气。

（1）用在陈述句末尾，表示解释、申明语气。仅 6 例，如：

① 这是俺那媳妇子着人送来的呀！（姑）

② 一瓶薄酒，做几碗粗菜，也不成个席的呀！（翻）

③ 夫人说："您哥哥和嫂嫂和睦么？"老王低头说："和……和睦呀。"（襄）

（2）用在祈使句末尾，表示催促、请求、阻止等语气。6 例，如：

① 何大娘出来，见是他，笑了笑说："屋里没人，你来家呀！"（姑）

② 夫人说："休呀！快着人对他说，不要费钱，我不能住下。"（襄）

（3）表示感叹，104 例。有不同情况。

A. 用于感叹句末尾。例如：

① 何大娘恼了，说："耶耶，好奇呀！驼垛子的老驴上山——你捱霎着……"（姑）

② 李婆说："好呀，培了的芋头不踏，差一脚就摸了……"（襄）

B. 用在名词（包括呼语）或其他词语后面。例如：

③ 说娘方才怒气加，亲娘呀，我还不知为嗄。（姑）

④ 兄弟呀，那里料你有体面！（翻）

⑤ 长命呀，这一个子儿俺不算。（襄）

有的用例还表示不屑或不满：

⑥ 何大娘说:"象呀,老母猪衔着象牙筷子,他就装煞,也是杀才。"(姑)

⑦ 臧姑说:"象呀,休说咱还年小,总没有儿,我也留着个闺女。"(又)

(4) 用于句子停顿或重复词语后面。7例。

A. 用来舒缓语气或表示说话人的犹豫:

① 大姐说:"说起来呀,他知书达礼,那里有不来的?"(翻)

② 我才顿混了顿混说:"你看我呀,好当还是主人家的来呢。"(禳)

B. 用在选择问句后面,表示列举:

③ 他有爱汉子的呀,或是想老婆的呀,俺老李一到,就是天仙织女,俺也念诵的思凡。(又)

C. 用在重复的词语后面,表示动作行为重复进行或出现的状态:①

④ 只听的那屋里,娘呀娘呀的,动了腥荤了。(姑)

⑤ 老婆给公子勒上头,摇呀摇呀的出门说:"哎哟! 打折腰也……"(禳)

D. 用在重复名词的第一项后面,表示反复称谓或称呼:

⑥ 他会唱狗呀狗,你看家……(禳)

⑦ 强人呀,俺也叫人家哥哥呀哥哥,你心如何?(又)

10. 呵

非疑问的语气助词"呵"仅5例:《姑》2例,《禳》3例。

(1) 用于感叹句,表示感叹,2例。其中一例用在名词后面,另一例"也呵"连用:

① 老王唬极了,说:"俺娘呵! 这是怎么说?"(姑)

② 摇头咬指云:"看起来也不是个善良君子也呵!"(禳)

(2) 用在假设或条件小句的末尾。3例:

① 珊瑚说:"但得娘知道我没有二意,不怪我呵,就死了也

---

① 例①"娘呀娘呀"是指骂娘,动词性。

甘心！"（姑）

② 倪幸成了对儿，也亏天爷在行；不是呵，把这件东西那里放？（襄）

③ 我若是通你呵，你待中恼了哩。（又）

11. 哇/呱

"哇"、"呱"只是同一个语气助词的不同写法，都属于"呀"、"呵"一系。非疑问的"哇"仅《襄》4例，"呱"仅《翻》1例。

（1）用于感叹句，多用在形容词后：

① 内云：好哇！还是令尊是条汉子！（襄）

② 哇！我怕是上人上物哇！（又）

③ 长命大笑云："妙哇，妙哇！你可翻错了！……"（又）

（2）用在假设小句末尾。只"呱"1例：

① 若是有钱不借给你大相公呱，那可就是一个狗！（翻）

12. 哪

非疑问的语气助词"那"，俚曲一律作"哪"，共20例，均见于《襄》。

（1）表示感叹。19例。

A. 用在名词或名词性词语后面。例如：

① 这怎么是个人来？天哪，天哪！

② 咱每日念佛，毫没效验，听说他媳妇子把他那肉都铰下来了，咳！天哪！

有时是重复名词，只在前一个名词后用"哪"：

③ 世间那有这事！苍天哪苍天！

有时是呼语。如：

④ 强人哪，你看这鞭子……打你那亲人！

⑤ 江城起来，坐着云："官人哪！官人哪！"

又有"人哪哎哟"的形式，多达11例，这是在"名＋哪"后又用叹词"哎哟"，可能是曲词套语。如：

⑥ 只怕说个主人请，听这一声转了筋，人哪哎哟，转了筋！

B. 用在重复形容词的前一个形式后面。只1例：

⑦ 受了无穷苦楚,还亏了爹娘不知,可怜哪可怜!

(2) 表示不屑。仅1例:

① 公子说:"我中了举了,怎么还叫我小长命?"江城说:"好大的个举人哪!……"

13. 哟

语气助词"哟"13例,均见于《禳》。"哟"在用法上比较单纯,一律表示感叹。如:

① 我的哥哥哟!咳咳,我的皇天哥哥哟!

其他都是同样的句子。

(二) 疑问语气助词

俚曲疑问语气助词有"么(麽)"、"吗"、"哩"、"哩么"、"罢"、"呢"、"呀"、"呵"、"哇"、"喳"、"那(哪)"。其中"吗"是疑问语气助词"么"[ma]音的书写形式,"呵"即现代汉语里的"啊"。

1. 么(麽)

疑问语气词"么"在俚曲所代表的方言里有[mə]、[ma]二音。"么"表示疑问语气,共145例:《姑》19例,《翻》28例,《禳》98例。

(1) 用在是非问句末尾。可以用肯定形式发问,也可以用否定形式发问。81例,如:

① (珊瑚)去给于氏磕了头,磕了起来说:"娘真个待休了我么?"(姑)

② 春娇,你还不留客么?(翻)

③ 他娘说:"你吃了饭了么?"姜娘子说:"吃了。"(又)

④ 内问云:"是你打他么?"哭云:"那(哪)里!是他打我。"(禳)

(2) 表示反问,带有责备、质问语气,可以跟副词"没得"、"们哩"、"难道"等配合使用。反问句的形式是肯定的,则意思是否定的;形式是否定的,则意思是肯定的。64例,如:

① 你看,这不是个愚人么?(姑)

助　词

②人家女儿不教导他孝顺,他若终于胡行,惹的天恼了罚他,岂不是吃了爷娘的亏么?(又)

③魏名说:"我借上,们哩你还不起我吊钱么?"(翻)

④王婆笑说:"哎哟!大爷,你人家小来么?"(禳)

⑤俺过着他的日子,他管教俺成人,还说俺是怕婆子,没得还该不怕么?(又)

2. 吗

疑问语气助词"吗"是俚曲"么"有[ma]音后的代表字。① 俚曲三种仅 2 例,并且均用于反问句。

①可见这人生在世,行好事的自有老天加护,怎能怕人嫉妒呢?那魏名的结果,还不是一个样子吗?(姑)

②我果然没有小长命那本领吗?天下可也没有他那一份子奶奶罢了。(禳)

3. 哩

疑问语气词"哩"共 21 例:《姑》8 例,《翻》7 例,《禳》6 例。"哩"表示疑问,主要用于反问句,偶尔用于特指问句。

(1)用于特指问句。仅 2 例,并且带有不满或不屑的语气:

①(江城)怒冲冲的说:"我听的了,教您儿处治我,待怎么处治哩?处治了罢!……"(禳)

②公子说:"你这就怕学道哩?"(又)

(2)用于反问句,表示否定或否认。基本形式是特指问句式。19 例,如:

①你扎挂的合妖精似的,你去给那病人看的,只顾在这里站嘎哩?(姑)

②张天师闭了眼,你出甚么神哩!(翻)

③公子摸了摸那疼处说:"你恼了么?"江城说:"谁恼了谁

---

① "吗"在俚曲里又并不一定是专为代替疑问语气词"么"而造的谐声字,也可能是一个借音字。例如《禳》:"呀!玉笋山上的花鞋来到手,可待怎么谢我老人家?难道说吗啼啼的干休罢?"就用了非语气词的"吗"。

不恼了哩?"(禳)

④ 书童说:"你甚么两只小脚哩!'啄打打打'的闷杀人!"(又)

4. 哩么(麽)

"哩么"共 7 例:《姑》1 例,《翻》4 例,《禳》2 例。主要表示反问。

(1) 用于反问句,可以有副词"每(们)哩"等相配合。6 例,如:

① 于氏说:"咱待不见哩么?"(姑)

② 就难些也罢,们哩还待另嫁哩么?(翻)

③ 大姐说:"怎么费你的钱?若是娶你着,待不扎挂哩么?"(又)

④ 公子说:"混帐材料!你问问他不合我睡,你待送你嫂子来合我睡哩么?"(禳)

(2) 用于是非问句,仅 1 例:

① ……忽然看见仇福进来,跪在床前。徐氏说:"你还在着哩么?"(翻)

这个用例不是纯粹传疑,而是带有惊异或不敢相信的意思,所以也还具有反问句的特点,只是不很明显而已。

5. 罢

疑问语气词"罢"仅 3 例:《姑》1 例,《禳》2 例。

"罢"用于特指问句的末尾,不是单纯的提问,而是带有追问、试探或揣测的语气:

① 我有饭给他吃,我只顾留着他,你待咋着罢?(姑)

② 呀!玉笋山上的花鞋来到手,可待怎么谢我老人家?难道说吗啼啼的干休罢?(禳)

③ 江城才起来,公子问说:"我进去罢?"(又)

6. 呢

疑问语气助词"呢"54 例:《姑》4 例,《翻》9 例,《禳》41 例。在用法上,"呢"与"哩"的部分功能重合。

(1) 用在特指问句末尾,句中常用疑问代词。33 例,如:

① 听的说大嫂子来了家,怎么不见他呢?(翻)

② 夫人说:"怎么不好呢?丑么?"(禳)

有时是"名+呢"的形式,问人或物"在哪里":

③ 慧娘说:"俺的屋呢?"(翻)

④ 仇福磕了头,大姐才说:"弟妇呢?"夫人说:"没在家。"(又)

(2) 用在三项组合式选择问句第二分句末尾,前一分句末尾有语气词"呀"配合,但只见1例:

① 真么一个媳妇,是模样不好呀,是脚手不好呢?是不孝顺?这杀才是待死呀!(姑)

(3) 用于反问,肯定的形式表示否定,否定的形式表示肯定。句中往往有疑问代词。20例,如:

① (儿孙)要着那爹娘从小教诲,那里有天贤的呢?(姑)

② 咱兄弟们岂同别人,没有钱我借上,那里用着指地作保呢?(翻)

③ 列位休笑,天下那一个不是怕老婆的呢?(禳)

7. 呀

疑问语气助词"呀"共13例:《姑》4例,《翻》2例,《禳》7例。

(1) 用于一般问句的末尾。9例。

A. 用在陈述句形式的问句末尾。表示询问、揣测或不满。如:

① 一家人扶到屋里,才问:"你不相干呀?"那姜娘子说:"我就是主意要死。"(翻)

② 大姐说:"哦,你是待吃你那东西呀?"(又)

③ 这杀才是待死呀?(姑)

B. 用在选择问句或反复问句里。反复问句只见在正项后面用"呀"的例子:

④ 真么一个媳妇,是模样不好呀,是脚手不好呢?是不孝顺?(姑)

⑤ 江城云:"你坐下,我问问你,会下棋呀不会?"兰芳云:"才学着做。"(禳)

⑥ 你会打双陆呀不会?(又)

(2) 用于反问句。肯定形式表示否定,否定形式表示肯定,也有的是疑问代词后面用"呀"表示否认等。4例,如:

① 丑云:"嗐! 我道你就不怕么? 那一日俺王大娘就没打你呀?"(禳)

② 你不说说您那老祸害呀?(又)

③ 春香摇头云:"嘎呀? 俺老爷先戏把人!"(又)

8. 呵

疑问语气助词"呵"仅2例,用在句末表示质问:

① 你还没问问是谁,就说不要,从此可也不给你找老婆了! 你待等着做驸马呵? 你等着罢了!(禳)

② 不肖的畜生! 你还待受罪呵?(又)

9. 哇

疑问语气助词"哇"仅1例,用于是非问,实际上是问候语:

① 公子见云:"娘子好哇?"(禳)

10. 唑

疑问语气助词"唑"仅1例。用在疑问形式的句子末尾,并非纯粹传疑,而是表示强烈的否定或不满情绪:

① 公子忙将爹娘扶起,说:"江城,你反了!"江城奔出说:"我过咋的唑!"便去上吊……(禳)

11. 那/哪

表示疑问的"那"2例,"哪"1例,均见于《禳》。"那"、"哪"应该是一个词。

(1) 用在反复问句的正项后面,表示疑问。1例:

① 问问周二叔合大姑夫,还敢那不敢?

(2) 用于反问句,表示否定。2例:

① 天民说:"混账物诮嘎哩! 谁说你的不俊来? 不俊着就怕的那!"

② 我想翁婆年纪高上,生了一个儿子,娶了一个媳妇,到(倒)躲的远远的,……这怎称的是个人哪!

下编：句　　法

【壹】动补式

　　动补式是动词跟它的补充成分组合而成的格式，这里主要是指"动词＋完成/结果补语"的补充式。"完成/结果补语"包括表示动作完成、结果的动词、形容词充当的补充成分，也包括一些表示动作的趋向、同时又是动作的一种结果的趋向动词所充当的补充成分。

一　"动＋动(完/结)"式

　　"动＋动(完/结)"式是指动词跟表示动作完成或结果的动词补语组合而成的形式。俚曲这类结构又有由结果的表示转化为程度的表示的情况(如"动＋杀/煞")，体现了俚曲所代表的汉语有关结构的时代及方言特点。

1. 动＋讫

"动＋讫"表示动作完成。只《禳》曲1例：

　　① 石庵唉哼着说："经了美人手，我先吃了死了罢！"二人吃讫，说："呀！果然止了。"

2. 动+却

"动+却+(名)"表示动作的结果,"却"有"去,掉"义。3例:《姑》1例,《禳》2例:

① 也该论论从前的过,自家的尽情丢却。(姑)
② 今夜晚一笑勾却那相思账。(禳)
③ 就从此勤宣宝号,消却那孽障千重。(又)

3. 动+吊/掉

"动+吊/掉+(数量)"表示动作的结果。只《禳》曲2例:

① 把春香那怀中一剪子,把他那妈妈头子铰吊一个。
② 一剪子又把公子奶头铰吊。

4. 动+折

"动+折+(名)"表示动作的结果。只《禳》曲2例,如:

① 老婆给公子勒上头,挓呀挓的出门说:"哎哟!打折腰也,打折腰也!其势不能到家……"

5. 动+断

"动+断+(名)"表示动作的结果。8例:《翻》2例,《禳》6例,如:

① 兄弟知闻,做的事儿该打断筋!(翻)
② 几番害人人兴旺,临了自家弄断根。(又)
③ 死活娶了个泼奴也么才,闺房终日闹该该,我方才冤仇割断两分开。(禳)

6. 动+散

"动+散"表示动作的结果。只《翻》曲2例,都是"拆散"组合:

① 生长咱家十七年,……时时娇养在身边,我儿呀,造定今日该拆散。
② 热突突的生拆散。

7. 动+饱

"动+饱"表示动作的结果。只《翻》曲1例:

① 二相公一霎吃饱,闲上来站在槽边。

8. 动+会

"动+会"表示动作的结果,仅见跟动词"学"组合的例子。"动+会"的宾语是动词短语。3例:《姑》1例,《醒》2例,如:

① 媳妇既然大两岁,必然学会做羹汤。(姑)
② 长命呀,方学会就弄乜花花哨。(醒)

9. 动+见

"动+见+(名)"表示动作的结果,跟"见"组合的动词只有"看"、"瞧"、"听"、"梦"、"撞"数个,出现频率如下表:

	看见	瞧见	听见	梦见	撞见	合计
姑	9	0	4	1	0	14
翻	18	0	0	0	1	19
醒	20	2	4	9	2	37
合计	47	2	8	10	3	70

"见"作为补充成分表示动作的结果,这是不成问题的。这一点,可以举出实证的例子,即"动+见"可以是"的(得)"字式,其否定式可以是"动+不+见"。例如:

① 臧姑见个狗来,就骂……一个驴来,也骂:"老科子!指望你做的那活路哩!"也看的那见,可可的就是于氏待珊瑚的那嘴。(姑)
② 那软弱书生越发看的见。(醒)
③ 离家大远的,任他作甚么精,我且听不见。(翻)
④ 他那闺女大模样,婆婆可也看不见。(又)

从组合形式上看,"看见"、"听见"后宾语或有或无。"看见"后没有宾语的15例,"听见"只1例,如:

① 沈大姨一眼看见,唬了一惊。(姑)
② 江城低头擦泪,公子看见,也低下头擦泪。(醒)

但是"看见"、"听见"(尤其是后者)都以带宾语为常。例如:

③ 于氏才起来,一眼看见珊瑚,那脸上就有些怒色。(姑)
④ 看见女儿泪两行。(翻)
⑤ 我昨日在街上听见人唱一个山坡羊,甚是伤感。(醒)

⑥ 起初还听见他长吁短叹,这两日吟哦起来了。(又)

但"瞧见"尽管与"看见"同义,但仅见的两例均不带宾语:

⑦ 公子二人拜了天地又拜爹娘,先生瞧见说……(禳)

⑧ 瞧见笑云:"果然,果然!……"(又)

跟"瞧见"相反,"梦见"、"撞见"后都有宾语。如:

⑨ 不说大成欢喜,且说二成夜间梦见他父亲说……(姑)

⑩ 其初在巷里撞见江城,十月里柿子不漤,就烘上来了。(禳)

10. 动十成

"动+成+(名)",补充成分"成"与动词(包括他动词和自动词)组合,表示动作的完成或形成某种状态。"动+成"组合及其出现频率如下表:

	自动词+成	他动词+成	合计
姑	4	0	4
翻	2	7	9
禳	11	23	34
合计	17	30	47

(1)"自动词+成"有"变成"、"响成"、"闹成"、"忙成"、"结成"、"战战成"、"长成"等,其中"变成"最多(11例),其他各1例。① 这类组合由于由"成"作为补充成分,所以均可有宾语,但这类宾语都是非支配性宾语。例如:

① 满肚冤屈对谁言?心里的苦水变成酸。(姑)

② 游游步步闻香气,一层一层走进来,河流汹涌响成块。(翻)

③ 只怕五六年不见,变成个王嫱。(禳)

④ 向来不听的闹成堆,我儿都吃了昧心亏。(又)

(2)"他动词+成"的动词有"弄"、"做"、"摆"、"垛"、"挤"、"蒸"、

---

① 这类动词大都可以有他动词的用法,但这里所说的都是它们的自动词用法。

"说"、"造"、"拧"、"爱"、"切"等。这类补充式后没有宾语的仅 2 例：

① 你可打量肥和瘦,咱俩做成你可穿。(翻)

② 待俺去走走,设或说成了,挣他这一宗布来……(襄)

其他均有宾语,例如:

③ 祸害反弄成吉祥,黑心人岂不混帐?(翻)

④ 枣面蒸成窝窝头,嫩鸡鲜鱼剁成炸。(襄)

⑤ 海参切成四瓣儿,鲍鱼切成薄片儿,皮鲊切成细线儿,鲤鱼成个正面儿,葱丝切成碎段儿,花椒研成细面儿。(又)

⑥ 依你说,一碗十钱,十碗才是一两,怎么能攒成块呢?(又)

11. 动十破

"动+破+(名)"的动词均为他动词,表示动作的结果。12 例:《姑》2 例,《翻》1 例,《襄》9 例。"动+破"后不出现宾语的 3 例:

① 臧姑说:"咱也不要说破,把这夹了的留下,别的还送给他。"(姑)

② 一阵把宅子打破,下手就把仇禄拿。(翻)

③ 打破的碗儿对上来。(襄)

例① 可以看作受事主语不出现,也可以看作不出现宾语;例② 是"把"字句,动词宾语移在了"把"字后;例③ 则是充当名词修饰语。"动+破"后出现宾语的例子如:

④ 人分开闹不休,争着乜钱打破头。(姑)

⑤ 孩儿入阁又穿房,跳圈儿乖破了红纱帐。(襄)

另有 1 例比较特殊:

⑥ 为个人谁没有夫也么妻,把爹娘骂破嘴唇皮。(襄)

动词"骂"的受事是"爹娘",与处置词"把"组合用在了动词前,但"骂破嘴唇皮"又具有"动+宾"关系。因此,"骂破嘴唇皮"带有描述性,形容"骂得很厉害"。

12. 动十碎

"动+碎+(名)"表示动作的结果,名词所指包括受事和施事。9 例:《姑》1 例,《翻》5 例,《襄》3 例,如:

① 想想从前咬碎牙。(姑)

② 流水拿棍来,把我这头砸碎!(翻)

③ 你着那天雷就打,只怕我打碎天灵!(禳)

13. 动+完

"动+完"补充式的动词均为他动词,"完"表示动作完成、完尽。22例:《姑》5例,《翻》8例,《禳》9例。其中不带宾语的20例(可以有数量补语),如:

① 于氏洗完,从珊瑚手里一把夺过来。(姑)

② 仇祜写完,给了大姐。(翻)

③ 没消两月,把宅子修理完了。(又)

④ 听说考完了好几日了,怎么不见回来?(禳)

"动+完"后有宾语,2例:

⑤ 不一时,吃完了饭。(翻)

⑥ 二相公吃完了饭,牧之回来,着他修书二封。(又)

14. 动+杀/煞;附:形+杀/煞

(1) 表示动作的结果或完成,54例:《姑》4例,《翻》16例,《禳》34例。

A. "动+杀/煞"表示动作的结果,47例。

a. "杀/煞"表示动作形成或可能形成的结果。例如:

① 铁鬼脸满地拼——看丢出那丑来。打杀人,我等着就是了!(姑)

② (满城)扎着倒勾自家说:"我着小三妮子打杀我了!"(禳)

③ 咱庄里有一个是刘悦,他媳妇子吊杀了……(翻)

"动+杀"后宾语可出现,可不出现。"煞"未见以上用法,只有"动+不+煞"1例:

④ 臧姑说:"你端了来,也压不煞你!"(姑)

B. 跟"气"、"唬"、"唿"、"恼"之类动词组合,结果"杀/煞"是夸张的说法,带有强调程度的意思。例如:

⑤ 方才去开囤,几乎把奴唬杀。(翻)

动 补 式

⑥（徐氏）忍不住的两泪交流，说："我可着小福子气杀我了！"（又）

⑦ 徐氏说："大嫂，你说笑话哩！看折罪杀俺了！"（醒）

⑧（那江城）弄的俺小哥哥一相思几乎害杀。（又）

⑨ 终日把人家活活的恼杀，活活的喑杀，活活的气杀！（又）

⑩ 玉笋山前你把轿儿下，那一时见了几乎爱杀！（又）

"煞"也有同类用例，如：

⑪ 细细眉红红脸真堪上画，说出一句话把人活爱煞。（翻）

⑫ 徐氏说："哎哟，小歪拉骨！你可喑煞我了！"（醒）

⑬ 从今后把他丢了，折掇煞休要可怜。（又）

这一类的补充成分"杀/煞"与它表示程度的用法在界限上不容易分得很清楚。①

B. "动＋杀/煞＋（名）"表示动作的完成，名词所指包括受事和施事，7例。"杀/煞"可以由相应的完成动词替换。用"杀"的3例，如：

① 大郎说："咱抬出几个来，可再埋杀，何如？"（翻）

② 我掩杀这门儿，打这门缝里瞧着他罢。（醒）

③ 他害躁，着我吹杀灯哩，先把灯吹灭。（又）

用"煞"的3例：

④ 银子收下，点了点块又包煞。（姑）

⑤ 闭煞屋门纺棉花，唧唧哇哇放不下。（醒）

⑥ 有了法了，我闭煞眼不看便了。（又）

(2) "动＋杀/煞＋（名）"（名词通常指施事，偶尔指受事）表示动作或动态的程度。28例：《姑》5例，《翻》4例，《醒》19例。又分为两类。

A. 表示达到极点，26例。用"杀"的例子如：

① 叹杀人小珊瑚，低着头哭乌乌。（姑）

---

① 可参见"杀/煞"表示程度的用法。

② 骂了声小囚根,说出话来气杀人。(禳)

③ 幸得还魂归去,啕杀人了娇娇。(又)

用"煞"的例子,如:

④ 痛煞了泪下眼枯,昏惨惨地黑天乌。(姑)

⑤ 我的儿,我可累煞你了!(翻)

⑥ 扎裹起来爱煞人,好像一尊活菩萨。(禳)

⑦ 到(倒)被他啕煞爷娘,丫头还把小孩装。(又)

这类用法来自"杀/煞"夸张动作结果的用法。

B. 表示动作程度的无以复加,有"无论如何"的意思。用"杀"、"煞"的各1例:

① 如今回头已是晚,念煞弥陀活不成。(姑)

② 何大娘说:"象呀,老母猪衔着象牙筷子——他就装煞,也是杀才,怕他怎的?"(姑)

"念杀"意即"无论如何(无论怎么)念"、"装煞"意即"无论如何装"。①

(3) 附:形+杀/煞

"杀/煞"用在形容词后,表示极甚的程度。14例:《姑》1例,《翻》4例,《禳》9例。用"杀"的例子,如:②

① 异常事你都经过,苦杀了我的娇娇!(翻)

② 书童说:"你甚么两只小脚哩,'啄打打打'的闷杀人!……"(禳)

③ 遇着那胡突官儿,厨房只一间儿,又是热杀人的天儿,打上呕杀人的烟儿,那汗成了湾儿……(又)

用"煞"的例子如:

④ 可怜煞,陈珊瑚,拜了婆婆拜丈夫。(姑)

⑤ 哥哥呀!闷煞人叫我心里噪。(禳)

15. 动+死

---

① 《翻》曲又有这样1例:"仇禄说是待回家,有件事儿异样杀。""异样"似具有形容词性质。

② 又《翻》曲:"吹鼓手领着来到门前,把徐氏几乎难杀!"此例为"把"字句。

"动+死+(名)",名词指受事,也指施事,表示动作的结果(死亡)。26例:《姑》1例,《翻》11例,《襄》14例。"动+死"后不带宾语的17例,有的是处置式。如:

① 谁想那二成他会捱,妮子不会捱,一条绳子吊死了。(姑)

② 修行的时节,养了个长生鼠儿,被裴相公一杖打死。(襄)

带宾语的9例,均见于《襄》曲。如:

③ 徐氏说:"你灶死我也!怎么一去不返了?"(襄)

④ 昨天那罗汉托梦,说是你前生打死了长生鼠儿,今生来报怨仇。(又)

16. 动+尽

"动+尽+(名)"表示完尽,没有剩余。仅7例:《姑》1例,《翻》3例,《襄》3例。"动+尽"后有宾语的是例①,例② 有些问题:

① 姊妹三人使尽力量,掀了那石头看了看,是一个大池……(翻)

② 于夫人现世现报,晚年来受尽的风霜。(姑)

"受尽的"的"的",似乎有"了"的作用。"动+尽"后没有宾语的5例,如:

③ 看着我值几两银,白黑铺排心使尽。(翻)

④ 小弟从今不是人,人品家风都丧尽。(襄)

以上"动+尽"例或多或少都有程度的表示,下面这1例更为明显:

⑤ 尖细鞋儿花一朵,青红绣线一针针,细密花须没看尽。(襄)

"动+不+尽"往往强调其多,不是"动+尽"补充式的否定式。例如:

⑥ 见了面就像仇敌,终日受不尽的那杂毛气!(姑)

⑦ 夫妇相得,说不尽鱼水之乐。(翻)

17. 动+动

"动+动+(名)"由"动"充当动词补充成分,表示动作的结果是使对象有所触动或发出某种动态。8例:《姑》1例,《襄》7例。带宾

语5例,如:

① 因你的行德感动天,放我过了鬼门关。(姑)
② 我的天! 摇动心,都把心摇动! (禳)

不带宾语的3例,有的是处置式。如:

③ 你睡着了,我就没敢惊动。(禳)
④ 那一日见了江城,便把旧情打动。(又)

18. 动+开

"动+开+(名)",名词指受事、施事。可分两类。

(1) 表示动作的结果。63例:《姑》9例,《翻》27例,《禳》27例。可分为4类。

A. 表示使关(掩)闭的东西不再关闭。例如:

① 正说到那伤心处,珊瑚掀开门帘钻出来。(姑)
② 闪开包,都不是银子,依旧是砖头。(又)
③ 扶着床问了一问,睁开眼一阵恓惶。(翻)
④ 揭开眼罩咱就踢蹬。(禳)
⑤ 又有那箱子没锁,去掀开扫扫尘埃。(翻)
⑥ 将房门放开,将房门放开,满地尘埃……(禳)

B. 表示使整个的东西分开,或使积聚、聚拢的东西舒展、散开,也表示使滞结的东西消解。例如:

① 那债主夹开银子,都是大上皮。(姑)
② 把礼摆开,把礼摆开,看着摆摆收进来。(翻)
③ 我也把这铺伸开,卧下听候。(禳)
④ 刚才梦见罗汉来,叫俺暂把愁解开。(禳)

C. 表示使在一起的离开、隔开。例如:

① 从此分开两下里孤,这家子独一床,那一家另一铺。(姑)
② 我把书房两分开,不叫您俩在一块。(翻)

D. 使离开、丢弃。例如:

① 娘俩讲了款,照常的过,只把仇福蹬开。(翻)
② 贫富丢开,贫富丢开,只求夫妇两合谐。(又)

动补式

　　③ 待要丢放开,反转丢不下。(醒)

例③ 是双音复合动词("丢放")后用"开"。

　　(2)"动+开"表示动作开始并持续,有时相当于"动+起来"。6例:《姑》2例,《翻》1例,《醒》3例:

　　① 吵骂开,吵骂开,一窝野雀扑下来。(姑)

　　② 魏名不是父母养,哄着我把钱赌开。(翻)

　　③ 谁想渐渐的旧病发了,这两日萝卜窖子被了盗,掘开了。(醒)

　　④ 再来连十个始算乖,再来再来再来,再来把个跟头再打开。(又)

19. 动+住

"动+住+(名)"27例:《姑》1例,《翻》5例,《醒》21例。可分为4类。

　　(1)"住"表示动作使人或物停止不动。例如:

　　① 太公止住泪说:"你们都不必悲伤……"(翻)

　　② 仲鸿拉住说:"岂有此理!即时饭到……"(醒)

又表示滞留,如:

　　③ 夫人说:"他来到家,光合咱那赁房的樊家那小妮子江城去打瓦,必定是玩住了。"(又)

　　(2)表示使阻塞。例如:

　　① 珊瑚两手叉住门。(姑)

　　② 夫人说"他才说的这李家也就罢了,怎么就杜住门子?"(醒)

　　(3)"住"表示稳固,牢固。例如:

　　① 当时使带子勒住,待了两宿,竟不疼了。(醒)

　　② 呀!春香这个奶头竟长住了……想是我那个,春香也长住了。(又)

　　(4)"住"表示动作的实现,接近于同类用法的"着"。例如:

　　① 也省的我路上着他抓住,使那巴棍打我这腿。(翻)

　　② 进来房门采住毛,捋了一百小鞋底。(醒)

· 275 ·

另两例是表示出现了某种情况,如:

③ 仇大郎你好磣,没钱使难住人,难住了不是真光棍。(翻)

20. 动+倒

"动+倒+(名)"表示动作的结果,16例:《翻》4例,《禳》12例。

(1) 表示动作的结果,后面可以有宾语或数量补语。例如:

① 他来的人多,街上挤满了,一炮可以放倒百人。(翻)
② 李婆叫说:"到了门首了,看绊倒了!"(禳)
③ 天民一头撞倒老王。(又)

(2) 表示动作的结果,但带有程度的意思。例如:

① 夫人说:"若说出来,你才笑倒了哩!"(禳)
② 高公:眼中只有江城好;夫人:笑倒东邻赵大牙!(又)

21. 动+就

"动+就+(名)"表示动作的结果或完成,12例:《翻》7例,《禳》5例。后面可以有宾语,借助"的"字可以修饰名词。例如:

① 众奴才做就局,哄着人把地输。(翻)
② 孽障也是天生就,前世的冤家才来报仇。(禳)
③ 没有甚么来奉赠,白银打就一双铃。(又)

动词又常为双音词。例如:

④ 寻思就此计大妙,着他姐姐干跺那金莲。(翻)
⑤ 每人红绢三尺、钱二百,俱是伺候就的。(又)
⑥ 一个月到西州,盘费我已打算就。(又)
⑦ 你们都不必悲伤,我已是算计就了。(又)
⑧ 想必两口商量就了。(禳)

22. 动+定

"动+定+(名)"表示动作的结果或完成,10例:《翻》7例,《禳》3例。后面可以有宾语。例如:

① 暗地里找个主子,言定价银十两。(翻)
② 说他潮实是潮,认定魏名实相交。(又)
③ 姜娘子指定仇大也么官,柳眉直竖眼睛圆,怒冲天。

（又）

④ 暗里赤绳早系定。（襄）

动词是双音词的仅 1 例：

⑤ 魏名算计定了。（翻）

二 "动＋形(结/状)"式

"动＋形(结/状)"式是指动词跟表示动作结果或动作导致的状态的形容词补语组合而成的形式。动词所表示的动作所导致（形成）的状态，实际上也可以看作"结果"的一种，只不过两者之间又有区别。正因为这类形容词补语可以表示动作所导致的状态，所以往往又有"程度"的意义包含在其中。此外，俚曲另有"动＋副（极）"的个别用法，不另分类；同时，把相关的"形＋副（极）"的用例附于其后。

1. 动＋坏

"动＋坏＋（名）"表示动作的结果、状态或程度。6 例：《翻》1 例，《襄》5 例。

（1）"坏"表示动作的结果。3 例：

① 使破了锄头砍坏了斧，不肯教我去赔偿。（襄）
② 小哥哥那魂灵儿就像淹坏了的那螃蟹。（又）
③ 只怕小江城，在那里踢弄坏。（又）

例①"动＋坏"后出现宾语，例③ 是双音节复合动词。

（2）"坏"表示状态或程度。3 例，如：

① 喜坏了妇人合小厮，慌了管家合觅汉。（翻）
② 森人毛长在桃腮，柳眉都带些杀气来。我的天，愁坏人，真把人愁坏！（襄）

2. 动＋干

"动＋干＋（名）"，表示动作的结果或状态。只《翻》曲 2 例：

① 仇福合他掷，魏家两个都输了；吃干又掷，又输了。
② 大姐吃干了盅往外就跑，说："您两个吃盅合劝合劝罢！"

3. 动＋净

"动+净"表示动作的结果或状态,后面无宾语。7例:《翻》6例,《禳》1例。例如:

① 谁没有多钱赌博,三五百丢净开交。(翻)
② 赌了一宿,四十亩地都输净了。(又)
③ (江城)云:"春香,你去叫老王给你浑身洗净,再来见我。"(禳)

4. 动+满

"动+满+(名)","名"为处所名词。表示动作的结果,有时近于表示状态。11例:《姑》1例,《翻》2例,《禳》8例。

(1) "满"有"满当"、"充满"义。例如:

① 他来的人多,街上挤满了,一炮可以放倒百人。(翻)
② 你看看这破鞋破袜,乱烘烘堆满床前。(禳)
③ 有许多不知名的,三间屋摆满了两间。(又)
④ 公子取了个大杯来斟满,双手奉上。(又)

(2) "满"有"遍(及)"义。例如:

① 二娘子忒也乖,骂着刚强骂满街。(姑)
② 火把照满了峡江县。(禳)

5. 动+足/够

"动+足/够+(名)"表示动作的结果或形成的状态。5例:《姑》"足"2例,《禳》"够"3例:

① 典当珠花,凑足了数儿找债家。(姑)
② 可不知何年何月填还够?(禳)
③ 咳!一个俊脸,俺还没看够,可恨那和尚就把他喷了去了!(又)

6. 动+遍

"动+遍+(名)","名"为处所或时间名词。表示动作的结果,有"周遍"、"遍及"义。10例:《姑》2例,《翻》2例,《禳》6例,如:

① 都说道这么个媳妇,就是那扬州的琼花,真正是找遍天下无二朵!(姑)
② 二相公清闲自在,骑马走遍山冈。(翻)

③ 卷着席头沿地里搬,几乎住遍了峡江县。(襀)

7. 动＋妥当/停当

"动＋妥当/停当",表示动作的结果或动作所形成的事情状态。10 例:《姑》"停当"1 例,《翻》"妥当"2 例、"停当"3 例,《襀》"妥当"、"停当"各 2 例,如:

① 大娘子进了门合家欢乐,任拘嗄做停当不用吆喝。(姑)
② 全凭你安排妥当,我可也省动刀枪。(翻)
③ 整理妥当了,遂即差人使驼轿牲口,去搬了他那家人家来居住。(又)
④ 谁想范公子已是轿马人夫,伺候停当了。(又)
⑤ 两个把他娘那屋来打扫停当了。(又)
⑥ 他或者收拾妥当,必定还到我家中。(襀)

8. 动＋红

"动＋红＋(名)"表示动作的结果或导致的事物状态。4 例:《翻》2 例,《襀》2 例:

① 仇福笑了笑,自己去打扫,见那地都烧红了。(翻)
② 吵红了天,若有两个,就是尖对尖。(襀)
③ 从清晨舂在锅里,虽然化了不要紧,看熬红了那锅子,得去看看。(又)

9. 动＋平

"动＋平",表示动作的结果或动作形成的状态。只《襀》曲 1 例(处置式):

① 又把仓门开开,将谷堆平,看了看去了不止二十石。

10. 动＋极

"动＋极"是副词"极"用在表示心理活动的动词(自动词)之后,作为补充成分,表示动作的结果而兼有程度。17 例:《姑》8 例,《翻》3 例,《襀》6 例,如:

① 老王唬极了,说:"俺娘呵,这是怎么说!"(姑)
② 臧姑说:"狗脂,饿极了呢!……"(又)
③ 夫人王氏气极了,把范栝骂了一场。(翻)

④ 大姐说:"那不过是恨极了,只是那么说就是了。"(又)

⑤ 这八家子被老婆降极了,大家约了一道怕老婆会。(禳)

11. 附:形+极

副词"极"用在情状或状态形容词后,作为补充成分,表示程度。4例:《姑》2例,《禳》2例:①

① 乖极了却是呆,恼着天爷不怕你歪。(姑)

② 仲鸿说:"妙极妙极!就是这么吧。"(禳)

③ 我也穷极了,图了他俩钱……(又)

三 "动+趋动(趋/结)"式

"动+趋动(趋/结)"式是指由动词跟表示动作趋向或结果的趋向动词组合而成的形式。一般而言,趋向动词补语表示的也是一种"结果";具体地看,"动+趋动"的补语有的侧重在表示结果,有的则侧重在表示趋向,有时两者之间很难看出明显的分别。这里也对俚曲的"动+趋动(趋/结)"式进行分析,但趋向动词补语限定在单音趋向动词的范围之内。不过,为了体现有关结构之间的联系,有时也对"动+趋动"的相关形式略作分析。

1. 动+起

"动+起(名)"50例:《姑》2例,《翻》15例,《禳》33例。

(1)"动+起"。可分为4类。

A."起"表示动作的完成。这类用法的"起"近于通常的"结果补语",它的特点是具有物体随动作由下而上的意思。例如:

① 离地抉了没半尺,掏出石头把锨伤,拿起看看无妨账。(翻)

② 公子忙将爹娘扶起,说:"江城,你反了!"(禳)

③ 家人扶起,吴恒唉哼说……(又)

---

① 《翻》曲:"皆不知是那里力量,都异样至极;""慧娘异样的至极;"又:"银子不收又盖房,我就看着极异样。"

这一类有相同用法的"起来"。如：

④ 那床上一个碗盆子,拾起来分(劈)头就打。(翻)
⑤ 夫人拉起来,云："我儿,是真果么？"(禳)

B. "起"表示动作行为涉及某种事物,但"动+起"后不出现代表某种事物的宾语,动词是表示"想、说、论"意义的一类。例如：

① 使乜钱由不的心里,待分了家来去在你,寻思起那(哪)样的自(在)？(翻)
② 二相公低着头,寻思起着实诒。(又)
③ 也不差,也不差,论起四于文字佳。(禳)
④ 问："依你说,一碗一钱,十碗才是一两,怎么能攒成块呢？"吴恒说："说起伤惨!"(又)
⑤ 只望再休提起,把前情一笔全勾。(又)

这一类也常有同类用法的"起来"。例如：

⑥ 论起来你今日不去也罢。(姑)
⑦ 如今寻究起来,这个是有的。(禳)
⑧ 若是细问起来,可是卖豆腐的破了布袋子,怎么说？你就过不了的了！(又)
⑨ 我说他是撒谎,才到了婆婆那里,说起来才知道县前吃酒。(又)

C. 表示动作行为或事情的开始。例如：

① 爹打算从此攒起,团圆日这就是起头。(翻)
② 咳,俺吃的这场横亏,那里说起！(禳)
③ 这么些从那里看起？(又)

D. 表示有某种动作行为的能力。动词和"起"之间,往往用"的(得)"或者"不",用"的(得)"表示有某种能力,用"不"表示没有某种能力。例如：

① 还家还得赎身,得二千两银子,咱怎么回得起？(翻)
② 王四的外号是叫王哨子,猜他买不起,竟来哨他。(又)
③ 但只是他人家大,我仰攀不起。(禳)
④ 他人家大,就要金子的银子的,他还答应的起。(又)

(2)"动+起+名"。从结构及意义方面看,这一类就是"动+起"A类后出现宾语形成的,不过它又有特殊的用法,所以独立出来进行分析。

A. 表示动作行为的完成,受事(宾语)所代表的事物随动作由下而上。例如:

① 仰起巴掌照着脸,"瓜得"……(禳)
② 卷起帘下轿,登门瞻圣颜。(又)
③ 那一日拿起一根劈柴,把我这手指头是伤了俩。(又)

有时"起"更近于表示动作完成的补充成分。如:

④ 行墙周遭,扎起架子一面,十个窝铺。(翻)
⑤ 包起你为人的那蓝绢袄。(禳)
⑥ 从此丢起诈威,二三年间大富了。(又)

这类可在"动+起+名"后用趋向动词"来"。例如:

⑦ 大姐拉起他来说:"二兄弟,你不必这等。……"(翻)
⑧ 我点起灯来。(禳)
⑨ 兰芳拿起公子手来,着指写了个字。(又)

这样句式的名词(宾语)都可以与表示处置的"把"字结合放在动词前面,从而使这样的句子变换为处置句式;此外,也可以把宾语作为主语(受事)。例如:

⑩ 俺去把春香扎挂起来的。(禳)
⑪ 恨不能两个身子并起来。(又)

B. 表示动作的开始并持续下去。用"动+起+名(宾)+来"的形式,例如:

① 于氏不待看也不待听,黄天黑地的崩起头来了。(姑)
② 胡桃果子摆在鼻窝里,可不就脸上开起山果铺子来了么?(禳)

这一类也有相应用法的"动+起来"。例如:

③ 急仔嫌他年纪大,抓打起来不害臊。(翻)
④ 我这肚子也响起来了。(禳)
⑤ 起初还听见他长吁短叹的,这两日吟哦起来了。(又)

C. 表示动作涉及某人或事物。这一类实际上就是"动+起"B类后出现宾语的类型。例如：

① 想我当初,离家无处跑,想起大姨,既溜哈喇找。(姑)
② 忽然寻思起前仇,便说道:"前仇不报,更待何时?"(翻)

D. 表示有某种动作行为的能力。例如：

① 自从烧了屋子顶,娘们里头孤对着,怎么能买起楼宅一大座?(翻)
② ……象牙梳椀,件件周全,穷人家治起那一件?(襎)
③ 我待嫁个秀才,又想那富的不寻我做妻,穷的那有出起一个元宝的?(又)

但只见诘问句的例子。此外,这一类的"起"之前也可以用否定词"不"。例如：

④ 魏名说:"我借上,们哩你还不起我吊钱么?"(翻)
⑤ 寻常的财主家,治不起他一件物。(襎)

2. 动+上

"动+上"139例:《姑》13例,《翻》56例,《襎》70例。

(1) "动+上+(名)"。表示动作的结果,这种结果具有趋向性,细分有不同的意义。名词通常是受事,但也有施事。

A. "上"表示结果有"由下到上"或"由低到高"的意义。例如：

① 嘱咐毕,骑上驴去了。(姑)
② 阎罗不拿着当件事,骑上马到了城里。(翻)
③ 堂上翻身才拜罢,坐上轿一片喧哗。(襎)
④ 俺就着跑上堂,跪下哀哀告。(又)

有的又可以跟趋向动词"来/去"配合使用。例如：

⑤ 家人托上绿豆汤来。(襎)
⑥ 扶上床去,高公近前说……(又)

名词不出现,则成为"动+上+来/去"式。如:①

⑦ 老郑甚恶赌博,叫上去当堂就审。(翻)

B. 表示结果,有添加(施加)、增益的意思。例如:

① 珊瑚起来,依旧梳一个不丑不俊的头,披上一件不脏不净的衣裳,换上一双不新不旧的鞋……(姑)

② 自从遭了官司,弄的少裆没系,又搭上人来索债,叫花子躲乱——穷的讨饭还带着不安稳。(又)

③ 添上块忧心大癖,倒教我昼夜愁肠!(翻)

④ 缺喽喽的穿把上,黑暗暗的待开交。(又)

⑤ 姜娘子抓了一把灰来,给他罨上。(又)

⑥ 再加上生男育女,又着他受苦遭难。(禳)

⑦ 箱子里满满当当,破家伙流流的一筐,匙箸碗碟披打上。(又)

C. 含有"从无使有"的意思。例如:

① 听说我病长挂意,买上东西去问安。(姑)

② 一向待赌无有本,分了家才有了梢,光棍们已是下上套。(翻)

③ 既然做生意,只望交易成,下上本谁不望利钱重?(禳)

D. "上"的意义更为抽象,表示动作的实现或完成。例如:

① 大成见他兄弟那模样,老大不忍……算了算他取的那银子,本利共该捌拾两,便把自家这银子包上,说:"没要紧,你拿了去回地的罢!"(姑)

---

① 俚曲又有"形+上来",共5例:《翻》1例,《禳》4例。
A. 表示状态发展,并且有逐渐扩大的意思:
① 走进了宅门,又喊了一声"杀呀",那声就矮上来了。(禳)
② 十月里柿子不滗,就烘上来了。(又)
③ 高季、公子慌张上云:"好了!好了!天明上来了!"(又)
④ 天已黑上来了,不知寓在那边?(又)
B. 表示处在某种状态下。只1例:
① 二相公一霎吃饱,闲上来站在槽边。(翻)

动 补 式

② 不如看个好日子,巢上几石粮食……（翻）

③ 取到白银二十两,三日以里定还上,不还上将他准了账。（又）

④ 不如包打上二百好冰凌,上公堂照他皮脸撕。（禳）

⑤ 晚间早把门关上,不叫亲娘门不开。（又）

下例表示比较,也可以归入此类：

⑥ 一貌如花,一貌如花,远近何人跟上他！（翻）

(2) "上"跟"出"、"舍"、"破"之类少数动词组合,有"动(豁)＋上(出去)"的意思。例如：

① 破上在沈家庄过到老,谁还想着这条道？（姑）

② 只是得破上去做,难道说运气常低？（又）

③ 我出上连门都不上,你嘎法治您老达？（翻）

④ 过了门两家不好,出上俺再不上门。（禳）

⑤ 舍上这不害羞的脸,实落诉一遍。（又）

⑥ ……把头揪吊,赶去脱生！老婆子你在屋门里咯咯嚷嚷,破上我江城！（又）

例①至④"破/出＋上"与动词性词语组合；例⑤、⑥"破/舍＋上"与名词及数量词组合。

3. 动＋下

"动＋下"202例：《姑》18例,《翻》72例,《禳》112例。

(1) "动＋下＋(名)"。"下"表示动作的结果,这种结果含有方向性。名词通常是受事,但也有施事。

A. "下"表示结果有"落(掉)下"、"脱离"义。例如：

① 必然是前世里打下佛头,今世里才教你无般不受。（姑）

② 还要割下别人的肉,拿来自己身上安。（又）

③ 打下下半截,不敢把姐姐怨。（翻）

④ 痛悢扐把我心摘下。（又）

这类用法"动＋下＋(名)"后还可以出现趋向动词"来/去"（用"去"的罕见,以下提"来"包括"去"）；"动＋下"后如果没有宾语,成为"动

+下+来"式;"动+下"后有宾语,则成"动+下+名+来"式。例如:①

⑤ 墙上挂着一支鞭子,拿下来把珊瑚打了几下子,于氏那气才略消了。(姑)
⑥ ……来牵马的,坠镫的,把爷俩扶下来。(翻)
⑦ 这也不用提人,把状批下去罢。(又)
⑧ 他说铰我的奶头,我当个耍话,不想就真果铰下来了。(禳)
⑨ 我安心打下麦子来,就给他修理。(翻)
⑩ 我铰下一块肉来,安在你那亲汉子身上。(禳)
⑪ 爷娘生下禽兽来……(又)

B. "下"表示结果有"由上到下"或"由高到低"的意义。例如:
① 大成说:"你还不跪下?你说甚么话!"珊瑚就流水跪下了。(姑)
② 双膝跪在床儿下,未开口那泪珠儿先吊下。(翻)
③ 大姐替他扫了扫那坑(炕)上,才合他坐下。(又)
④ 恼的娘子滴下水,进来房门采毛,扔了一百小鞋底。(禳)

C. 表示动作产生或出现的结果,"下"有"出"义。例如:
① 可恨那老杂毛,生下这忘八羔。(翻)
② 抗了钱来没人知,还了梢还转(赚)下了十亩地。(又)
③ 凭着这两片唇,挣下了米一囤。(禳)

D. "下"表示使结果固定下来。例如:
① 仇福说:"昨日约下,今晚去吃酒。"(翻)
② 打算下口外千两,再盖上一片楼宅。(又)
③ 说下若一个有难,大家一齐上前。(禳)

---

① "下来"也有"形+下来"的用法。例如:
(1) ……着他开交,仔顾在这窝藏着,恐怕久下来,弄得娘知道。(姑)
(2) ……久下来才倾心吐肚把你敬。(翻)

④……无论甚么爷爷,你若保佑俺打骂不捱,我就发下洪誓大愿。(又)

⑤ 看下迎亲日期是腊月三十日。(又)

E. "下"表示动作完成或成为现实。例如:

① 随你的心从你的意就且住下。(姑)

② 魏二见他住下了,抗着钱走了。(翻)

③ (天民)怕来赶,又跑,站下喘云……(襄)

④ 死的都是连头死,活的裤里出下恭。(翻)

⑤ 二十年中下仇,不料他做贼头。(又)

4. 动+进

"动+进+(名)"9例:《翻》4例,《襄》5例。其特点是名词均为处所词,表示动作的结果是从外面到里面,或者从某处到某处。例如:

① ……那逃人,一溜溜进书房门。(翻)

② 忽然走进你那角门,这心里就像听的你那声音。(又)

③ (江城)拿着一根棍子,赶进房中。(襄)

此式也可以跟趋向动词"来/去"组合,但极少见"动+进+名+来/去"的形式,只1例:

④ 到了明日,差人下来齐人,把魏名、魏二、李狠贼、秦幌幌子一干人犯锁进城去。(翻)

其他均为"动+进+来/去"式。例如:

⑤ 又折蹬头面、衣服,共凑一百之数,送进去,两口子才来了家。(姑)

⑥ 一层一层走进来。(翻)

⑦ 心暗猜,必定是大包封进来。(襄)

⑧ 公子下轿,樊子正出来接着让进去。(又)

此外,尽管"动+进+名"的名词一律只见处所词的例子,而"动+进+名(处所)+来/去"的例子仅1例,另两例却是"动+进+名(人物)+来/去":

⑨ 二人讲了款,吃了饭,两口子搬进行李来。(翻)

⑩ 又到了后边一口小屋,伸进头去,看见姜娘子,一把拉着,落下泪来。(又)

5. 动＋出

"动＋出"52例:《姑》4例,《翻》19例,《禳》29例。

(1)"动＋出＋(名)","名"是指人或指物(事)名词,一般为受事,偶尔有施事。

　　A. 表示人或事物随动作由里向外。例如:
　　　①……脚儿懒行,袖里抽出那剪子明。(姑)
　　　②腰里掏出二两银子。(翻)
　　　③舌上打下谷豆,牙中长出金银。(禳)

　　B. 表示动作完成,有从隐蔽到显露或从无到有的意思。例如:
　　　①又不傻,又不潮,好媳妇你休去了,指出件不是还可笑。(姑)
　　　②两三天,往后看,只怕还弄出个故事尖。(又)
　　　③分出个同母异母,就像那驴马牛羊。(翻)
　　　④从媳妇离了房,着孩儿闷怏怏,行去带出愁模样。(禳)

此式也可以跟趋向动词"来/去"组合。名词出现,成"动＋进＋名＋来/去"式,但用"去"的罕见。例如:
　　　⑤只见他抽出那剪子来,"嗤"的声照脖子一捅,就倒在地下。(姑)
　　　⑥臧姑说:"哦,娘们安心待分出我去么?我可不肯哩。"(又)
　　　⑦亮出刀来,声声叫杀,往宅里竟跑……(禳)
　　　⑧掐出水来的匕孩子,禁甚么降?(又)
　　　⑨老王说:"大嫂罢呀,淌出血来了!"(又)

名词不出现(或由"把/将"提动词前),成为"动＋进＋来/去"式。例如:
　　　⑩大成见不是犯,跑到屋里,把他娘拉出来。(姑)
　　　⑪把贼头挂出去,叫那老鸹野鹊吃他那肉!(翻)
　　　⑫当场问他文字佳,袖里掏出来,双手递于他。(又)

动 补 式

⑬ 江城接过藏在袖中,又将自己的汗巾拿出来说……（禳）

⑭ 我看那强人,才没人管着,任拘什么茧儿都作估出来了。（又）

(2)"动＋出＋(名)","名"是处所词,表示人或事物随动作由某处向外。俚曲仅3例,如：

① 江城奔出说："我过咋的哇!"便去上吊。（禳）

② 叮咛改日另相邀,殷勤送出门儿外。（又）

"动＋出＋名(处所)"也可以跟趋向动词"来/去"组合。例如：

③（他婆婆）合媳妇恩义全无,生生赶出门儿去。（姑）

④ 媳妇听见又发作,跑出房去大吆喝。（又）

⑤ 他家里那血水淌出门来。（翻）

6. 动＋来

"动＋来"45例:《姑》10例,《翻》13例,《禳》22例。①

(1)"动＋来＋(名)"。"名"为指人或指物名词,通常为受事。

A. 表示人或事物随动作朝向或到达说话人所在地。例如：

① 二十余年老友人,买来矇婶乐萱亲。（姑）

② 纵有粮借重何人桨？蒙他送来情意高。（翻）

B. 表示结果或完成,在一定程度上仍含有A的意思。例如：

① 还要割下别人的肉,拿来自己身上安。（姑）

② 便把绣鞋拿在手,一指挑来细端详。（禳）

例中的动词是他动词,以下是"自动词＋来"的例子。

③ 二成醒来,合臧姑说……（姑）

④ 俺待去了,怕他醒来又心焦。（禳）

(2)"动＋来＋(名)"。"名"为处所词,表示朝向或到达的处所。例如：

① 进来门,进来门,望着媳妇也不亲。（翻）

② 性子发了要杀人,进来屋里没了气。（禳）

---

① "起来"、"出来"、"下来"之类未包括在内。

7. 动+去

"动+去"50例:《姑》2例,《翻》20例,《禳》28例。

(1)"动+去+(名/数量)",名词均为受事,但多不出现。

A. 表示人或事物随动作离开说话人所在地。例如:

① 我把婚启带去。(翻)
② 小丫环将汗巾拾去。(禳)
③ 不敢惊动他,待俺轻轻的将他鞋儿偷去。(又)

B. 表示结果或完成,有时包含人或事物由动作导致离开原来处所的意思。例如:

① 好媳妇你休去了。(姑)
② 他的日子我知道,娶去做伴也极妙。(翻)
③ 还了地土饶你死,退出几张旧文书,少了把你头割去。(又)

以上"动+去"的"动"是他动词,以下是自动词的例子:

④ 您都有主俱散去,剩下男女共四丁。(翻)
⑤ 只他那脚迹笑口,一霎时过去几番。(禳)
⑥ 手拿绣鞋不觉睡去。(又)

(2)"动+去+(名/数量)","名"为处所名词,表示人或事物因动作到达的处所。例如:

① 被些光棍们,唠去赌博场。(翻)
② 进去门,只见满桌酒果。(又)
③ ……仇大爷骑着一匹好马,出去四五里打探。(又)
④ 伶俐聪明会弄乖,出去门人人看着爱。(禳)
⑤ 我可也不依你出去这院落,也不依你进这屋门。(又)

8. 动+过

"动+过"18例:《翻》6例,《禳》12例。①

(1)"动+过+(名)","名"为指人或指物名词,通常是受事,偶尔也有施事。

---

① "过"另有动态助词用法。

动 补 式

  A. 表示人或事物随动作从某处到另一处或经过某处。例如：
    ① 人家孩子没了老，济着光棍们翻过天。（翻）
    ② 江城接过藏在袖中。（禳）
    ③ 倒换过妈妈头，到（倒）叫俺心里念。（又）
    ④ 转过脸低了头，话儿不管人害羞。（又）
有时表示动作完成，"过"的意义不很明显。例如：
    ⑤ ……二月花朝，溪梅开过子生条。（禳）
  B. 表示动作在时间方面超过了合适的界限。例如：
    ① 就说明如梭催人老，错过了光阴后悔迟。（翻）
    ② 他那里化妆等候，你休要错过良辰。（禳）
此式可以跟趋向动词"来/去"组合。名词出现成为"动＋过＋名＋来/去"式。例如：
    ③ 忽然一阵心酸，几乎吊下泪来，回过头去跑了。（姑）
    ④ 就拿过珊瑚那手来，使力气照着自家那脸乱挦。（又）
    ⑤ 一把抓过那文书来，出来递与臧姑。（又）
名词不出现即成"动＋过＋来/去"式。例如：
    ⑥ 手巾一把夺过来，容颜老大不自在。（姑）
    ⑦ 端过去咱娘看看，看咱娘是待如何。（翻）
    ⑧ 公子拿过来轻轻的打了一下，江城恼了。（禳）
  （2）"动＋过＋（名）"，"名"为处所词，表示动作经过某处。例如：
    ① 待俺穿过大街，从小巷而去。（禳）
    ② 轿马直到大门前，转过一湾，不久看见玄帝门前。（又）
    ③ 果然招着梯子上去，高季爬过墙，放开门……（又）
此式也可以跟趋向动词组合，但一般要出现处所名词，而且只见到用趋向动词"去"的例子：
    ④ 曾有一人不知道，走过桥去，着他打了一顿。（翻）
    ⑤ 待我趓着梯子爬过墙去，把门开了……（禳）

9. 动＋回

  "动＋回＋（名）"4例：《姑》1例，《禳》3例。名词应该可以是受

事,但俚曲出现名词的 2 例却均为施事。表示人或事物随动作从别处到原处,有的是处置式:

① 着俺爷爷知道了,就气了个饱,赌气把江城收回。(禳)
② 谁指望顽石一块,转回头变成黄金。(姑)
③ 娘子差我请主人,就从门外返回身。(禳)

此式通常也可以跟趋向动词"来/去"组合。如:

④ 搞回头来又撒帐……(禳)
⑤ 伸出头来又搞回去。(又)

【贰】 处 置 式

俚曲的处置句式有"将"字句、"把"字句。因为在近代汉语和现代汉语方言里"拿"字也有转化为处置关系词的情况,又为便于考察汉语的历史演变或句式间的关系及其地域特点,所以这里也附带对用"拿"的相关句式做些分析。

一 "将"字句

用"将"的处置句俚曲 43 例:《姑》7 例,《翻》9 例,《禳》27 例。比较"把"字处置句,不仅用例较少,而且结构形式也比较单纯。其实,在聊斋俚曲的时代和俚曲所代表的方言口语里,"将"字句不一定还保存着,俚曲的用例不排除是一种书面语现象。

俚曲的"将"字句均表示处置义,在结构形式上可分成两种类型。

(1)"将+名(代)"后是单个的动词(动词前可以有修饰语)。23 例,如:①

① 媳妇肯将鞭子敲,夫妻恩爱为娘抛。(姑)

---

① 例⑥"又待将奴怎生"的"怎生"称代动作行为。

处 置 式

② 每日待将你请,逐日穷忙没点空。(翻)
③ 姜大姐你不必将他救。(又)
④ 仇大姐将门开,姜娘子泪下来。(又)
⑤ 拂拂灰尘放下盘,四下里将棋子安。(禳)
⑥ 老头儿在这里说,俺在那听,又待将奴宰烹,又待将奴怎生……(又)

(2) 动词后有连带或附着成分。又有 6 种情况。

A. 动词后有表示动作结果的补充成分(即一般所说的"动结式")。4 例,如:
① 将房门放开,将房门放开,满地尘埃……(禳)
② 将头发细分开,头上乌云垂下来。(又)

B. 动词后有处所、数量或时间补充成分。4 例,如:
① 从今改前略把媳妇做,也将罪孽折分毫。(姑)
② 只将那更点儿,细数到金鸡叫。(又)
③ 便将金钗赠一双,即时插在他头上。(禳)

C. 动词后有趋向补语。7 例,如:
① 当初辞别亲娘去,恨不将心刨出来……(姑)
② 小丫环将汗巾拾去……(禳)
③ 叫他写下来,还将原稿变回来。(又)

D. 动词后用助词"了"。2 例:
① 有粥同熬,真个将奴休断了?(姑)
② 将帐子挂了,咱好行礼。(禳)

E. 动词后有宾语。2 例:
① 不还上,将他准了账。(翻)
② 仇禄看了看,是仰扶风县即将局骗地土,照数追还本主。(又)

例① "准了账"有一个词的性质("准账"),例② 的宾语是动作行为的接受者。

F. 俚曲特殊的"将"字句,是"将"字式套用,只 1 例:
① 怎肯将自家的银,生生的将你让?(姑)

二 "把"字句

用"把"的处置句式在俚曲里用得比较多,共533例:《姑》55例,《翻》244例,《禳》234例。俚曲"把"字句的特点不只出现频率高,而且结构和意义关系也较复杂。因此,以下将从结构类型(语法形式)和意义类型(语法意义)两个方面加以分析。

(一) "把"字句的结构类型

1. "把+名"后是单个动词(多为单音动词,动词后无任何连带成分)①

A. "把+名+动",动词前无其他语法成分。268例,如:

① 只等的歪揣货儿话出,这才把君子想。(姑)
② 要再不孝顺,一溜子把气呴。(又)
③ 做不下媳妇来,嘎脸把家门上?(又)
④ 十年来家走一遭,临行又把泪儿吊。(翻)
⑤ 姜秀才听说把头点。(又)
⑥ 他着娘把气生,原是他不通人性。(又)
⑦ 想当初把我嫁,一朵鲜花才摘下。(禳)
⑧ 我把汗巾奉赠,看他意下如何?(又)
⑨ 惹的心中不耐烦,登时就把娇容变。(又)

B. "把+名+来+动"式,"把+名"后用"来"。43例,如:

① 您心有口全无,何必把那腔来做?(姑)
② 忽然间打了顿鞭子,您外甥立刻就把奴来撑。(又)
③ 早给你梳了头,还去把饭来做。(又)
④ 仇牧之永无踪,猜他就把家来倾。(翻)
⑤ 骂声强人不成个货,还嘎脸来把阄来摸索?(又)
⑥ 说走就把声来放,甚么冤屈,皇天爷娘?(禳)

---

① 《禳》:"你待自家怎生?要把奴怎生?""怎生"在例中称代动作行为,计算在内。

处 置 式

⑦ 也不见怎么好,怎么把心来动?(又)

⑧ 江城呀,这一着就把你行来断。(又)

C. "把＋名＋一＋动",动词前用表示动作状态的"一"。6例,如:

① 徐氏气的把脸一变,说:"老贼杀的!敢放这些狗臭屁!"(翻)

② 阎罗把眼一瞪,说:"你这意思里还待赖么?"(又)

③ 只为着点小事儿,把娇容一变,就着人魄散魂消。(禳)

④ 江城把牌一推,打了公子一耳把子……(又)

⑤ 你说俺个物件把眼一白,说……(又)

D. 动词前有其他修饰语。17例,如:①

① 谁想他缉头夜猫,已是成了下流,把正经事一笔全勾。(翻)

② 知府取你做第也么三,把你文章着实圈。(又)

③ 还望老爷上公堂,把那地土尽追偿。(又)

④ 见兄弟受灾殃,疼的我手足伤,就把生死全然忘。(又)

⑤ 叫他把东人细细审。(又)

⑥ 你把恩情一旦捐,真是狼心狗肺肝!(又)

⑦ 把仇家死里降,一番降时一番旺。(又)

⑧ 该把房屋深深拜。(禳)

⑨ 不是呵,把这件东西那里放?(又)

⑩ 咱可就把梨子连皮吃。(又)

2. 动词后面有连带或附着成分(动词前可以有修饰语,这里不再加以区分)

A. 动词后有结果成分(即通常所说的"动结式")。59例,如:

① 沈大姨看着不是长法,不如把二成分开。(姑)

② 便把自家这银子包上。(又)

---

① 《翻》:"请到后宅把手也么拉,作了长揖让坐下。"《禳》:"终日谁敢把气也么抽,瞧着没人暗泪流。""也么"是衬音字,不计在内。

③ 娘俩讲了款,照常的过,只把仇福蹬开。(翻)
④ 不想你出头露面,倒把咱门户撑高。(又)
⑤ 两个把他娘那屋来打扫停当了。(又)
⑥ 没消两月,把宅子修理完了。(又)
⑦ 把他两个儿子,三个孙子,一个闺女,老婆、媳妇子,尽皆杀死。(又)

"动结式"后有时有宾语。例如:
⑧ 要把他踏为平地,实不料弃甲丢盔。(翻)
⑨ 为个人谁没有夫也么妻?把爹娘骂破嘴皮。(禳)

B. 动词后有处所补语。处所词有时由介词引介,有时无介词。14例,如:
① 就是外人不得地,也该把他拉到家。(姑)
② 一群老婆把姜娘子扶着屋里。(翻)
③ 约地、保正都知道了,只得把二相公合四邻一齐送到官。(又)
④ 那一个杂毛光棍,把我儿流徙边关!(又)
⑤ 只求成色正,不嫌文字歪,把天理丢靠九霄外。(禳)
⑥ 便把绣鞋拿在手,一指挑来细端详。(又)
⑦ (小畜生)把不是都掀在别人身上。(又)
⑧ 点起来一照,唬了一跌,把灯吊在地上。(又)
⑨ 主人家若不嫌,把良心放一边。(又)
⑩ 我有心想把他撮合一处。(又)

C. 动词后有趋向补语。27例,如:
① 没消两月,就把臧姑娶来。(姑)
② 大成见不是犯,跑到屋里,把他娘拉出来。(又)
③ 把贼头挂出去,叫那老鸹野鹊吃他那肉!(翻)
④ 大相公叫他把物件衣服收拾出来。(又)
⑤ 大家一齐到门,把先父请去。(禳)
⑥ 我没犯寻思,就把那胸脯揎下来,包了包掖在腰里。(又)

处　置　式

⑦ 要把你的贼头割下，把贼心剜将出来。（又）

⑧ 咳！一个俊脸，俺还没看够，可恨那和尚就把他喷了去了。（又）

有时动词后是处所词，趋向补语在处所词后面。如：

⑨ 疾忙拨了四个人，把姜娘子抬了姜家去了。（翻）

⑩ 把魏名、魏二、李狠贼、秦幌幌子一干人犯锁进城去。（又）

⑪ （公子）叫家人来吩咐说："你把休书拿着，把恁大嫂送他娘家去。"（襏）

D. 动词后有数量补语。18例，如：

① 墙上挂着一支鞭子，拿下来把珊瑚打了几下子。（姑）

② 他离了门庭，不肯把婆婆骂一声。（又）

③ 把他娘数唰了一场，使性子去了。（翻）

④ 把原差合替身，每人打了三十板。（又）

以上都是动量补语，以下是名量补语的例子：

⑤ 仇大姐上公堂，把文书执一张。（翻）

⑥ 就把衣裳做两件。（又）

⑦ 我把精兵点五百，九月初十到贵庄。（又）

带名量补语的可以是"动结式"，如：

⑧ 把他那妈妈头子铰吊一个。（襏）

另有1例比较特殊，在动词前用"是"字：

⑨ 那一日拿起一根劈柴，把我这手指头是伤了俩。（襏）

E. 动词后用助词"得（的）"，接程度或状态补语。8例：

① 把于氏气的脸儿焦黄。（姑）

② 把一个不见人物的相公，引的魂灵儿不知那里去了！（翻）

③ 把徐氏气的白瞪了眼。（又）

④ 把事做的甚周全。（又）

⑤ 把他换的一崭新。（又）

⑥ 仇福把屋里扫的极干净。（又）

⑦ 喃的姐姐舌头破，才把大丑遮的严。（又）
⑧ 把人作祟的睡不定。（禳）

F. 动词后用动态助词"了"或"着"。22例，如：

① 眼里流的都是血水，把褂子都沾了。（姑）
② 是我前生有冤孽，把这个媳妇带累了。（翻）
③ 把文书一张一张的验了。（又）
④ 大姐把那丫头、老婆子，一百的、二百的，都赏了。（又）
⑤ 把银接着，把银接着，大姐低头想一遭。（又）
⑥ 夫人说："这又奇哩！不丑罢呀，怎么不好？"公子把两手比量着说："那脚够真么大！"（禳）
⑦ 你把休书拿着。（又）
⑧ 哈哈！这个号儿响的紧，好令人人都知道我是槌被石，把葛天民这名儿竟呜呼了！（又）

G. 动词后有宾语。这类例子的宾语都是指人名（代）词，而且都是动作行为间接的接受者。从动词方面看，单一的动词有宾语只1例"给"，其他也都是"动＋给（与）"后有指人宾语，共10例，无例外，如：

① 臧姑吩咐二成，把文书给他哥。（姑）
② 仇福把你卖给我了。（翻）
③ 求天公断执法问，恳把那祖宗产业，望老爷追给本人。（又）
④ 把缎子送给了将军。（又）
⑤ 那一时里爱他就糊迷了心肠，把一件擦嘴的东西就换与了情郎。（禳）
⑥ 小长命说话差，把个肥缺却让给咱。（又）
⑦ 也罢，我把个丈夫让给你罢！（又）

3. "把＋名"后是较复杂的结构形式（又有 **4** 种不同类型）

A. 连动式。3例，均为"去＋动"的形式，"去"有虚化倾向：①

---

① 请比较"把＋名（代）＋来＋动"的类型，这数例中的"去"已接近前式的"来"。

① 土条蛇用心机来的最妙,每日把赌钱法用心去教。(翻)
② 那刘悦死了老婆,把他丈人去挑唆。(又)
③ 他有甚么心绪把人去看?(禳)

　　B. 四字式。5例,如:
① 要自己剜心剔骨,把魏名挖眼嚼腮!(翻)
② 强似那宗师下道,把四等大抹大叉。(禳)
③ 抓上把盐,把豆腐切把切把。(又)
④ 强把笑脸儿,下四低三……(又)

　　C. 处置和使役句式糅合。即在"把"字处置句式的基础上,接用了使役句式。3例:
① 正说着,两个上了坟,把那祭馔来着人抬了来。(翻)
② 把暖帐箱笼要紧的东西使人送去。(又)
③ 与人共上床头卧,也把凄凉教你尝。(禳)

　　D. 动词重叠式。包括"动＋了＋动"和"动＋一＋动"两式,后者只1例:①
① 把姜娘子两件衣裳卷了卷,夹着走了。(翻)
② 江城看了看,把棋推了推,说:"我心绪不佳,不下了。"(禳)
③ 还该削削那额髅盖,还该斫斫那小金莲,着咱丈人再把他变一变。(又)

4. "把"字句的谓词是自动(不及物)词或形容词

　　A. 谓词是自动词。6例,如:
① 两口子抉嘴了半日,光见瓦石,并不见银气,把头兴全没了。(姑)
② 怨爷娘甚不该,一言把我终身坏。(又)
③ 把一个通天的光棍,就呜呼哀哉了。(翻)
④ 他亦是回了头,还没把良心坏。(禳)

---

① 《翻》又有这样1例:"把弟妇尊又称,不肯忘了旧恩情。"这是相关意义动词的复用。

299

这类的谓词后面有时又有程度补语。如：

⑤ 把夫人笑极了。(禳)

B. 谓词是形容词。9例，如：

① 安大成，怒不休，看见血水把心柔。(姑)

② 把一个极有本领的媳妇，到这里老大窘。(又)

③ 把亲事妥当，二相公才复试去了。(翻)

④ 却说二相公去后，范公子把慧娘搬去，止有他娘合仇大姐在家里，把日子又大差了。(又)

⑤ 我白黑，把心安，还守咱娘过几年。(又)

(二) "把"字句的意义类型

所谓意义类型，指的是因句子成分之间语义组合关系的制约而产生的在语法意义上的不同类型。意义类型的区分，可以因着眼点或分析角度的不同而有差异，这里主要基于处置句式的基本语义特点作概略分析。

1. 处置义"把"字句

处置义"把"字句的谓词一般是他动词(及物动词)，它所表示的动作行为是对"把"后名(代)词所代表的人或事物的一种"处置"，俚曲共有500余例。但是，这类意义的"把"字句又不完全一样，大致可分为两类。

(1) 可变换成被动句的"把"字句。这类"把"字句所表示的"(S)把NVP"义可以变换成"N被(S)VP"的意义。例如：

① 二成把三十亩好地卖给本庄任华。(姑)

② 那鬼神把人作梗。(又)

③ 把他娘数喇了一场，使性子去了。(翻)

④ 把这个媳妇带累了。(又)

⑤ 把徐氏几乎气死！(又)

⑥ 到晚上把门关了，我看他那(哪)里安身！(禳)

⑦ 把头揪吊，赶去脱生！(又)

⑧ 受了苦枉徒劳，把一个秀才拼。(又)

例①可变换成"三十亩好地被二成卖给本庄任华",例②可变换成"人被那鬼神作梗",例③可变换成"他娘被数喇了一场",例④可变换成"这个媳妇被带累了"。但是,这样的例子不足俚曲处置义"把"字句的20%。①

（2）这一类"把"字句虽然也是表示处置义,但是不能（或者说一般不能）变换成相应的被动句;也就是说,这类处置义"把"字句不能变换成被动义句式。例如：

① 若遇着妇不贤良儿又浑,要再不孝顺,一溜子把气呴……（姑）

② 这时节还不心惊,反说人把机关弄。（又）

③ 从今改前略把媳妇做,也将罪尊折分毫。（又）

④ 十年来家走一遭,临行又把泪儿吊。（翻）

⑤ 阎罗把眼一瞪……（又）

⑥ 疾忙到他家里,去把人来要。（又）

⑦ 指头粗的咱这腿,咱可那（哪）里把他跟？（又）

⑧ 顽一霎把坟上了,你必然就打那里走……（又）

⑨ 箱里包也是闲,就把衣裳做两件。（又）

⑩ 丫头还把小孩装。（禳）

⑪ 叫人好心焦,待把畜生骂。（又）

⑫ 俺可把俊脸细细端相。（又）

显然,例①"把气呴"不能作"气被呴"、例②"把机关弄"不能作"机关被弄"、例③"把媳妇做"不能作"媳妇被做"、例⑨"把衣裳做两件"不能作"衣裳被做两件",等等。但是,这类用例都可以变换成一般的陈述句：如例① 可作"呴气",例② 可作"弄机关",例③ 可作"做媳妇",例⑨ 可作"做两件衣裳",等等。这类例子较多,约占处置句"把"字句的80%强。

2. 使役义"把"字句

这类"把"字句的谓词可以是动词或者形容词,这些动词或者形

---

① 有时两可之间的情况不易分得清楚,所以这里只提到大致比例。

容词是"把"字后名(代)词所代表的人或事物发出的行为或呈现出的状态。这样,原本表示处置的"把"就转化成了"使令"、"使让"之类的意义,因而这里也就把这类句子称为使役义"把"字句。也可以分成两类。

(1) 谓词是动词的使役义"把"字句。动词一般是自动词。18例,如:

① 倒把我好心的娇儿,离别了正勾(够)三年。(姑)
② 两口子抉嗤了半日,光见瓦石,并不见银气,把头兴全没了。(又)
③ 怨爷娘甚不该,一言把我终身坏。(又)
④ 秋桂越发作弄着笑,娇儿心肝不住口,把乜孩子吃了大敲。(翻)
⑤ 当面鼓对面锣,把自己要快活,这可怎么合他过?(又)
⑥ 把阎罗打了四十大板,夹了一夹棍,背子四绊,把一个通天的光棍,就呜呼哀哉了!(又)
⑦ 细细眉红红脸真堪上画,说出一句话把人活爱煞。(又)
⑧ 魏名也认了十亩地,押的那官帖即时退出,倒把他生了一肚子气。(又)
⑨ 终日把人家活活的恼杀,活活的啕杀,活活的气杀!(禳)
⑩ 锁在他间房一月久,没可思想才咕哝,把书本才有了清闲空。(又)

(2) 谓词是形容词的使役义"把"字句。7例,如:

① 安大成,怒不休,看见血水把心柔。(姑)
② 把一个极有本领的媳妇,到这里老大窘。(又)
③ 把徐氏几乎难杀!(翻)
④ 待了数日,把亲事妥当,二相公才复试去了。(又)
⑤ 止有他娘合仇大姐在家里,把日子又大差了。(又)
⑥ 这一个暗蹙金莲,那一个笑上眉尖,两家都把心绪乱。(禳)

三 "拿"字句

在聊斋俚曲里,用"拿"字的相关句式应该说还没有处置句。但是,为了方便进行历史的或者方言间的比较研究,这里也对有关句式做出分析。

俚曲动词"拿"后面用助词"着",再跟动词"当"(当做、看待之类意义)及其连带成分组合,有 8 例;"拿"后不用助词"着"的仅 1 例:《姑》4 例,《翻》2 例,《禳》3 例。

1. "拿着"后不出现名词(受事)

① 这样福合佛一样,不知好合歹,拿着当寻常。(姑)
② 好不怪哉,好不怪哉!大伯拿着当奴才。(又)
③ 臧姑说:"这糊突梦,那(拿)着当件事哩!"(又)
④ 阎罗不拿着当件事。(翻)
⑤ 咋就不问谁是主,拿着当自家那抗腿的人?(禳)

2. "拿(着)"后出现名词(受事)

① 拿着人人当珊瑚,这却不是珊瑚是臧姑。(姑)
② 一般都是你的儿女,拿着俺大不相干。(翻)
③ 你眼儿拿着他当丈夫,腹儿拿他当心肝。(禳)

由"拿(着)"所在的以上两类句子可见,它们还不是真正的处置句式。不过,它的意义组合关系及形式接近古代汉语里的"以(A)为B"("为"为"当做、看待"义)或现代汉语里常见的"把A当做(看做)B"之类的句式。尤其是第 2 类"拿"后不用助词"着"的例子("腹儿拿他当心肝"),就更有条件转化为表示"把 A 当做 B"之类意义的处置句式(即使如此,它跟明清南方系资料里的"拿"字处置句也并不是同样的来源)。

【叁】 被 动 式

聊斋俚曲的被动句式有"为"字句、"被"字句、"着(著)"字句、"教"字句和"叫"字句,其中后 3 种句式可以看作具有被动语法意义的使役句式。① 这几种被动句式的使用频率如下表:

	"为"字句	"被"字句	"着"字句	"教"字句	"叫"字句
姑	0	4	3	0	1
翻	1	13	14	1	1
禳	0	15	15	1	1
合计	1	32	32	2	3

由上表可见,除"为"字句外,"被"字句和"着"字句、"教"字句和"叫"字句分别呈均衡状态,而前两者是俚曲表示被动意义的主流句式。

一 "为"字句

"为"字被动句俚曲三种仅有 1 例,见于《翻》曲:

① 便将怎么陷害,怎么成亲,怎么为东人被罪,从头至尾说了一遍。

此例在"为"字式中用了动词"被(罪)",因此用"为"不排除是行文避复的原因所致。由此可见,"为"字被动句应该是早就在俚曲所代表的口语里消失了,这仅见的 1 例不过是古汉语句式在书面语里的残迹。

---

① 江蓝生.汉语使役与被动兼用探源.近代汉语探源.北京:商务印书馆,2000

二 "被"字句

俚曲 32 例"被"字被动句的施事都是指人名(代)词。以下从组合形式方面做些分析。

1. "被"字后出现代表施事的名(代)词

(1) 动词后有表示动作结果的补充成分(其中有一般所说的"动结式"或"补充式")。例如：

　　① 一家人口已被贼杀尽了。(翻)
　　② 这八家子被老婆降极了，大家约了一道怕老婆会。(禳)
　　③ 修行的时节，养了个长生鼠儿，被裴相公一杖打死。(又)
　　④ 此时若不回头走，怕被旁人看出来。(姑)

(2) "动＋补(结)／着"后出现宾语，这种宾语可以作为这类句子的受事主语。3 例：

　　① 骂奴才老贼奸，又害民又欺官，被你把持着扶风县。(翻)
　　② 到(倒)被他啕煞爷娘，丫头还把小孩装。(禳)
　　③ 被我打断了他的恩情，也是一件恨事。(又)

另有 1 例动词宾语是"数量＋名"，不能看成句子的受事：

　　④ 江城这么个恶人，被那和尚喷了一脸水，竟没恼，回家去了。(禳)

(3) 动词后有处所、数量或时间补充成分。例如：

　　① 被些光棍们，唠去嗜博场，半顷地一宿完了帐。(翻)
　　② 进门流水款待你，倒被你贬扯到如今。(禳)
　　③ 被那没脸的东西打骂一顿。(又)

(4) 动词后有趋向补充成分。例如：

　　① 被他哥哥叫了来，著他媳妇叫了去。(姑)
　　② 银子都被他翻了去了。(翻)
　　③ 不幸生下这个不孝的女儿，被人家休断出来！(禳)

(5)"被+名(代)"后是单个动词。11例,如:
① 闺女被人诓,闺女被人诓,难说忍了不声张?(翻)
② 俩孩子被人唠。(又)
③ 老爷的人怎被光棍骗?(又)
④ 蒙相别情义高,不领也被旁人笑。(禳)
⑤ 啼哭泪满腮,看被人惊怪。(又)
⑥ 咱那儿被儿妇囚禁,虽是酷虐,也是自己作的。(又)
(6)较特殊的谓语形式。数量(动量)词谓词。1例:
① 倒被他劈头两下,打的我疼到而今!(禳)
另1例是复合谓语的形式:
② 夜未上酒才斟,俺俩巡了两三巡,被他二姨跳将出,一顿几乎打断筋!(禳)

2."被"后不出现代表施事的名(代)词
(1)"被"后是单个动词。4例,如:
① 听说他被逐,听说他被逐,我就说你太糊涂!(姑)
② 大姐听的说他爹被掳,才来家看了看。(翻)
③ 说俺爹爹既被掳,又不是对敌中了伤……(又)
这数例"被+动"都是充当句子成分,不是独立的被动句。
(2)"被+动"后有处所补充成分。只1例:
① 我被掳在东山,卖旗下十余年。(翻)

三 "着"字句

"着"字被动句严格说来应该认为是被动使役句,因为它是受语义组合关系制约而由使役句转化而来的一种具有被动句特点的句式。[①] 在聊斋俚曲里,它已经成为跟"被"字句相匹敌的具有被动意义的句式。

1. 句式特点

---

① 冯春田.近代汉语语法研究.济南:山东教育出版社,2000

被 动 式

俚曲"着"字被动句（32 例）总的特点，从句式或组合关系方面看，就是"着"后一律出现作为施事的名（代）词。另一点与"被"字被动句不同的是，"着"字被动句"着"后不只是指人名（代）词，也可以是指物名（代）词。

(1) "着"字后是指人名（代）词（可看作施事）。30 例，如：

① 臧姑说："你着他倒了包。"（姑）
② 着他公公说该促寿，该没儿。（又）
③ 着我数唠了一千行，并不曾把嘴来强。（翻）
④ 也省的我路上着他抓住，使那巴棍打我这腿。（又）
⑤ 我可着小福子气杀我了！（又）
⑥ 我待治人来，倒着人治了这么一下子。（又）
⑦ （范栝）着他师傅好骂。（又）
⑧ ……又偷了人家牛，着人家告着他。（禳）
⑨ 着那樊老儿定了个美人计，着那江城扎挂的合那妖精一般出来见他，那有不动心的？（又）
⑩ 若是那有气性的人儿，姐姐呀，就着他气的长气鼓！（又）

(2) "着"字后是指物名词。仅 2 例：

① 替他婆，好呆哥，腔不曾着铁瓦合！（姑）
② 你着那天雷就打。（禳）

2. 意义特点

以上(1)、(2)两类"着"字句的共同特点，从意义方面看，就是"着＋名（代）"后面的动词所表示的动作行为对受事（在句子里可以不出现）所代表的人或某一方而言，是消极、有害或不如意的事情。尽管通常的被动句（如"被"字句）在近代汉语里（尤其是后期），这一点并不成为通常的语义限制条件，但是作为以上"着"字被动句而言，却是不可缺少的语义条件。因为，只有在动词所表示的动作行为对受动者或有关的某一方是不如意的意义时，这类句式才有可能向被动句方面转化。试比较：

① 若还着令堂知道，皇天河水洗不干净。（翻）

②慧娘说:"你这潮孩子!看着人家知道,成了故事。"(又)

③昨日着我拧着耳朵拿了来。(禳)

④你主意竟要着他抹了秀才么?(又)

⑤他虽可恨,着人奶奶长,奶奶短的,我也欢喜。(又)

⑥仇福着他奉承的极快乐。(翻)

例①、②的"知道"从词义上说属中性,但它表示的事情对受事或有关的一方是消极的,所以使得这样的句子带有了被动的意义;例③"着"后的代词代表说话者的一方,是动作的发出者,尽管它对受动者是消极、有害的,这样的例子还是有两种可能转化的趋向:从施事一方着眼,不突出被动色彩,可看做使役句→"昨日着(叫、让)我拧着耳朵拿了来";而从受事一方着眼,尤其是考虑到近代汉语被动句的语义也有中性化的趋向,所以例③也可以看成近似的被动句;例④的动作行为是对施事者"他"不利的,所以这种句子只能是使役句;例⑤的动作行为对受事者来说是积极的或喜欢的事情,因此也就没有转化为被动意义句子的可能;例⑥的动作行为对受事者而言看起来是高兴的事,实际上却是有害的,这样的句子也就具有被动的意义,或者说也就有转化为被动句的条件。

四 "教"字句和"叫"字句

"教"字句和"叫"字句里的"教"、"叫",都有词义和语法(用作使役动词)的基础转化为表示被动的关系词。但是,具有被动句式语法意义的"教"字句和"叫"字句在俚曲里却比较少见。

1."教"字句

在俚曲三种里,具有被动意义的"教"字句只有以下2例:

①再休言,再休言,耳朵没教蛐蜒钻。(翻)

②官人身上一块肉,教他带去嫁奴才。(禳)

严格说来这两例都还是使役句,只是由于"教+名(代)"后动词表示的动作行为对受事的一方而言,是被动或不利的,因此才在性质上接近被动句式。

2. "叫"字句

俚曲三种具有被动意义的"叫"字句也仅有以下 3 例：

① 当初才剐，当初才剐，你就叫他倒了包。（姑）
② 叫人家休退打骂，岂不着父母担罣？（翻）
③ 名道是高奶奶，岂不叫旁人笑？（禳）

这 3 例"叫"字句的性质跟"教"字句的两例一样，都是使役句而带有被动句的意义。①

【肆】 差比句式和比拟句式

比较句是表示比较关系的句式，俚曲的比较句有表示比较双方一样或相同的平比句、表示比较双方差异的差比句。因为俚曲的平比句式通常由介词"与/合（和）"引介比较项，所以在介词部分已做出分析，②这里只分析俚曲的差比句式。

比拟句式是表示比拟关系的句式，俚曲的比拟和差比句式均较有特点。因为这两种句式内容都不是很多，所以放在一起加以分析。

一 差比句式

俚曲的差比句式有两类：一类是汉语里较普遍的由差比介词

---

① 在俚曲三种里，使役句除"教"字句跟"叫"字句外，又有"让"字句，但是"让"字句未见有表示被动的例子。

② 请参看本书介词"与"、"和（合）"的相关用法。

"比"参与构成的"比"字差比句,一类是俚曲背景方言里的差比句。①

1. "比"字差比句

"比"字差比句 29 例:《姑》8 例,《翻》11 例,《禳》10 例。是用介词"比"引进比较项(X)的一种比较句式。

(1) 比＋X＋形＋(数量)。

A. 比＋X＋形。例如:

① 终朝每日数他磣,又遇着磣的比他狠。(姑)
② 赛着番,更比前番赛。(又)
③ 肿的头好似筐,过夜却比头夜强。(翻)
④ 那钱财是甚么?人情更比王法大。(又)
⑤ 姐夫恼也应该,但是他比驴马呆。(又)
⑥ 魏名这个禽兽,更比曹操秦桧奸。(又)
⑦ 说小些也不差,媳妇不宜量比他大。(禳)
⑧ 从新又添上打公公,泼法更比前番胜。(又)

"形"的位置上又可以是具有形容词性的短语。例如:

⑨ 又比平时大揭锅,要凭粗气熬阎罗。(姑)
⑩ 俺那小姨子嫁了高家那小长命子,他还比我赛头哩。(禳)

形容词前又往往用程度副词:

⑪ 从此臧姑比珊瑚还小心。(姑)
⑫ 我的人比一家还多。(翻)
⑬ 自然好歹的垒个窝,这比充军还好过。(又)
⑭ 仔说一人帮我一钱,只怕比那十分钱粮还多。(禳)
⑮ 唱的比丽华更悲。(又)
⑯ 比他尊公还长业,一十六岁做高官。(又)

---

① 此外,俚曲也有在意义上表示差比的句子,最主要的是"不＋如＋X"句。这类句子共35例:《姑》4例,《翻》21例,《禳》10例,如《姑》:"珊瑚虽然强及如今的,只是可不如您那媳妇";"沈大姨看着不是长法,不如把二成分……"。《翻》:"秋桂原不如春娇";"只望人家倾了家不如他,他才心不恨"。《禳》:"宁可空房常独守,丑妻恶妾不如无";"就不如我那冤家,也强似孤单";"你那(哪)点不如娇三?"。

另有 1 例比较特殊,是在"比"字后用助词"着",在形容词前用表示心理活动的动词:

⑰ 这一回,比着仇禄充军之时,更觉难看。(翻)

B. 比+X+形+数量。这一类是以 A 为基本式,在形容词后出现表示差比"量/度"的数量性补充成分。例如:

① 二成十四五了,他媳妇比他大两岁,合他丈人家说,咱娶了罢。(姑)

② 臧姑赃极遇赃官,更比臧姑赃一番。(又)

③ 这喉咙里虽疼,比先稍好了些。(翻)

④ 你还比我大两岁,我也不过来观场⋯⋯(又)

⑤ 妹夫比你强十倍,给他提鞋踏了牙!(又)

⑥ 呀!你这腰儿还是勿一揸挦,这脚儿比前越发小些小些。(襥)

另有 1 例"比"字后用助词"着":

⑦ 临了看看我拿的那个,比着主人家的那个还略猛点,心里才自在。(襥)

(2) 比+X+形+的(得)+副。只 1 例,即在(1)式的形容词后用助词"的",接程度补语:

① 他达达比臧姑无赖的更甚,声声的要告状,跳打着骂上门。(襥)

(3) 这一类表示比较结果的不是形容词及其连带成分,而是带描述性的词组或疑问性词语,"比"后可用助词"着":

① 朝朝日日嫌珊瑚,这比珊瑚是何如?(姑)

② 比着小人家,着实知道嘎!(翻)

③ 石庵说:"小长命子,我问你!昨日这打,比着江城谁轻谁重?"(襥)

例①、③ 是疑问形式。这样的例子似应看作差比句的一种类别。

2. "形+的/如/似/及/起/其+X"式差比句

这类差比句是形容词后用"的"、"如"、"似"和"及"、"起"、"其"跟比较项 X 组合而成。与第 1 类差比句相比较,这一类差比句的特点是：A. 只表示"比 X 强/大/好"之类的意义,而不能表示出这种比较的差比"量/度";B. 形容词均为比较而言的"强势"义比较词,X 均为"弱势"比较项。形容词后用"的"、用"如"的各 1 例：

① 就怪些也罢,如今怪强的后日怪。（翻）
② ……我儿官高,一个媳妇贤孝,过了一日,胜如三朝。（禳）

用"似"的 4 例：

③ ……不做甚么,吃的穿的强似他。（翻）
④ 腰儿软,口儿甜,就不如我那冤家,也强似孤单。（禳）
⑤ 强似那宗师下道,把四等大抹大叉。（又）
⑥ 得合娘子重相会,胜似金钗十二环。（又）

用"及"的 1 例,用"其"的 1 例,用"起"的 2 例。如：

⑦ 于氏说："珊瑚虽然强及如今的,只是可不如您那媳妇。"（姑）
⑧ 休愁那亲事难成,情管还找一个极俊的媳妇,还强其江城,还强其江城。（禳）
⑨ 看着模样不大精致,俺这心里还俏起别人。（又）
⑩ 骂一声贼强人,胆就大起天。（又）

二　比拟句式

比拟句式是表示两物或者两事之间相似关系的句法结构形式,汉语这类句式一般由表示比拟的"像、类"义动词、比拟项（比拟对象,喻体）构成,有的还可以在后面用比拟助词。代表比拟项的可以是名词、动词、短语或句子（用 X 表示）。① 如果按比拟词分类,俚曲的比拟句式及其使用频率如下表：

---

① 江蓝生.助词"似的"的语法意义及其来源.中国语文,1992(6);从语言渗透看汉语比拟式的发展.中国社会科学,1999(4)

差比句式和比拟句式

	如+X	似/好似+X	像/好像+X	像+X+似/是的	X+似的	介+X+似/是的	合计
姑	3	1	8	2	1	1	16
翻	6	15	10	0	0	0	31
襄	30	50	22	0	0	0	102
合计	39	66	40	2	1	1	149

1."如"字句

由上表所示,用比拟词"如"的比拟句在俚曲中处于劣势。从意义上看,比拟词"如"在大多数情况下侧重于表示"如同",而这种意义特点有可能就是俚曲"如"字比拟句使用较少的因素之一。

从组合关系方面说,"如"字比拟句均为"如+X"式,其后没有比拟助词,而且"如"前也很少有任何其他组合成分。例如:

① 珊瑚磕下头去,泪真如雨下。(姑)
② 今日离别,心绪如刀搅。(又)
③ 只见那箭如飞蝗,枪似炒豆。(翻)
④ 这几个月以来,度日如年,俺一般的也捱到了。(襄)
⑤ ……朱唇一笑更娇然,俏步真如花影颤。(又)
⑥ 好心酸,这回相见,如在梦魂间!(又)

例① "如"前有副词"真"。从例①至⑥可以看出,"如+X"主要是表示"如同"。俚曲"如同"连用。例如:

⑦ 别来几日,乍得团圆,如同织女牛郎会,此身不像在人间。(襄)

2."似"字句

"似"字句是以表示"像、似"义的动词"似"与比拟对象组合而成,是俚曲的主要比拟句式之一。

(1) 似+X。例如:

① 好一个俊媳妇风流不过,穿上件粗布衣就似蝉蛾。(姑)
② ……阎罗气粗,霸占民妻只似无。(翻)
③ 他也不到穷似贼,插插草屋扫扫灰……(又)

313

④ 浑身打战似筛糠。（禳）
⑤ 无嚣喧,闭门雅静似深山。（又）
⑥ 过一刻似一年,无时不把佳期盼。（又）
⑦ 穿上一件好衣服,真似一尊活菩萨。（又）
⑧ 忐也谄,见了丈夫似有仇。（又）

(2) 好似/好一似＋X。"好似＋X"20例,如：
① 一声儿不言语,好似吊在迷魂阵。（翻）
② 肿的头好似筐,过夜却比头夜强。（又）
③ 写了书来叫我嫁,心里好似刀子剜。（又）
④ 看他这模样,好似一尊观音;说他那心肠,好似那慈悲天尊。（又）
⑤ 好似鱼脱钩,两脚忙忙走。（禳）
⑥ 怪丫头站的牢壮,大立碑好似秦王。（又）
⑦ 光阴速箭离弦,近来好似换了天。（又）
⑧ 见你这样到（倒）叫我心酸,泪珠儿好似珍珠断了线。（又）
⑨ 武陵花日日开,好似晋家桃园,并不知甚么年代。（又）

"好一似＋X"仅2例：
⑩ 好一似千年古庙,住着些瞎道痴僧。（翻）
⑪ 自从见了江城,觉着这三魂出窍,好一似身在半空。（禳）

3. "像"字句

"像"字句是以表示比拟的动词"像（象）"与比拟对象组合而成的比拟句,也是俚曲主要的比拟句式。它的特点是还可以跟比拟助词配合,构成新的比拟句。

(1) 像＋X。例如：
① 娘俩就像亲娘亲女儿。（姑）
② 想当初那是甚么模样,一味胡踢弄,像吃了迷魂汤。（又）
③ 我到店里头,他像看不见。（翻）

④ 忽然走进你那角门,这心里就像听的你那声音。(又)

⑤ 小哥哥那魂灵儿就像淹坏了的那螃蟹。(禳)

⑥ 气也不喘,像个呆瓜。(又)

(2) 好像+X。7例,如:

① 饭也不吃,只是去上梢,上了赌好像有个星儿照。(翻)

② 脸儿好像芙芙子苗,金莲不够半揸大。(禳)

③ 扎裹起来爱煞人,好像一尊活菩萨。(又)

④ 看你不秃又不瞎,好像一个鬼灵精,怎么全不通人性?(又)

⑤ 是怎么?这年年来好像到了女人国里,卖春药的全不发市。(又)

⑥ 整整跑了一宿多,好像是挣了命。(又)

(3) 像+X+似的/是的。这类形式是在"像/好像+X"式的基础上,后面又用"似的"或"是的","是的"是"似的"的口语变体,通常看作比拟助词。2例:

① 大骂了一声,这里大家气也不敢喘,像没人似的。(姑)

另一例"像+X"后有语气词,"似的"作"是的":①

② 珊瑚笑了笑说:"我合你做妯娌十多年,近来极象合你初会呀是的。……"(姑)

这种句式组合形式,是俚曲"如"字句、"似"字句所没有的。

4. "X(呀)+似的;介+X(呀/那)+似的/是的"式比拟句

俚曲比拟句式"X(呀)+似的"是由比拟对象(后面可有语气词)跟在后的"似的"构成。只见1例:

① 臧姑听的跑了来,也不怕大伯,骂二成:"贼杀的!你不来呀?"二成狗颠呀似的跟了去。(姑)

"介+X(呀/那)+似的/是的"则是在表示比拟对象的X前用介词而形成的。2例:

---

① 同类形式在俚曲他篇中也有,如《增补幸云曲》:"这长官初进院时有些憨样,这一回我看他像精细了的。"《富贵神仙》:"年纪三十四五,只像二十四五呀是的。"

② 于氏说:"你扎挂的合妖精似的,你去给那病人看的!……"(姑)

③ 仇福说:"吃了一宿酒,合失了困那是的。"(翻)

例②、③ 里的"似的/是的"一般看作比拟助词。①

5. 具有揣测意义的比拟句

用"似"跟"像"、"好像"的比拟句都有揣测意义,这里也顺便举出:

① 见俺似有情,低下头微微笑。(禳)

② 行动闷怏怏,看他像有个愁模样。(又)

③ (仲美)往外跑着说:"这裤里像有了物了。"(又)

④ 高大爷贵庚好像十七八岁?(又)

【伍】 判 断 句

判断句是用来断定主语所指和谓语所指是否同属一物、或者断定主语所指的人或事物是否属于某一性质或种类的句子。近代汉语判断句往往用"是"来构成,所以又叫"是"字句。一般认为,"是"前后的词语是同一关系或从属关系的是判断句,"是"起肯定、强调之类作用(有时跟"的"呼应)的不是判断句。

在俚曲里,判断句已经是"是"字句的一统天下,因此对俚曲判断句的分析也就是对"是"字句的分析。再者,从用途上说判断句也就是陈述句的一种,"是"表示判断和非判断都是一种"陈述";同时,从汉语历史的角度说,"是"字句的判断跟非判断存在着历史发展或演变的关系。所以,这里是对俚曲的"是"字句进行分析,而不局限于仅

---

① 俚曲(含戏曲)他篇也有同类例子,如《墙头记》:"每日穷的合那破八果那似的,他那里的钱?"《增补幸云曲》:"俺那冤家指著个帖子,合圣旨呀是的;""好什么!不过是胡乱拨几点子,合狗跑门那是的。""这二日懊恼的合什么呀似的。"

表判断的一类。

俚曲的"是"字句已经基本上接近现代汉语,"是"在句子里主要起肯定、联系的作用。主要类型如下。

一 主＋名＋是

这类句子共 11 例,均见于《禳》曲。可变换为"主＋是＋名",但作"主＋名＋是"时"是"前一定要有"便"。这可能是俚曲道白的仿古现象,不一定代表俚曲背景方言的口语。例如：

① 自己徐氏便是。
② 自家不是别人,东庄里王古董便是。
③ 丑扮李婆上云：自家李婆便是。

如果句末出现语气词"也",则"是"字前不用副词"便"。如：

④ 小生王子雅是也。
⑤ 罗汉上云：吾乃金身罗汉是也。
⑥ 俺乃静业和尚是也。
⑦ 我乃张邋遢是也。
⑧ 自家姓吴名恒,号是良心,高宅厨子是也。

另 1 例是古今"是"字句套用：

⑨ 自家非别人,就是江城的姐姐樊满城是也。

二 (主)＋是＋名

俚曲这类"是"字式共 530 例：《姑》62 例,《翻》152 例,《禳》316 例。"是"在句中可以表示多种关系,主语可以不出现。

(1) 表示等同。例如：

① 逐珊瑚是本怀,见他血泪满心哀。(姑)
② 二成还没到任华家,忽然倒了,爬起来说："我是安举人。"(又)
③ 闪开包,都不是银子,依旧是砖头。(又)

④ 话说陕西凤翔府扶风县,有一个人姓仇名仲号是牧之,原是庄农人家。(翻)

⑤ 却说那庄有一个人是魏名,绰号是土条蛇。(又)

⑥ 却说那仇福的丈人家是姜秀才,号屺瞻,为人极好。(又)

⑦ 咱家姓高名猷,字是仲鸿……(禳)

⑧ 那相公不是别人,是高大爷家小长命哥哥。(又)

⑨ 自家葛天民,是那樊满城的汉子,绰号槌被石。(又)

(2) 表示身分、特征或质料。主语是名词,"是"后面的名词通常有修饰语。例如:

① 大成娶了个媳妇,姓陈名叫珊瑚,是个秀才的女儿。(姑)

② 银是元封,银是元封,人家并不犯相争……(又)

③ 他虽然是个男子,我却还嫌他铺囊。(翻)

④ 可笑那仇大郎真是个憨蛋……(又)

⑤ 一概房屋都是草,火势连天威更加。(又)

⑥ 话儿虽然狠,那心也是肉。(又)

⑦ 慧娘说道也不错,俺是兄弟您是哥,若不然怎么叫做一堆过?(又)

⑧ (范小姐)满头花穿大红,浑身都是玄鹤凤。(又)

⑨ 我是个乡瓜子,不敢攀那大头脑。(禳)

⑩ 穿上件好衣裳,还是个文雅书生。(又)

(3) 表示存在(某种事实或状态)。"是"有时类似"有"。例如:

① 何大娘看了看,眼里流的都是血水,把褂子都沾了。(姑)

② 谁想并不见银钱,满坑里都是一些瓦合砖。(又)

③ 又到了后边,是一个大园。(翻)

④ 买了麸子喂上马,店主慌忙走面前,上下都是包子面。(又)

⑤ 每日就是姊妹俩。(又)

判 断 句

⑥ 话说那仇家自从失火之后，处处俱是灰尘，进的看看，一片荒凉。（又）

⑦ 四壁独成一院落，面南也是屋三间……（禳）

⑧ 儿女都是大身量，不必因循过时光。（又）

⑨ ……到家中，门里还是乱蒿蓬。（又）

⑩ 思一思想一想，浑身是汗。（又）

(4) 表示领有。主语限于名词；"是"也类似"有"，可以不出现。例如：

① 却说仇福这一年是十六，仇禄十四……（翻）

② 仇福输了一瓶酒，魏二输了一只鸡，魏二的表弟秦幌幌子也是一瓶酒。（又）

③ 丫头端过礼来：婆婆是绣鞋、枕顶、尺头四端；大姐是绣鞋、枕顶、尺头二端。（又）

④ 我去时是草房，回家时是高堂，媳妇都是嫦娥样。（又）

⑤ 我合夫人周氏，都是六十余岁。（禳）

⑥ 我见他来，唱的倒罢了，不大白生，又是半搅子脚。（又）

⑦ 春香云："俺不用看了，我是孤红。"（又）

⑧ 公子云："妙哉！妙哉！我是人牌。"（又）

⑨ 咱俩同是二十三，合你夫妻六七年。（又）

⑩ 去时方才三十四，归家已是五十三。（又）

(5) 表示时间。"是"有时近似"到"、"在"或者"有"。例如：

① 却说仇禄复试回来，范公子看了成亲的日子是十二月十六日，着人来说了。（翻）

② ……蒙仲鸿死留，难把身抽，三杯已是饭时候。（禳）

③ 小长命跟他三叔高季去考，已是二十余日。（又）

④ 看下迎亲日期是腊月三十日。（又）

⑤ 那一日得罪兄台，回头已是半年外。（又）

⑥ 就看今来这样款，才知你常时忒也乖，你该杀已是三年外。（又）

⑦ 夜已是三更，俺且在檐下打了个盹罢。（又）

(6) 表示数量。"是"后面的数量词相当于一个"数量＋名"。例如：①

① 从上来败家的道，说他嫖还没大嫖，只光赌一宿就是七八吊。（翻）

② 魏二赢了，又写了一张给他，又是十两。（又）

③ 大姐说："这是甚么话！娘是俩罢，老可是一个呀！"（又）

④ 媳妇儿你在那里掘，俺在这里听，骂达也是一升，骂娘也是一升。（禳）

⑤ 俺一碗青菜一钱儿，一碗豆腐一钱儿，一碗汤是一钱儿，四个菜碟也合着一钱儿。（又）

⑥ 依你说，一碗一钱，十碗才是一两，怎么能攒成块呢？（又）

(7) 表示比况。例如：

① 终朝吵骂不停声，…好难听，人人说是糊涂虫。（姑）

② 只怕我的这个主，他也不是省油灯。（又）

③ 你家里降了外头找，我就是个难劈的柴。（又）

④ 若是有钱不借给你大相公呗，那可就是一个狗。（翻）

⑤ 学棚里原是傀儡也么场，撮猴子全然在后堂。（禳）

⑥ 这也是个顺水船，只用俺去走一趟。（又）

⑦ 夜里是城垣，白日里是森罗殿。（又）

⑧ 分明是追魂台，怎么是夫妻乐？（又）

⑨ 不知夫婿虽荣贵，还是当年旧杵砧。（又）

⑩ 那鸡蛋是铁丸，那豆腐是没盐……（又）

有时用"像是"：

⑪ 听着他俏莺声，只像是霹雷电。（禳）

⑫ 俊是他，美是他，俏的是他，怎么转眼没情，又像是仇家？

---

① 《禳》曲："捞着那不中用处，也是一棒槌；捞着那中用处，也是一棒槌"；"劈脸带腮，就是一拳"。例中"是"字后是动量词，与①至⑥例不同。

（又）

"是"还用来打比方（举例），仅见下例：

⑬ 秦厨说："怎么贪呢？"吴恒说："就是我罢，每日领着主人家工食月粮，也尽够费的。……怎么见了主人家的东西，拿一点儿，又待拿一点儿……"（禳）

但例⑬ 实际上是没有主语的句子。

（8）表示强调。成"{动＋的}＋是＋名"式，强调"是"后面的成分。例如：

① 我留的是陈家的闺女，留的不是安家的媳妇。（姑）
② 我留的是陈氏女，安家媳妇我不曾。（又）
③ 说的都是真实话。（翻）
④ 原不为结发夫妻，恋的是美满恩情。（又）
⑤ 那该用心的是甚么人呢？……那不该用心的是甚么人呢？（禳）
⑥ 一头系着锦书一套，还用的是牙签儿。（又）
⑦ 太公云："这插孔雀毛的是玻璃瓶么？"公子云："正是。"（又）

由这类表示强调的用法，转化为表示很多（也是对"是"后面成分的强调）。例如：

⑧ 院外有的是闲地。（翻）
⑨ 有的是好主好闺女，何必他呢？（禳）

但仅见"有的＋是＋名"的例子。①

三 （主）＋是＋{X＋的}

此式中的 X 代表名词、动词、形容词。52 例，又大致可以分为4小类。

（1）（主）＋是＋{名/代＋的}。表示领属、质料。例如：

---

① 到现代汉语里，"有的是"成为固定语。

①在我看来,你不如分开罢,费也费的是他的。(翻)

②那人问道:"你才说是凤翔府的,贵县是那一县的?"二相公说:"是扶风县的。"(又)

③你看我呀,好当还是主人家的来呢!(禳)

(2)(主)+是+{动/形/小句+的}。表示归类。例如:

①儿孙是自己生的,还要七拗八挣的;何况媳妇是四山五岳之人相遇一处?(姑)

②惟有这把剪子,是从小使的,我拿了去罢。(又)

③这都是坏了名头惹出来的。(又)

④这是俺那媳妇子着人送来的呀!(又)

⑤二成把三十亩好地卖给本庄任华,因这地土是大成让的,定要大成做中人。(又)

⑥众人说:"魏名,你没合他赌,是实买的,可以不退。"(翻)

⑦他有爱汉子的呀,或是想老婆的呀,俺老李一到,就是天仙织女,俺也念诵的思凡。(禳)

⑧春香待走,石庵唉哼着说:"哎哟!你回来,我问问,那药是别人加的,是你大婶子自己加的?若是他自己加的,死了还不懊悔。"(又)

⑨若是打伞坐轿,或是穿着绫罗缎疋,这必是主人敬的了。(又)

⑩我原是奶奶寻的,又不是老爷寻的,来与不来,与我何干?(又)

(3)(主)+是+{动/形+的}。表示对主语的描写或说明。例如:

①这都是从前来没有的。(姑)

②于夫人有了病,着实危笃,两个儿、两个媳妇,都是泪道不干的。(又)

③仔怕嫖赌也是有的。(翻)

④慧娘吩咐丫头,解开包袱,每人红绢三尺、钱二百,俱是

伺候就的。(又)

⑤(慧娘)就问:"里边是甚么?"大姐说:"是他大舅住的。"(又)

⑥这是我路上省的,收着好使。(又)

⑦设或说成了,挣他这一宗布来,裂了裹脚,只怕还剩下一对鞋里也是有的。(禳)

⑧这是那相公吊(掉)的,我拾了他的来了。(又)

⑨我问人怎么是槌被石?哦,说是老婆棒槌常常挂打的。(又)

⑩兰芳云:"姐姐就怪些也罢,这门是不开的了。"(又)

(4) 是+{小句+的}。强调"是"后面的名词。"是"前不能出现主语,不能有否定式。例如:

①你这样胡说,是谁告诉你的?(翻)

②但只是学道是要钱的。(禳)

四 (主)+是+动/形/小句

俚曲这种"是"字式共746例:《姑》113例,《翻》241例,《禳》392例。

"是"跟后面的动词、形容词(含词组)或者小句组合,在俚曲里的用法已经多样或繁杂化了。以下概括为3类加以分析。

(1) 表示肯定或解释。例如:

①他合母亲合气后,珊瑚已是离高庄。(姑)

②他存着这个心,必定是没改嫁。(又)

③您大娘你休要放在心上,那时节打一顿也是应当。(又)

④万事不由人计较,一生都是命安排。(翻)

⑤一家人扶到屋里,才问:"你不相干呀?"那姜娘子说:"我就是主意要死。"(又)

⑥挣赏还须看运气,成亲也是在姻缘。(禳)

⑦俺家小哥哥,真正是近视老婆拾蒜瓣,自家抅了眼了。

(又)

⑧ 要着他怕情儿从心坎里流出来,这才是会降。(又)

⑨ 我是不敢叫你江城。(又)

⑩ 江城云:"你这意思是记仇么?"公子打躬云:"不敢!我是预先里这么说。"(又)

(2) 表示原因、目的。例如:

① 十个媳妇相遇,九个说婆婆罪愆;惟有一个他不言,却是死了没见。(姑)

② 必然是前世阴德无量,今世里才遭着媳妇贤良。(又)

③ 娶老婆元是成人家……(又)

④ 那里生气你又恼,都是为我一个人。(又)

⑤ 我是来访熟人,并无带钱来……(翻)

⑥ 分开你原是图个清静,怎么又跑来连累我受罪!(禳)

⑦ 俺也不肯伤天害理,只是撮合人家好事。(又)

⑧ 掐出水来的匄孩子,禁甚么降?都是唬破他那肚头子了!(又)

⑨ 着他打下还应该,原是心里把他爱。(又)

⑩ ……说甚么,降青就是待要蛤。(又)

(3) 表示强调。其中有的是"是+小句"和"{动+的}+是+动"的形式。例如:

① 就是那扬州的琼花,真正是找遍天下无二朵!(姑)

② 自从珊瑚去了,眼里倒也拔了钉子,可只是诸般的没人做。(又)

③ 渐渐的勾引他小赢东道,赢了也是吃,输了也是叨。(翻)

④ 是我前生有冤孽,把个媳妇子带累了。(又)

⑤ 大姐说:"真果没在家么?"夫人说:"实是没在家。"(又)

⑥ 江城说:"打不的,是你从头里灶的我。"(禳)

⑦ 我寻了一个美人,今日等你来成亲,且是模样委实俊。(又)

如果是"{动+的}+是+动"式,则"是"往往是对它后面成分(谓语)的强调。如:

⑧ 死的都是连头死,活的裤里出下恭。(翻)
⑨ 怕的是恼了那性儿,果子甜变酸。(禳)
⑩ 点着名学道笑也么开,喜的是原不是求真才。(又)

五 "X 是 X"之类用法

"X 是 X"指"是"字前后用相同或相关词语的形式,俚曲"是"字句这类用例并不多见。

(1)"是"前后用相同的词语。

a. "要 A 是 A,B 是 B",表示什么都有、不含糊(没问题)。俚曲仅见 2 例:

① 你就指地去做保,要钱是钱银是银。(翻)
② 不如包打上二百好冰凌,上公堂照他皮脸撕,要进童生是童生,要进几名是几名。(禳)

例中"B 是 B"前略动词"要"("要银是银"),"是"类似"有"。

b. "AB 就是 AB"。"是"前后是相同的形容词,强调客观性,"是"前用副词"就"。也仅见 1 例:

③ 夫人说:"和睦就是和睦,怎么揭揭不成溜了?"(禳)

c. "A 是极该 A"。重叠形容词,用于转折句,肯定某种事实,表示让步:

④ 打是极该打,捶是极该捶,可怎么带累着人受罪?(禳)

d. "AB 是 AB"。"是"前后是相同的形容词词组,用于转折句。肯定某种事实,表示让步:

⑤ (添上他不多么?)公子云:"不多是不多,只是夫人太痴了。"(禳)

(2)"是"前后用相关的词语。

A. "是 A 是 B"。A、B 是意义相关的名词、动词,或者是相反意义的形容词。表示选择关系,类似"或 A 或 B":

① 仇大姐怒开言："是绸衫是纱衫,何曾给我买一件?"（翻）
　　② 高公上云："怎么老婆子只顾不来? 是好是歹,好闷人也!"（禳）

与例② 可比较的一例作"或是 A 或是 B"：
　　③ 别开门别支锅各度日生,或是好或是歹你听天由命。（禳）

但是另一例"或是 A 或是 B"不表示选择,而表示两者均可。不单列：
　　④ 或是掘或是掀,扫出来好粪田。（翻）

六 "是"的应答用法

在聊斋俚曲里,"是"已有单独或者跟副词、语气助词组合用作应答的用法。可分为4类。

(1) 回答是非问。5例,单独用"是"的3例：
　　① 阎罗说："这不是姜屺瞻的女儿么?"仇福说："是。"（禳）
　　② 知府说："那就是令姊么?"仇禄说："是。"（又）
　　③ 公子细认,惊云："呀! 这就是那清客么?"江城云："是。"（禳）

又在"是"前面用副词"正"：
　　④ （石庵上）仲美拱了拱手说："妹夫是待看高大弟去?"石庵说："正是。"（禳）
　　⑤ 太公云："这插孔雀毛的是玻璃瓶么?"公子云："正是。"（又）

(2) 应答吩咐或要求。30例,基本上单用"是"。例如：
　　① （高公）叫道："人来,你看您樊大爷来,即刻报我知道。"手下人答应："是。"（禳）
　　② "长命我儿,你去歇歇,好上府复试。三弟,你还送他一遭。"都答应说："是。"（又）

疑 问 句

③"……轿马可曾齐备不曾?"众应介:"俱已齐备,快请哥哥上轿。"高公应介:"是。"(又)

这种用法另有"是是"连用、"是了"各1例:

④(高公)"……临行还有言相送。请听着:如有闲空,相访莫辞劳。"子正说:"是是,请了。"(襟)

⑤(江城)"……春香先去叫开角门子,问太爷和太太醒了没。"春香云:"是了。"(又)

(3) 表示同意(别人的看法或意见)。指不是回答提问或应答吩咐,而只是表示同意(赞同)别人的说法而用。这一类在"是"后均用语气助词"呢":

①(魏名)"在我看来,你不如分开罢,费也费的是他的。不着咱厚,我也不劝你。"仇福说:"是呢。不着你说,我还想不到这里哩!"(翻)

②(魏名)"若是当人,有南庄里赵大爷可以商量。"众人说:"是呢。"(又)

③夫人说:"咱真么个好孩子,须索要一个好媳妇才好。"仲鸿说:"正是呢。"(襟)

例③"是"前面用副词"正"。有时应答吩咐或要求与表示同意是分不开的。以下是两者相混的"是"、"是呢":

④(公子)云:"适才朋友写了字来,大家会课,请我去看文章。"江城说:"去去就来。"公子大喜,说:"是。"(襟)

⑤慧娘说:"你到那里赴了宴,谢了座师,拜了同年,静一两个月,打那里上京罢。"二相公说:"是呢。"(翻)

(4) 表示明白或省悟后有所断定。"是"后面均用助词"了"。2例:

①(公子敲门)呀呀呀,并没答应。哦!是了,这意思是不准小生进门了。这便怎处?(襟)

②(江城)云:"怎么等了二日,老李婆子并不曾来?哦!是了,我在这里,看见我就溜了。"(又)

【陆】疑 问 句

汉语里的疑问句可分为特指问、是非问、选择问和反复问(又叫正反问)。特指问除与句末语气助词有关外,主要用疑问代词"谁、什(甚)么、怎么(咋)、哪"表示;是非问句除可以由语调表示之外,也常用句末语气助词表示。因此,在本书疑问代词和语气助词(疑问语气)部分都曾涉及特指问和是非问的问题;为避免过多的重复,这里只分析俚曲的选择问和反复问两种疑问句式。

一 选择问句

选择问句是并列几个(两个以上)疑问项,要求做出选择性回答的疑问句式。俚曲的选择问句使用不多,这可能与文体(曲词)限制有关。

1. 三项并列式

并列三个疑问项的选择问句。只见1例:

① 沈大姨说:"你仔说,您二姨这杀才是乜人么!真么一个媳妇,是模样不好呀?是脚手不好呢?是不孝顺?这杀才是待死呀!"(姑)

此例的三项各项都用"是",①前两项句末分别用了语气助词"呀"、"呢";"是"后面的成分,都是形容性的(前两项是形容词性谓语小句)。

2. 两项并列式

并列两个疑问项的选择问句3例:

① 江城说:"拿鞭子来,打吴恒这奴才!"(家人)禀奶奶:

---

① 《聊斋俚曲集》"是不孝顺"不断句,误。

"是连衣打？是解衣打？"（襄）

② 那药是别人加的？是你大婶子自己加的？（又）

例①"是"后面的成分是动词短语，例② 是"的"字结构（和"是"字一起可看作"是……的"结构形式）。另一例不很典型：

③ 不知是念佛之力也，不知是举人之功也？（襄）

例③ 两个疑问项句首都有表示揣测的"不知（是）"（这种情况的选择问，通常是在第二项句首用"还是"连接），而且两项句末都用语气词"也"、句中都有助词"之"，具有明显的仿古色彩。

3. 紧缩式

由两个疑问项紧缩而成。只见 2 例：

① 茶博士说："爷是吃酒是吃茶？"江城说："茶罢。"（襄）

② 你说说是好是不好？（又）

紧缩的两个疑问项均用"是"，可以认为是第 2 类（两项并列式①、②例）的紧缩（这与"是"后面组合成分的长短及是否用句末语气词等都有关系）。当然，如果例② 不用"是"，那就是反复问句了。

二 反复问句

反复问句通常又叫做正反问句（有的也归入选择问句），是用肯定和否定并列的方式提问的疑问句式。按照否定项所用否定词的不同，俚曲反复问句可分为两类。

1. 用否定词"不"的反复问句

俚曲在否定项用否定词"不"的反复问句 16 例：《姑》3 例，《襄》13 例。[①]

（1）形＋｛不＋形/副｝。

A. 形＋｛不＋形｝。问句的肯定项是单音节形容词，否定项由否定词"不"跟这一形容词组合而成。例如：

[①]《翻》曲有反复问句形式但不属于疑问的一类，如："咱去看看，开开您那门，少了什么不曾。"其他各篇都有类似的例子，未统计在内。

①我说还不为凭,你这众人们都不要昧心,您说他好不好?(姑)

②你可说陈珊瑚,他好不好?(又)

③……你运气强不强?若是强,赢几钱来买梳妆。(禳)

在肯定项后面又可以有语气词:

④这不是衣服?你拿了去穿上,去那穿衣镜前照照你自家,看着俊也不俊?(禳)

B.（副）+形+{不+副}。双音节形容词前用副词,否定项则是由否定词"不"跟这个副词组合而成:

⑤轿马可曾齐备不曾?(众应介:俱已齐备,快请哥哥上轿)(禳)

另有例子是形容词前并没有副词,而否定项不是重叠肯定项的双音形容词,而是使用副词:

⑥公子云:"上寿酒席完备不曾?"(禳)

(2)动+{不+动/助动},{助动+动}+{不+助动+动}。

A.肯定项是单音节动词或助动词,否定项由否定词"不"跟动词或助动词组合而成。例如:

①于氏便说有一着,咱就大家不动锅,我儿呀,咱可看他饿不饿?(姑)

②不知他能起不能起,又不知头儿消不消?(禳)

例②应是比较特殊的例子,"不"实际上相当于"没"("消不消"是说"消没消")。有的例子是在肯定项后用语气词"那(哪)":

③问问周二叔合大姑夫,还敢那不敢?(禳)

④我要做嫖客,合你犯个嫁娶,不知你肯那不肯?(又)

例③句首用副词"还"。

B.肯定项是由助动词跟动词组成的短语,否定项由否定词"不"跟这个动词短语组成,而不是"不+助动词"的形式:

⑤……传的影上的画,出的门支的架,扎裹起来爱煞人,好像一尊活菩萨:你说该怕不该怕?(禳)

⑥小的小大的大,都从他肚里养活下,叫叫唤唤把气喃,他

就焦心把我骂：你说该怕不该怕？（又）

⑦ 不知他能起不能起，又不知头儿消不消？（又）

（3）{助动＋动＋宾}＋{不＋助动}。

肯定项由助动词用在"动＋宾"式前，否定项由否定词"不"跟助动词组合而成。

① 江城云："你坐下，我问问你，会下棋呀不会？"（禳）

② 你会打双陆呀不会？（又）

例①、② 在肯定项后面都有语气词"呀"。

2. 用否定词"没"的反复问句

俚曲反复问句在否定项用否定词"没"的 8 例，用否定词"没有"的 1 例。除用"没有"的 1 例外，这类反复问句的共同特点，就是否定项均单独由否定词"没"充当，而不是重叠肯定项或肯定项的某一部分。

（1）动＋没。肯定项是动词（单、双音节不限），否定项由否定词"没"充当。例如：

① 太公云："咱儿没在家，不知他商量来没？"夫人云："想必两口商量就了。"（禳）

② 这倒极好，不过那太太愿意没？（又）

例① 动词后有助词"来"。

（2）{动＋宾}＋没/没有。肯定项是"动＋宾"结构，否定项用否定词"没"：

① 太爷、太太关了门没？（禳）

② 江城云："王宁，怎么来的这样快？见他来没？"（又）

例① 动词后有助词"了"；例② 肯定项后有助词"来"。另一例肯定项的动词是"有"，否定项是"没有"，这不排除是"没＋有"的可能，但是"没有"通常就相当于"没"，因此这 1 例与一般反复问句里否定项重叠肯定项的情况还是有所不同：

③（夫人）便说："你看看江城出产的这样的风流，这样的标致！有了婆婆家没有？"（禳）

（3）形＋没。肯定项是形容词，否定项用否定词"没"：

① 江城云："酒席停当了没？"兰芳云："停当了。"（禳）

参考文献

白维国.《金瓶梅》词典.北京:中华书局,1991
曹广顺.近代汉语助词,北京:语文出版社,1995
董秀芳."都"的指向目标及相关问题.中国语文,2002(6)
方　梅.指示词"这"和"那"在北京话中的语法化.中国语文,2002(4)
龚千炎.儿女英雄传.虚词例汇.北京:语文出版社,1994
洪　波.论实词虚化的机制.古汉语语法论文集.北京:语文出版社,1998
黄晓惠.现代汉语差比格式的来源及演变.中国语文,1992(3)
江蓝生.近代汉语探源.北京:商务印书馆,2000
江蓝生.时间词"时"和"后"的语法化.中国语文,2002(4)
蒋绍愚.汉语词汇语法史论文集.北京:商务印书馆.2000
蒋绍愚.近代汉语研究概况.北京:北京大学出版社,1994
蒋绍愚,江蓝生.近代汉语研究(二).北京:商务印书馆,1999
蒋冀骋,吴福祥.近代汉语纲要.长沙:岳麓书社,1997
李崇兴.处所词发展历史的初步考察.近代汉语研究.北京:商务印书馆,1992
李崇兴.《元典章·刑部》中的"了"和"讫".语言研究,2002(4)
刘丹青.汉语类指成分的语义属性和句法属性.中国语文,2002(5)
刘　坚等.近代汉语虚词研究.北京:语文出版社,1992
吕叔湘,江蓝生.近代汉语指代词.上海:学林出版社,1985
吕叔湘.现代汉语八百词.北京:商务印书馆,1991
马贝加.近代汉语介词.北京:中华书局,2002
梅祖麟.梅祖麟语言学论文集.北京:商务印书馆,2000
潘悟云.汉语否定词考源.中国语文,2002(4)
钱曾怡.山东方言研究.济南:齐鲁书社,2001
沈家煊.如何处置"处置式".中国语文,2002(5)
石毓智,李讷.汉语语法化的历程.北京:北京大学出版社,2001
孙锡信.近代汉语语气词.北京:语文出版社,1999
孙锡信.汉语历史语法要略.上海:复旦大学出版社,1992
太田辰夫(日)(1958)　中国语历史文法.蒋绍愚,徐昌华译.北京:北京大学出

版社,1987
王　力.汉语史稿(中).北京:中华书局,1980
王　力.汉语语法史.北京:商务印书馆,1989
魏培泉.论古代汉语中几种处置式在发展中的分与合.中国境内语言暨语言学,1997(4)
吴福祥.否定副词"没"始见于南宋.中国语文,1995(2)
吴福祥.汉语能性述补结构"V 得/不 C"的语法化.中国语文,2002(1)
向　熹.简明汉语史(下).北京:高等教育出版社,1993
杨荣祥.总括副词"都"的历史演变.北大中文研究(创刊号),1998
杨荣祥.近代汉语副词简论.北京大学学报,1999(3)
杨荣祥.近代汉语否定副词及相关语法现象略论.语言研究,1999(1)
杨荣祥.汉语副词形成刍议.语言学论丛,2001(23)
杨荣祥.副词词尾源流考察.语言研究,2002(3)
杨永龙.汉语方言先时助词"着"的来源,语言研究,2002(2)
杨永龙.《朱子语类》完成体研究.开封:河南大学出版社,2001
俞光中.近代汉语语法研究.北京:中华书局,2000
赵金铭.汉语差比句的南北差异及其历史嬗变.语言研究,2002(3)
赵金铭.差比句语义指向类型比较研究.中国语文,2002(5)
张　赪.现代汉语介词词组"在 L"与动词宾语的词序规律的形成.中国语文,2001(2)
张惠英.汉语方言代词研究.北京:语文出版社,2001
张谊生.近代汉语预设否定副词探微.古汉语研究,1999(1)
祖生利.元代白话碑文中助词的特殊用法.中国语文 1999(5)
祖生利.元代白话碑文中词尾"每"的特殊用法.语言研究,2002(4)
祖生利.元代白话碑文中代词的特殊用法.民族语文,2001(5)

后　记

　　这本书的内容是"九五"期间国家哲学社会科学基金重点项目"近代汉语专书语法研究"分课题。在前期研究的准备阶段，中国社会科学院语言所前所长、已故著名语言学家刘坚先生百忙中数次利用信函方式加以说明和指导。后来刘先生因病无法坚持正常工作，就由曹广顺先生负责。虽然曹先生跟我同年，但他的学问大，尤其是在近代汉语语法研究领域，曹先生中外闻名，因此他便有责任给我尽可能多的帮助。实际上，不仅学术问题方面，包括资料处理等具体、琐细的事情，曹先生也代我做了许多。"我还得特别提到，著名语言学家江蓝生先生对我的研究工作一向非常关心，在此深致谢忱。"

　　汉语历史专书语言研究对于整个汉语历史发展演变研究等的重要性或特殊价值已经是学界所熟知的事情，无须多说。这本书之所以选用聊斋俚曲作为语料，是因为俚曲方言背景明确，语言近乎口语，而先前又没有对它的语法做出系统的研究。实际上，后期近代汉语语料丰富，而且地域性大都可以确定，是研究汉语历史发展以及汉语史研究跟现代汉语沟通的宝贵材料，因此这方面的研究应大大加强。

　　在对俚曲进行具体的语法分析时，我也尽可能地贯彻整个课题的思路和原则，如：统计出现频率；不作纵向、横向比较，避免没有根据的推测；研究内容坚持一般与特殊相结合，均须详细描写；对特有的语言现象，则充分发掘，力求反映出专书语法的特色。

　　尽管有师友们的大力扶持，研究思路、方法等也很清晰、具体，但限于水平，我的这项研究也还是很难说完成得较好了。如果有专家学者及读者朋友肯提出批评意见，我将非常感谢。

　　河南大学出版社王兴业先生、责任编辑余建国先生为这本书的编辑出版付出了大量的心血，在此深致谢忱！这项研究同时得到了山东大学人文科学基金的支持，也就此鸣谢。

冯春田　2003 年 3 月